OUTRAS OBRAS DE NAOMI NOVIK

Enraizados
Spinning Silver

A SÉRIE TEMERAIRE

O Dragão de Sua Majestade
Trono de Jade
Guerra da Pólvora Negra
Empire of Ivory
Victory of Eagles
Tongues of Serpents
Crucible of Gold
Blood of Tyrants
League of Dragons

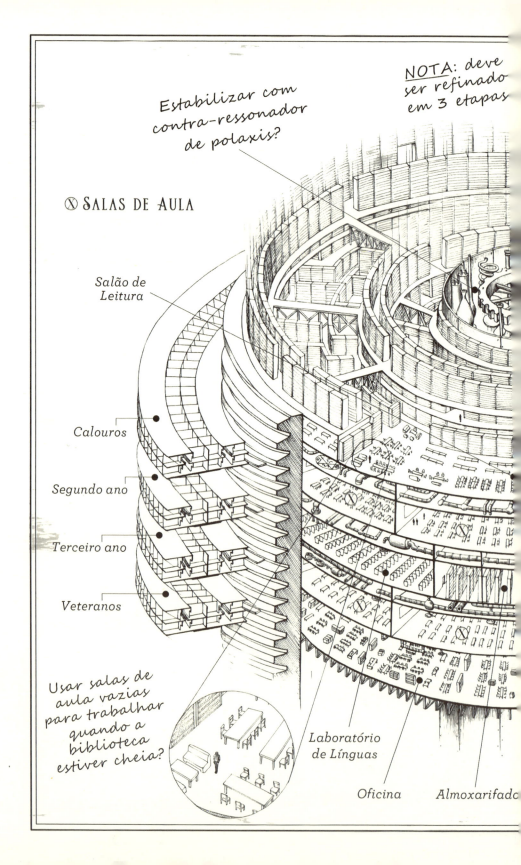

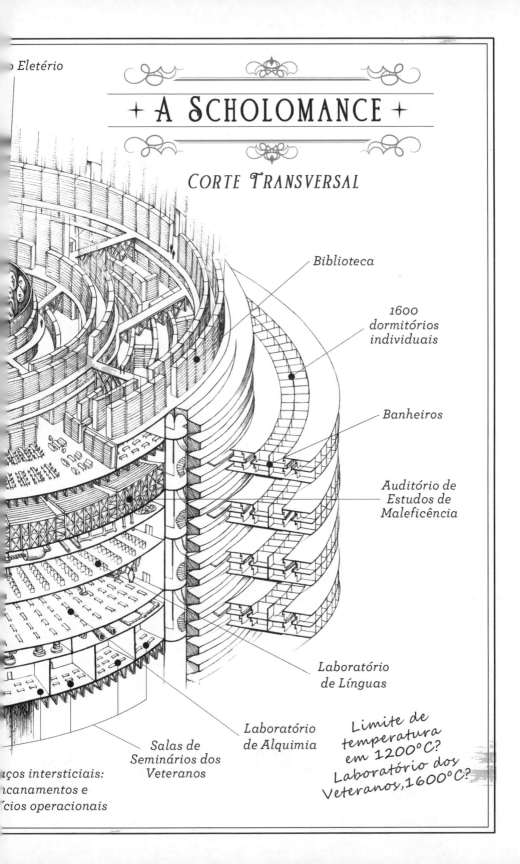

UMA EDUCAÇÃO MORTAL

✦ *O Primeiro Ensinamento da Scholomance* ✦

NAOMI NOVIK

Rio de Janeiro, 2021

Uma Educação Mortal

Copyright © 2021 da Starlin Alta Editora e Consultoria Eireli.
ISBN: 978-65-5520-571-8

Translated from original A Deadly Education. Copyright © 2020 by Temeraire LLC. Illustrations Copyright © 2020 by Penguin Random House LLC. ISBN 978-0-593-15966-8. This translation is published and sold by permission of Del Rey, the owner of all rights to publish and sell the same an imprint of Random House. PORTUGUESE language edition published by Starlin Alta Editora e Consultoria Eireli, Copyright © 2021 by Starlin Alta Editora e Consultoria Eireli.

Todos os direitos estão reservados e protegidos por Lei. Nenhuma parte deste livro, sem autorização prévia por escrito da editora, poderá ser reproduzida ou transmitida. A violação dos Direitos Autorais é crime estabelecido na Lei nº 9.610/98 e com punição de acordo com o artigo 184 do Código Penal.

A editora não se responsabiliza pelo conteúdo da obra, formulada exclusivamente pelo(s) autor(es).

Marcas Registradas: Todos os termos mencionados e reconhecidos como Marca Registrada e/ou Comercial são de responsabilidade de seus proprietários. A editora informa não estar associada a nenhum produto e/ou fornecedor apresentado no livro.

Impresso no Brasil — 1ª Edição, 2021 — Edição revisada conforme o Acordo Ortográfico da Língua Portuguesa de 2009.

Erratas e arquivos de apoio: No site da editora relatamos, com a devida correção, qualquer erro encontrado em nossos livros, bem como disponibilizamos arquivos de apoio se aplicáveis à obra em questão.
Acesse o site www.altabooks.com.br e procure pelo título do livro desejado para ter acesso às erratas, aos arquivos de apoio e/ou a outros conteúdos aplicáveis à obra.

Suporte Técnico: A obra é comercializada na forma em que está, sem direito a suporte técnico ou orientação pessoal/exclusiva ao leitor.

A editora não se responsabiliza pela manutenção, atualização e idioma dos sites referidos pelos autores nesta obra.

Dados Internacionais de Catalogação na Publicação (CIP) de acordo com ISBD

N943e	Novik, Naomi	
	Uma Educação Mortal: O Primeiro Ensinamento da Scholomance / Naomi Novik ; traduzido por Bernardo Kallina. - Rio de Janeiro : Alta Books, 2021.	
	336 p. : il. ; 16cm x 23cm.	
	Tradução de: A Deadly Education ISBN: 978-65-5520-571-8	
	1. Literatura americana. 2. Ficção. I. Kallina, Bernardo. II. Título.	
2021-3383		CDD 813 CDU 821.111(73)-3

Elaborado por Vagner Rodolfo da Silva - CRB-8/9410

Rua Viúva Cláudio, 291 — Bairro Industrial do Jacaré
CEP: 20.970-031 — Rio de Janeiro (RJ)
Tels.: (21) 3278-8069 / 3278-8419
www.altabooks.com.br — altabooks@altabooks.com.br

Produção Editorial
Editora Alta Books

Gerência Comercial
Daniele Fonseca

Editor de Aquisição
José Rugeri
acquisition@altabooks.com.br

Produtores Editoriais
Illysabelle Trajano
Thales Silva
Thië Alves

Marketing Editorial
Livia Carvalho
Gabriela Carvalho
Thiago Brito
marketing@altabooks.com.br

Equipe de Design
Larissa Lima
Marcelli Ferreira
Paulo Gomes

Diretor Editorial
Anderson Vieira

Coordenação Financeira
Solange Souza

Produtor da Obra
Maria de Lourdes Borges

Equipe Ass. Editorial
Brenda Rodrigues
Caroline David
Luana Rodrigues
Mariana Portugal
Raquel Porto

Equipe Comercial
Adriana Baricelli
Daiana Costa
Fillipe Amorim
Kaique Luiz
Victor Hugo Morais
Viviane Paiva

Atuaram na edição desta obra:

Tradução
Bernardo Kallina

Copidesque
Carlos Bacci

Revisão Gramatical
Luciana Ferreira
Beatriz Omuro

Diagramação
Joyce Matos

Ouvidoria: ouvidoria@altabooks.com.br

Editora afiliada à:

Para Lim, por trazer luz à escuridão

UMA
EDUCAÇÃO
MORTAL

Capítulo 1
O DEVORADOR DE ALMAS

ORION Lake precisa morrer. Eu sabia disso desde que ele salvou minha vida pela segunda vez. Antes, não me importava tanto assim com ele, mas tenho meus limites. Tudo estaria bem se ele tivesse me salvado um número considerável de vezes, sei lá, dez ou treze. Treze é um número que chama a atenção. Orion Lake, meu segurança particular. Eu poderia viver com isso. Mas o fato é que já se passaram quase três anos que estamos aqui na Scholomance, e até agora ele não tinha apresentado qualquer inclinação para me tratar de um jeito diferente ou especial.

Você deve me achar egoísta por contemplar com essas intenções assassinas o herói responsável pela recorrente sobrevivência de um quarto da nossa turma. Bem, só lamento pelo bando de perdedores que não conseguem se virar sem a ajuda dele. Seja como for, não fomos todos feitos para sobreviver mesmo. A escola precisava se alimentar de alguma forma.

Ah, e quanto a mim, você deve estar se perguntando, já que precisei dele para me salvar? Ainda mais duas vezes? Bem, é exatamente por isso que ele precisa partir desta para uma melhor. *Ele mesmo* provocou aquela explosão no laboratório de alquimia no ano passado. Tive de me arrastar sozinha para fora dos escombros enquanto Orion corria em círculos lutando com uma quimera, tentando arrancar sua maldita cauda de fogo.

Com o devorador de almas foi a mesma coisa. O monstro invadiu meu quarto e não haviam se passado nem cinco segundos quando foi alcançado por Orion. Provavelmente já estava fugindo dele pelo corredor, fez um desvio de última hora na esperança de escapar e acabou encurralado.

Mas ninguém vai querer ouvir essa versão da narrativa. Tudo bem, o caso da quimera não ficou associado a mim, já que havia mais de trinta alunos no laboratório. Agora, um resgate triunfal dentro do meu próprio quarto? Isso já é outra história. O resto da escola passaria a me enxergar como mais uma pobre vítima azarada que Orion Lake salvou no decorrer de sua brilhante jornada. E isso eu não posso tolerar.

Nossos quartos não são muito grandes. Ele estava a apenas alguns passos de distância da minha escrivaninha, ainda curvado e ofegante sobre a gosma púrpura e borbulhante que fora, alguns segundos antes, um devorador de almas nojento. Aquela coisa já começara a escorrer pelas fendas estreitas entre as placas do piso frio, preparando-se para se espalhar pelo meu quarto. Um brilho evanescente fluía das mãos e iluminava o rosto de Orion, que aliás não tinha nada de excepcional — apenas um grande nariz adunco, que talvez viesse a adquirir algum charme quando o resto de suas feições o alcançasse. Por enquanto, era só desproporcional mesmo. No suor da testa estavam grudadas algumas mechas de seu cabelo cinza prateado, já precisando de um bom corte. Naquele momento, aliás, percebi que nunca estivera tão próxima dele; sempre havia uma barreira impenetrável de admiradores devotos ao seu redor. Ele se aprumou e enxugou o suor do rosto com as costas da mão.

— Gal, não é? Você está bem? — disse ele, apenas para jogar sal na ferida. Nós éramos do mesmo laboratório havia três anos.

— Sim, estou bem, mas não graças a você e essa sua obsessão por toda coisa obscura que se arrasta por aí — respondi friamente. — E *não é* Gal, nem nunca foi *Gal*, é *Galadriel* — não me olhe assim, o nome não foi ideia minha. — Se forem sílabas demais para você, *El* é mais do que o suficiente.

Ele inclinou um pouco a cabeça e piscou algumas vezes, como quem não havia entendido direito a situação.

—Ah, hã... me desculpe — disse ele, retomando a voz aos poucos.

— Não, não... eu é que devo me desculpar. Claramente não estou cumprindo meu papel como deveria — coloquei a mão sobre a testa de um jeito bem melodramático, suspirei e lancei-me em seus braços. Ele cambaleou um pouco, já que éramos da mesma altura. — Ah, Orion, eu estava tão assustada. *Ainda bem* que você estava aqui para *me salvar*, eu jamais poderia lidar sozinha com um devorador de almas... — E solucei contra o seu peito, do jeito mais fingidamente patético que consegui.

Você acredita que ele me envolveu com um braço e chegou a dar tapinhas no meu ombro? Deve estar tão acostumado com isso que já é automático. Enfiei meu cotovelo em seu estômago para afastá-lo; ele soltou uma espécie de ganido, cambaleou para trás e me encarou, estupefato.

— Eu não preciso da sua ajuda, seu espreitador insuportável. Fique longe de mim ou você vai se arrepender.

Empurrei-o mais um pouco para trás e bati a porta entre nós dois; quase acertei a ponta de seu nariz. Senti uma enorme satisfação ao ver a confusão em seu semblante, ainda que por um instante. Logo depois, éramos eu e aquela velha porta de metal novamente, mas com uma novidade: um buraco gigantesco no lugar da maçaneta e da fechadura. Obrigada, herói! Voltando para a minha escrivaninha, percebi que daquela gosma vinha um leve chiado, como se algum gás vazasse de dentro dela. Um fedor putrefato tomou conta do quarto.

6 ✦ NAOMI NOVIK

A raiva era tanta que tive de tentar umas seis vezes até conseguir lançar um feitiço de limpeza. Na quarta tentativa, não me aguentei. Levantei, atirei um pergaminho antigo na escuridão impenetrável lá fora, do outro lado da escrivaninha, e gritei, cheia de fúria:

— Não, eu *não quero* convocar um exército de scuvaras! Eu *não quero* conjurar um paredão de chamas mortais! Eu só quero a porcaria do meu quarto *limpo*!

Por que aquilo era tão difícil?

Em resposta, um livro enorme, encapado com algum tipo de couro desbotado, todo rachado e com bordas pontiagudas que rasparam no metal da mesa de um jeito bem desagradável, saiu do vazio e veio deslizando em minha direção. O couro parecia suíno, mas alguém quis que parecesse ter sido esfolado de um ser humano, o que era quase tão ruim quanto. O livro se abriu sozinho em uma página cheia de instruções a respeito de como obrigar uma multidão a acatar suas ordens. Se eu comprasse essa ideia, acho que algumas pessoas *teriam, de fato,* limpado o meu quarto se eu lhes pedisse.

Na verdade, acabei pegando um daqueles cristais idiotas de mamãe e me sentei em minha cama estreita e barulhenta, onde meditei por uns dez minutos, com o fedor ao redor impregnando minhas roupas, lençóis e livros. Você pode até pensar que esse mau cheiro sumiria por si só, já que toda uma parede do quarto dá para a escuridão mística de um vazio, algo tão prazeroso como morar em uma nave espacial voando direto para dentro de um buraco negro. Mas você estaria enganado. Enfim, depois que consegui me livrar de um pouco daquela raiva toda, empurrei o livro com pele de porco até a outra extremidade da escrivaninha, jogando-o de volta para o vazio — com a ponta de uma caneta, por precaução — e disse para mim mesma, com toda a calma que consegui reunir:

— Eu quero um feitiço doméstico simples, para limpar toda essa bagunça indesejada e malcheirosa.

Do nada, um enorme volume, intitulado *Amunan Hamwerod*, caiu — *ploft* — sobre a mesa. Era repleto de feitiços escritos em inglês arcaico — meu ponto fraco no quesito línguas mortas — e não se abriu em nenhuma página específica.

Esse tipo de coisa sempre acontece comigo. Alguns feiticeiros possuem afinidades com magias climáticas, outros com feitiços transfiguratórios, e outros ainda com magias de combate, como é o caso do nosso querido Orion. Eu, por outro lado, tenho uma incrível afinidade com destruição em massa — cortesia de mamãe, é claro, assim como esse meu nome estúpido. Ela é uma daquelas mulheres que amam flores, pérolas e cristais e que dançam para a Deusa em noite de lua cheia. As pessoas são todas adoráveis, e qualquer um que faça algo errado é infeliz ou mal compreendido.

Mamãe faz até massoterapia para mundanos porque "É tão relaxante fazer as pessoas se sentirem bem, meu amor". A maior parte dos bruxos não se preocupa muito com o trabalho mundano, considerado um tanto inferior. Se o fazem, é como se encontrar em um emprego sem valor. É a pessoa que se aposenta de uma empresa após 46 anos de serviço sem que ninguém se lembre exatamente do que ela fazia. Aquele bibliotecário que você às vezes percebe vagando por entre as estantes repletas de livros, como um fantasma. Aquele terceiro vice-presidente de marketing que aparece apenas para algumas reuniões pontuais com a diretoria — esse tipo de coisa. Existem feitiços para encontrar esses empregos e até mesmo para aliciá-los; com isso, você consegue atender às necessidades básicas da vida e ainda reservar um tempo livre para produzir *mana* e transformar o interior de sua quitinete em uma mansão de doze quartos. Mas não é o caso de mamãe. Ela quase não cobra por seus serviços e o pouco que cobra é porque oferecer massagens profissionais gratuitas leva as pessoas a ficarem receosas e duvidarem de sua capacidade — e com razão.

Eu, naturalmente — como é de se esperar para qualquer pessoa com uma compreensão básica do princípio de equilíbrio —, fui projetada como o exato oposto desse modelo. Em termos práticos, isso quer dizer que, quando quero arrumar o quarto, acabo recebendo instruções a respeito de como purificá-lo com fogo. Não que eu *possa* realmente usar um desses catastróficos e encantadores feitiços que a escola tanto anseia por ensinar. Você não pode, por exemplo, preparar um exército de demônios em um piscar de olhos sem antes dispor de grandes quantidades de mana; e ninguém o ajudará a produzir mana nessa escala. Sejamos realistas: esse tipo de coisa costuma envolver o uso de malia.

Todos, ou melhor, quase todos, utilizam um pouco de malia aqui e ali em coisas que eles nem sequer consideram erradas. Transformar uma fatia de pão em bolo, sem antes reunir a quantidade necessária de mana, é o tipo de trapaça considerada inofensiva. Mas a verdade é que essa energia precisa vir de *algum lugar* e, se você não a reuniu antes, então é muito provável que ela tenha sido retirada de um ser vivo, pois é mais fácil extrair energia de alguma coisa viva andando por aí. Ou seja, o preço pelo seu bolo foi algum formigueiro nas redondezas cujos ocupantes endureceram, morreram e se desintegraram.

Mamãe, por outro lado, nem sequer mantém seu chá aquecido com malia. Mas se você, como a maioria das pessoas, for menos obstinado que ela, pode passar a vida inteira criando bolos de três camadas a partir de um punhado de terra e formigas, viver até 150 anos e morrer em paz, presumindo que você não morra antes por colesterol alto. Mas se você começar a utilizar malia em escalas maiores, visando destruir cidades, massacrar exércitos ou qualquer uma dessas besteiras inúteis que eu sei exatamente como fazer, a única forma de obter o suficiente é sugando mana — ou força vital, energia arcana, pó mágico ou como quiser chamar; mana é apenas a moda atual — de coisas complicadas o bastante para terem sentimentos e resistirem às suas intenções. Nesses casos, pode acontecer de a energia se corromper e você sofrer fisicamente enquanto tenta sugar mana; e, muitas vezes, elas ganham.

No entanto, nada disso seria um problema para mim. Eu seria perfeita para usar malia se fosse estúpida o suficiente para tentar. Neste ponto, devo dar crédito a mamãe que, por conta daquela tolice de apego maternal, fez com que sua aura cristalina envolvesse a minha quando eu era pequena, o necessário para me impedir de me envolver com malia cedo demais. Uma vez, quando eu trouxe uns sapinhos para casa querendo dissecá-los e investigar suas entranhas, ela me propôs o caminho da gentileza.

— Meu amor, nós não machucamos criaturas vivas.

Para me compensar por tê-los devolvido a seu habitat, ela me levou até uma vendinha na vila e eu acabei ganhando um sorvete. Eu tinha cinco anos e sorvetes eram a minha única ambição de poder; então, é lógico, passei a levar todas as pequenas descobertas que fazia para lhe mostrar.

Quando eu já tinha idade o suficiente para que ela não pudesse mais me impedir, também já compreendia o que acontece aos feiticeiros que utilizam malia.

Normalmente, são os veteranos prestes a se graduar que começam a experimentar, mas alguns da nossa série já estão se arriscando. Às vezes, quando Yi Liu dá uma olhada rápida em você, os olhos dela ficam completamente brancos por um momento. Suas unhas ficaram enegrecidas e sei muito bem que aquilo não é esmalte. Jack Westing, o garotão norte-americano loiro e sorridente que a maioria das pessoas considera um colírio, parece bem. Mas, se você passar em frente ao seu quarto, sentirá um leve cheiro de sepultura. Se fosse o caso de você ser eu. Luisa, do quarto a três portas do dele, desapareceu no começo do ano e ninguém sabe o que lhe aconteceu — o que não é incomum, mas tenho quase certeza de que o que sobrou dela está no quarto de Jack. Tenho um bom faro para esse tipo de coisa, mesmo quando prefiro ignorar.

Se eu *tivesse* cedido e começado a utilizar malia, em pouco tempo estaria, admito, voando por aí com aquelas asas demoníacas horrorosas, mas que ao menos seriam *algum* tipo de asa. A Scholomance, aliás, parece ter um dom especial de graduar futuros maleficentes e soltá-los no mundo, e quase nunca mata nenhum deles. É o resto de nós quem tem devoradores de alma batendo na soleira da porta no meio da tarde e waurias rastejando para fora do ralo e agarrando nossos tornozelos enquanto tentamos tomar um banho. Nem mesmo

Orion pode salvar a todos. Na maior parte das vezes, menos de um quarto das turmas consegue chegar até a graduação. Dezoito anos atrás — perto do nascimento de Orion, o que certamente não é por acaso — somente uma dúzia de alunos saiu de lá, e *todos eles* tinham abraçado a escuridão. Eles se uniram em bando e eliminaram todos os outros veteranos de seu ano, conseguindo obter uma dose colossal de energia.

Claro, as famílias dos outros alunos perceberam o que tinha acontecido — porque era tudo estupidamente óbvio: os idiotas não deixaram as crianças do enclave fugirem primeiro — e caçaram os doze maleficentes. O último deles foi morto no ano seguinte, na época em que mamãe se graduou. Foi o fim das Mãos da Morte, ou seja lá como chamavam a si mesmos.

Mas mesmo quando você é um sugador de malia sorrateiro e notívago, que escolhe seus alvos com sabedoria e consegue passar despercebido, não existe um caminho dessa rota que não leve cada vez mais para baixo. O querido Jack já passou a roubar força vital de seres humanos, então começará a apodrecer por dentro nos primeiros cinco anos depois de graduado. É claro que, como todo maleficente, ele tem planos grandiosos para prevenir sua desintegração, mas não vai adiantar de nada. Como sempre, e a menos que ele apareça com alguma solução realmente muito eficaz, em dez, ou no máximo quinze anos, ele desmoronará sobre si mesmo em um belo e grotesco final. Então vão abrir seu porão e encontrar uma centena de cadáveres enquanto dizem "meu bom Deus" e "ah, mas ele parecia ser um rapaz tão bom".

Neste momento, entretanto, em que luto página por página para entender feitiços domésticos extremamente específicos, escritos à mão em inglês arcaico, eu gostaria de usar como ajuda uma boa porção de malia. Quando chegar o dia de São Nunca — e seu palpite é tão bom quanto o meu — já terei terminado. Nesse meio tempo, atrás de mim, os restos empoçados do devorador de almas continuam a produzir aqueles estalidos cintilantes, cada um como o brilho de uma luz longínqua que anuncia a erupção do horrível fedor chegando ao meu nariz.

Meu dia já fora desgastante devido aos estudos para as provas finais. Faltavam apenas três semanas para o término do semestre: se você colocasse a mão na parede de qualquer banheiro, já poderia sentir os ruídos distantes daquelas engrenagens de médio porte começando a engatar, se aprontando para girar e levar consigo para baixo todos nós, abrindo um novo ciclo.

A escola é estruturada como uma porca ao redor de um parafuso. As salas de aula ficam todas localizadas no centro. Os dormitórios dos alunos estão, de início, no nível do refeitório e a cada ano giram um andar para baixo, descendo até chegar ao nível da graduação. No próximo ano será nossa vez no andar de baixo. Ainda que isso não me deixe exatamente animada, não pretendo reprovar em absolutamente nada e me sobrecarregar com trabalhos de recuperação.

Graças aos esforços desta tarde, minhas costas, bunda e pescoço estão doloridos. A luz da minha escrivaninha começa a piscar e enfraquecer enquanto me debruço sobre os livros, apertando os olhos para conseguir enxergar as letras, e meu braço está quase dormente de tanto segurar o dicionário de inglês arcaico. Invocar um paredão de chamas mortais para incinerar os restos do devorador de almas, o livro de feitiços, o dicionário, minha escrivaninha e tudo que havia ali já me parecia a melhor ideia do mundo.

Não é *completamente* impossível se tornar um maleficente e viver por muito tempo. Liu deve conseguir, está sendo muito mais cuidadosa do que Jack. Aposto que ela usou quase toda sua quota de peso para trazer um saco cheio de hamsters ou algo do tipo, sacrificando-os em um determinado cronograma. Ela também rouba alguns cigarros por semana, em vez de bancar a Maria Fumaça e tragar quatro maços por dia. Mas pode se dar ao luxo de fazer essas coisas porque não está completamente sozinha no mundo e veio de uma família grande — não o suficiente para criar um enclave próprio, mas tampouco muito distante disso. Há rumores de que eles têm outros maleficentes na família, o que pode ser algo estratégico. Ela tem um par de primos gêmeos que virão para a escola no ano que vem e poderá protegê-los usando malia durante o seu primeiro ano. Depois de se graduar, Liu terá opções: se quiser parar, poderá largar a feitiçaria, conseguir um daqueles trabalhos mundanos maçantes para pagar as contas e depender do resto da família para protegê-la ou até mesmo para lançar feitiços por ela. Em dez anos ela estaria psiquicamente curada, ao menos o suficiente para voltar a utilizar mana. Ou poderia se tornar uma maleficente profissional: o tipo de feiticeira que é muito bem paga por enclaves para fazer trabalhos difíceis sem fazer muitas perguntas. Contanto que não faça nada muito extremo — meu tipo de feitiço —, ela provavelmente ficará bem.

Diferentemente de Liu, não tenho nenhuma família além de mamãe e, certamente, não tenho nenhum enclave pronto para me apoiar. Lá fora, nós duas vivemos na comunidade de Radiant Mind, perto de Cardigan, no País de Gales, que também abriga um xamã, dois curandeiros espirituais, um grupo de wicca e uma trupe de dança folclórica. Todos eles possuem mais ou menos a mesma quantidade de poder real — vale dizer, nada — e ficariam horrorizados se vissem uma de nós fazendo magia de verdade. Ou melhor, se *me* vissem, já que mamãe só costuma fazer magia em danças com grupos de voluntários, gerando mana para então espalhá-lo novamente na forma de brilhos, faíscas, alegria e coisa e tal. Já perdi a conta de quantas vezes falei que tudo isso deveria ser cobrado, mas ela nunca me ouviu. As pessoas nos convidam para suas casas e nos oferecem comida por que a amam; quem poderia não amar mamãe? Quando ela chegou da Scholomance, no terceiro mês da minha gestação, todos se juntaram para construir uma tenda para ela. Mas nenhum deles poderia me ajudar a fazer feitiços ou me defender da maleficência à espreita. Mesmo se pudessem, não o fariam. Não gostam de mim. Ninguém gosta, exceto mamãe.

Papai morreu aqui, durante a graduação, tirando mamãe de lá. Usamos o termo graduação porque é assim que os norte-americanos falam e eles têm arcado com a maior parte das despesas da escola nos últimos setenta anos. É aquela velha história: quem paga o flautista dá o tom. No caso da nossa graduação, contudo, não se trata de uma comemoração, nem nada do tipo. É apenas o momento em que todos os alunos do último ano são deixados no salão da graduação, lá embaixo, no fundo da escola, e devem abrir caminho em meio a um bando de maleficentes famintos que ficam à espreita por ali. É um momento marcante de transição. Cerca de metade das turmas veteranas — isto é, metade daqueles que conseguiram sobreviver ao longo dos anos e chegar até ali — consegue sair. Papai, não.

Ele tinha uma família que vivia perto de Mumbai. Mamãe conseguiu localizá-la, mas só quando eu tinha cinco anos de idade. Os dois se conheceram na escola e ficaram juntos por cerca de quatro meses. Ela e papai nunca trocaram muitas informações sobre suas vidas lá fora e nem fizeram muitos planos para depois da graduação. Não, isso teria sido sensato demais. Na verdade — e é isso que ela diria — eles eram almas gêmeas, e o amor mostraria o caminho.

Enfim, quando ela finalmente os conheceu, descobriu que eram muito ricos, do tipo que tem palácios, joias, gênios como servos etc. Além disso, mais importante para os padrões de mamãe, a família era originária de um antigo enclave hindu mana-adepto que fora destruído durante o Raj. Eles ainda seguiam as regras: não comiam carne e muito menos mexiam com malia. Ela estava satisfeita em ir morar com eles, que por sua vez pareciam bastante animados em nos receber. Os familiares nem sequer sabiam o que tinha acontecido com meu pai; a última vez em que ouviram falar dele foi no final do semestre de seu primeiro ano escolar, por meio de alguém da turma dos veteranos — os veteranos coletam mensagens do resto dos alunos uma semana antes da graduação. Já escrevi a minha deste ano e dei algumas cópias para os garotos do enclave de Londres. Nada demais: *continuo viva, indo bem nas aulas etc.* É melhor escrever algo sucinto para garantir que um veterano aceite incluir o texto em seu envelope.

Papai enviou uma dessas mensagens para sua família para avisar que tinha sobrevivido até ali. Mas ele nunca saiu. Mais um entre centenas de jovens atirados neste monte de lixo. Quando mamãe revelou essas coisas e que eu era filha dos dois, aquilo se transformou no sentimento mais próximo que eles teriam de um retorno de papai. Enviaram passagens só de ida. Mamãe disse adeus a todos na vila, embalou nossos pertences e lá fomos nós.

Quando chegamos, minha bisavó deitou os olhos em mim, teve algum tipo de visão e disse que eu era uma alma atormentada, que traria morte e destruição para todos os enclaves do mundo se não fosse impedida. Meu avô e seus irmãos foram os primeiros a tentar cumprir aquela profecia. Foi a única vez em que vi minha mãe realmente soltar as feras. Me lembro vagamente: ela de pé em nosso quarto, com quatro homens tentando tirá-la do caminho e me pegar. Não sei o que eles planejavam fazer, pois nenhum deles jamais havia feito mal a uma mosca, mas acho que o ataque foi realmente alarmante.

Eles discutiram e discutiram até que, de repente, o lugar inteiro foi inundado por uma luz terrível, que doía só de olhar. Mamãe me enrolou em um cobertor e saiu determinada da propriedade, descalça e de camisola, me carregando sem olhar para trás, enquanto aqueles desgraçados ficaram lá, sem saber o que fazer. Fomos até a estrada mais próxima, ela ergueu o polegar e um motorista nos deu carona até o aeroporto. Em seguida, um desses bilionários da área tecnológica, prestes a embarcar em seu jatinho particular para Londres, viu-a em pé no saguão comigo e se ofereceu para nos levar. Esse homem ainda vai até a vila uma vez por ano para uma semana de limpeza espiritual.

Senhoras e senhores, essa é a minha mãe. Mas não sou eu. O episódio com a minha bisavó foi apenas o primeiro de muitos: daria para formar uma longa fila com a quantidade de pessoas que me encontra sorridente mas perde o sorriso antes de eu dizer qualquer palavra. Ninguém jamais me oferecerá carona; ninguém dançará em uma clareira para me ajudar a aumentar a concentração energética ou botar comida na mesa. Para ir direto ao ponto, ninguém estará ao meu lado para enfrentar todas as coisas desagradáveis que perseguem feiticeiros o tempo inteiro atrás de uma boa refeição. Se não fosse por mamãe, eu não seria bem-vinda nem em minha própria casa. Você não tem ideia de quantas daquelas pessoas *bacanas* da vila — o tipo de gente que escreve cartas longas e sinceras para políticos e está sempre protestando por tudo, de justiça social à preservação dos morcegos — vieram falar comigo, entusiasmadas, quando eu tinha quatorze anos, sobre como eu devia estar animada para ir à escola — só rindo — e o quanto eu devia querer lutar pelo meu próprio futuro depois de me formar, conhecer mais o mundo etc.

Longe de mim querer voltar para aquela vila. Não sei se alguém que nunca teve essa experiência poderia apreciar devidamente o quão horrível é estar cercada o tempo inteiro por pessoas que acreditam em tudo, de duendes a tendas de suor e contos natalinos. Só que essas mesmas pessoas não acreditam que você pode fazer magia de verdade. Eu literalmente já mostrei para elas, bem diante de seus olhos — ou tentei, pelo menos. Mas é preciso muita quantidade de mana extra para lançar até mesmo um pequeno feitiço de fogo com um mundano te observando, firmemente convencido de que você é uma garota com um isqueiro escondido na manga que provavelmente vai se atrapalhar com o truque. E mesmo que você faça algum feitiço espetacular na frente deles, deixando-os de queixo caído e sem palavras — no máximo um *"uau, que incrível!"* —, no dia seguinte os comentários já terão se transformado em coisas como *"cara, aquele cogumelo bateu forte"*. E então me evitam ainda mais. Moral da história: eu não quero estar *aqui*, mas também não quero estar lá.

Só que, na verdade, não é nada disso. O tempo inteiro fico sonhando em ir para casa. Todo dia tiro cinco minutos para ficar de frente para o respiradouro na parede, perto o suficiente para sentir a corrente de ar que sai dele. Então, fecho meus olhos, tapo o rosto para bloquear o cheiro de óleo queimado e começo a fingir que estou sentindo o cheiro de terra molhada, alecrim seco e cenouras fritas na manteiga, enquanto o vento suave acaricia as árvores lá fora e, se eu apenas abrir os olhos, estarei deitada de costas em uma clareira, o sol se escondendo atrás de uma nuvem. Ah, trocaria sem hesitar meu quarto por aquela cabana na floresta, mesmo que ali tudo que tenho fique mofando depois de duas semanas inteiras de chuva. É uma melhoria em relação à doce fragrância do devorador de almas. É claro que, se você me dissesse há algum tempo atrás que um dia eu sentiria falta daquelas pessoas, eu teria rido na sua cara. Mas, depois de três anos aqui, eu pediria um abraço carinhoso até para Philippa Wax se encontrasse aquela cara dura e azeda.

Está bem, não é para tanto. Além do mais, tenho certeza de que todos esses sentimentos se reverterão na primeira semana depois que eu voltar. Seja como for, o fato é que não sou bem-vinda por lá; no máximo, me toleram. Talvez nem isso, se eu resolver me acomodar por lá. É provável que o conselho comunitário — Philippa é a secretária — invente alguma desculpa esfarrapada para tentar me expulsar. Minha *negatividade espiritual* já foi mencionada mais de uma vez, e isso só até os limites de minha acuidade auditiva. E então eu estragaria a vida que mamãe construiu por lá, porque ela iria embora comigo em um piscar de olhos.

Desde antes de vir para a Scholomance, eu já sabia que minha única chance de ter uma vida decente — presumindo que eu consiga sair daqui viva — seria entrar para um enclave. Isso vale para todos, pois a maioria dos bruxos mais independentes pode encontrar alguns amigos para que se juntem e protejam uns aos outros, produzam mana e colaborem um pouco. Mesmo que as pessoas gostassem de mim o suficiente para se importar comigo — o que nunca aconteceu —, eu não lhes seria muito útil. Pessoas comuns costumam querer uma vassoura em seus armários, não um lança-foguetes, e aqui estou eu, tentando lançar um feitiço para limpar o chão já faz duas horas.

Mas se você está em um enclave grande, com algumas centenas de bruxos, e um dragão letal rastejar para fora das profundezas de uma caverna, ou outro enclave decidir declarar guerra, pode ser ótimo ter alguém por perto que consiga cortar rapidamente a garganta de uma vaca para soltar todos as chamas do inferno em sua defesa. Ter alguém com tal qualificação em seu enclave significa, em primeiro lugar, que vocês provavelmente *não* serão atacados, e assim nenhuma vaca precisará ser sacrificada. Significa também que eu não precisaria sofrer nenhum trauma psíquico, perder cinco anos da minha vida ou, pior ainda, fazer minha mãe *chorar.*

Tudo, porém, se resume a uma questão de reputação. Ninguém vai me convidar para um enclave, e nem mesmo para uma aliança temporária de graduação, se acharem que sou algum tipo de donzela patética angustiada que precisa ser resgatada pelo herói local. E certamente ninguém vai me convidar por *gostar* de mim. Já Orion não precisa impressionar ninguém: além de já fazer parte de um enclave, sua mãe é uma das principais candidatas a próxima Matriarca de Nova York, que ainda deve ser o enclave mais poderoso do mundo, e seu pai é um artífice mestre. Bastava ele ficar de olho e fazer apenas um mínimo de esforço nos estudos para sair e passar o resto da vida rodeado por luxo, segurança, os melhores bruxos e o mais extraordinário artífice do mundo.

Em vez disso, ele tem passado todos esses anos fazendo de si mesmo um grande espetáculo. O devorador de almas que entrou pela minha porta deve ter sido seu quarto ato heroico da semana. Ele segue salvando todos os cretinos e fracotes da área sem levar em consideração que alguém terá de pagar o preço por isso — e *haverá* um preço. Por mais que eu queira ir para casa, sei muito bem que é uma sorte poder estar aqui, e a única razão para isso é porque boa parte da escola foi construída pelo enclave de Manchester nas brumas da Era Eduardiana. Os atuais enclaves do Reino Unido conseguem manter um número desproporcional de vagas para distribuir — algo que pode mudar nos próximos anos, pois os enclaves de Xangai e Jaipur têm ameaçado construir uma nova escola na Ásia se não houver uma realocação significativa dessas vagas o quanto antes. Pelo menos por enquanto, contudo, qualquer jovem que não pertença a um enclave do Reino Unido ainda pode ser incluído automaticamente na lista de recomendações.

Mamãe se ofereceu para me tirar daqui, mas eu não era doida o suficiente para isso. Os enclaves não construíram essa escola à toa: lá fora consegue ser *ainda pior.* Todos aqueles maleficentes rastejando pelos dutos de ventilação e encanamentos, todos eles, não vêm daqui — eles vêm *até aqui* porque é onde todos nós estamos. Nós, os jovens bruxos repletos de mana que ainda estamos aprendendo a utilizar. Isso eu aprendi na apostila de Estudos Maleficentes do primeiro ano. Você sabia que, a cada seis meses, entre os treze e dezoito anos de idade, nós ficamos mais e mais apetitosos para os maleficentes? É porque os corpos mais jovens são embrulhados por uma casquinha açucarada, fina e fácil de quebrar, ao contrário da pele borrachuda difícil de mastigar dos bruxos mais velhos. E não fui eu que inventei essa metáfora, está desse jeito na apostila, que tem muito prazer em nos dizer com detalhes o quanto os maleficentes querem nos devorar: muito, mas muito mesmo.

Voltando às brumas do final do século XIX, o famoso artífice Sir Alfred Cooper Browning — é difícil esquecer um nome que está estampado por todos os cantos da escola — resolveu criar a Scholomance. Sempre que dou de cara com uma das suas placas ou quadros pela enésima vez, reviro os olhos. Mas uma coisa eu devo admitir: o projeto da escola é realmente muito eficaz. O primeiro ponto a se considerar é que o único lugar que a conecta com o resto do mundo são os portões da graduação, que estão cercados por várias camadas de proteções mágicas e barreiras artificiais. Quando algum male — gíria para maleficência — se contorce todo e consegue passar, só chega até o salão de graduação, que não se conecta ao resto da escola a não ser por um número mínimo de canos e dutos de ventilação necessários para abastecer o local, todos também protegidos por barreiras.

Assim, os males que ficam presos por ali acabam passando muito tempo tentando invadir os andares superiores e, enquanto isso, vão se enfrentando e devorando uns aos outros. Os maiores e mais perigosos não conseguem se espremer pelos canos, então acabam ficando no salão da graduação, devorando males mais fracos até chegar a hora de se empanturrarem. É muito mais difícil chegar até aqui dentro do que se estivéssemos vivendo do lado de fora — em uma cabana, por exemplo. Até mesmo as crianças dos enclaves eram devoradas com mais frequência antes da escola ter sido inaugurada. Se você é um jovem que não pertence a um enclave e não entrou na Scholomance, suas chances de passar da puberdade são de uma em vinte. Em comparação, uma em quatro é uma chance bem razoável.

Mas essa proteção não vem de graça. Nós *pagamos* com trabalho, miséria, medo, pânico e várias outras emoções que servem de combustível para produzir a quantidade de mana que alimenta a escola. E nós pagamos, acima de tudo, com *aqueles que não conseguem sobreviver*. Por isso não consigo parar de me perguntar que bem Orion pensa que está fazendo ao salvar pessoas, o que qualquer pessoa pensa que ele está fazendo ao salvar pessoas. Cedo ou tarde, a conta chega.

Mas ninguém enxerga isso. O fato é que menos de vinte calouros morreram até agora este ano — um número que normalmente não fica abaixo de cem —, e todos na escola parecem achar que o herói nasceu com a bunda virada para a lua. No próximo ano, o enclave de Nova York deverá ter cinco vezes mais candidaturas. Melhor já ir desistindo de querer entrar lá, embora as chances de eu me juntar ao enclave de Londres também não pareçam ser muito boas. Tudo isso é exasperante, especialmente porque eu deveria ser notada por aqui! Conheço dez vezes mais feitiços de destruição e dominação do que todas as turmas de veteranos juntas. Você também seria capaz disso se descobrisse cinco deles a cada vez que fosse tentar limpar o chão ensanguentado.

Olhando as coisas pelo lado positivo, hoje aprendi 98 encantamentos domésticos úteis em inglês arcaico, pois precisei chegar ao 99º para finalmente descobrir aquele que deve eliminar o fedor do meu quarto. O livro não pode desaparecer de jeito nenhum, um tiro no pé que a escola dá vez ou outra, em geral quando as coisas estão mais terríveis e irritantes. O sofrimento de traduzir 99 feitiços com os restos de um devorador fedorento atrás de mim valeu a pena pelos outros encantamentos úteis.

Daqui a uma ou duas semanas me sentirei grata, mas neste momento preciso me levantar e fazer quinhentos polichinelos perfeitos em sequência, mantendo um foco inabalável em meu cristal de armazenamento para poder gerar uma quantidade suficiente de mana que lave o meu chão sem matar nada, ou ninguém, por acidente. Não me atrevo a trapacear, até porque não há formigas e baratas por aqui, e estou ficando mais poderosa a cada dia, como todos os outros. Com meu dom particular, se eu tentasse trapacear com um feitiço de limpeza simples como esse, seria bem provável que eu acabasse destruindo três vizinhos para cada lado, deixando o corredor inteiro tão limpo quanto um necrotério recém-higienizado. Claro, eu também poderia usar um pouco da quantidade de mana que tenho aqui comigo: mamãe me encheu de cristais que ela mesma preparou com seu grupo. Mas eu tento guardá-los para emergências ou casos de extrema necessidade, entre eles a graduação. Nada que envolva limpar meu quarto, portanto.

Depois que o chão ficou limpo, resolvi acrescentar cinquenta flexões ao processo — não à toa, tenho estado em boa forma nesses últimos anos — para poder realizar o feitiço de purificação favorito da minha mãe. Por causa disso, o quarto acabou ficando com um cheiro forte de sálvia queimada e incenso, que considerei um progresso. Já era quase a hora do jantar, e um banho era mais que necessário; mas só de pensar em enfrentar alguma porcaria rastejando para fora do ralo àquela altura, o que era quase certo, desisti. Em vez disso, troquei a blusa, fiz uma trança no cabelo e lavei o rosto com água da jarra, aproveitando para enxaguar a camiseta, e a pendurei para secar. Eu tinha apenas duas camisetas e ambas estavam ficando puídas. No primeiro ano, na segunda noite aqui, uma sombra anônima saiu debaixo da cama, e eu não tinha de onde puxar mana. Sacrificar minhas roupas me deu poder suficiente para destruí-la sem precisar extrair força vital de outro lugar. Não precisava de Orion Lake para me salvar *daquilo*, não é?

Apesar dos meus melhores esforços para melhorar a aparência, quando cheguei ao ponto de encontro — nós sempre caminhamos em grupo até o refeitório, pela simples razão de que caminhar sozinho por aqui é algo muito, muito estúpido — Liu me deu uma olhada e perguntou:

— O que aconteceu com você, El?

— Nosso glorioso salvador Lake decidiu derreter um devorador de almas na minha célula hoje à tarde, e tive de limpar tudo sozinha — respondi.

— *Derreteu?* Que nojo — Liu pode ser uma bruxa que mexe com feitiços obscuros, mas ao menos não se ajoelha diante do trono de Orion. Maleficente ou não, gosto dela; é uma das poucas pessoas por aqui que não se importa de andar comigo. Ela tem muito mais opções sociais do que eu, mas é sempre cortês.

Não era o caso de Ibrahim, que também estava por ali, de costas para nós enquanto esperava por seus amigos, deixando bem claro que não éramos bem-vindas para caminhar com eles. Ele se virou e falou — na verdade, *gritou* — todo empolgado:

— Orion te salvou de um devorador de almas! — Orion salvara sua vida três vezes, e ele *precisava* ser salvo.

— Orion levou um devorador para dentro do meu quarto e espalhou-o todo pelo chão — respondi, soltando as palavras por entre os dentes, mas não adiantou. Quando Aadhya e Jack se juntaram a nós e conseguimos fechar um grupo de cinco para subir até o refeitório, Orion já tinha oficialmente me salvado de um devorador de almas. Depois do jantar, só duas pessoas vomitaram, o que era um sinal positivo de que estávamos aprimorando nossos encantos de proteção e nossos antídotos. Àquela altura, a escola toda já sabia do que acontecera.

Em sua maioria, os tipos de maleficências sequer têm nomes; há inúmeras variedades e elas surgem e desaparecem o tempo inteiro. Mas devoradores de almas significam problema. Já aconteceu de um deles trucidar dezenas de alunos sozinho. E não é um jeito muito agradável de partir: um dramático show de luzes (do devorador) e gritos estridentes (das vítimas). Minha reputação já estaria solidificada se eu tivesse derrotado um deles sozinha, e eu sei que poderia fazê-lo — tenho 26 cristais totalmente carregados na caixinha de sândalo ornamentada embaixo do meu travesseiro, guardados exatamente para esse tipo de situação. Seis meses atrás, quando eu tentei remendar um suéter desfiado sem ter de recorrer aos horrores do crochê, consegui um feitiço para desfiar almas que teria destruído um devorador de dentro para fora — sem *nenhum* resíduo malcheiroso — deixando até mesmo um fiapo luminoso para trás. Eu poderia fazer um acordo com Aadhya, que é da linha de artifícios e tem forte afinidade com o uso de materiais estranhos. Então, poderíamos utilizá-lo para patrulhar nossas portas durante a noite, já que a maioria dos maleficentes não gosta de luminosidade. Esse é o tipo de vantagem que pode te levar até a graduação. Em vez disso, tudo que eu tinha era o enorme desprazer de ser só mais um ato heroico de Orion Lake.

Pelo menos essa minha experiência "não muito próxima da morte" me deu um bom lugar na mesa de jantar. Normalmente, eu me sento sozinha na extremidade da mesa parcialmente cheia dos rejeitados da vez; às vezes, quando me sento entre outros grupos, as pessoas mudam de mesa e eu acabo sozinha de qualquer jeito, o que é ainda pior. Hoje sentei em uma das mesas centrais, bem debaixo das lâmpadas ultravioletas — mais vitamina D do que eu recebera em meses, sem contar as pílulas —, com Ibrahim, Aadhya e algumas outras pessoas mais ou menos populares. Havia até uma garota do pequeno enclave de Maui. Mas isso só aumentou minha raiva, pois eles só queriam falar de todas as coisas maravilhosas que Orion já tinha feito. Alguns até chegaram a me pedir para descrever a luta.

— Bem, primeiro ele perseguiu o devorador até o meu quarto, explodiu a minha porta e depois o incinerou antes que eu pudesse dizer qualquer coisa. Depois, simplesmente foi embora, deixando uma bagunça fedorenta lá dentro — rebati. A história que ninguém queria ouvir. Afinal, preferem acreditar que ele é um grande herói que salvará a todos. Argh.

Capítulo 2
MÍMICAS

Depois do jantar, eu precisava arranjar alguém para me acompanhar até a oficina, pois precisava de alguns materiais para consertar minha porta. É uma péssima ideia deixar a porta do seu quarto destrancada à noite, ainda mais se ela tiver um buraco enorme no lugar da maçaneta. Tentei ser casual:

— Alguém precisa pegar alguma coisa na oficina?

Não estava funcionando. Eles já tinham ouvido minha história e sacaram que eu precisava ir lá embaixo. Estávamos todos vivos ali esperando pela chance de sair, e você não consegue isso se não aproveitar quaisquer vantagens que aparecerem pelo caminho. E ninguém gosta de mim o suficiente para me fazer um favor desses sem receber algum pagamento adiantado.

— Eu posso ir com você — disse Jack, inclinando-se e sorrindo para mim com seus dentes brancos e reluzentes.

Eu nem precisaria de algo saindo de um canto escuro caso ele fosse comigo. Encarei-o bem no fundo dos olhos e disse, secamente:

— É mesmo?

Ele fez uma pausa, hesitou e então deu de ombros.

— Ah não, espera, acabei de me lembrar que preciso terminar meu novo cajado de adivinhação, desculpe — respondeu ele, ainda sorridente, mas seus olhos haviam se estreitado. Eu na verdade não queria que ele soubesse que eu sabia a respeito das coisas que andava fazendo, mas eu teria de passar a cobrar pelo meu silêncio ou ele pensaria que precisava garantir que eu ficasse calada, e até poderia escolher a segunda opção de qualquer forma. Mais um problema arrumado por Orion.

— Quanto você acha que vale esse risco? — perguntou Aadhya. Ela é do tipo direta e pragmática, e uma das poucas pessoas aqui disposta a fazer acordos e conversar comigo. Mas é uma negociadora rígida. Normalmente, aprecio quem não faz rodeios, mas, sabendo da situação em que me encontrava, ela não se arriscaria por um valor menor que o dobro do usual e, com certeza, se certificaria de que eu assumiria qualquer risco significativo. Franzi as sobrancelhas.

— Eu vou com você — disse Orion, sentado com os alunos de Nova York na mesa ao lado da nossa. Ele se mantivera de cabeça baixa durante todo o jantar, mesmo com as pessoas em volta de nossa mesa conversando em alto e bom som sobre o quão maravilhoso ele era. Eu já o tinha visto fazer a mesma coisa depois de alguns resgates notáveis, mas nunca consegui decidir se ele fingia modéstia, se era realmente modesto de um jeito doentio, ou se era tão estranho que não tinha nada a dizer para as pessoas que o cumprimentavam. Ele nem mesmo ergueu a cabeça agora, apenas falou por entre os cabelos desgrenhados, encarando o próprio prato.

Aquilo foi legal. Eu não estava em posição de recusar nenhuma companhia gratuita para ir à oficina, ainda que aquilo acabasse soando como mais do mesmo, Orion Lake me protegendo.

— Então vamos — disse com firmeza, já me levantando. Aqui na escola, se você tiver um plano fora da rotina, é melhor realizá-lo o quanto antes.

A Scholomance não é um lugar real no sentido estrito do termo. Tem paredes, pisos, colunas e canos perfeitamente reais, manufaturados no mundo real a partir de ferro, aço, cobre, vidro, e assim por diante, tudo de acordo com a planta original da escola; mas, se alguém tentasse reproduzir este edifício no meio de Londres, tenho quase certeza de que ele não se sustentaria por muito tempo. Ele só se mantém porque foi construído no vazio. Eu explicaria o que é o vazio, mas não tenho a mínima ideia. Se você já imaginou como era viver nos dias em que nossos ancestrais dormiam em cavernas e olhavam para a escuridão noturna repleta de pontinhos luminosos cintilantes, sem nenhuma ideia do que aquilo poderia ser ou significar, bem, isso é semelhante a estar em um dormitório da Scholomance olhando extasiada o breu absoluto em volta. E a sensação não é nem um pouco agradável.

Mas graças ao fato de que estamos quase completamente dentro do vazio, a escola não precisa lutar contra aquelas clássicas leis da física, e isso deu muita liberdade para os artífices que a arquitetaram fazerem tudo funcionar de acordo com sua vontade. As plantas ficam dispostas por toda parte e, quando olhamos para elas, nossa percepção do espaço é moldada, reforçando a construção original. O mesmo ocorre com nosso contínuo ir e vir pelas escadarias e corredores sem fim, esperando que as salas de aula estejam no mesmo lugar em que as vimos pela última vez, assim como esperamos que a água saia pelas torneiras e possamos continuar respirando; mas, se você pedir a um engenheiro para checar os dutos de ventilação e os encanamentos, provavelmente verá que não são suficientes para atender à demanda de alguns milhares de estudantes.

Isso tudo é muito bom e extremamente inteligente da parte de Sir Alfred e companhia, mas o problema de viver em um lugar *manipulável* é que ele será manipulável de muitas maneiras. Quando você está subindo uma escada com seis pessoas apressadas para chegar à mesma sala de aula, de alguma forma isso leva apenas metade do tempo que antes. Mas quando você sentir uma ansiedade terrível por ter de ir a um porão úmido e escuro, cheio de teias de aranha, onde ficará convencido de que algo horrível vai avançar na sua direção a qualquer momento, a manipulação estará lá também. E os males ficam mais do que felizes em cooperar com esse tipo de convencimento. Sempre que você fizer algo fora da sua rotina, como ir à oficina sozinha depois do jantar, quando ninguém que tivesse opção iria, escadas ou corredores podem dar um jeito de te levar para algum lugar que não aparece nas plantas. E você realmente não vai querer encontrar o que quer que esteja te esperando lá.

Então, assim que decidir ir para algum lugar incomum, melhor fazê-lo o mais rápido possível, antes que você ou qualquer outra pessoa possa pensar demais no assunto. Fui direto para o patamar mais próximo, com Orion a meu lado, e esperei até estarmos longe o suficiente dos outros para jogar na cara dele:

— Qual parte de *me deixa em paz* você não entendeu?

Ele estava caminhando comigo com as mãos nos bolsos, meio encolhido. Quando me ouviu, ergueu um pouco a cabeça.

— Mas... você acabou de dizer, vamos...

— Então era melhor eu ter sido grossa com você, te dispensando na frente dos outros, depois que todos decidiram que você salvou minha vida?

Ele parou bem ali, no meio da escadaria entre os andares, e começou:

— Olha, acho que é melhor eu...

Estávamos entre andares, com nenhum outro patamar à vista, e uma das poucas luzes próximas que ainda não tinha queimado completamente vinha de um lampião a gás a vinte passos de distância, que projetava nossas sombras nas escadas abaixo de nós, escurecendo-as. Parar ali por um único milissegundo era um convite e tanto para algo dar errado mais adiante.

Eu, que não sou nenhuma idiota, fui andando, mas já tinha dado dois passos para baixo quando percebi que ele continuava parado. Precisei me esticar e puxá-lo pelo pulso.

— Não, não *agora*. O que há com você, está tão animado assim para encontrar novos e emocionantes males? — perguntei. Ele corou e veio atrás de mim, olhando ainda mais rigidamente para o chão como se eu o tivesse atingido em cheio, não importa quão estúpido fosse aquilo. — Já não bastam aqueles que cruzam seu caminho todo dia?

— Isso nunca acontece — disse ele.

— O quê?

— Eles não aparecem na minha frente! Nunca apareceram.

— Como assim? Você simplesmente não é atacado? — perguntei, indignada. Ele deu de ombros. — De onde veio aquele devorador de almas, então?

— Eu tinha acabado de sair do banheiro quando vi a cauda dele passando por debaixo da sua porta.

Então ele realmente viera me socorrer. Isso era ainda pior. Refleti sobre essa nova informação enquanto prosseguíamos. Por um lado, fazia sentido: se você fosse um monstro, por que atacaria logo o grande herói que o derrotaria sem muito esforço? O que não fazia sentido era a perspectiva dele.

— Então você avalia que pode mesmo ganhar fama salvando a todos nós?

Ele deu de ombros novamente, sem erguer os olhos; não era isso.

— Ou será que você apenas *gosta* de lutar com os males? — provoquei, e ele corou novamente. — Você é mesmo um cara estranho.

— E *você*, não gosta de seguir sua inclinação? — disse ele, na defensiva.

— Minha inclinação envolve dizimar multidões. Ainda não tive tantas oportunidades assim para praticá-la — respondi.

Ele bufou, como se eu estivesse de brincadeira. Não tentei convencê-lo. É muito fácil se dizer uma feiticeira do mal extremamente poderosa, mas ninguém vai acreditar em mim até que eu prove, de preferência com evidências concretas. Então, resolvi lhe fazer uma pergunta sobre algo em que penso com frequência:

— A propósito, onde você arruma todo esse poder?

Uma inclinação pode facilitar a conjuração de certos feitiços, mas não pode torná-los gratuitos.

— Dos próprios males. Quando mato um, pego a energia dele para lançar o próximo feitiço. Ou, se eu estiver muito fraco, peço um pouco emprestado para o pessoal: Magnus, Chloe, David...

Cerrei os dentes.

— Já entendi.

Ele estava se referindo a todos os outros alunos do enclave de Nova York. É claro que eles compartilhavam energia, e é claro que eles tinham um reservatório próprio para armazená-la e ativá-la, como faço com os cristais — com a pequena diferença de que todos os alunos de Nova York vêm alimentando esse reservatório gigantesco ao longo do último século. Ele literalmente tinha uma bateria para sustentar seu heroísmo, e se ele consegue extrair mana ao matar maleficências — *como?* —, provavelmente já teria o suficiente para não precisar armazenar energia nenhuma.

Chegamos ao andar da oficina. Dava para ver um brilho fraco vindo da ala dos veteranos; na entrada arqueada do corredor das salas de aula havia apenas um breu absoluto. As luzes já haviam se extinguido por completo. Fiquei olhando assustada para aquele covil obscuro enquanto descíamos os últimos degraus e acabei hesitando um pouco. Se os males realmente não o atacavam, o que quer que estivesse à espreita ali embaixo viria para cima de *mim*.

— Vou na frente — disse ele.

— É bom mesmo — respondi. — E já pode acender uma luz também.

Ele nem ao menos rebateu, apenas acenou com a cabeça, estendeu a mão esquerda e conjurou uma versão menor daquele feitiço incandescente que utilizara contra o devorador de almas. Aquilo fez meus olhos coçarem. Ele fez menção de avançar direto pelo corredor e precisei puxá-lo outra vez para poder inspecionar o teto e o chão e apalpar as paredes mais próximas. Digestores que não se alimentam há tempos vão ficando transparentes e, se eles se espalharem em uma superfície plana, podem ficar tão finos que você pode olhar diretamente para eles e não perceber que estão ali até que seja tarde demais. Os patamares de escadarias são lugares recorrentes de casos com digestores, devido ao intenso trânsito de pessoas. No início deste ano, um menino do segundo ano, correndo pelas escadas para não chegar atrasado à aula, foi capturado e perdeu uma perna e grande parte do braço esquerdo. Obviamente, não durou muito depois disso.

Toda a área ao redor do patamar estava livre. A única coisa que eu percebi foi um aglo, menor do que meu mindinho, escondido atrás de uma lâmpada. Não havia razão para coletar seu mana: presos em sua concha havia apenas dois parafusos, algumas pastilhas e uma tampa de caneta. Ele fugiu aterrorizado pela parede até conseguir se enfiar em um duto, sem que nada reagisse à sua passagem. À noite, em um corredor escuro no andar da oficina, aquilo não era um bom sinal. *Alguma coisa* deveria ter se manifestado, a menos que houvesse uma outra mais adiante, ruim o suficiente para assustar tudo que estivesse por ali.

Coloquei uma mão na parte de trás do ombro de Orion e fiquei vigiando nossa retaguarda enquanto seguíamos em frente rumo à entrada principal da oficina, a melhor maneira para duas pessoas caminharem juntas ante uma ameaça iminente. A maioria das portas daquele andar estava suficientemente entreaberta para que não fôssemos surpreendidos pelo som de uma maçaneta girando, mas não o bastante para que pudéssemos dar uma boa olhada dentro delas enquanto passávamos. Além da oficina e do ginásio, boa parte desse andar inferior era ocupada por pequenas salas de aula onde os veteranos realizavam seminários de especialização, mas estes só aconteciam até o final do primeiro semestre. A essa altura, os veteranos já estavam treinando para a graduação, e isso significava que essas salas eram o lugar perfeito para males diversos tirarem um cochilo.

Odiei ter de confiar em Orion para nos guiar. Ele andava casualmente demais, mesmo em um corredor escuro, e quando chegou à oficina foi logo abrindo uma das portas e entrando antes que eu percebesse o que ele estava fazendo. Tive de segui-lo depressa para não ficar sozinha no escuro do corredor.

Tão logo passei pela porta, agarrei sua camisa para impedi-lo de continuar. Parados ali dentro, pude perceber a luz brilhante em sua mão refletida nos dentes cintilantes das lâminas de serras penduradas, o ferro fosco dos tornos de bancada, as lustrosas obsidianas negras dos martelos e o aço inoxidável das mesas e cadeiras alinhadas em um largo espaço. Os lampiões a gás não emitiam mais do que minúsculas chamas azuis. As fornalhas no final de cada fileira soltavam pequenas centelhas laranjas e verdes pelas fendas de ventilação, a única e débil iluminação. Parecia estranhamente lotado de gente, embora não houvesse ninguém ali. Os móveis ocupavam quase todo o espaço, como se as cadeiras tivessem se multiplicado. Todos nós odiávamos a oficina; até os laboratórios de alquimia eram mais valorizados.

Ficamos parados ali por um longo momento sem que nada acontecesse. Então, pisei com vontade no calcanhar de Orion, a título de retribuição.

— Ai! — disse ele.

— Ah, desculpe — disse, fingida.

Ele me olhou meio feio; não era inteiramente um banana.

— Pega logo suas coisas e vamos dar o fora daqui — disse, como se fosse simples assim. Para ele, bastava revirar toda aquela tralha, como se nada de errado pudesse acontecer. Ele se virou e ligou o interruptor. Nada.

— Vem comigo — disse, indo em direção às caixas de sucata. Peguei uma lingueta grande pendurada ali perto e, com cautela, usei-a para abrir a tampa. Tirei da caixa quatro chapas de metal e comecei a batê-las com violência na lateral da mesa mais próxima para tirar a camada de poeira. Não conseguiria carregar todas eu mesma, mas faria Orion carregá-las, e então ficaria com algumas peças extras para trocar com alguém depois.

Quando terminei com a sucata, não fui direto aos arames porque seria óbvio demais. Em vez disso, fiz com que ele pegasse um punhado de parafusos, porcas e trincas das outras caixas. Essas coisas não seriam muito úteis no conserto da porta, mas valiam a pena porque poderia negociá-las com Aadhya em troca de arame, que eu sabia que ela tinha, e ainda ficar com algumas. Coloquei tudo nos bolsos da minha calça cargo. De resto, não tinha jeito: eu precisava de um par de alicates.

As caixas de ferramentas daqui são contêineres atarracados, do tamanho de um corpo humano, que de fato contiveram um em ao menos duas ocasiões desde que cheguei à escola. Você não pode ficar com as ferramentas que utiliza em sala de aula, até porque se tentar, isso se voltará contra você. O único meio de conseguir uma para uso individual é tentar pegá-las mais tarde, e isso está entre as melhores maneiras de morrer, pois os tipos de males que se escondem dentro ou próximos dos baús de ferramentas são os mais inteligentes. Se você for descuidado ao abrir um baú...

Orion foi logo erguendo a tampa enquanto eu ainda tentava pensar em uma estratégia. Lá dentro havia fileiras de martelos, chaves de fenda de todos os tamanhos, chaves inglesas, serrotes, alicates e até uma *furadeira*. Nenhum desses objetos saltou para esmagar a cabeça dele, cortar-lhe um dedo fora ou arrancar um de seus olhos.

— Pegue um alicate e a furadeira — disse, engolindo minha inveja faiscante para maximizar o valor da situação. Uma furadeira. Ninguém em nossa ala tinha uma. Nunca soubera de alguém, a não ser um artífice veterano, sequer ter visto uma furadeira mais do que uma ou duas vezes.

Orion, no entanto, pegou um martelo e, com um movimento suave, girou-o e esmagou, bem por cima do meu ombro, a testa de uma coisa em que a discreta cadeira de metal atrás de mim havia se transformado: uma bolota cinzenta fundida com uma boca cheia de dentes serrilhados cor de prata que se abriam na junção do assento com o encosto. Eu me agachei por debaixo de seu braço e atrás dele e fechei a tampa do baú, trancando-o antes que qualquer outra coisa pudesse sair dali; quando me virei, vi quatro cadeiras levantando suas pernas e vindo em nossa direção. E havia *várias* delas.

Orion entoou um feitiço de forjamento e a mímica mais próxima começou a arder em brasas; ele a golpeou de novo com o martelo, abrindo um rombo enorme em sua lateral e produzindo um grito estridente por entre os dentes afiados de metal. Enquanto ela caía, das outras brotavam lâminas enormes, e elas vinham com tudo na *minha* direção.

— Cuidado! — gritou Orion. O problema não era percebê-las chegando. Eu conhecia um feitiço incrível de liquefação de ossos de inimigos, mas para executá-lo precisaria explodir um tanque cheio de mana, que exterminaria não só as mímicas mas também Orion, se ele estivesse próximo de algumas delas. Dadas as circunstâncias, havia apenas uma coisa a se fazer: gritei a plenos pulmões aquele encantamento em inglês arcaico para lavar o chão e saltei para o quando as quatro mímicas-cadeiras derraparam na mancha ensaboada e passaram por mim direto na direção de Orion. Enquanto ele lutava, peguei dois pedaços de sucata e corri para a porta. Eu usaria minhas próprias mãos para enrolar o arame se fosse preciso.

Mas não precisei. Orion me alcançou nas escadarias, ofegante, carregando outros dois pedaços de sucata, o alicate *e* a bendita furadeira.

— Muito obrigado! — disse ele, indignado. Notei que seu único ferimento era um pequeno corte ensanguentado no antebraço.

— Eu sabia que você dava conta delas — respondi, ressentida.

A subida pelas escadarias no caminho de volta levou arrastados quinze minutos. Não dissemos uma só palavra e nada nos importunou. No caminho para meu quarto, bati à porta de Aadhya, troquei as coisas pelo arame e fiz questão de informá-la que eu tinha uma furadeira. Muita gente que não negociaria comigo negociaria com ela, e como agora tenho algo que ela não tem, ela o fará a troco de alguma coisa. Depois, Orion vigiou enquanto eu consertava minha porta. Não foi nada prazeroso.

Penosamente, fiz alguns furos em um pedaço de sucata e a prendi no buraco que Orion havia deixado na porta, me certificando de que estava bem firme Depois, trancei alguns pedaços mais finos de arame em torno de quatro tiras grossas para fazer uma peça chata e larga, que usei para conectar a maçaneta amassada, prendendo-a de volta no lugar. Então fechei a porta e fiz a mesma coisa por dentro com a segunda peça de sucata.

— Por que você não usa os feitiços de conserto? — arriscou Orion, quando veio ver porque estava demorando tanto. Eu ainda estava na metade do trabalho.

— Eu *estou* usando feitiços de conserto — respondi entredentes. Minhas duas mãos latejavam. Orion continuou observando confuso até que finalmente torci a última ponta irregular do arame com o alicate. Então coloquei as mãos espalmadas em cada lado do buraco agora fechado em camada dupla e fechei os olhos. Entre as coisas que todos aprendemos nas aulas de artes manuais, há uma versão básica dos feitiços para consertos e remendos. Essas aulas são a única oportunidade para se obter a maioria dos feitiços gerais mais essenciais. Consertar obviamente está entre eles, já que você não pode entrar na escola com nada além do pouco permitido em sua admissão. E consertar é um dos feitiços mais difíceis, tendo dezenas de variações de acordo com os materiais utilizados e a complexidade daquilo que você está tentando consertar. Somente artífices realmente os dominam por completo, e ainda assim apenas dentro de uma variedade específica de materiais.

Ao menos você pode fazer isso com suas próprias palavras:

— Consertar e fazer, meu desejo atender, o ferro dobrar e o aço estender — entoei repetidamente.

Todos nós conhecíamos várias rimas para esses feitiços. Cobrindo todo o perímetro da porta, dei dezessete batidas nela, uma média entre as vinte e três necessárias para chapas de metal e as nove para arames de aço. Então aproveitei o que havia acumulado de mana durante aquele trabalho manual excessivamente chato e minucioso.

O feitiço penetrava os materiais a contragosto. Os pedaços de sucata foram se fundindo em um tipo de massa metálica espessa, que tive de manusear para preencher o buraco na porta; quando sua superfície foi ficando mais lisa e endurecida, ambas as maçanetas fizeram um barulho que lembrava um arroto, até que se acoplaram uma na outra, e a fechadura voltou a seu lugar com um baque forte. Ofegante, abaixei as mãos e me virei.

Orion estava parado no meio do quarto, me encarando como se eu fosse um espécime zoológico raro.

— Você é *mana-adepta*?

Pelo tom da voz, parecia que eu era membro de uma seita. Encarei-o de volta e respondi:

— Olha, nem todos nós podemos puxar energia de maleficências.

— Mas então por que você não puxa do ar, da mobília, de qualquer outra coisa? Todos temos buracos na cabeceira da cama.

Ele não estava errado. É lógico que trapacear por aqui é muito mais difícil, porque não há pequenos seres vivos "disponíveis". Não há formigas, baratas ou ratos, a menos que você os traga consigo, o que seria estranho, porque você só pode trazer o que está fisicamente com você na admissão. Mas a maioria das pessoas consegue extrair pequenas quantidades de mana de materiais inanimados, depurando o calor do ar ou desintegrando um pouco de madeira. Isso é muito mais simples do que extrair mana de um ser humano vivo, que dirá de um feiticeiro. Para a maioria das pessoas.

— Se eu puxar, não sairá nada daí — respondi.

— Ora, Galadriel — disse ele, pondo gentiliza no tom de voz enquanto franzia o cenho, como se estivesse começando a considerar que eu realmente pudesse ser maluca. Aquilo foi a gota d'água para mim. Meu dia já fora péssimo por causa dele e agora isso? Estendi a mão e o agarrei, mas não com as mãos; atraí sua energia vital, puxando mana com toda força.

A maioria dos bruxos tem de se dedicar muito para conseguir roubar energia de uma coisa viva. Existem vários rituais para isso: exercícios de vontade, bonecos de vodu, sacrifícios de sangue. Muitos sacrifícios de sangue. Eu não preciso fazer o menor esforço. A força vital de Orion saiu de seu espírito feito um peixinho fisgado no anzol, e bastava eu continuar puxando a linha para fora da água para que toda aquela suculenta energia acumulada viesse parar na palma da minha mão. Na verdade, poderia ter seguido aquela rede de poder compartilhado até chegar ao cardume inteiro de seu enclave. Poderia drenar tudo, de todos eles.

O rosto de Orion se alargava diante do choque de pavor, então soltei a linha e sua energia voltou para ele estalando como um elástico. Cambaleando, ele deu um passo para trás, levantando as mãos em posição de defesa. Eu o ignorei e caí sentada na cama, tentando não chorar. Sempre que deixo meu temperamento se exceder fico me sentindo péssima depois. Acabo percebendo como tudo ficaria mais fácil se eu apenas cedesse.

Ele continuava ali, estupefato, na defensiva, parecendo um tanto tolo comigo ali, parada sem fazer nada.

—Você é uma maleficente! — disse ele após um instante, como se quisesse me induzir a fazer alguma coisa.

— Olha, eu sei que isso pode ser um pouco difícil para você — repliquei, ainda fungando um pouco por causa das lágrimas que quase rolaram —, mas tente não ser um idiota por uns cinco minutos. Se eu fosse uma maleficente, teria te drenado por completo lá embaixo, depois contaria para todos que você morreu na oficina e ninguém sequer suspeitaria de mim.

Ele não pareceu achar isso muito reconfortante. Esfreguei o rosto com as mãos cheias de fuligem e acrescentei, desoladamente:

— Aliás, se eu fosse uma maleficente, já teria drenado todos vocês e ficado com a escola inteira só para mim.

— E quem iria querer isso? — perguntou ele.

Não pude conter uma risada que quase saiu pelo nariz; tudo bem, ele tinha razão.

— Um maleficente!

— Nem mesmo um maleficente — disse ele. Então finalmente abaixou as mãos, ainda cauteloso; quando me levantei, acabou recuando novamente. Arregalei os olhos e dei um pulinho em sua direção, levantando as mãos como se fossem garras.

— *Buuuu!*

Seu olhar era penetrante. Fui até onde ele havia colocado o resto do que trouxera, no chão. Enfiei os outros pedaços de sucata embaixo da cama, que serviriam de alarme caso alguma coisa desagradável viesse a se aventurar por ali à noite. A furadeira e o alicate foram amarrados por dentro da tampa do meu baú, ao lado das minhas duas facas e da minha preciosa chave de fenda. Se você mantiver algumas coisas amarradas assim, quando elas se soltarem você poderá ver as tiras balançando assim que der uma levantada na tampa. Sou muito sistemática com esse tipo de coisa e por isso consegui ficar sem estragar uma ferramenta por muito tempo: a Scholomance não desperdiça seu tempo.

Fui até a jarra, já quase vazia, e lavei da melhor maneira que pude as mãos e o rosto. De pé no canto do quarto, Orion continuava me olhando.

— Se você está esperando por algum agradecimento, é melhor esperar sentado — disse a ele, enquanto terminava de me secar.

— É, já percebi — respondeu ele, suspirando. — Você estava falando sério sobre a sua inclinação, não é? Então, você é o quê? Uma maleficente que só utiliza mana?

— Isso nem faz sentido. Não sou uma maleficente e, enquanto eu estiver aqui tentando não me transformar em uma, talvez seja melhor você *cair fora* — disse, arredondando as palavras, uma necessidade evidente. — Seja como for, já deve ser quase a hora do toque de recolher.

Coisas ruins podem acontecer se você estiver no dormitório de outra pessoa depois do toque de recolher. Não fosse por isso, é claro que todos nós estaríamos dividindo quartos e revezando turnos de vigília o tempo inteiro, sem falar nos veteranos que empurrariam em massa os calouros para fora dos quartos no último andar para adiar a graduação por um ou dois anos. Pelo visto, houve uma série de incidentes desse tipo no início, quando as pessoas começaram a perceber que havia uma horda gigantesca de males esperando por elas no salão da graduação.

Eu não sei exatamente o que os arquitetos fizeram a respeito disso, mas sei que ter dois ou mais estudantes em um mesmo quarto depois do toque de recolher faz de você um imã terrível. E não adianta correr de volta para o seu quarto depois que o problema acontecer. Duas garotas da minha ala tentaram fazer isso no primeiro ano; uma delas ficou gritando loucamente em frente à minha porta por muito tempo até não se ouvir mais nada. A outra nem sequer conseguiu sair do quarto. É o tipo de coisa que ninguém, em sã consciência, vai querer arriscar.

Orion continuava olhando fixamente para mim. Do nada, perguntou:

— O que aconteceu com a Luisa?

Franzi a testa, tentando entender porque ele estava me perguntando aquilo, e então percebi.

— Você acha que *eu* fiz aquilo?

— Não foi um dos males — disse ele. — Ela era minha vizinha de quarto e desapareceu durante a noite. Eu saberia. Já impedi os males de irem atrás dela duas vezes.

Pensei rapidamente no que dizer. Se eu contasse a verdade, ele iria atrás do Jack. Por um lado, isso significava que Jack deixaria de ser um problema para mim; por outro, se ele negasse, o que não era improvável, eu acabaria tendo problemas com ele *e* Orion. Sem provas, melhor não arriscar.

— Bom, não fui eu — respondi. — Você sabe que existem alguns maleficentes ativos aqui, certo? Sei de pelo menos quatro na turma dos veteranos — eram seis, na verdade, mas como três deles já não ocultavam suas práticas, quatro me parecia um número convincente, que me fazia parecer ter algum conhecimento do que se passava, mas não o suficiente para justificar um interrogatório. — Por que você não vai lá incomodar um deles, se não for o bastante cuidar dos tristes e pouco inteligentes?

Seu rosto enrijeceu.

— Sabe, considerando que eu salvei a *sua* vida duas vezes — começou ele.

— *Três* vezes — rebati friamente.

Isso o desconcertou.

— Como é?

— A quimera, no final do semestre passado — acrescentei, com um pouco mais de frieza. Já que eu obviamente ficaria na cabeça dele a partir de agora, pelo menos ele se lembraria de mim da forma correta.

— Tudo bem, três vezes! Se é assim, você poderia pelo menos...

— Não, não posso.

Ele parou de falar e enrubesceu. Acho que eu nunca o tinha visto com raiva; era sempre *aquela* expressão resoluta, mas meio tímida.

— Não pedi sua ajuda e nem a quero. Tem mais de mil alunos no nosso ano e todos extasiados com você. Vá atrás de alguns deles se quiser um pouco de veneração — a campainha toca no corredor: cinco minutos para o toque de recolher. — E, se não quiser, vá assim mesmo! — fui até a porta, girei a maçaneta nova em folha, ou melhor, apenas nova, e a abri.

Obviamente, ele não queria sair sem retrucar, mas não conseguiu pensar em nada. Falta de prática; suponho que ele nunca se viu em uma situação assim. Passado um momento de luta interna, ele apenas saiu com a cara fechada.

Acrescento, com muita satisfação, que minha porta recém-consertada foi lindamente fechada com um estrondo bem nos seus calcanhares.

Capítulo 3
MALEFICENTE

Eu estava exausta, mas fiz mais meia hora de abdominais em meu quarto e produzi mana para conjurar uma barreira protetora ao redor da minha cama. Não posso me dar a esse luxo todas as noites, mas estava tão acabada que achei melhor me prevenir; do contrário, seria um alvo fácil. Mais segura, me joguei na cama e dormi feito uma pedra, exceto pelas três vezes em que acordei com pequenos barulhos vindos da minha porta, o que não era nenhuma novidade. Nada chegou a tentar entrar de fato.

Na manhã seguinte, Aadhya bateu à porta e me chamou para o banho e o café da manhã, o que foi legal da parte dela. Graças à sua companhia, pude tomar meu primeiro banho em uma semana e reabastecer minha jarra d'água antes de irmos para o refeitório. Ficamos de guarda uma para a outra e ela não me pediu nada em troca. Não pude deixar de me perguntar por quê. Uma furadeira era valiosa, claro, mas não tanto assim.

Tudo ficou esclarecido enquanto caminhávamos pelo corredor.

— Quer dizer que você e Orion ficaram ontem à noite — disse ela, em um tom casual demais, tentando puxar assunto.

Por pouco não parei de andar.

— Não foi um encontro!

— Então ele te pediu alguma coisa, alguma participação? — perguntou ela, me alvejando com os olhos.

Cerrei os dentes. Essa *era* a regra para diferenciar encontros de alianças, mas quase não era usada.

— Ele estava pagando uma dívida.

— Ah, tá — disse Aadhya. — Orion, você vai tomar café da manhã? — chamou ela. Ele tinha acabado de fechar a porta do quarto. Foi aí que percebi: ela devia ter colocado um fio de ativação na porta *dele* hoje cedo, de forma a receber um aviso quando ele fosse escovar os dentes. Ou seja, ela estava tentando chegar até ele *me usando*, o que até teria alguma graça se não me fizesse querer socá-la no meio da cara. A última coisa de que eu precisava eram pessoas se aprofundando na ideia de que Orion Lake tomava conta de mim. — Quer vir com a gente?

Orion me olhou rapidamente e eu o encarei de volta, tentando deixar bem clara minha reprovação.

— Claro — respondeu ele.

Inacreditável. Não era como se ele precisasse de companhia. Aquilo só podia ser uma provocação. Seguimos caminhando, com Aadhya entre nós dois. Enquanto isso, eu contemplava minhas opções. Sair assim, sem mais nem menos, não fazia sentido: não havia mais ninguém esperando para fechar um grupo, então isso me deixaria vulnerável. O café da manhã não é tão perigoso quanto o jantar, mas andar sozinha continua sendo uma péssima ideia. A esperança não é a única que morre.

— Aconteceu alguma coisa estranha na oficina ontem à noite? — perguntou Aadhya. — Vou trabalhar com metais daqui a pouco.

— Hã... não. Nada demais — respondeu ele.

— Qual é o seu problema?! — perguntei a ele. Ninguém é obrigado a alertar os outros; todos temos de cuidar de nós mesmos, mas se você começar a enganar as pessoas e armar para cima delas, é certo que terá problemas. E, para a maioria dos alunos, isso equivale a se rebaixar ao nível de um maleficente. — Havia cinco mímicas disfarçadas de cadeiras lá dentro — contei a Aadhya.

— Sim, e todas estão mortas! — respondeu ele, na defensiva.

— Isso não significa que não possa haver mais algumas esperando pelo primeiro que aparecer — balancei a cabeça, indignada.

Aadhya não parecia nem um pouco feliz. Eu também não estaria se fosse a primeira a entrar na oficina e desse de cara com uma ou duas mímicas remanescentes. Pelo menos a informação serviria para evitar que ela fosse a primeira a entrar lá e, talvez, para que usasse uma barreira de proteção ou algo do tipo.

— Eu guardo uma mesa se você pegar as bandejas — disse ela enquanto entrávamos no refeitório. Garota esperta, aquela; esperta até demais. Mas não posso culpá-la. Tentar estabelecer algum tipo de laço com Orion Lake era uma estratégia lógica. A família dela mora em Nova Jersey: se conseguisse entrar para o enclave de Nova York, muito provavelmente poderia arrastar consigo todos os seus parentes. Quanto a mim, não tinha como abrir mão de uma das poucas pessoas dispostas a negociar comigo. Entrei na fila a contragosto e peguei nossas bandejas, torcendo para que Orion localizasse um de seus amigos do enclave e vazasse. Em vez disso, ele colocou algumas maçãs em uma bandeja extra, tomou minha frente na fila e, dizendo *"C'est temps dissoudre par coup de foudre"*, fritou um pequeno tentáculo que ia se esgueirando sob a bandeja a vapor de excessivamente tentadores ovos mexidos. A criatura se dissolveu com um cheiro horrível de vômito em meio a uma nuvem esverdeada que emanava da bandeja e envolveu os ovos até cobri-los por completo.

— Esse deve ser o feitiço mais ridículo que já ouvi na vida — disse, tapando o nariz. — E sua pronúncia é péssima — então, pulei a bandeja onde estavam aqueles ovos agora tão malcheirosos e peguei o mingau de aveia.

— "Obrigada, Orion, eu nem vi aquele coagulado quase me agarrando" — disse ele — Sem problemas, Galadriel, estamos aí para o que precisar — completou.

— Eu tinha visto o tentáculo e sabia que teria tempo suficiente para pegar minha porção de ovos mexidos, isso se você não tivesse se enfiado na minha frente. E se eu fosse uma caloura idiota o suficiente para pegar os ovos mexidos sem verificar primeiro a área em volta da bandeja, nem tendo sua atenção total eu sairia desta escola viva. Você é masoquista ou algo assim? Por que ainda está fazendo favores para mim?

Peguei a tigela de passas, inclinei-a sobre o prato e a sacudi até que umas duas dúzias delas caíssem de uma vez no mingau. Em seguida, cutuquei-as uma por uma com meu garfo. Depois, passei para a canela em pó, mas bastou cheirá-la de longe para decidir que hoje não era um bom dia. O mesmo valia para o creme: ao incliná-lo contra a luz, vi uma fraca mancha azul espalhada pela superfície. Pelo menos o açúcar mascavo estava são e salvo.

Dei uma olhada rápida para os lados, saí da fila e levei as bandejas até a mesa que Aadhya havia reservado, a terceira depois da porta: perto o suficiente para sair dali se começassem a nos trancar ali dentro, mas também longe o suficiente para não estarmos na linha de frente se alguma coisa invadisse o refeitório. Ela estabeleceu um perímetro, fez um feitiço de segurança nos talheres e até arranjou um dos jarros d'água mais seguros, os transparentes.

— Sem ovos, cortesia do Senhor Fantástico aqui — falei, colocando as bandejas sobre a mesa.

— Foi o coagulado? Um deles atacou um veterano pouco antes de chegarmos — disse Aadhya, acenando com a cabeça para uma mesa onde um garoto mais velho estava meio inconsciente entre dois amigos e com uma série de enormes e ensanguentadas marcas de ventosas enroladas em seu braço como pulseiras duplas. Os amigos tentavam lhe dar algo para beber, mas ele estava ensopado de suor, prestes a entrar em choque, e eles já trocavam olhares ansiosos e resignados. Acho que ninguém se acostuma com isso, mas certamente só as mais sensíveis flores ainda derramam lágrimas por perdas estando tão perto da graduação. A essa altura, eles já devem estar todos fechando alianças e planejando estratégias. Por mais importante que aquele garoto possa ter sido para seus companheiros, eles teriam de encontrar um modo de consertar aquilo, algo difícil com apenas três semanas para o fim do semestre.

Como esperado, o primeiro sinal tocou para os veteranos. Nós saímos das refeições em intervalos separados, os mais velhos primeiro. Se você acha que é pior ir primeiro, acertou: os dois garotos deixaram o outro cair suavemente sobre a mesa. Ibrahim estava sentado na ponta da mesa vizinha com Yaakov, seu melhor amigo aqui nesta bolha, embora ambos soubessem que jamais se falariam novamente caso vivessem para ver um novo dia lá fora. Um dos veteranos foi até eles e disse algo, provavelmente tentando suborná-los para que ficassem com o amigo vitimado até o fim. Eles deviam ter um horário marcado no ginásio que não podiam desperdiçar; já era bem ruim perder um membro da equipe àquela altura do campeonato. Ibrahim e Yaakov se entreolharam, mas acabaram concordando em assumir o risco. Não é seguro matar aula com as provas finais virando a esquina, mas as lições teóricas não são tão importantes quanto as práticas.

— Ainda irritada pelo que fiz com aquele coagulado? — perguntou Orion. Ele olhava para os garotos com um semblante infeliz, embora eu pudesse apostar minhas fichas no fato de que ele sequer conhecia aquele menino. Ele era o único que olhava naquela direção. Aqui, você tem de racionar simpatia e tristeza da maneira como raciona seus suprimentos escolares, a não ser que você seja um membro heroico de um enclave com um tanque repleto de mana.

— Ainda irritada por causa dos meus ovos mexidos — respondi friamente, e comecei a comer o mingau.

Ibrahim e Yaakov se deram bem: o veterano morreu antes do nosso primeiro sinal tocar. Eles o deixaram ali na mesa, a cabeça repousando nos braços, como se estivesse tirando um cochilo. Com certeza já não estaria lá na hora do almoço. Marquei mentalmente aquela mesa e também as outras ao redor dela, já que algumas das coisas que limpam bagunças como aquela gostam de ficar por perto esperando pela próxima refeição.

Eu tenho aulas de línguas todas as manhãs; estou estudando cinco diferentes. Pode parecer que sou fissurada por idiomas, mas aqui só existem três linhas acadêmicas: encantamentos, alquimia ou artifícios. Dessas três, encantamentos é a única que você pode praticar em seu próprio quarto, sem precisar ir ao laboratório ou à oficina mais do que o mínimo necessário. Alquimia ou artifícios só têm valor estratégico se você for alguém como Aadhya, com uma afinidade relacionada, e então você obtém a dupla vantagem de trabalhar com seus pontos fortes em meio a um número relativamente menor de pessoas que fazem o mesmo. Se ela conseguir sair da escola viva, será uma artífice sagaz e experiente, afinada com materiais excepcionais e com alianças consistentes. É possível até que consiga entrar para o enclave de Nova York; se não, terá no mínimo boas chances com os de Nova Orleans ou Atlanta. Quanto melhor o enclave no qual entrar, maior será o poder de que você pode dispor. Não à toa, os artífices de Nova York e Londres puderam construir o Portal Transatlântico, o que quer dizer que, se eu entrasse no enclave de Nova York, poderia chegar à estação de Birmingham New Street, a uma viagem de trem de casa, simplesmente atravessando uma porta.

Claro, entrar no enclave de Nova York não seria uma possibilidade concreta enquanto eu não realizasse algo realmente notável por aqui. Talvez sequer existisse, considerando que minha vontade de assassinar seu queridinho aumentava a cada dia, mas há vários enclaves respeitáveis na Europa. Só que nenhum deles vai me aceitar a menos que eu saia daqui com uma reputação sólida e uma lista de feitiços melhor ainda. Quando se escolhe encantamentos, ou você recorre à linha linguística para construir uma coleção substancial de feitiços, ou usa a escrita criativa para inventar os seus próprios. Eu tentei seguir esse caminho, mas minha afinidade é forte demais.

Quando escrevo feitiços práticos, mesmo os mais modestos, eles não funcionam. Na verdade, os resultados são quase sempre perigosos. Na única vez em que deixei o fluxo de consciência correr solto, tal como mamãe costuma fazer, inventei um feitiço altamente eficiente capaz de criar um supervulcão. Queimei-o imediatamente, mas depois que você inventa um feitiço, ele passa a existir, e outra pessoa pode vir a conjurá-lo. Espero que não haja alguém tão sórdido a ponto de pedir um feitiço desses à escola, mas para mim chega de inventar feitiços.

Isso significa que minha principal fonte de feitiços exclusivos é tudo aquilo que obtenho do vazio. Tecnicamente, posso pedir por novos feitiços o tempo inteiro, mas se você ao menos não reler os que já possui, quando chamá-los encontrará apenas tolices desorganizadas e adulteradas ou até mesmo folhas em branco. E se você ler muitos feitiços sem realmente aprendê-los, pode começar a misturá-los na cabeça até se explodir em pedaços. Sim, sou capaz de aprender cem truques mágicos de limpeza mais ou menos parecidos em seguida, mas meu limite para feitiços úteis gira em torno de nove ou dez por dia.

Para feitiços de destruição em massa não encontrei quaisquer limites. Se eu passar o olho rapidamente por duzentos, trezentos deles, consigo internalizá-los sem esforço sem jamais me esquecer de nenhum. O que é bom, eu suponho, pois preciso passar por uma centena deles até encontrar um que seja útil.

Se você aprende feitiços em vez de escrever os seus, então os idiomas são absolutamente cruciais. A escola só oferece feitiços em idiomas que você já conhece minimamente; no entanto, como já foi demonstrado, ela não se preocupa muito em atender às suas necessidades. Se você domina vários idiomas e deixa a escolha por conta da escola, há mais chances de obter o tipo de feitiço que deseja. Quanto mais línguas souber, mais fácil será trocar feitiços com outras pessoas para obter aqueles que você não consegue arrancar do vazio.

As línguas mais importantes são mandarim e inglês: você precisa saber uma delas para ser admitido na escola, pois as aulas regulares são ministradas apenas nesses dois idiomas. Se você souber as duas, provavelmente conseguirá usar pelo menos metade dos feitiços que mais circulam por aqui, além de poder programar as aulas obrigatórias. Liu, por exemplo, está estudando história e matemática em inglês para cumprir seus requisitos de idioma; ela usa o tempo livre na agenda para fazer oficina de redação nos dois idiomas. Como você pode imaginar, a maioria dos pais bruxos já adota, assim que seus filhos nascem, um professor particular para iniciá-los em uma dessas línguas. Mamãe, por outro lado, resolveu me educar em marata, por causa de papai. Valeu, mãe. Se ao menos as crianças de Mumbai não me tratassem como uma aberração por causa da profecia da minha bisavó...

Para ser justa com mamãe, eu tinha dois anos quando ela começou a me ensinar marata, em uma época em que ela ainda tinha esperança de ir morar com a família de papai. Afinal, não podia contar com a sua própria. Nós nunca falamos muito sobre o assunto, mas, pouco antes de ela ir para a escola, mamãe ganhou um padrasto do mal, no sentido mais estrito do termo: um daqueles maleficentes profissionais e precavidos, mas já começando a murchar. Tenho quase certeza de que essa foi a razão para *ela* ter ido parar na Scholomance. Esse homem quase certamente envenenou o pai dela — não há provas, mas o momento era extremamente oportuno — a fim de atacar sua mãe, que também era uma curandeira excelente, através da dor do luto. Qualquer feitiço que ataque apenas uma pessoa por vez está um pouco aquém de mim, mas eu conheço o tipo. Minha avó passou o resto da vida cuidando desse sujeito, até morrer de um ataque cardíaco repentino quando eu tinha uns três anos de idade.

O padrasto ainda está vivo e bem, mas hoje em dia nós mantemos distância dele. Ele enviava cartas tristes e melancólicas uma vez ou outra, em envelopes inofensivos, na tentativa de atrair mamãe. Quando eu tinha seis anos, no entanto, abri uma delas sem querer e senti um forte feitiço de atração, que rebati na hora, instintivamente; ele deve ter sentido aquilo como um espinho espetado no olho. Nunca mais tentou de novo.

Depois que as coisas tampouco correram muito bem com a família de papai, minha mãe se agarrou à ideia de que aprender sua língua nativa poderia nos conectar de alguma forma no futuro. Só que, na época, isso era apenas mais uma das coisas que me tornavam diferente e, mesmo sendo uma criança, já sentia que aquilo não me parecia necessário. Nós não vivíamos em Cardiff, nem nada do tipo, e a escola primária onde estudei não era o que se poderia chamar de um polo multicultural. Uma vez, uma das meninas chegou a me xingar, dizendo que eu tinha a cor de um chá perturbadoramente fraco, o que, mesmo não sendo verdade, persiste em ocupar um canto da minha mente desde então. Na comunidade era praticamente a mesma coisa. Ninguém ali vai lhe sussurrar um insulto racista no parquinho; em vez disso, havia adultos querendo que eu, aos dez anos de idade, aprovasse suas aulas de ioga descolonizada e os ajudasse a traduzir trechos em hindi, que eu não sabia.

Talvez eu devesse ser grata a eles, já que foi isso que me despertou para o fato de que o hindi era uma língua mais popular. Quando comecei a entender que os idiomas me trariam chances maiores de sobrevivência, parei de reclamar e passei a exigir aulas, a tempo de ficar minimamente fluente antes de entrar na escola. O hindi não lhe dá muita flexibilidade aqui dentro. A maioria dos alunos que o dominam também falam inglês, por isso costumam pedir feitiços nessa língua para dispor de material de troca. Mas a multiplicidade de línguas é sempre valorizada. E, apesar de ser muito mais difícil encontrar alguém para negociar em línguas mortas ou raras, a probabilidade de se obter feitiços realmente singulares é muito maior, assim como a de eles corresponderem a seu pedido — aquele feitiço de limpeza em inglês arcaico, por exemplo. O hindi é recorrente o bastante para que você encontre muita gente com quem negociar e, por não ser um dos dois idiomas centrais, as pessoas nunca o utilizam para *pedir* feitiços; elas apenas o obtêm à base de troca, então eles são um pouco melhores, em média. Eu conheci Aadhya trocando feitiços em hindi.

No momento, estou estudando sânscrito, latim, alemão e inglês medieval e arcaico. Esses três últimos se sobrepõem perfeitamente. Fiz francês e espanhol no ano passado, mas só aprendi o suficiente para me confundir com os feitiços que recebo agora; como essas duas são línguas na mesma escala de popularidade que o hindi, resolvi migrar para o latim, que tem a vantagem de ser um idioma com uma coleção realmente grande de livros antigos. Andei pensando em adicionar o nórdico arcaico para ter algo verdadeiramente excepcional. Ainda bem que não o fiz, porque provavelmente teria recebido algum livro viking de feitiços de limpeza ontem, ainda que eu tivesse feito um único exercício sobre o assunto, e ficaria bloqueada até conseguir lidar com ele. A escola tem vários graus de liberdade quanto à definição de "conhecer" uma língua, então é mais seguro começar a aprender novos idiomas no primeiro trimestre para não acabar travado em um deles perto das provas finais.

Orion me acompanhou até a sala de aula, mas de início não percebi porque estava atenta ao grupo com quem costumo caminhar pela manhã: Nkoyo e seus melhores amigos, Jowani e Cora. Assim como eu, os três estão se dedicando a fundo ao estudo de idiomas, então temos horários bem parecidos. Não somos amigos, mas eles me deixam ir junto para garantir uma quarta pessoa na retaguarda, desde que eu não me atrase. Por mim, está ótimo.

Quando os localizei no refeitório, os três já estavam na metade do café da manhã, então tive de me apressar para engolir o meu e conseguir alcançá-los. Avisei Aadhya que teria de sair em cinco minutos. Ela acenou para alguns de seus amigos da linha de artifícios que estavam pegando as bandejas; depois do meu relatório sobre a oficina, ela não tinha a menor pressa para chegar mais cedo na aula.

Consegui sair do refeitório a tempo; Cora, a contragosto, me deixou alcançá-la na porta. Quanta generosidade. Já estávamos lá fora quando Nkoyo olhou em minha direção de um jeito que fez com que eu percebesse que Orion estava *logo atrás de mim*.

— Nós estamos indo para Línguas — sussurrei, zangada.

Orion cursa alquimia. Por causa disso, havia o dobro de inscritos este ano; os alunos, mesmo sem terem qualquer afinidade, queriam ficar perto dele. Em minha opinião, isso era só desperdício de tempo em um laboratório. Ele também precisava fazer aulas de idiomas, assim como todos nós precisávamos fazer aulas de alquimia. Nós até temos, no primeiro dia do ano, o direito de solicitar algumas mudanças no programa escolar, mas se você pedir por muitas aulas fáceis ou insistir em seguir um caminho monodisciplinar a escola te coloca naquelas disciplinas que costumam ser evitadas pela maioria. Mas apenas os que optam pela linha linguística têm acesso ao pavilhão de línguas logo no início da segunda-feira: é uma grande vantagem ser alguém importante quando você está no terceiro ano ou é um veterano.

Orion me encarou, obstinado.

— Estou indo para o almoxarifado — disse.

Nós só conseguimos materiais de construção e ferramentas na oficina, enquanto os suprimentos e acessórios alquímicos ficam nos laboratórios. Já para coisas menos exóticas, como lápis e cadernos, a única opção é o almoxarifado que fica no final do corredor de idiomas.

— Podemos ir com você? — perguntou Nkoyo, instantaneamente. Cora e Jowani se espantaram, mas ela era esperta. De fato, valia a pena chegar atrasada por isso, mesmo que Orion viesse junto — se ao menos eu pudesse deixá-lo de lado —, então segui com eles, não muito satisfeita. Peguei papel, tinta, um pouco de mercúrio para negociar depois e um perfurador. Encontrei até um fichário para a minha pilha de feitiços, que só fazia crescer. Reparei que três olhos nos espiavam de uma fenda no teto, mas provavelmente era só um deflagrador, e éramos um grupo grande demais para ele tentar alguma coisa.

Em seguida, Orion nos acompanhou de volta ao pavilhão de línguas mais próximo, sem a menor necessidade. A estreita escadaria ao lado do almoxarifado desaparecia às vezes: resolveram acrescentá-la tardiamente às plantas originais, quando ficou claro que era inconveniente ter de andar cerca de quatrocentos metros para chegar à escada mais próxima. Hoje, no entanto, ela não apenas estava ali; a porta estava escancarada e a luz lá dentro estava funcionando.

— Qual é a sua? — perguntei, ficando mais tempo do que deveria no corredor. Os outros já tinham ido garantir lugares decentes na sala de aula. — *Não me diga* que está a fim de mim.

Improvável, até porque nunca aconteceu antes. Não é que eu seja feia; na verdade, estou cada vez mais bonita, ainda que cresça de um jeito rápido e alarmante, como convém à terrível feiticeira das trevas que eu supostamente devo me tornar, ao menos até me transformar em uma velha grotesca. Alguns caras até já pensaram, por cerca de dez segundos, em me chamar para sair, mas só até me olharem nos olhos ou falarem comigo e terem, suponho, a impressão de que eu devoraria suas almas ou algo do tipo. No caso de Orion, fui muito rude com ele e quase o deixei ser morto por mímicas.

Ele bufou.

— Por que eu estaria a fim de uma maleficente?

Por um segundo, indignada, quase rosnei outra vez que eu não era uma maleficente, e então entendi.

— Você está tentando me vigiar, é isso? Para o caso de eu começar a fazer coisas más e, sei lá, você precise me *matar*?

Ele cruzou os braços e me olhou com uma expressão fria e direta que sintetizava sua resposta. Por muito pouco não dei um chute bem no meio de suas pernas. Uma das coisas que as pessoas acreditam na comunidade, embora falem aquele monte de bobagens abstratas sobre o centro interior, encontrar o equilíbrio e canalizar sua força espiritual, é que existem umas dezessete diferentes formas de artes marciais ocidentalizadas, e chutes e socos reais também são ensinados. Eu não era nenhuma especialista, mas, considerando a sua falta de retaguarda, eu definitivamente poderia ter tornado o dia de Orion Lake mais dolorido.

Porém, havia uma sala de aula cheia de jovens logo atrás de mim, de olho em nós dois, a maioria deles louca para arranjar uma desculpa aceitável que me condenasse ao ostracismo absoluto, e o derradeiro sinal estava prestes a tocar, momento em que a porta se fecharia e eu poderia ficar presa no corredor durante o período das aulas. Ninguém me deixaria entrar. Engoli a raiva, me afastei dele e fui pegar uma das cabines de idiomas vazias.

Não existem professores na Scholomance. A escola está lotada; há cerca de dois candidatos para cada espaço ocupável, e nossos quartos têm cerca de dois metros de um lado ao outro. Quem entra aqui, portanto, não precisa de nenhuma motivação externa. Saber criar uma poção que possa curar seu estômago depois de beber acidentalmente um pouco de suco de maçã misturado com lixívia na verdade já é a sua própria recompensa. Ou aprender matemática para aprofundar-se em certos arcanos avançados, ou estudar história para aprender feitiços e receitas extremamente úteis que você não consegue em outras disciplinas.

Em línguas, basta se dirigir a qualquer uma das oito salas ao redor do terceiro andar e sentar em uma das cabines disponíveis. É importante saber escolhê-las, pois se você for para as salas mais próximas dos banheiros ou para aquela extremamente disputada ao lado da escadaria a menos de dez minutos do refeitório, é improvável que consiga uma cabine decente, ou mesmo uma cabine qualquer. Supondo que consiga uma, você se enfia dentro dela, basicamente um casulo isolado acusticamente, e, tomando cuidado para não deixar passar despercebida qualquer coisa sorrateira que venha a se aproximar pelas suas costas, você estuda os textos ou faz exercícios, enquanto vozes incorpóreas sussurram em seu ouvido no respectivo idioma. No meu caso, elas costumam contar histórias sangrentas ou descrever minha morte amorosa e detalhadamente.

Eu pretendia trabalhar no meu inglês arcaico para tentar extrair mais daqueles feitiços domésticos, mas não consegui progredir muito. Fiquei debruçada sobre a mesma página do caderno por tempo demais, irritada e inquieta, ao mesmo tempo em que um sussurro recitava ternamente um poema aliterativo épico a respeito de como Orion Lake, o "herói dos corredores sombrios", terminaria por me matar enquanto eu dormia.

O que tornaria seu assassinato um ato de legítima defesa, ideia sobre a qual eu andava pensando seriamente e que começava a parecer algo que eu realmente teria de fazer. As pessoas já não parecem ter muita dificuldade em se convencerem de que sou perigosa e maligna, mesmo sem procurar de fato motivos para isso. Claro, eu poderia ter matado Orion simplesmente drenando seu mana, mas, na verdade, não queria me tornar uma maleficente para sair deste lugar feito uma borboleta monstruosa, eclodindo de uma grande e destrutiva crisálida, pronta para semear tristeza e devastação pelo mundo, confirmando a profecia.

Subitamente me ocorreu que o problema era Luisa. Ele não havia acreditado na minha versão da história. Assim como tenho sensibilidade para identificar quem está usando malia e o que anda fazendo, ele era sensível à, sei lá, justiça? Piedade? Aos patéticos e vulneráveis? Enfim, ele sabia que eu estava mentindo sobre Luisa, mesmo sem saber exatamente como, e então deve ter decidido que eu a tinha matado. Eu havia encarado sua pergunta sobre Luisa como algo casual, mas ele não. Eu pouco sabia sobre Luisa, exceto que era uma das azaradas que não têm pais bruxos. A habilidade de reter mana até aparece nos mundanos de vez em quando, mas geralmente eles não chegam até aqui, só chegam a ser devorados. Provavelmente, alguém que morava perto dela e que deveria vir para cá foi comido antes da admissão; como os pais não se preocuparam em avisar a escola, não imagino por que, Luisa deve ter entrado em seu lugar. Em certo sentido, teve sorte, mas, olhando pela perspectiva dela, em uma manhã simplesmente se viu sendo sugada para fora de sua vida comum e despejada sem aviso prévio em um buraco negro de um colégio interno, cercada por estranhos, sem nenhum contato com sua família, sem saída e com uma horda de maleficentes loucos para matá-la. Tenho certeza de que essa situação tinha a medida certa para amolecer cada uma das cordas do compassivo coração de Orion.

E graças à minha postura temperamental na outra noite, ele também descobriu que sou uma potencial maleficente em proporções apocalípticas. As duas coisas juntas provavelmente atiçavam seus instintos, levando-o a desejar destruir meu ainda nem iniciado reino de terror.

Naturalmente, esses fatores me fizeram querer iniciar o tal reinado o quanto antes, mas primeiro eu precisava dedicar duas horas para idiomas e, depois, uma para Estudos de Maleficência, a disciplina favorita de todos, que ocorre em um amplo salão no andar do refeitório. As paredes desse salão são cobertas por um mural enorme e vividamente detalhado, que representa a cerimônia de graduação no momento em que o Saguão Sênior gira para baixo e começa a revelar a parte inferior, com o corredor de mármore abarrotado de criaturas encantadoras e vorazes aguardando o início do bufê. Todos nós nos reunimos dentro do salão e cada um recebe um texto em sua língua nativa, que deve ser consultado enquanto o male a ser estudado brota dos murais e perambula pelo palco, demonstrando todas as maneiras que pode utilizar para nos matar. Ocasionalmente, esse simulacro pode se aprimorar, deixando de ser uma animação para se tornar real e matar alguém nas primeiras fileiras, sugando seu mana.

Eu quase sempre acabo me sentando nessas primeiras fileiras. Isso me mantém altamente concentrada.

Hoje, no entanto, consegui sentar mais atrás, ali pelo meio da sala, e ninguém começou a reclamar que aquele lugar *já estava guardado*. Um estresse a menos antes do almoço. O dano inicial já fora feito, no sentido de que ninguém duvidava que Orion estava me salvando. Era um bom momento para respirar fundo e encontrar um jeito de consertar a situação. Assim que comecei a revisar meus passos, uma nova estratégia se apresentou, clara como a luz do sol.

Assim, na hora do almoço, fiz questão de me sentar ao lado de Aadhya e sussurrar para ela:

— Ele me acompanhou até a aula! — fiz uma breve pausa e acrescentei: — Mas duvido que ele *realmente* goste de mim.

Assim que terminei a frase, Orion saiu da fila, me localizou, veio até nossa mesa e sentou-se de frente para mim com os olhos semicerrados.

Ele nunca namorou ninguém aqui dentro, ou ao menos foi essa a conclusão a que cheguei, já que nunca ouvi comentários a respeito disso. Obviamente, o boato de que ele estava a fim de mim correu pela escola a uma velocidade ainda maior do que a história do resgate do outro dia. Quando fui para a última aula, no laboratório de alquimia, um garoto chamado Mika, que parece finlandês e com quem eu nunca troquei uma única palavra, tinha guardado dois lugares em uma das mesas principais. Quando entrei na sala, ele me chamou, apontando para o assento ao seu lado:

— El, El!

Isso era algo notável. Eu sempre corro para chegar cedo ao laboratório, apesar do grande risco de ser uma das primeiras pessoas a chegar lá. Se eu não fizesse isso, todos os lugares decentes já estariam guardados para os amigos e, então, eu teria de ocupar uma das piores mesas, aquelas que ficam logo abaixo dos dutos de ventilação ou mais próximas da porta. Como não sou de bajular ninguém, algo que me deixa irritada, e ameaçar os outros faz com que eu me sinta péssima, foi ótimo poder entrar em uma sala já quase cheia e andar diretamente para um lugar reservado na melhor mesa, sem nem precisar barganhar por isso.

Obviamente, esse estado feliz das coisas dependia de Orion cumprir bem seu papel. Ele entrou logo antes do sinal, olhou em volta e se acomodou no assento ao lado do meu. Mika chegou a esticar a cabeça para olhá-lo e sorrir esperançosamente. Mas o gesto se perdeu, com Orion muito ocupado estudando todos os meus ingredientes e o tipo de reação na qual eu estava trabalhando.

A maioria das pessoas recebe tarefas alquímicas que envolvem a produção de antídotos e elixires preventivos, ou até mesmo coisas como a boa e velha fórmula para produzir ouro a partir de elementos mais baratos. Eu nunca recebo fórmulas úteis assim; sempre preciso trocar com alguém para consegui-las. Só essa semana, já recusei várias tarefas, de transformar chumbo em paládio radioativo a produzir um veneno letal ao toque e converter carne em pedra, até que peguei a de agora: criar um jato de plasma superaquecido que possa ser útil em certas circunstâncias. Por exemplo, isso seria ideal para carbonizar ossos até só restarem as cinzas, o que você não pensaria ser a primeira coisa a vir à mente de uma pessoa, se essa pessoa não fosse Orion. Ele olhou para o que eu estava fazendo e disse, desconfiado:

— Isso é tão quente que pode até desintegrar um osso.

— Ah, você já fez isso? — perguntei, ironicamente. — Só não me explique, quero aprender por conta própria.

Ele passou a maior parte da aula me observando em vez de fazer sua própria tarefa. Aquilo me deixou com raiva, mas a raiva quase sempre era boa para o meu desempenho. Meus ingredientes eram ferro, ouro, água, um pedaço de lápis-lazúli polido e meia colher de chá de sal, dispostos em distâncias proporcionais às suas quantidades. Ai de mim se errar um único milímetro! Mas consegui alinhar tudo direito na primeira tentativa. Como seria complicado realizar uma rotina de exercícios no meio da aula para gerar mana, entoei suavemente três cânticos longos e complexos, dois em inglês e um em marata. Pequenas fagulhas brotaram de dentro das minhas mãos em concha e consegui empurrar um pouquinho minha bandeja de ingredientes para mais perto de Orion, logo antes de lançar as fagulhas e dar um pulo para trás. Uma tênue chama azul engoliu os ingredientes de uma só vez e emitiu um som poderoso, tão quente que uma onda sufocante se propagou pela sala. Guinchos agudos vieram de dentro dos dutos de ventilação, e ouviu-se um barulho de garras arranhando vindo do alto.

Todos instintivamente se enfiaram debaixo das mesas, exceto Orion. Os papéis torcidos que ele estava usando para segurar seus próprios ingredientes pegaram fogo por indução e ele ficou desesperado tentando apagar as chamas. Aquilo fez com que eu me sentisse bem melhor.

Melhorei mais ainda quando Nkoyo me convidou para jantar na saída.

— Se quiser se juntar a nós, normalmente nos encontramos faltando treze minutos para as seis — disse ela.

Nem precisei verificar se Orion estava ouvindo; ela mesma já garantira que sim.

— Se eu puder levar a Yi Liu.

Se tudo desse certo, chegaria um ponto em que Orion ficaria entediado com minha falta de maldade, e não dava para ter certeza de que todos aqueles meus novos amigos não me esqueceriam assim que isso acontecesse. Mas Liu ficaria satisfeita em ampliar seus relacionamentos; ela não causava o mesmo efeito que eu nas outras pessoas, mas tampouco era uma rainha da popularidade como Jack. Você precisa percorrer um longo caminho antes que comece a ser dominado por malia, e ela se lembraria de que lhe fiz um favor quando pude.

Encontrei Liu no corredor voltando para o seu quarto depois da aula e lhe contei sobre o jantar; ela passara a tarde em uma sessão na oficina. Depois de aceitar o convite, ela me olhou pensativamente e disse:

— Orion ficou fazendo perguntas sobre a Luisa na oficina de escrita depois do almoço.

— Claro que ficou — respondi com uma careta. Jack certamente iria me culpar, com Orion me seguindo para cima e para baixo o tempo todo. — Valeu. Te vejo no horário combinado.

Não cheguei a ver Jack, mas verifiquei se não havia algum feitiço malicioso na porta do meu quarto e fiz uma inspeção minuciosa antes de entrar, só para o caso de ele estar ficando mais ousado. Como não havia nada, me devotei à rotina de exercícios de armazenamento de mana até a hora do jantar.

Meu plano tem sido encher cristais ao longo do ano, a menos que uma emergência ou uma oportunidade de ouro se apresente — como poderia ter sido o caso daquele devorador de almas! — e então utilizar alguns criteriosamente, visando estabelecer uma reputação pouco antes do final do semestre e, com isso, garantir uma aliança de graduação sólida no início do ano que vem. Todos nós, até os membros de enclaves, armazenamos o máximo de mana possível entre as experiências de quase-morte. Afinal, mana é a única coisa que você não pode trazer consigo para a escola, ainda que ela esteja perfeitamente armazenada em um coletor de energia como os cristais de mamãe.

Ou melhor, você é muito bem-vindo para trazer quantos coletores quiser, tão cheios quanto possível, mas todos se esvaziarão pelo feitiço de admissão que nos traz até aqui, que é extremamente faminto por mana. Em troca, você até ganha um limite de peso extra, mas nem tanto, então não vale a pena, a menos que você faça parte de um enclave e possa jogar fora, sem maiores preocupações, trinta coletores cheios só para conseguir mais 250 gramas. Mas mamãe nunca teve mais do que dez cristais cheios desde que nasci, e nos últimos anos esse número vem diminuindo. Quando eu entrei aqui, carregava somente uma mochila pequena e meus cristais vazios.

Eu estou à frente dos outros nisso. Grande parte dos coletores de energia são muito maiores e mais pesados do que os cristais de mamãe, então muitos alunos não conseguem trazer os vazios; além disso, eles não funcionam tão bem, especialmente aqueles que são construídos na oficina por um estudante de catorze anos. Estou em uma posição razoável, mas fica muito complicado conseguir preenchê-los com os males toda hora se jogando em cima de mim. E fica cada vez mais difícil enchê-los com exercícios, pois quanto mais velha e em melhor forma eu fico, mais fácil os exercícios se tornam. Mana tem esse lado irritante: não é o desempenho físico em si que conta; o que se transforma em mana é a quantidade de esforço que a tarefa me custou.

No ano que vem, precisarei desesperadamente de pessoas que me deem cobertura e me ajudem a armazenar mais mana. Calculo que, se eu conseguir chegar à graduação com cinquenta cristais preenchidos, poderei abrir com uma só chama um caminho para mim e meus aliados até os portões que dão para o lado de fora. Não precisa ser nada mais engenhoso que isso. Essa é uma das poucas situações em que um paredão de chamas mortais pode realmente se mostrar necessário: é assim que a própria escola limpa o refeitório e faz a limpeza semestral dos corredores. Mas não chegarei a esse ponto se não conseguir manter o ritmo. O que significa, neste exato momento, e você pode rufar os tambores, fazer duzentas flexões antes do jantar.

Gostaria de dizer que não pensei em Orion, mas a verdade é que, em meio às flexões, perdi um bom tempo calculando em vão a probabilidade de ele me seguir até o jantar. Fiquei entre 40% e 60%, mas confesso que teria ficado desapontada se não tivesse visto o brilho de seu cabelo prateado no ponto de encontro quando saí. Ele estava esperando por mim, com Nkoyo e Cora a seu lado, olhando-o sem muita discrição. No rosto de Cora, desenhava-se um embate entre ciúme e confusão que contrastava com a inexpressividade do semblante de Nkoyo. Liu juntou-se a mim um pouco mais adiante no corredor e Jowani saiu de seu quarto bem a tempo de nos alcançar.

— Algum de vocês sabe de alguém que esteja estudando inglês arcaico? — perguntei enquanto caminhávamos.

— Acho que tem um cara do segundo ano — respondeu Nkoyo. — Não me lembro o nome dele. Tem alguma coisa boa aí?

— Noventa e nove feitiços de limpeza doméstica — respondi. Eles estalaram a língua com simpatia. Eu provavelmente era a única aluna que teria ficado feliz em negociar um feitiço de combate poderoso em troca de uma conjuração aquática decente. É claro, ninguém conseguia *conjurar* os feitiços de combate que eu obtenho.

— Geoff Linds — disse Orion repentinamente. Quando o encaramos, ele acrescentou: — Ele é de Nova York.

— Bem, se ele quiser noventa e nove jeitos diferentes de limpar o quarto em inglês arcaico, diga-lhe para vir falar comigo — disse suavemente. Orion franziu a testa para mim.

Ele franziu a testa outra vez no jantar, durante o qual eu fui extremamente simpática, oferecendo-lhe até um pedaço de pudim roubado e uma torta de melaço que eu detesto. Ele, obviamente, queria recusar, mas, ao mesmo tempo, era um rapaz de dezesseis anos que examinava cada caloria que pudesse obter em termos de potencial de contaminação. Todo o poder heroico do mundo não o salvaria de uma disenteria ou de um pouco de estricnina escondida no molho, e não é como se ele trocasse seus resgates por algo útil. Depois de um momento, ele aceitou, a contragosto.

— Obrigado — ele pegou a torta e a comeu, sem olhar nos meus olhos.

Depois disso, ele me seguiu de perto enquanto levávamos as bandejas para a esteira que ficava sob a placa enorme onde se lia "LIMPEM SUAS BANDEJAS". Mesmo depois de três anos, essa frase ainda me parecia idiota e sem sentido. Afinal, nós precisamos colocar as bandejas sujas em um encaixe escuro de uma roda enorme feita de metal maciço, que fica girando lentamente conforme a esteira se move. O lugar mais seguro para se fazer isso é nas extremidades da roda, já que os pratos e bandejas são limpos com jatos de fogo que afastam os males dali, mas é quase impossível encontrar um espaço vazio nelas, e não vale a pena perder tempo e ficar exposto caçando. Eu normalmente vou até a parte do meio, onde as filas são menores.

Aparentemente, Orion considerou que aquele era o lugar perfeito para uma conversa a dois.

— Boa tentativa — disse ele, por cima do meu ombro —, mas é tarde demais. Não vou esquecer daquilo só porque agora você quer fingir ser amigável. Por que não tenta me dizer o que realmente aconteceu com a Luisa?

Ele nem sequer tinha percebido que já havia convencido a todos na escola que nós estávamos saindo juntos. Revirei os olhos, mas só metaforicamente; não era tola o bastante para desviar o olhar nem por um segundo.

— Claro, estou animadíssima para compartilhar o que eu sei com você. Esse seu bom julgamento e bom senso me enchem de confiança.

— E o que isso quer dizer? — indagou.

Ele mal terminara de falar quando uma criatura de seis braços, vagamente situada entre um polvo e uma iguana, pulou de dentro de um encaixe que tinha acabado de girar, mirando na cabeça de uma caloura; Orion girou nos calcanhares e se atirou na direção dela, pegando uma faca da bandeja da menina enquanto lançava um feitiço de ingurgitação. Eu olhei para a frase na parede, depois para o encaixe vazio, então encaixei imediatamente a bandeja nele e rolei no chão para longe antes que aquela coisa inchasse como um balão e explodisse em cima de todos por ali.

Voltei para meu quarto sem nenhum respingo e planejando tomar o café da manhã com três alunos do enclave de Londres — que até agora tinham me ignorado por completo — e trocar feitiços de latim com Nkoyo no laboratório de línguas. Orion foi direto para os chuveiros, exalando um fedor pútrido. Ainda não tínhamos nos acertado, mas as coisas estavam correndo bem. Então, quando ele bateu dez minutos depois, com aquele miasma persistente entrando por debaixo da porta, me senti generosa o suficiente para abrir e dizer: "Tudo bem, mas o que vou receber em troca pela informação?".

Só que eu nem cheguei ao *Tudo bem*, porque não era Orion; era Jack, coberto pelas tripas daquela criatura que explodiu no refeitório. Ele conseguiu me enganar pelo cheiro. Inteligente. Então ele enfiou uma faca de mesa bem na minha barriga, me empurrou para trás, me derrubando, e fechou a porta, sorrindo com todos aqueles seus dentes brancos enquanto eu arfava em choque, gritando mentalmente comigo mesma: "*idiota, idiota, idiota*". Como estava me aprontando para dormir, tinha colocado meu cristal de mana em cima da cabeceira da cama, onde pudesse alcançá-lo durante a noite, mas agora completamente fora de alcance. Jack se ajoelhou sobre mim, afastou meu cabelo da testa, envolveu meu rosto com as duas mãos em formato de concha e sussurrou:

— Ah, Galadriel.

Involuntariamente, minhas mãos seguravam o cabo da faca na tentativa de evitar que ela se movesse, mas me forcei a soltar uma delas para tatear o chão em busca do outro cristal, aquele no qual trabalhara à tarde, que estava cheio até a metade de mana. Eu o tinha deixado pendurado ao lado da cama, bem perto de onde minha cabeça estava enquanto fazia as flexões. Se conseguisse alcançá-lo, poderia me conectar com toda aquela carga armazenada. E não teria absolutamente nenhuma piedade ao liquefazer os ossos de Jack.

Mas não consegui alcançá-lo. Meus dedos estavam tensos. Tentei virar um pouco o corpo, mas doeu muito. Jack acariciava meu rosto com a ponta dos dedos, o que me irritava quase tanto quanto a faca.

— Pare com isso, seu babaca — sussurrei, com muito esforço.

— Por que você não me obriga? — sussurrou ele de volta. — Vai, Galadriel, faz isso. Ah, você é tão linda. E pode ser ainda mais. Vou te ajudar, faço qualquer coisa por você. Vamos nos *divertir tanto...*

Meu rosto se enrugava como uma folha de papel-alumínio sendo amassada. Eu não conseguiria. Nunca quis admitir que eu diria não. Nunca quis admitir que eu recusaria, mesmo com aquele saco de podridão arrastando seus dedos por minhas costelas em direção à faca que enfiara em minhas entranhas para poder me esquartejar como um porco.

Eu disse a mim mesma o que fazia parte do senso comum: tornar-se uma maleficente significava morrer jovem e de uma maneira grotesca. Mas isso ao menos ainda deveria ser melhor do que morrer agora. Só que não, não era. E se não fosse uma opção agora, nunca mais seria. Mesmo que eu sobrevivesse, não sobreviveria a uma próxima vez, ou à vez depois dessa. Sempre tive uma válvula de escape na minha cabeça: *se tudo der errado*, mas tudo já tinha dado errado e, ainda assim, eu não faria isso.

— Dane-se — sussurrei, lembrando da minha bisavó com tanta raiva que poderia até ter chorado, e me preparei para me enfiar na faca tanto quanto fosse necessário para alcançar o cristal de mana. E então ouvi uma batida na porta. Uma batida na porta durante a noite, com todos os outros sãos e salvos em seus próprios quartos ou em grupos de estudo.

Falar era difícil demais. Apontei um dedo para a porta e pensei: "*abre-te, sésamo*". Um feitiço estúpido para crianças, mas era a minha porta e não estava trancada. Orion estava parado no umbral. Jack se virou, as mãos encharcadas com meu sangue; ele até havia espalhado um pouco na boca para dar um toque final macabro.

Deitei a cabeça, exausta, e deixei tudo por conta do poderoso herói.

Capítulo 4

SERES QUE VAGUEIAM À NOITE

UM CHEIRO CURIOSAMENTE agradável de carne torrada preenchia o quarto quando Orion caiu de joelhos ao meu lado.

— Você está... — começou ele, mas parou ao constatar o óbvio.

— Na caixa — respondi. — Embaixo, no lado esquerdo. Um embrulho.

Ele alcançou a caixa de ferramentas, remexeu lá dentro e, sem nem mesmo dar uma olhada no que mais havia lá, pegou o envelope branco, rompeu-o e tirou de lá um emplastro fino feito de linho. Foi minha mãe quem fez para mim, do começo ao fim: ela mesma lavrou a terra, plantou a semente, colheu à mão, fiou e teceu, entoando feitiços de cura nele o tempo todo.

— Limpe o sangue com um lado — sussurrei. Seu rosto estampava o quanto estava alarmado, mas ele chegou a olhar para o chão, em dúvida. — Tudo bem se sujar. Tire a faca e coloque o outro lado na ferida.

Por sorte, eu meio que apaguei quando ele puxou a faca. Depois de uns dez minutos de desorientação mental, consegui retomar a consciência e perceber que o curativo estava agindo. A faca de Jack não era longa o suficiente para atravessar meu corpo, então havia apenas o ferimento de entrada, que não era tão fundo. O curativo emitia uma luz branca suave que machucava meus olhos, mas eu o sentia agir em minhas entranhas castigadas. Mais dez minutos e eu estaria pronta para deixar que Orion me ajudasse a deitar na cama.

Depois de me colocar lá, Orion jogou os restos carbonizados de Jack no corredor. Em seguida, pegou minha bacia e lavou o sangue. Quando voltou e se sentou na cama, suas mãos tremiam e ele as observava, atônito.

— Quem… quem era aquele? — ele parecia mais chocado do que eu.

— Você não se dá ao trabalho de aprender o nome de *ninguém*, né? — respondi. — Aquele era Jack Westing e foi ele quem devorou a Luisa, se você quer saber. Caso não acredite em mim, pode olhar no quarto dele. Provavelmente ainda haverá restos.

Ele levantou a cabeça.

— Como assim? Por que você não me contou?

— Porque eu estava com receio de ser esfaqueada por um maleficente sociopata, o que me parece óbvio dadas as circunstâncias. Falando nisso, obrigado por ficar perguntando por aí em voz alta sobre a Luisa. Com certeza isso não o provocou nem um pouco.

— Sabe que é quase impressionante? — disse ele depois de um instante, sua voz um pouco mais firme. — Você estava à beira da morte há poucos minutos, mas ainda consegue ser a pessoa mais desagradável que eu conheço. Aliás, de nada, *outra vez*.

— Considerando que você é responsável por ao menos metade disso aqui, me recuso a agradecer — respondi. Fechei os olhos por um instante, e de repente se ouviu o sinal dos cinco minutos para o toque de recolher. Eu nem havia sentido o tempo passar. Toquei de leve o curativo para ver como estava. Parece que sentar não seria algo agradável por um tempo. O sangue voltara a circular dentro de mim, então eu já me sentia muito melhor, mas nem mesmo o excepcional trabalho de mamãe faria uma perfuração daquela desaparecer instantaneamente.

Alcancei o cristal de mana e o pendurei em volta do pescoço. Já podia desistir de pegar no sono essa noite e precisaria usar um pouco de energia. Não só eu não tinha cedido, mas Jack estava morto — uma perda líquida de malignidade no mundo. A maleficência provavelmente ficaria furiosa.

Orion ainda estava sentado na beira da cama, como ficou o tempo inteiro, e não fez menção de se levantar.

— O que você está fazendo? — indaguei, irritada.

— Que foi?

— Você não ouviu o sinal de aviso?

— Não vou te deixar aqui sozinha — disse ele, como se fosse a coisa mais óbvia do mundo.

Eu o encarei.

— Você realmente não entende nada do princípio do equilíbrio?

— Para começar, isso é uma teoria. Depois, mesmo que seja verdadeira, não preciso viver de acordo com ela!

— Você é desses, então — respondi, com repugnância.

— Sim, sinto muito. Você se *importa* que eu fique ou prefere que te deixe sozinha com uma ferida na barriga para ser atacada a noite toda?

Evidentemente, eu o irritei o bastante para que ele próprio encontrasse algum sarcasmo.

— Claro que não me importo.

Afinal, isso não pioraria as coisas para o meu lado. Existe um limite prático de quanta maleficência pode entrar em seu quarto de uma só vez, e eu já era o prato principal no menu desta noite. A presença de Orion só ajudaria. Era basicamente o mesmo princípio que tornava o fato de estar dentro da escola mais seguro, durante a puberdade, do que fora dela.

O toque de recolher soou na hora marcada, alguns minutos atrasado. O que quer que estivesse impedindo a maleficência de atacar Orion, não poderia superar o cheiro de sangue lavado que eu desprendia, sem mencionar a tentação de dois alunos em um mesmo quarto. Houve uma disputa do lado de fora para iniciar os festejos com o cadáver de Jack, um som horripilante de coisas lutando entre si e roendo o corpo. Orion ficou de pé no meio do quarto, agitado e com os punhos cerrados, ouvindo-os.

— Por que você está desperdiçando energia? Descanse um pouco até eles entrarem — murmurei.

— Estou bem.

Os ruídos do lado de fora finalmente cessaram. O primeiro solavanco na porta veio logo depois. Em seguida, uma gosma negra e cintilante começou a se infiltrar por debaixo dela, grossa como piche. Orion deixou-a entrar até a metade do caminho, e então a enquadrou com as duas mãos erguidas em formato de diamante. Ele entoou um feitiço de tromba d'água em francês e, com um sopro sibilante entre as mãos, jogou-o do outro lado. Uma enxurrada de água jorrou, forte como uma mangueira de incêndio, e dissolveu a gosma em uma mancha delgada que escorreu pelas fendas estreitas do piso frio e pelo ralo no meio do chão do quarto.

— Se você a tivesse congelado, poderia ter bloqueado a passagem — disse, depois de um momento.

Ele me olhou atravessado, mas, antes que pudesse responder, uma súbita alteração na pressão provocou um estalo em meus ouvidos: alguma coisa grande saíra do duto de ar. Ele pulou na frente da cama e lançou um feitiço de proteção sobre nós dois, bem na hora em que uma fulgurante chama encarnada irrompeu no canto escuro do quarto, a centímetros de distância do vazio. Ela arrancou minha mesa do lugar e começou a nos golpear com um tentáculo de fogo enorme em forma de chicote, espirrando chamas sobre a superfície da barreira protetora.

Agarrei o braço de Orion quando ele pegava um pouco da poeira da minha cabeceira, prestes a usar um feitiço de redemoinho-perverso. Ele gritou comigo.

— Desse jeito, eu mesmo vou acabar te matando!

— Cala a boca e me escuta! Abafar não adianta. Você precisa queimá-lo com um fogo mais quente para acabar com ele.

— Você já viu um desses?

— Tenho um feitiço de invocação que levanta uma dúzia desses — respondi. — Foi usado para incendiar a Biblioteca de Alexandria.

— Por que diabos você pediria um feitiço como esse?

— Eu pedi um feitiço para iluminar meu quarto, seu imbecil. Esse foi o que *recebi* — para ser sincera, a chama encarnada realmente era ótima para iluminar o dormitório. O meu tinha ficado duas vezes mais alto depois da remodelação no segundo ano. No fim de cada semestre, a escola se livra de todos os quartos desocupados. Eu não via mais o meu teto desde então. Uma porção de larvas de aglo estava lá em cima agora, dando voltas às cegas, tentando escapar da luz e extinguindo-se em pequenas chamas azuis quando tocavam nas fitas vermífugas que eu preguei quando o teto era mais baixo. — Você realmente quer discutir isso agora?

Ele grunhiu em resposta e, em seguida, atingiu o encarnado com um magnífico feitiço de incineração de apenas quatro palavras. Todos os seus feitiços pareciam ser assim, ideais para combate. A criatura berrou ao ser enfiada em um enorme pilar de chamas que se extinguiu junto ao feitiço. Ele se sentou na cama novamente, puxando o ar com força; havia uma certa eletricidade estática crepitando em sua pele: seu corpo irradiava mana.

Ele não derramou um pingo de suor enquanto eliminava as cinco criaturas que entraram depois, incluindo um ser desencarnado que entrou flutuando sob a porta, que ele não tinha bloqueado, e uma horda de pequenas coisinhas encorpadas que chiavam como toupeiras, saídas de debaixo da cama, e que, aparentemente, queriam nos mordiscar até a morte. Orion estava praticamente brilhando quando terminou.

— Se você tiver mana sobrando pode colocar um pouco nos meus cristais — disse, me contorcendo de inveja.

Ele de fato pegou meu cristal meio vazio pendurado na cama, olhou uma vez, depois outra, e então se virou para ver o que eu estava usando.

— Espere aí, eu achei que... de qual enclave você faz parte?

— Nenhum.

— Então como conseguiu esses cristais da Radiant Mind? *Dois deles*, ainda por cima.

Apertei os lábios, lamentando por ter levado a conversa por esse caminho. Mamãe doa seus cristais para outros bruxos quando tem um bom pressentimento em relação a eles e, como o julgamento dela em relação a esse tipo de coisa é praticamente infalível, seus cristais acabaram desenvolvendo alguma reputação, ainda que desproporcional à quantidade de mana que podem armazenar.

— Eu tenho cinquenta desses — respondi. Foi só isso que eu trouxe comigo em vez de mais roupas, suprimentos, ferramentas ou qualquer outra coisa dispensável. — Eles são da minha mãe.

Ele ficou boquiaberto.

— Gwen Higgins é sua *mãe*?

— Sim, e eu nem me importo com todo esse espanto, por isso mesmo faço tanta questão de contar para todos.

Mamãe era a clássica mulher inglesa: loira, pequena e de faces rosadas que vai engordando aos poucos na meia-idade. Papai — mamãe tem uma foto dele, de antes de ele ir para a escola, que ganhou da sogra — tinha 1,80 m já aos catorze anos, com um jeito meio desajeitado, cabelos pretos feito carvão, olhos escuros sérios e um nariz adunco. Ela gosta de me dizer como adora que eu esteja ficando tão parecida com ele, porque consegue enxergá-lo em mim. Do meu ponto de vista, isso sempre significou que ninguém me reconhecia como sua filha, a menos que fosse informado. Certa vez, uma pessoa que visitou nossa tenda passou uma hora inteira sugerindo que eu fosse embora e parasse de importunar aquela grande curandeira espiritual, como se eu não estivesse na minha própria casa.

Mas não era por isso que Orion estava incrédulo. Bruxos tendem a se misturar muito mais, já que todos nós nos amontoamos aqui dentro durante os anos de formação, e a distinção realmente importante é entre enclavistas e não enclavistas. O que deixou Orion chocado foi a grande curandeira espiritual ter gerado uma assustadora proto-maleficente como eu. E já que todos os outros também ficariam assim, eu não conto para ninguém.

— Ah — disse ele, meio sem jeito. Então ele saltou e, em um gesto reflexo, explodiu uma sombra que nem mesmo teve a chance de tomar uma forma consistente, tanto que nem reconheci a qual variedade pertencia. Ele acabou armazenando mana no meu cristal, talvez como uma espécie de pedido de desculpas, ou talvez porque estivesse em más condições e prestes a desmoronar: preencheu-o de uma vez só e então suspirou aliviado. Eu contive meus sentimentos, coloquei os cristais na caixa junto com os outros e peguei um vazio.

Consegui dormir um pouco no final da noite. Ou a maleficência recuara ou Orion exterminara todas as que estavam por perto; houve intervalos de meia hora sem que nada entrasse. Orion também preencheu outros dois cristais para mim. Acabei lhe dando um, a contragosto. Comecei a sentir uma culpa azucrinante pelo que aconteceu, embora ele não tivesse pedido nada em troca, como qualquer pessoa normal faria.

ACORDEI COM MEU alarme tocando. Amanhecera, e não estávamos mortos. Orion, pálido e abatido, não tinha dormido nada. Cerrei os dentes e, em seguida, me arrastei dolorosamente para fora da cama.

— Deite-se, vou resolver isso — falei.

— Resolver o quê? — perguntou, bocejando longamente.

— Isso — respondi.

Decerto, nada substitui uma noite de sono, mas minha mãe possuía uma técnica para insones crônicos que fechava o terceiro olho deles — nada muito científico, eu sei —, fazendo-os se sentir melhor. Eu não sei conjurar tão bem a maioria dos feitiços de mamãe, mas este é simples o suficiente. Ele deitou na minha cama e fiz com que segurasse o cristal que havia dado a ele; então, cobri seus olhos com as mãos, coloquei os polegares entre suas sobrancelhas e entoei a "canção de ninar do olho interior" sete vezes. Funcionou, do jeito como funcionam todas aquelas ridículas coisas de mamãe. Ele apagou instantaneamente.

Deixei-o descansar por vinte minutos, até o sinal do café da manhã. Sentado na cama, já aparentava cinco horas de sono bem dormidas.

— Me ajuda a levantar — pedi.

Não existe essa coisa de passar um dia na cama aqui. Ficar o dia inteiro nas alas residenciais significa apenas que tudo aquilo que estiver vindo lá debaixo para os festejos noturnos ganhará um aperitivo ao meio-dia. Só fica por aqui quem já está quase morto. Como você pode imaginar, nós pegamos resfriados e gripes o tempo inteiro: somos mais de 4 mil aqui dentro, e os calouros que chegam no início de cada ano trazem uma variedade encantadora de vírus e doenças infecciosas do mundo inteiro. Mesmo após eles completarem seu ciclo, coisas novas continuam surgindo, sabe-se lá por quê. Talvez sejam apenas maleficências em miniatura — que ideia adorável.

Como eu estava, de fato, exausta e emocionalmente sobrecarregada, não estava me dando conta da impressão que nós dois, saindo do meu dormitório, ambos exaustos e emocionalmente esgotados, poderíamos causar. Mas alguns alunos que também haviam resolvido dormir até o sino tocar saíram ao mesmo tempo que nós e, é claro, quando chegamos ao refeitório a notícia já tinha se espalhado. A escala da fofoca foi tão elevada dessa vez que uma das garotas do enclave de Nova York arrastou Orion para o lado, logo depois do café, e exigiu saber o que diabos ele achava que estava fazendo.

— Orion, ela é uma *maleficente* — ouvi ela dizer. — Jack Westing desapareceu ontem à noite, e as pessoas encontraram pedaços dos seus sapatos do lado de fora da porta dela. Provavelmente ela o matou.

— *Eu* o matei, Chloe — disse Orion. — Ele era o maleficente. Foi ele quem matou Luisa.

Essa notícia a abalou um pouco, pelo menos o suficiente para que abandonasse seu sermão a respeito das terríveis escolhas de Orion sobre com quem sair. Com isso, no final do dia, Orion era a única pessoa na escola que não percebera que agora nós dois éramos, indubitavelmente, um casal; e não só isso, mas um casal insano, que passa as noites no mesmo quarto. Eu diria que foi quase divertido assistir aos efeitos. Os alunos do enclave de Nova York, por exemplo, ficaram extremamente ansiosos: os do nosso ano até reservaram um tempo do almoço para contar aos veteranos. Enquanto isso, alguns alunos do enclave de Londres começaram a ser gentis comigo, de um jeito que demonstrava um esforço conjunto da parte deles.

A questão central, é claro, se Orion estava realmente convencido em relação a mim, é que eu passava a ter uma chance de caçá-lo. Quanto ao pessoal de Londres, eu já havia deixado claro que estaria interessada em um convite; sem pedir diretamente, já que isso acarretaria uma rejeição desdenhosa. Eu disse apenas que minha mãe morava perto de Londres, mencionando que pensava em me candidatar para o enclave. Apenas uma semente plantada para o futuro, porque a graduação se aproximava e eu demonstrara algum poder de fogo. As pessoas são sempre mais propensas a fazer uma oferta se acharem que ela será aceita.

Claro, era absolutamente ridículo para qualquer pessoa envolvida começar a entrar em pânico ou a me cortejar por causa de um relacionamento de terceiro ano com dois dias de duração, mas esse era o grau de estupidez das pessoas quando se tratava de Orion. Seria um pouco mais engraçado se não constituísse um lembrete recorrente de quão pouco eu era valorizada por ser quem eu sou. E se eu não estivesse com um ferimento mal curado que azedava, e muito, meu humor.

Não deixei que nada disso me impedisse de aproveitar as vantagens que me foram oferecidas ao longo do dia: bons lugares, pequenos favores aqui e ali. Eu precisava de cada uma delas para ir em frente. Como eu havia conseguido me adiantar nos trabalhos durante o semestre, tinha algum tempo sobrando para estudar para as provas finais. Só que, em vez disso, deixei para lá e fiquei quieta descansando, enquanto todos os outros faziam de si mesmos alvos um pouco mais atraentes. Nem mesmo tentei fazer qualquer lição; simplesmente poupei minha energia, gastando apenas um pouco da que havia em meu cristal em barreiras de proteção robustas antes de me jogar na cama e dormir o sono daqueles que possuem a Égide em suas portas.

Na manhã seguinte, o curativo caiu, revelando uma leve cicatriz, uma dor persistente e vários pensamentos sobre os prazos iminentes nas aulas de oficina. Se você não concluir as tarefas da oficina a tempo, seu projeto inacabado ganha vida na data de entrega e vem atrás de você com todo o poder que você depositou nele. E não adianta tentar contornar isso não colocando nenhum poder ou o fazendo da forma errada, pois as matérias-primas que deveriam ter sido utilizadas ganham vida separadamente e chegam até você da mesma forma. É uma técnica pedagógica eficaz. Nós recebemos uma nova tarefa a cada seis semanas. A minha última deste ano envolvia escolher entre 1) uma esfera hipnótica, que poderia ser utilizada para transformar um grupo de pessoas em uma multidão delirante que se dilaceraria até a morte, 2) um adorável verme mecânico que se enfiaria na imaginação de alguém para desenterrar seus piores pesadelos, um após o outro, noite após noite, até que essa pessoa enlouquecesse, ou 3) um espelho mágico que lhe daria conselhos e lampejos de um possível futuro.

Se você consegue imaginar o tipo de conselho que um espelho desses me daria, bem, eu também consigo. O espelho era pelo menos dez vezes mais complicado de fazer do que as outras duas tarefas. Só que, se eu optasse por qualquer uma delas, acabariam sendo utilizadas para as funções a que se destinavam. Se não por mim, por outra pessoa.

Eu já havia forjado a moldura em ferro e feito a placa de apoio onde a prata encantada seria aplicada. Mas era de se esperar que o processo de despejar a prata não correria nada bem nas primeiras dezenas de tentativas. Isso envolvia alquimia e encantamento do mais alto nível de artifício, e sempre que você tenta cruzar duas ou mais disciplinas, tudo se torna muito mais difícil. A menos, é claro, que você pudesse conseguir um especialista de cada disciplina para ajudá-lo. Não era o meu caso.

Só que hoje foi: Aadhya, por decisão própria, caminhou comigo do refeitório até a oficina e se sentou a meu lado em um dos bancos compridos.

— Estou muito cansada para conseguir fazer qualquer coisa hoje, mas não posso me dar ao luxo de ficar para trás com isso aqui — disse a ela, mostrando minha tarefa.

— Logo um desses? Espelhos mágicos são para veteranos da linha de artifícios.

— As outras que recebi eram piores — respondi, sem entrar em detalhes. Eu poderia ter preparado aquela esfera em uma única sessão com um punhado de pedaços de vidro. Verdade que talvez precisasse misturá-los ao sangue ainda quente de um dos meus colegas, mas quem está sendo exigente? — No que você está trabalhando? — perguntei.

Sua tarefa era criar um suporte pessoal para barreiras de proteção, um amuleto que você coloca em volta do pescoço ou amarra no pulso, através do qual você pode conjurar uma barreira de proteção e ficar com as duas mãos livres para conjurar outros feitiços, já que não precisa segurá-lo. Um trabalho extremamente útil e relativamente rápido. Olhando para sua caixa de ferramentas, pude ver que ela estava fazendo meia dúzia deles, cujas peças de reposição usaria para fazer trocas supervantajosas depois. Ela estava se especializando em artifícios, é claro, mas mesmo assim...

Estreitando os olhos, ela me disse:

— O derramamento da prata seria muito mais fácil com um artífice e um alquimista.

— Detesto ficar pedindo ajuda por aí — a pura verdade —, e faltam menos de três semanas para o final do semestre. Todos estão ocupados.

— Eu talvez consiga te ajudar com isso se você encontrar um alquimista — disse ela, certamente visando uma chance de trabalhar com Orion. — E se você me deixar usar o espelho depois.

— À vontade — respondi.

Aquilo era um excelente negócio, só que muito provavelmente eu teria de encontrar alguma outra maneira de compensá-la, ou de irritá-la, já que quase certamente ela não usaria o espelho depois da primeira tentativa. A não ser que ele resultasse naquele tipo de espelho que te encoraja a pensar que todos os seus planos são brilhantes e que você é sempre incrível, inteligente e linda; até que reste apenas uma ruína completa de si mesmo.

Mas, é claro, eu precisaria pedir ajuda a Orion, o que fiz de má vontade na hora do almoço. Achei melhor não esperar muito, já que a qualquer momento ele poderia descobrir que, supostamente, nós estávamos namorando, e começar a me evitar em vez de seguir sua rotina de cavaleiro. Ontem, em todas as refeições, ele veio checar se estava tudo bem comigo, sempre perguntando em voz baixa; em duas delas, ele se deixou ser puxado para a mesma mesa que eu, uma vez por Aadhya, outra por Ibrahim. Isso me irritou a tal ponto que quase deixei Ibrahim importuná-lo durante todo o jantar, uma ladainha sem fim de "Ainda não acredito que você matou um devorador de almas sozinho" e "Você prefere usar prata ou ouro como agonista? Eu realmente apreciaria seu conselho" etc. Mas a bajulação era tanta que me irritou ainda mais, então acabei explodindo, mandando Ibrahim calar a boca e parar de se comportar como um maníaco, ou encontrar outro lugar para se sentar.

Ele parou de falar e parecia envergonhado, mas tentou me encarar. Quando percebeu que eu não desviaria os olhos, tenho quase certeza de que sentiu o terrível destino que aguardava qualquer um que despertasse minha ira. Ele desistiu, fingindo olhar para lugar nenhum.

Antes, na hora do almoço, eu fiz questão de tocar meu abdômen e me encolher visivelmente. Como esperado, Orion reagiu abrindo caminho na fila logo atrás de mim, se é que dá para dizer isso, já que as próprias garotas se afastavam, efusivas, respondendo "Pode passar, Orion, está tudo bem!" quando ele lhes pedia passagem.

— Como você está? — perguntou ele.

— Melhor agora — respondi, o que era verdade, e também valia como flerte para os bisbilhoteiros. — Mas acabei me atrasando na aula de oficina. Aadhya disse que me ajudaria, mas, como é um projeto multidisciplinar, nós também precisamos de um alquimista.

Se isso soou como um convite dolorosamente raso para você, bem, não posso discordar; mas nenhuma sutileza parecia realmente necessária. E, de fato, não era.

— Eu ajudo vocês — disse ele, instantaneamente.

— Que ótimo — respondi. — Pode ser hoje à noite, depois do jantar?

Ele assentiu e, mais uma vez, não pediu nada em troca, colocando lenha na fogueira da especulação alheia. Senti um misto de irritação e generosidade, e acrescentei:

— A propósito, o arroz doce não.

Ele virou a cabeça e foi para cima dos vermes aglutinados e viscosos que estavam na bandeja. Se você encosta uma colher neles, existe o risco de perder a colher e metade dos dedos até sobrarem só os ossos, a menos que você se livre dela rápido o suficiente jogando-os fora, um ato que os faz atingir outros alunos na fila e imediatamente começar a devorar qualquer carne com a qual têm contato, multiplicando-se rapidamente.

Dez minutos depois de eu sair da fila com minha bandeja, Orion apareceu com um rastro de névoa azul-acinzentada atrás dele e metade da bandeja vazia. Como os que estavam atrás dele também pareciam ter perdido parte da comida, supus que o extermínio dos vermes tivesse sido um trabalho coletivo. Não haveria refil até que os últimos alunos do nosso ano terminassem e chegasse a vez do segundo ano. Quando ele se sentou ao meu lado, coloquei em sua bandeja minha caixa de leite extra e um segundo pãozinho, revirando discretamente os olhos para mim mesma. Com aquela confusão atrás de mim, ficou fácil pegar algumas coisinhas a mais, para variar.

Sarah e Alfie haviam me convidado para jantar com eles na mesa do enclave de Londres. Não fui estúpida de deixar Liu e Aadhya por eles, então trocaram uma palavrinha rápida entre si e vieram se sentar comigo: uma concessão e tanto. De repente, eu estava em uma mesa surpreendentemente poderosa. Nkoyo, Cora e Jowani estão ligados a vários outros alunos africanos, do oeste e do sul, e Aadhya tem um conjunto sólido de aliados entre os artífices. Todos eles estavam tão bem posicionados quanto possível quando não se faz parte de nenhum enclave, e agora eu tinha atraído alguns deles.

Então Orion se sentou ao meu lado. De novo. Assim que ele se aproximou o suficiente para deixar clara sua intenção, Aadhya deslizou para o lado, abrindo espaço no banco, o que levou as coisas a outro nível. Para quem olhasse de fora, a explicação mais óbvia era que eu tinha agarrado Orion com unhas e dentes, e agora estava usando isso para construir uma base poderosa entre as pessoas que já me toleravam, provavelmente persuadindo-o a nos colocar em um grande enclave. E Londres já estava demonstrando interesse abertamente. Isso *teria* sido um baita estratagema por parte do meu lado supostamente manipulador.

Chloe e Magnus, do enclave de Nova York, saíram da fila um minuto depois. Eles tinham meia dúzia daqueles seguidores fiéis a seu redor e outros quatro guardando uma mesa para eles; quando viram Orion sentado a meu lado, contudo, mudaram de ideia. Eles trocaram sussurros rápidos e vieram ocupar os quatro lugares restantes de nossa mesa — dois dos seguidores ficaram na ponta, claro —, deixando o resto de sua tripulação meio perdida na outra mesa.

— Sarah, me passa o sal, por favor? — pediu Chloe, muito suavemente, mas nas entrelinhas mandando-a queimar no inferno se achava realmente que eles deixariam que Londres roubasse Orion. E prosseguiu: — Galadriel, você está se sentindo melhor? Orion disse que Jack quase a matou.

A situação não podia ser melhor. Exceto se eu cedesse a meus impulsos de despejar todo o conteúdo da minha bandeja sobre a cabeça indigna de Orion ali mesmo, repreendendo Sarah, Alfie, Chloe e Magnus e, possivelmente, queimando cada um deles vivo. Ninguém estava ali por minha causa. Chloe deve ter perguntado meu nome para alguém. Nem mesmo Aadhya, Nkoyo e Liu. Mas ao menos eu estava certa de que elas ainda me aceitariam em suas mesas; eu lhes havia demonstrado claramente que sempre pagava minhas dívidas, mesmo quando conseguia obter alguma vantagem, e elas eram inteligentes para valorizar uma confiança legítima mais do que qualquer outra coisa. Contudo, assim que Orion se mudasse para campos mais verdes e menos propensos a se tornarem violentos e maus, até mesmo elas me relegariam de volta à mera tolerância. Da mesma maneira, os enclavistas deixariam claro que eu era terra para eles pisarem em cima, e que no máximo tive sorte quando pude pensar qualquer coisa diferente disso.

— Estou ótima, obrigada — respondi, friamente. — É Chloe, certo? Desculpe, acho que não nos conhecemos.

Do outro lado da mesa, Nkoyo me lançou um olhar incrédulo. Ninguém esnoba o pessoal dos enclaves e não há quem não saiba seus nomes, mas Orion ergueu a cabeça e disse:

— Ah, sim, ela é Chloe Rasmussen e ele é Magnus Tebow; são de Nova York — e, como se achasse que devia me apresentar a seus amigos: — Gente, essa é Galadriel.

— Prazer — disse.

Alfie por certo interpretou isso como uma indicação de que eu preferia Londres a Nova York e esboçou um sorriso.

— El, você mora perto de Londres, não é? Será que nós conhecemos sua família?

— Duvido muito. Eu moro bem longe de tudo — respondi e deixei por isso mesmo. Eles teriam reconhecido o nome de mamãe na hora. Todos eles. E eu queria usar o nome dela como moeda de troca ainda menos do que a posição de não-namorada de Orion. Qualquer pessoa que queira ser amiga da filha de Gwen Higgins certamente não quer ser *minha* amiga.

Em vez disso, passei a refeição sendo rude com alguns dos alunos mais populares e poderosos da escola, ignorando-os para discutir o artifício do espelho com Aadhya e Orion, e até para falar em latim com Nkoyo. Um dia desses, nós duas fizemos uma troca de feitiços excelente. Eu dei a ela uma cópia de um feitiço de chamas mortais. Isso pode parecer extremo, mas não se trata explicitamente de um feitiço para conjurar chamas *mortais*; é um feitiço adaptável à escala em que o fogo mágico se apresenta. A maioria das pessoas ama esses feitiços, porque virtualmente qualquer um pode lançá-los com sucesso e obter resultados diferentes dependendo de sua afinidade e da quantidade de mana colocada neles. Mesmo se você for uma criança desastrada, pode utilizá-lo para acender um fósforo e aprimorar sua habilidade. Já no meu caso, eu poderia sugar a energia vital de vários alunos e depois incinerar metade da escola com você lá dentro. Muito, muito útil!

Para a Nkoyo, aquele feitiço, na versão parede de chamas, seria extremamente útil, e ela sentiu que precisava devolver algo à altura. Não argumentei, e ela me permitiu escolher dois que quase não precisavam de mana: um para destilar água suja, deixando-a limpa e fazendo com que eu não precisasse ir ao banheiro para buscar água com tanta frequência, e outro que capta elétrons à solta no ambiente ao redor para gerar uma descarga elétrica potente. Assim que olhei para a primeira frase deste, percebi que se alinhava com a minha afinidade — imagino que teria sido muito útil para fins de tortura — e que poderia me dar algum espaço de manobra em uma luta, seja para fugir ou para conjurar algo poderoso.

Devo ser a única aluna da escola que troca magias arcanas por magias simples. A distinção em si é um pouco vaga, e nada nos é ensinado a respeito nas aulas; o que define cada uma é o que nós mesmos consideramos como mais ou menos poderoso. Você pode argumentar à vontade se um feitiço modestamente poderoso é forte ou fraco — e as pessoas fazem isso! —, mas o fato é que paredões de chama são decididamente considerados poderosos, enquanto feitiços para destilar água e feitiços para dar choques elétricos são decididamente simples. Depois que eu os escolhi, Nkoyo acrescentou alguns truques mágicos para cuidar da aparência — um desembaraçador de cabelos, um que lhe dá um pouco de glamour e um feitiço desodorizante, que julguei ter sido sua forma educada de sugerir que eu me lavasse com mais frequência. Dispenso a dica, eu já sabia disso; mas, se for para escolher entre cheirar mal e sobreviver, fico com o mau cheiro. Nunca tomo mais do que um banho por semana, e às vezes esse intervalo é maior.

Agora, se você acha que é por isso que não tenho muitos amigos, caímos um pouco naquela velha questão do ovo e da galinha. Qualquer um que não tenha amigos suficientes para protegê-lo não pode se dar ao luxo de manter uma boa aparência, o que por sua vez faz com que as pessoas saibam que você não tem amigos suficientes para protegê-lo, deixando-as menos propensas a considerá-lo um aliado valioso. Seja como for, ninguém gasta muito tempo no chuveiro e, quando realmente se precisa de um banho, basta pedir companhia a alguém que visivelmente também precisa; assim, tudo acaba se nivelando. Só que ninguém me pede. Enfim, não lamentei o fato de ganhar algumas opções a mais para me ajeitar, mas não ousei experimentar o truque mágico do glamour; se fizer isso, vou acabar com uma dúzia das mentes mais fracas me seguindo por aí com olhares desamparados, choramingando por uma chance de eu lhes permitir que me sirvam.

Nós duas ficamos satisfeitas com a troca e concordamos em negociar de novo. Mas Nkoyo não tinha nenhuma inclinação para irritar Londres e Nova York, e o mesmo valia para Aadhya. Quando ignorei os outros para falar com elas, ambas ficaram receosas, olhando com ansiedade para os membros de enclaves, que claramente não sabiam lidar com alguém que não os bajulasse o tempo inteiro. Eles não gostaram, é claro, mas lá estava Orion sentado a meu lado, com o cabelo todo despenteado, inclinado sobre seu prato enquanto comia o pãozinho extra que eu tinha pego para ele.

Sarah e Alfie decidiram recorrer a seus modos britânicos, o que significava falar de uma forma autodepreciativa e sofisticada sobre o quão difíceis eram todas as suas matérias e o quão desesperados estavam, quando na verdade eram estudantes de primeira linha, o que era de se esperar de pessoas educadas desde o nascimento em um dos enclaves mais poderosos do mundo. Enquanto isso, Chloe decidiu jogar na defesa e ficou puxando assunto com Orion sobre as várias coisas divertidíssimas que aparentemente fizeram juntos em Nova York, ao que ele respondia distraidamente entre uma mordida e outra.

Magnus não disse nada. Ele claramente não tinha todo aquele treinamento nas artes da cortesia e da simpatia, ainda mais frente a alguém que se comportava de maneira tão inconveniente, e tenho certeza de que detestava ficar em segundo plano em seu próprio meio social: não fosse Orion, ele teria sido candidato a ser o grande astro do nosso ano. Percebi sua inquietação, mas já estava muito ocupada com a minha própria para me importar com aquilo. Como diz minha mãe, minha raiva é um péssimo hóspede: vem sem ser convidada e fica mais tempo do que deveria. Quando eu finalmente estava começando a respirar fundo e encontrar meu eixo, retomando um estado de civilidade mais razoável e dizendo para mim mesma que devia ser mais educada com os enclavistas, Magnus chegou ao limite e não se aguentou:

— Então, Galadriel — disse ele —, estou *morrendo* de curiosidade: como vocês conseguiram manter os males fora a noite toda?

Ele estava insinuando que a maneira que eu inventei para ficar tão próxima de Orion foi encontrar algum feitiço de proteção que permitisse transformar meu quarto em um santuário para noites sexuais, algo que eu teria oferecido para ele em troca de sua atenção. Uma suposição perfeitamente razoável, é claro, mas o que me desagradou mais do que a observação foi o tom, alto o suficiente para ser ouvido nas mesas mais próximas. Minha irritabilidade voltou; olhei direto nos olhos dele e, com minha voz sibilando, o que sempre acontece quando estou com raiva, ainda que não haja consoantes fricativas na frase, lhe disse:

— Nós *não conseguimos*.

Aquilo tinha o mérito de ser absolutamente verdadeiro, porém, tendo saído da minha boca, acabou transmitindo uma forte impressão de que nós havíamos lidado de forma inconsequente com a maleficência. De certa forma, isso até tinha um fundo de verdade, se considerarmos o que Orion vinha fazendo. Todos se afastaram instintivamente de mim e de Magnus, que, por ter recebido uma overdose da minha raiva bem entre os olhos, estava ligeiramente pálido.

Foi uma refeição realmente adorável.

Capítulo 5
SIRENARANHAS

Depois da minha atuação no almoço, os amigos de enclave de Orion certamente lhe dariam um sermão sobre por que ele deveria parar de namorar comigo, o que por sua vez iria despertá-lo para o que estava acontecendo. Mesmo irritada como eu estava, reconheci que aquela janela de oportunidade estava se fechando; assim, enquanto limpávamos as bandejas, chamei Aadhya para um canto e perguntei:

— Podemos despejar a prata agora, aproveitando o período das tarefas?

Acho que ela concordou apenas porque, na dúvida, sentiu que era melhor fazer a vontade de uma lunática. Orion, por sua vez, apenas deu de ombros e disse:

— Claro, vamos lá.

Descemos as escadarias direto para a oficina, antes que alguém de Nova York pudesse interceptá-lo.

As viagens até lá embaixo costumam ser muito mais tranquilas no meio do dia letivo, já que as escadarias e corredores ficam bem iluminados. Além disso, a maioria dos alunos tenta evitar a oficina tão perto assim do final do semestre. Ao chegarmos, não éramos os únicos: lá no fundo havia três veteranos que pularam o almoço para continuar trabalhando freneticamente em algum tipo de arma com a qual deviam contar para a graduação.

Nos acomodamos em um dos bancos da frente e Orion foi comigo até meu armário de projetos. Entreguei-lhe a chave e deixei que abrisse. Esse costuma ser um momento tenso, mas nada saltou sobre a gente. Retirei a moldura do espelho e levamos tudo até onde Aadhya estava; ela já tinha conseguido acender o fogareiro a gás, um processo que normalmente me custava dez minutos.

Ela nunca fez questão de se exibir para mim, mas a presença de Orion ali era todo o incentivo de que precisava, o que acabou revelando que ela era ainda melhor do que eu imaginava. Aadhya não faria ela mesma os encantamentos; isso exigia um gasto pessoal de mana, o que não se faz em troca de um simples favor. No entanto, ela se ofereceu para isolar o perímetro, uma parte complicada do processo. Ela preparou a barreira em torno das bordas enquanto Orion misturava a prata com tranquilidade, mesmo lidando com uma variedade de ingredientes extremamente caros e difíceis de conseguir, que eu passei boa parte das últimas semanas retirando cuidadosamente dos armários e gavetas dos laboratórios de alquimia; algo tão divertido quanto pegar coisas da oficina. Ele os manuseava como se pudesse pegar um vaso de margaridas e um saco de rebarbas de platina na prateleira sempre que precisasse. Ele provavelmente podia.

— Por favor, Orion, despeje a mistura bem no meio e da maior altura que conseguir — disse Aadhya. Em seguida, virou-se para mim e acrescentou, como se estivesse lecionando: — El, certifique-se de não inclinar a superfície mais do que 20°. Você precisará manter o fluxo indo para o meio, suavemente, em espiral. Aviso quando estiver tudo pronto para o encantamento.

Forçar um encantamento em um objeto físico preserva sua magia e o torna permanente em vez de efêmero. É a parte mais difícil na confecção de artifícios para a maioria das pessoas, porque a realidade física dos objetos resiste a quaisquer tentativas de adulteração e você precisa colocar muita energia nesse processo. Essa parte não era um problema para mim, mas o diabo mora nos detalhes. Assim que meu feitiço tocasse a prata, ela começaria a borbulhar. Se a prata endurecesse ainda com as bolhas, não haveria espelho algum. Eu teria de raspar a moldura e reunir todos os materiais para tentar novamente, mas sem toda esta providencial ajuda. A maneira correta de realizar o processo é conduzir o encantamento no material de uma forma suave e integrada: é isso que determina um bom artífice. Você precisa de uma boa dose de compreensão das reações entre as substâncias, além da capacidade de induzi-las e arranjá-las corretamente durante o processo. E induzir não é o meu forte.

Em vez disso, eu colocaria bastante energia nessa questão; mais especificamente, um feitiço delicioso que certo maleficente romano havia inventado para esmagar uma cova rasa repleta de vítimas vivas, transformando-as em polpa. Obviamente, ele tinha mais dificuldade em arrancar a força vital das pessoas do que eu. Por outro lado, seu feitiço foi a melhor opção que encontrei para criar algo parecido com uma câmara de alta pressão. Era rebuscado, com cerca de 120 linhas escritas em latim, e consumia uma quantidade absurda de mana, mas eu precisava fabricar o espelho de alguma forma e, para a felicidade de Aadhya, estava determinada a fazer com que aquilo parecesse absolutamente isento de esforço.

Quando Orion finalmente decidisse romper comigo, eu queria sair dessa confusão toda com mais do que uma fama de oportunista. Se Aadhya topasse uma aliança, seria muito bom. Afinal, ela tinha uma rede eclética e extensa de amizades por toda a escola que incluía norte-americanos e falantes de hindi e bengali, além de colegas artífices; ela também havia formado uma rede ainda maior de pessoas satisfeitas em trabalhar com ela, tanto como negociante quanto como artífice. No ano passado, ela intermediou um acordo grande entre alguns enclavistas da linha alquímica, um grupo de artífices conhecidos dela e alguns alunos da linha de reparação: é por isso que o teto do laboratório principal de alquimia foi consertado menos de um ano após Orion e a quimera o terem derrubado em cima de nós. Se ela me visse como um meio de ir direto para a graduação e concordasse em se aliar e falar bem de mim, muitas outras pessoas saberiam que ela não era tola ou desesperada e mentirosa. Juntas, receberíamos convites para entrar em uma equipe maior.

Quando Orion deixou a prata escorrer, inclinei o espelho em movimentos circulares e fiz o líquido fluir uniformemente por toda a superfície. Aadhya manteve o perímetro limpo e isolado, sem uma única gota escapando; assim que o último vestígio de vermelho desapareceu — eu havia pintado a superfície para que fosse mais fácil conferir a cobertura —, Aadhya gritou:

— Está pronto!

Coloquei o espelho de volta na bancada, recitei seu respectivo encantamento, usando meio cristal de mana só para isso, e coloquei as mãos nas extremidades, delimitando o espaço entre elas. Depois, limpei a garganta, me preparando para conjurar o feitiço de alta pressão.

Justo naquele momento, um tilintar claro e melancólico, como o de um sino de vento em meio à brisa, soou atrás de mim: uma sirenaranha caíra em cima de uma das bancadas de metal. Os veteranos já deviam tê-la percebido antes, tanto que saíram porta afora, levando seu projeto, sem nos avisar. Sensível e comovente. Aadhya respirou fundo e soltou um "Mas que merda", porque um segundo e desarmônico tilintar revelou outra sirenaranha. Foi um azar quase absurdo: sirenaranhas eram uma ocorrência raríssima durante o segundo semestre, após sua terceira ou quarta troca de ecdise; àquela altura, geralmente já estavam no salão da graduação, tecendo teias e devorando maleficências menores enquanto esperavam pelo grande banquete de fim de ano.

Eu me preparei para girar e mudar de alvo; ter de refazer o espelho desde o início era um preço justo a pagar para não ser paralisada pelo canto da sereia e ter meu sangue lenta e delicadamente sugado. Orion, é claro, pegou uma marreta que alguém havia largado em uma das bancadas próximas e partiu para cima delas. Aadhya soltou um grito e mergulhou para debaixo da mesa, tapando os ouvidos. Eu apenas cerrei os dentes e me concentrei no meu encantamento enquanto Orion e as sirenaranhas tilintavam e se chocavam atrás de mim, como seis órgãos de tubo entrando em colapso.

A superfície do espelho reluziu como óleo ardente e eu a pressionei suavemente, sem uma única pausa no meu cântico, mesmo quando uma grande perna de sirenaranha passou rente à minha cabeça, bateu na parede e ricocheteou, caindo a meu lado na bancada, ainda se contorcendo em meio ao tinir de fragmentos sonoros de uma canção despedaçada de horrores sobrenaturais e etc. Quando Orion terminou, cambaleando e ofegante, e se virou para nós perguntando se estávamos bem, tudo estava pronto: a prata havia se solidificado sem nenhuma bolha sob uma superfície lustrosa, em verde enegrecido, que refletia o desejo de cuspir dezenas de profecias sombrias.

Tremendo, Aadhya saiu rastejando de debaixo da mesa; com total sinceridade, levou adiante seu próprio ritual, graças a Orion, enquanto eu cobria o espelho. Se ela não agarrou o braço dele enquanto saíamos da oficina, não foi porque não queria. Mas, verdade seja dita, ela se recompôs no meio das escadarias e me perguntou:

— Ainda dá para aproveitar? O quanto ele se deformou?

Eu tirei a capa do espelho só pelo tempo suficiente para que ela visse sua superfície, e já sabia o que estava por vir antes mesmo que ela abrisse a boca, admirada.

— Não acredito. Orion, o que você fez com a prata para deixá-la assim tão lisa?

Levei o espelho para o meu quarto e o pendurei sobre uma das manchas de queimado que a chama encarnada deixara na parede. O tecido que o cobria foi ao chão quando o fixei, e antes que eu pudesse cobri-lo novamente, um rosto fluorescente e sinistro foi surgindo aos poucos das profundezas agitadas, como se emergisse de uma poça borbulhante de petróleo, e me disse, em tom sepulcral:

— Salve, Galadriel, portadora da morte! Tu semearás a cólera e colherás destruição! Abaterás enclaves e derrubarás barreiras protetoras! Expulsarás as crianças de suas casas e...

— Tá bom, chega, já ouvi isso antes.

Cobri o espelho novamente. Aquela voz ficou murmurando coisas a noite toda e ocasionalmente explodia em um lamento fantasmagórico acompanhado por lampejos de luzes roxas e azul neon. Meu abdômen doía tanto que fiquei acordada o tempo todo. Fiquei olhando para os minúsculos males que vez ou outra se revelavam, arrastando-se furtivos pelo teto, e me senti sobrecarregada. Pela manhã, eu estava tão agitada que escovei os dentes, tomei café, assisti às aulas de línguas e, só depois disso, me irritei com algo que Orion me disse durante a aula de história. Foi quando percebi que ele *ainda estava ali*. Eu parei de ser grossa com ele o tempo suficiente para olhá-lo, desconfiada. Não havia a menor chance de que seus amigos não tivessem encontrado uma oportunidade para lhe implorar que me largasse. O que ele achava que estava fazendo?

— Caso faça você se sentir melhor — falei, irritada, enquanto íamos almoçar, já que ele continuou comigo depois da aula —, se um dia eu realmente me tornar uma maleficente, prometo que você será o primeiro a saber.

— Se você realmente quisesse se tornar má, já teria feito isso só para evitar minha ajuda — disse ele, bufando. Aquilo foi tão certeiro que acabei rindo sem querer. Chloe e Magnus estavam chegando para o almoço, vindos do lado oposto, e me encararam com uma expressão sombria e rancorosa, que normalmente você reservaria para uma daquelas provas finais realmente traiçoeiras.

— Orion, eu queria mesmo falar com você — disse Chloe. — Estou tendo alguns problemas com minha poção de foco. Você poderia dar uma olhada na fórmula durante o almoço?

— Claro — disse ele.

Boa jogada. Ela me deixava a escolha de seguir Orion até a mesa deles, como uma dessas namoradas que ficam na sombra, ou ir sozinha até uma mesa vazia; foi o que fiz. Ele me distraíra o suficiente, e só então percebi que chegamos cedo ao refeitório e que ainda não havia ninguém com quem sentar. Coloquei a bandeja no meio da mesa vazia, que ao menos era uma relativamente boa, e verifiquei o perímetro, por baixo da mesa e das cadeiras. Apliquei um feitiço simples de limpeza em sua superfície, pois havia algumas manchas suspeitas nela, provavelmente restos de almoço dos veteranos, mas se o feitiço não surtisse nenhum efeito, elas poderiam ser o sinal de algo muito pior. Acendi um pedaço de incenso para afastar qualquer coisa que estivesse à espreita no teto. Quando terminei e me sentei, mais pessoas já estavam começando a sair da fila; todas elas veriam Orion sentado à mesa com o enclave de Nova York, e eu sentada ali sozinha.

Eu estava de costas para a fila. É a forma mais segura de se sentar, se você não tiver amigos, porque assim pode ficar perto da multidão em movimento e com uma melhor visão das portas. Comecei a comer com meu livro de latim aberto na frente da bandeja. Eu não procuraria nenhuma das pessoas para quem havia acenado nos últimos dias para se sentarem comigo e com Orion. Elas que decidissem por si mesmas o que fazer. Foi uma coisa boa ele não se sentar comigo hoje: eu descobriria qual era o meu lugar. Fiquei feliz com isso.

Quase consegui me convencer. Quase. Eu não queria a ajuda de Orion, não queria que ele se sentasse comigo e muito menos que todos aqueles puxa-sacos se aproximassem. Não queria nada disso, mas também não queria morrer. Não queria que um coagulado pulasse em mim, ou que esporos de anoxienta irrompessem do chão, e nem que alguma porcaria gosmenta caísse do teto diretamente na minha cabeça, mas essas são algumas das coisas que acontecem com as pessoas que se sentam sozinhas.

Nos últimos três anos, vim planejando cuidadosamente como sobreviver a cada refeição aqui dentro e já estou cansada disso. Estou cansada de todas essas pessoas me odiando sem nenhum motivo.

Nunca fiz nada contra elas. Tenho sido cautelosa ao extremo apenas para evitar machucá-las. Tudo aqui é muito cruel, tudo é difícil demais o tempo todo, e eu estava feliz por ter meia hora, três vezes por dia, para poder respirar, fingir ser como todos os outros; não uma rainha da popularidade nem nada do tipo, mas alguém que pudesse se sentar em uma boa mesa, fazer um perímetro decente e ter pessoas se juntando a mim em vez de se afastarem ou caminharem na direção oposta.

A razão pela qual eu não planejara meu almoço hoje foi porque eu estava com Orion e presumi que haveria mais uma daquelas refeições teatrais, o que foi bem estúpido da minha parte. Eu havia pedido por aquilo. Se tivesse esperado um pouco mais, poderia ter me sentado com Liu, Aadhya ou Nkoyo. Ou talvez elas fizessem o que as pessoas costumavam fazer quando me viam se aproximando de suas mesas: convidar as pessoas por perto a se sentarem, preenchendo todas as vagas restantes antes que eu as alcançasse. Se elas o fizessem, a culpa também seria minha, já que inventei de comprar briga com os alunos do enclave ontem, como se me achasse tão boa quanto eles. Eu não era. Estamos todos juntos nesta porcaria de lugar, mas eles vão sair. Têm artefatos poderosos e os melhores feitiços, protegem-se mutuamente e enchem uns aos outros de poder: são eles que sobreviverão à escola, a não ser que tenham *muito azar*. Quando saírem, voltarão para seus magníficos enclaves, cercados por feitiços e por novos recrutas ansiosos para se tornarem sentinelas, onde você pode entrar tranquilo em seu quarto e descansar sem maiores preocupações, sem precisar gastar uma hora por noite ajudando sua mãe a colocar barreiras ao redor da tenda de um cômodo só para garantir que nada entre e estraçalhe as duas.

Eu mal tinha completado nove anos na primeira vez em que fui atacada. É incomum que males venham atrás de bruxos em seu auge, como mamãe; o mesmo vale para os pequenos, que ainda não têm mana suficiente. Mas mamãe estava com uma febre alta naquela semana e começou a delirar; então, alguém da comunidade a levou ao hospital e eu fiquei sozinha. Comi as sobras frias da noite anterior e me aninhei em nossa cama, tentando embalar a mim mesma com as cantigas de ninar que mamãe sempre cantava para mim à noite, fingindo que ela estava ali comigo. Quando comecei a ouvir arranhões nas barreiras de proteção e percebi faíscas minúsculas no lado de fora da entrada, como facas atritando aço, corri para pegar o cristal que ela estava usando naquele outono. Eu o segurava nas mãos quando o arranhador começou a abrir caminho para dentro, os dedos primeiro, coisas longas articuladas com garras na ponta que lembravam lâminas de facas duplas.

Quando apareceu, eu gritei. Naquela época, eu ainda acreditava na ideia de que alguém viria se eu gritasse. Eu era uma criança distraída o suficiente para considerar apenas se eu gostava ou não de uma pessoa, com a segunda opção sendo a mais frequente, então ainda não tinha percebido que as pessoas não gostavam *de mim*, e não tinha me dado conta de que isso significava que elas não se sentariam à mesa comigo no refeitório, ou que me deixariam sozinha e com fome em uma tenda sem minha mãe e não viriam me socorrer quando eu gritasse à noite, como qualquer criança gritaria frente a uma coisa cheia de facas vindo em sua direção. Gritei mais uma vez quando a outra mão do arranhador se contorceu, com aqueles dedos de faca rasgando a proteção como um rato rasgaria um saco plástico; ninguém veio. E sei que outras pessoas me ouviram porque vi, por debaixo da porta, nas tendas mais próximas, um grupo de silhuetas ainda de pé ou sentadas ao redor da fogueira.

Foi bom vê-las reagir daquela forma, porque, assim que terminei de gritar pela segunda vez e o arranhador já estava lá dentro comigo, pude compreender que estava sozinha, que precisaria me virar ali e que ninguém mais se importava. Elas foram estúpidas por não se importarem, é claro, embora não soubessem disso. A sorte delas foi eu ter o cristal de mamãe comigo; do contrário, teria arrancado a energia vital delas.

Arranhadores não são difíceis de matar. Qualquer calouro razoavelmente habilidoso pode conseguir isso com um feitiço básico de força bruta aprendido no segundo mês de Estudos de Maleficência.

Só que eu tinha nove anos de idade e a única magia que conhecia era um feitiço culinário de mamãe, que havia aprendido de tanto escutá-lo no dia a dia. Até poderia funcionar bem em um male de classe bestial, mas os arranhadores não são adequados para cozimento, uma vez que seus corpos são quase completamente feitos de metal. Esse tipo de male é obra de algum artífice que deu, deliberada ou acidentalmente, um cérebro a suas criações, o suficiente para que elas quisessem seguir adiante, arrastando-se por aí à procura de mana e construindo e desenvolvendo suas próprias armas. Um bruxo comum, com nove anos de idade e em estado de pânico, lançando aquele feitiço culinário em um arranhador, teria apenas aquecido seu corpo metálico e morreria trespassado por lâminas incandescentes em vez de frias. Usei até a última gota de energia do cristal e vaporizei a criatura por completo.

Mamãe voltou não muito tempo depois. Ela não gosta de utilizar magias de cura ou remédios para doenças comuns, pois pensa que adoecer é parte do ciclo natural da vida e que se deve apenas dar descanso e uma alimentação saudável ao corpo, respeitando o ciclo; no hospital, contudo, eles a colocaram em soro intravenoso com antibióticos, e ela acordou bem no meio da noite, recuperada o bastante para se dar conta de que eu estava sozinha em casa. Correu de volta para a tenda e, ao chegar, deparou-se comigo do lado de fora, em um pequeno círculo de chamas desvanecendo. O metal do arranhador se liquefizera quase na hora, espirrando para o lado de fora pela porta e formando um longo retângulo de lama metálica incandescente que escorria colina abaixo. Quando aquilo começou a incendiar as samambaias, as outras pessoas finalmente se aproximaram para tentar apagar o fogo, e eu fiquei gritando para que fossem embora, que eu não me importava se todas elas queimassem, que esperava que todas morressem, e que se alguém se aproximasse de mim eu mesma os faria pegar fogo.

Mamãe passou por elas e me levou para dentro. Nós já éramos da mesma altura, então ela teve de me arrastar. Ela chorou por muito tempo enquanto me segurava com força nos braços suados e ardentes, ao passo que eu chutava e esperneava, lutando para me soltar, até finalmente desistir e cair no choro, me agarrando a ela novamente. Depois que desabei na cama de exaustão, ela preparou um chá para se sentir melhor e veio cantar para mim até que eu dormisse com um feitiço que fez com que tudo aquilo parecesse um sonho na manhã seguinte, quase como se nada tivesse acontecido.

Mas ainda havia uma trilha de metal líquido do lado de fora. Foi real, tudo realmente aconteceu e não parou de acontecer depois disso, porque mesmo aos nove anos de idade eu já era um petisco saboroso para qualquer male faminto; quando completei quatorze, no final do verão, apareciam cerca de cinco deles a cada noite. Mamãe já não era mais tão gordinha e rosada; as mulheres mais críticas da comunidade repreendiam-na por não descansar o suficiente e me repreendiam por dar mais trabalho do que merecia, o que era verdade, ainda que elas não soubessem disso. Quando mamãe quis me manter fora da Scholomance, o que ela estava oferecendo era me deixar vê-la ser devorada antes que eu mesma o fosse.

Não existe um lugar seguro para mim. Eu não consigo respirar fundo. Nem sequer consigo mentir para mim mesma e dizer que, quando sair daqui, vai ficar tudo bem. Não vai. E mamãe não vai ficar bem se eu voltar para ela, porque os males continuarão vindo atrás de mim, e as pessoas jamais gostarão de mim o suficiente para ajudar, ainda que eu grite por socorro. Então nem me dou ao trabalho de gritar. Mas naquele momento, no refeitório, tive uma vontade tremenda de levantar da mesa e gritar com todas aquelas pessoas, do mesmo jeito que fizera com aqueles desgraçados da comunidade. Queria dizer o quanto os odiava e que queimaria todos vivos sem pensar duas vezes em troca de cinco minutos de paz, e por que não deveria, já que todos eles ficariam parados me observando queimar viva. Eu tinha aquele grito sufocado em mim desde os nove anos, contido pelo amor materno, a única coisa que o segurava ali, e isso já não bastava. Mamãe não era o suficiente. Ela não poderia me salvar sozinha; não, nem mesmo ela. E alguns dias fingindo, estupidamente, que eu tinha pessoas ao meu lado para sobreviver haviam sido o suficiente para eu esquecer que aquilo não era real.

Eu estava debruçada sobre a bandeja e o livro, lutando para não gritar. Com o canto do olho, pude perceber Ibrahim sentado com alguns de seus amigos; ele me observava e tinha um pequeno sorriso escondido no rosto. Ele estava satisfeito por Orion ter me largado, e eu também pedi por isso, não é? Eu pedi por aquele sorriso malicioso porque o respondi, mas ele que se dane. Sarah e Alfie estavam sentados em uma mesa de Londres, cuidadosamente evitando olhar na minha direção, como se de repente eu tivesse ficado invisível.

Então Aadhya colocou sua bandeja na minha frente e se sentou. Por um segundo, não entendi nada; apenas a fiquei encarando de um jeito estúpido.

— Você trocaria por leite? A bandeja de baixo estava meio estranha, então saí de perto.

Senti um nó na garganta, como se estivesse engasgando com um pedaço de pão velho. Então, estendi minha segunda caixinha de leite para ela.

— Claro, eu tenho uma sobrando.

— Valeu — respondeu ela, me dando um pãozinho em troca. Liu já estava se sentando a meu lado com uma amiga da aula de redação. Alguns alunos da linha de reparação, falantes de inglês e hindi vindos de Delhi, sentaram-se ao lado de Aadhya e cumprimentaram a todos, inclusive eu. Quando os cumprimentei de volta, soei bastante normal aos meus próprios ouvidos, não sei como. Alguns dos alunos *não elitizados*, que eu não conhecia de verdade, mas em cuja mesa havia me sentado na semana passada — havia se passado apenas uma semana? —, também passavam por ali, hesitantes; em seguida, aproximaram-se. Um deles perguntou, apontando para o banco:

— Está reservado?

Quando fiz que não com a cabeça, eles não deslizaram para a extremidade do banco; simplesmente se sentaram a meu lado. Nkoyo também passou por ali logo depois, com Cora e alguns outros amigos, a caminho de outra mesa, e me deu um oi.

Tive de me conter para evitar que minhas mãos tremessem enquanto comia o pãozinho, partindo-o com cuidado em pequenos pedaços e colocando uma camada fina de requeijão em cada um. Não que eu não entendesse a situação. Aquilo era exatamente o que eu pretendia quando fiz questão de pedir a Liu para se sentar comigo, ou quando chamei Aadhya para me ajudar com o espelho. Eu havia mostrado que era uma pessoa confiável, que compartilhava a boa sorte com quem me ajudava, e agora elas estavam me mostrando que reconheciam isso e que estavam dispostas a ajudar novamente. Não era um milagre, como se, de repente, tivessem decidido gostar de mim. Eu sabia disso. Mas eu não queria mais gritar, eu queria chorar, como um calouro que tempera sua comida com lágrimas e muco enquanto os outros na mesa fingem não perceber.

Sobrevivi ao almoço sem precisar me envergonhar. Aadhya perguntou se podia passar no meu quarto e olhar o espelho, e eu disse que sim, mas que tinha certeza de que ele viera amaldiçoado.

— Sério? — perguntou.

— Sim, sinto muito — respondi. — Ele ficou tentando me dizer alguma coisa durante a noite, mesmo sem eu perguntar nada.

Quando um artefato tenta fazer coisas para você por vontade própria, é um sinal de que ele não tem as melhores intenções em mente. Aadhya sabia disso e pareceu irritada, como deveria estar, já que quase morrera me ajudando.

— Trouxe comigo a perna daquela sirenaranha — acrescentei. Eu a pegara ao sairmos da oficina, pensando exatamente neste momento. — Você acha que poderia aproveitá-la para alguma coisa?

— Sim, seria ótimo — disse ela, apaziguada. A carapaça das sirenaranhas é ótima para fazer instrumentos mágicos, se você souber trabalhar com elas. Com sua afinidade, Aadhya provavelmente conseguiria. Conversamos um pouco sobre o que poderia ser feito e me ofereci para realizar a parte dos encantamentos necessários, o que nos deixaria quites. Conversei com Liu sobre os trabalhos finais de história, já que ambas estamos na linha das honrarias, e ninguém quer essas aulas a menos que vá ser o orador da turma, tanto é que a escola coloca os alunos nelas contra a sua vontade. Cada uma de nós tinha de escrever vinte páginas sobre uma civilização mágica antiga, com um detalhe: uma cuja língua nós não conhecíamos. Concordamos, assim, em fazer uma troca: eu escreveria sobre os dois enclaves da dinastia Chou e ela escreveria sobre o enclave de Pratishthana, e nós traduziríamos as fontes primárias uma da outra.

Todos nós comemos no mesmo ritmo e limpamos nossos pratos ao mesmo tempo, de modo que ninguém acabou ficando sentado sozinho. Eu ainda estava me sentindo estranha e trêmula por dentro quando fui limpar a bandeja. Fiquei feliz por Ibrahim estar bem na minha frente: fiquei olhando para sua nuca e pensando naquele sorrisinho. Eu queria a todo custo sentir aquela raiva de novo, por pouquinho que fosse. No entanto, quando ele olhou para mim ao se afastar, não sorriu; em vez disso, seu rosto simplesmente murchou. Eu o encarei de volta, confusa; então Orion empurrou sua bandeja na prateleira logo atrás de mim e disse, parecendo irritado:

— Ei, o que foi aquilo? Você tem algum problema com a Chloe e o Magnus, ou algo assim?

Era como se Orion esperasse que eu fosse me sentar com eles. Não duvido nada. Quem não se sentaria à mesa de Nova York na primeira oportunidade? Que tipo de idiota não preferiria isso a ficar sentada sozinha, imaginando se alguém iria ou não se juntar a ela?

— Ah, então eu deveria trotar atrás de você? — retruquei. — Desculpe, não sabia que já tinha virado sua seguidora; achei que precisava reverenciá-lo primeiro. Você devia ter uma insígnia ou algo do tipo para distribuir às pessoas. Até poderia vê-las brigar por uma delas.

Eu me senti tão horrível quanto fiz parecer. Orion me lançou um olhar meio torto, seu rosto transtornado e ao mesmo tempo surpreso, as bochechas salpicadas com alguma coisa esverdeada, provavelmente alguma reminiscência de sua última sessão no laboratório.

— Quer saber? Vá pro inferno — disse ele, com a voz um pouco rouca e os ombros recurvados, afastando-se rapidamente.

Havia cerca de cinco grupos diferentes de alunos dispersos entre nós dois e as portas, e todos se viraram em sua direção quando Orion passou por eles, seus rostos cheios de esperança e cálculo. Cada um daqueles alunos rodava as mesmas equações estratégicas que ocupavam minha cabeça o tempo inteiro; mas, como não eram tão estupidamente teimosos, satisfaziam-se em ser gentis com Orion Lake em troca de aumentarem suas chances de sobrevivência; eles *certamente* lutariam entre si para virarem seus parasitas. Orion sabia disso. Ele se esforçava de verdade para estar em minha companhia, e se não achava mais que eu me transformaria em uma maleficente, isso significava que o que ele queria era andar com alguém que não se ajoelhasse diante dele.

Detestei essa ideia; aquilo o tornava decente demais, e que direito tinha ele de ser uma pessoa decente, como se não bastasse ser um herói gigantesco e monumentalmente estúpido? Mas aquilo era, de certa forma, a única coisa que fazia sentido. Ficar parada enquanto todos davam o fora do refeitório era uma má ideia, mas foi exatamente o que fiz por quase um minuto inteiro, encarando-o com os punhos cerrados, ainda me sentindo um pouco fora do eixo: sentia raiva dele, de Chloe e de todas as pessoas ao redor, até mesmo de Aadhya e Liu, por me fazerem querer chorar só por se dignarem a se sentar comigo à mesa.

Então fui atrás de Orion. Ele se dirigiu até as escadas, como todos, mas em vez de subir para a biblioteca como os demais, resolveu descer sozinho para um período de trabalho no laboratório de alquimia ou algo do tipo; parecia um maluco. Ou, mais especificamente, parecia alguém que preferia ser atacado por males a ser assediado pelos outros. Eu rangi os dentes, mas não havia muito o que fazer. Alcancei-o na metade do primeiro lance de escadas e disse:

— Veja, há menos de quatro dias você me acusou de ser uma assassina em série. Tenho *razões* para desconfiar que talvez você não queira minha companhia no almoço.

Ele não olhou para mim. Ajeitou a mochila no ombro e disse:

— Sente-se onde quiser.

— Farei isso — respondi. — Mas já que você se importa tanto, da próxima vez falo de antemão que não quero me sentar com seus companheiros de enclave.

Dessa vez ele me lançou um olhar penetrante.

— Por que não?

— Porque eles *querem* que os outros se curvem.

Seus ombros já estavam menos arqueados.

— Isso se chama *sentar junto* — disse ele, arrastando as palavras de propósito. — Em uma *mesa*. Em *cadeiras*. A maioria das pessoas consegue almoçar sem transformar a situação em uma operação de guerra.

— Eu não sou a maioria das pessoas — respondi. — Além disso, a disposição dos assentos *é, de fato,* uma operação de guerra; é simplesmente constrangedor que você ainda não tenha percebido isso. Ou você acha que todos estão sempre tentando se sentar com você por causa da sua personalidade incrível?

— Acho que você é simplesmente imune, então.

— Pode apostar que sim — retruquei, mas ele sorria para mim, um sorrisinho irônico por baixo de seu cabelo comprido, e eu aparentemente estava mentindo.

Capítulo 6
MANIFESTAÇÃO

Não sei ao certo como as pessoas normalmente se comportam com seus amigos, porque nunca tive um antes. Felizmente, Orion também não, então não sabia muito mais do que eu. Assim, e por falta de uma ideia melhor, nós apenas continuamos sendo desagradáveis um com o outro, o que para mim foi bem fácil e, para ele, uma experiência nova e revigorante, em todos os sentidos: aparentemente, a noção de ser gentil com pessoas comuns havia sido enfiada na cabeça dele desde tenra idade.

— Eu até responderia à altura, mas minha mãe preza muito as boas maneiras — disse ele, incisivamente, um dia depois do jantar, enquanto eu o puxava, tentando impedi-lo de descer as escadarias. Eu tinha acabado de dizer o quanto ele era estúpido por tentar se esconder de novo nos laboratórios de alquimia.

— A minha também, mas não deu certo comigo — respondi, empurrando-o escada acima em direção à biblioteca. — Não me interessa se você gosta de se sentar sozinho debruçado sobre uma mesa de laboratório feito um zumbi. Eu já tenho experiências de quase-morte o suficiente por aqui sem nem precisar criar as oportunidades.

A menos que você tenha algum projeto ou trabalho para fazer e vários amigos para cuidar de sua retaguarda, sempre vai querer estar na biblioteca: não há lugar mais seguro na escola. As estantes continuam subindo e subindo, até desaparecerem na mesma escuridão que fica fora dos nossos quartos, então não há como os males virem do alto em cima da gente. Não há encanamentos no andar da biblioteca; você precisa descer até o do refeitório se precisar ir ao banheiro. Até mesmo os dutos de ventilação são menores. O lugar é embolorado e cheira a papel velho, mas esse é um preço que todos estamos dispostos a pagar. Se fosse possível, ficaríamos cada minuto livre aqui, mas não há espaço para todos no salão de leitura. Ninguém entra em lutas de verdade na Scholomance; isso seria idiota, mas ocasionalmente enclavistas de um grupo brigam com os de outro para disputar uma boa mesa ou uma das áreas de leitura privilegiadas, com sofás nodosos grandes o bastante para dormir.

Há um bocado de salas de leitura menores no andar dos mezaninos, mas cada uma delas é reivindicada por um agrupamento de dois ou três enclaves menores, que não têm poder suficiente para controlar uma parte boa do salão de leitura principal, mas têm mais do que suficiente para impedir a entrada de intrusos. Nkoyo costuma ser convidada para uma delas pelos alunos de Zanzibar e Joanesburgo. Se você não for convidado, nem vale a pena tentar subir; nas raras ocasiões em que ninguém está presente, o primeiro que aparecer, quase certamente com ao menos três seguidores, irá persegui-lo, mesmo havendo espaço para todos. Neste caso, isso não diz respeito somente a *mim*; eles perseguem qualquer um que aparecer por uma questão prática: é um recurso muito valioso para não ser policiado.

O único outro lugar relativamente bom para trabalhar são os cubículos de estudo enfiados dentro e ao redor das estantes, mas eles nem sempre se encontram onde deveriam estar. Você localiza um enquanto espia através de uma estante de livros, com seu abajur verde como um farol na escuridão, e, quando chega no próximo corredor, ele já não está mais ali. Se você encontrar um, decidir estudar nele e então cochilar em cima dos livros, pode ser que acorde em um corredor escuro cheio de pergaminhos velhos e livros em línguas que nem sequer sabe identificar; boa sorte para encontrar o caminho de volta antes que alguma coisa encontre você. A biblioteca é o lugar *mais seguro*, não um lugar *seguro*.

Eu consegui, mais ou menos, reivindicar um desses espaços: uma mesa monstruosa cheia de marcas, que provavelmente está aqui há tanto tempo quanto a própria escola. Ela fica em um canto que você jamais notaria, a menos que seguisse até o final do corredor de encantamentos em sânscrito e, em seguida, desse a volta por trás até o próximo corredor, onde estão os encantamentos em inglês arcaico. Quase ninguém vai ali, e por um bom motivo. As estantes no caminho estão repletas de pergaminhos se desintegrando e tábuas de pedra esculpidas em línguas ancestrais tão antigas que ninguém mais as reconhece. Se você por acaso passasse por ali e olhasse por tempo demais para um pedaço de papiro, a escola poderia decidir que você estava estudando aquele idioma; boa sorte para compreender os feitiços que lhe seriam enviados depois. As pessoas podem acabar sufocadas por feitiços: você recebe uma sequência que não consegue aprender bem o suficiente para conjurar e, de repente, já não pode pulá-los para aprender outros, mesmo trocando com alguém. Assim, os feitiços que você já aprendeu são tudo o que lhe resta. E não há muita esperança de que o resto de sua vida seja muito duradouro se você estiver preso nos feitiços do segundo ano. Além disso, o caminho passa por baixo de uma das passarelas que conectam as áreas do mezanino, e com isso boa parte dele fica no escuro.

Foi aí que encontrei minha mesa. Arrisquei tomar esse atalho no ano passado porque tinha inventado um projeto especial para mim mesma: analisar as semelhanças entre feitiços de ligação e de coerção em sânscrito, hindi, marati, inglês arcaico e inglês medieval. Um tema fascinante, eu sei, mas perfeitamente alinhado com minha afinidade e que me livrou do exame final de línguas. Não fosse isso, eu teria passado cinco horas em uma sala de aula repleta de outros agradáveis alunos do segundo ano, que me garantiriam o pior lugar possível. O tema também praticamente me garantiu uma designação para o seminário protoindo-europeu do ano que vem, que sempre tem ao menos dez alunos, um número bem razoável para um seminário de veteranos da linha linguística. Mas você precisa de uma ou outra recomendação — sendo mais precisa, cinquenta — para obter uma nota de aprovação em um projeto como esse. Apenas coletar os livros em cada idioma já me tomaria uma boa meia hora de cada período de trabalho.

Eu não podia ficar com esses livros; ou melhor, poderia. Poderia, por exemplo, escondê-los em um canto escuro, levá-los para o meu quarto ou até mesmo incendiá-los; não há ninguém aqui para te parar na porta ou cobrar por atrasos na devolução. Acontece que, se você for sequer um pouquinho descuidado com um livro da biblioteca, ele desaparecerá na próxima vez que você precisar dele, e boa sorte para encontrá-lo nas prateleiras novamente. Assim, eu sempre os coloco de volta no mesmo lugar e carrego um caderninho de bolso desde o primeiro ano com o título e o número do catálogo de cada livro que já usei, além de uma nota detalhando em qual corredor estava, a quantas estantes de livros desde o final do corredor, em qual prateleira a partir do chão, quantos livros haviam de cada lado na mesma prateleira e os títulos de seus vizinhos imediatos. Para os mais valiosos, eu até faço um esboço da lombada com lápis de cor. Graças a isso, consigo pôr as mãos em praticamente qualquer volume e, no próximo ano, pouco antes da graduação, devo conseguir vender essa caderneta para um estudante da linha linguística mais novo em troca de mana. Esse é o valor de trabalhar mais por aqui.

Antes de encontrar minha mesa, no entanto, as coisas eram um pouco diferentes: quando eu precisava fazer um trabalho ou artigo, almoçava depressa, subia correndo, pegava os livros de que precisava, levava todos para uma sala de aula vazia lá embaixo, trabalhava por quarenta minutos e então os trazia de volta e recolocava cada um em sua respectiva prateleira, repetindo todo o processo depois do jantar, o que demorava duas horas. Eu não conseguia um lugar no salão de leitura para facilitar minha vida, nem mesmo nas piores mesas que ficam nos cantos mais escuros, onde você precisa usar seu próprio mana para conjurar alguma luz.

Tudo isso era demasiado complicado para um artigo monotemático, para o qual todos os livros de que eu precisava estavam no mesmo corredor, se não na mesma prateleira. Ir ao sânscrito, depois fazer todo o caminho de volta passando por todas as línguas indianas modernas até alcançar o corredor principal de encantamentos, e *então* seguir todo o caminho até chegar ao inglês arcaico, toda vez que eu precisasse trabalhar no artigo — isso daria *muito* trabalho. Assim, me arrisquei e dei a volta por trás. Como recompensa, encontrei minha mesa. Sim, ela fica embaixo da passarela, mas tem uma luz própria que consome apenas um pingo de mana para acender, além de estar em ordem: madeira maciça, um tampo largo, pernas pesadas entalhadas e laterais livres, sem gavetas e quaisquer outros esconderijos para possíveis males. Era grande o suficiente para dois. Só que nunca tive ninguém para convidar.

Orion sempre evitou a biblioteca como se fosse uma peste, mas por uma razão que se revelou o oposto: assim que entramos no salão de leitura, metade das cabeças se levantou — a metade que estava de frente para a porta — e começou a sorrir, convidativamente. Dava para ver todos se entreolhando e escolhendo mentalmente os dois alunos mais fracos para poder liberar um par de assentos. Os ombros dele se curvaram. Eu não podia culpá-lo por não gostar da situação, mas mesmo assim dei um empurrão nas suas costas por ser tão covarde.

— Pare de se comportar como se alguém fosse arrancar sua cabeça. Prometo que vou te proteger — disse, o que era para ser uma piada, exceto que, ao seguirmos entre as estantes, três pessoas casualmente passaram a tentar nos seguir, e tive de me virar e repreendê-las por serem tão esquisitas. Orion ficou na dele.

— Olha, eu não vou ser sua segurança particular — eu lhe disse, quando finalmente nos livramos do terceiro perseguidor: uma garota que só não chegou a insinuar que ele poderia se divertir ainda mais nos recessos escuros daquelas estantes com duas garotas em vez de apenas uma — obviamente, a única razão pela qual ele viria até a biblioteca *comigo* — porque cortei as asinhas dela antes que pudesse chegar tão longe.

— Você mesmo pode ser desagradável com as suas tietes.

— É que você é tão boa nisso... — disse ele. — Não, desculpe, eu... — ele fez uma pausa antes de concluir: — A Luisa me fez um pedido. Três dias antes... — e parou.

— Antes de Jack atendê-lo — concluí, ao que ele assentiu. — Então, desde que isso aconteceu, você decidiu que tem uma obrigação moral de conceder seus magníficos favores a todos os necessitados? Não sei onde você arruma tempo para isso.

— Não! — ele olhou para mim. — É só que... eu estava com raiva e a afastei. Logo depois, ela estava morta, e eu nem sabia como. Então, comecei a pensar que, quando aconteceu, talvez ela tivesse pensado que eu não viria, que eu deixaria o que quer que fosse pegá-la porque ainda estava com raiva. Sei que isso é estúpido — acrescentou. E *era* mesmo, porque ele estava se culpando pelas razões erradas. Isso era bastante óbvio para mim, e ele percebeu. — Que foi? — perguntou, belicosamente.

Eu considerei não lhe dizer nada. Acho que teria sido gentil da minha parte. Mas, em vez disso, acabei falando:

— Ela morreu porque, depois que você disse não, foi procurar por alguém que dissesse sim, e esse alguém calhou de ser o Jack — ele olhou para mim, estarrecido. — Ele precisaria de algum tipo de consentimento para poder arrancar energia de outro bruxo. A maioria dos maleficentes precisa.

Orion parecia um pouco doente. Não falou mais nada pelo resto do caminho até a minha mesa. Ninguém mais apareceu para nos incomodar, e a caminhada foi mais curta do que de costume. Normalmente, preciso parar para ler as lombadas a cada três prateleiras para me certificar de que estou indo na direção certa e para conferir as luzes. Esse é outro truque que a escola adora. Uma vez que pendurar lâmpadas está fora de questão, os corredores são iluminados por pequenas luzes de mana brilhantes que flutuam pelo ar. Elas te ajudam, de má vontade, a ler as lombadas, e podem até mesmo subir junto se você voar até uma prateleira alta; ou escalar, no caso dos que não têm mana para desperdiçar flutuando como bexigas gigantes. Contudo, se você não as utilizar ativamente, elas escurecerão com tamanha sutileza que você não percebe até que estejam prestes a apagar, e então você tem de produzir sua própria luz, porque elas *apagarão* se você continuar em frente ou mesmo se der meia volta. Com Orion caminhando ao meu lado, todas permaneceram brilhantes o suficiente para que eu pudesse olhar ao redor algumas vezes, confirmando que ainda estávamos indo na direção certa.

Havia até uma segunda cadeira esperando por ele na minha mesa. Orion se sentou nela sem pensar duas vezes e imediatamente começou a esvaziar a mochila. Dei um chute na cadeira dele e o fiz me ajudar a checar as prateleiras atrás de nós, jogar uma luz nos cantos das paredes e nas pernas da mesa e afastar e empurrá-la de volta para a parede.

— Fala sério, nós estamos na biblioteca — disse ele, por fim, parecendo exasperado.

— Desculpe, estou entediando você com minhas precauções básicas? — perguntei. — Nem todos somos heróis invulneráveis.

— Certo, mas isso também não significa que você precisa agir como uma paranoica maluca — disse ele. — Vamos lá, quantas vezes você já foi atacada?

— Só nessa última semana? Posso contar o maleficente que você incitou para cima de mim? — falei, cruzando os braços.

— Até o fim dos meus dias, obviamente — disse ele, revirando os olhos. — E quantas vezes antes disso? Cinco? Seis?

Eu o encarei.

— *Por semana.*

Ele devolveu o olhar.

— Hã?

— Se eu for cuidadosa, umas duas vezes por semana. Mas, se não for, sou atacada cinco vezes mais. Eu sou um prato cheio por aqui, seu idiota. A fracassada com um balde de mana que precisa ficar o tempo todo sozinha. Mesmo que eu não fosse assim, a maioria das pessoas é atacada uma vez por mês, no mínimo.

— Isso não é verdade — disse ele, assertivamente.

— É sim — respondi.

Ele levantou a manga da camisa para me mostrar um artifício no pulso, um medalhão redondo com uma pulseira de couro que se parecia com um relógio bem o suficiente para passar despercebido à primeira vista. Ele poderia andar com aquilo exposto em qualquer rua lotada de mundanos que ninguém teria notado. Quando ele abriu, percebi que era, de fato, um relógio, exceto por algumas jane-linhas redondas pelas quais se podia ver seu interior, onde ao menos seis camadas de engrenagens ficavam girando, cada uma feita de metais diferentes que brilhavam alternando tons variados de verde, azul e violeta.

— Isso aqui vibra toda vez que alguém do enclave está em perigo, e agora tem onze alunos de Nova York aqui, além de mim.

— Ah, que ótimo, então os alunos de enclave não são atacados uma vez por mês — disse. — Poder e *status* trazem privilégios. Estou chocada. É isso que vocês usam para compartilhar energia?

Observei enquanto ele fechava o objeto: na tampa havia uma gra-vura bem trabalhada de um portão de parque em ferro fundido; atrás dele estava uma estrela faiscante e as iniciais *NY* em uma cali-grafia estilizada enlaçando-a.

— E você acha que a maleficência sabe diferenciar ou se importa com isso?

— Acho que ela vai pegar o fruto mais exposto da videira, que nunca é um de vocês. Sua amiga Chloe, por exemplo, tem amigos que se oferecem para provar a comida dela ou para buscar seus suprimentos. Quando ela está com algum projeto, pode obter ajuda pedindo aos melhores alunos e nem precisa oferecer nada em troca. À noite, provavelmente pode contar com duas pessoas disponíveis para escoltá-la até o quarto, quando finalmente resolve sair de seu lugar permanentemente reservado naquele sofá — sinalizei com o queixo na direção do salão. — Vocês têm compartilhadores de energia e provavelmente... — peguei a barra de sua camisa e levantei-a acima da fivela do cinto, que, sim, você adivinhou, era um suporte para barreiras de alto nível, como os que Aadhya vinha fazendo, mas que, em comparação, faziam com que os dela equivalessem a um projeto feito pelas mãos de uma criança de cinco anos.

Ele deu um pulinho para trás e se queixou, agarrando minha mão como se pensasse que eu o estava assediando, mas eu já tinha soltado a camisa. Eu bufei e estiquei os dedos na direção de seu rosto, fazendo-o pular para trás novamente.

— Vai sonhando, riquinho. Não sou uma das suas tietes.

— Pois é, eu nem tinha percebido — disse ele, embora estivesse corando um pouco.

Eu me concentrei no trabalho de história e nas traduções que faria para Liu. Fico bem compenetrada quando estou trabalhando e não prestei muita atenção em Orion depois que comecei, até porque não consegui diminuir o número de checagens do perímetro, já que *ele* não fazia nenhuma. Quando terminei o esboço e a primeira tradução, levantei para me esticar um pouco; ficar rígida em uma cadeira é mais uma péssima ideia. Foi então que percebi que ele estava sentado ali olhando para a mesma página de sua tarefa de laboratório.

— Que foi? — perguntei.

— Você realmente acha que os outros alunos são atacados mais vezes? — perguntou ele de repente, como se tivesse remoendo a questão.

— Você não é muito inteligente, né? — comecei a me alongar usando a postura do cachorro olhando para baixo. — Por que você acha que as pessoas querem entrar nos enclaves?

— Isso é lá fora — disse ele. — Aqui dentro, estamos todos juntos. Todo mundo tem as mesmas chances...

Ele se virou para mim no meio dessa frase, e então notou que eu o olhava de cabeça para baixo, o que mexeu com ele e fez com que ouvisse o lixo regurgitado que saía de sua boca. Ele parou de falar e parecia triste de novo, como merecido. Fiz o muxoxo de desdém que ele havia pedido, e então adotei a postura da prancha.

— Sim, claro. A Luisa teve as mesmas chances que a Chloe.

— A Luisa já estava ferrada! — disse Orion. — Ela não sabia de nada, não estava preparada para nada. É por isso que eu estava cuidando dela. Não é a mesma coisa.

— Tudo bem. Você acha que *eu* tenho as mesmas chances que a Chloe, então?

Disso ele tampouco podia se convencer e acabou se irritando. Desviando o olhar, disse:

— Você consegue ferrar com as suas chances sozinha.

Eu me levantei e disse:

— Então você que se dane. Cai fora e fica longe de mim. — senti um nó na garganta.

Ele apenas bufou, sem nem olhar para mim, como se achasse que eu estava brincando.

— Tá vendo? Você mal fala comigo, e olha que eu salvei sua vida cinco vezes.

— *Seis* vezes — corrigi.

— Tanto faz — disse ele. — Sabia que, nesses últimos três dias, literalmente todo mundo que eu conheço tentou me avisar para tomar cuidado com você, porque você é uma maleficente? E você realmente age como se fosse.

— Eu não! *Jack* agia como um. Além disso, os maleficentes são *bonzinhos com você.*

— Tá, ninguém vai te acusar disso — disse ele, debruçando-se sobre seus livros, ainda carrancudo; ele nem percebeu que eu estava prestes a lhe dar um soco na cabeça. Além dessa vontade, que não passou, eu queria gritar sobre não precisar fazer absolutamente nada para as pessoas acharem que eu era má, nunca precisei, exceto que... *ele mesmo* nunca havia pensado essas coisas a meu respeito. A única vez em que achou que eu fosse uma maleficente foi quando lhe dei um bom motivo para isso; e ele estava sentado na minha mesa agora, conversando comigo como se eu fosse uma pessoa normal, e eu não queria que isso acabasse. Assim, em vez de socá-lo, apenas finalizei minha saudação ao sol e voltei para a mesa, onde continuei meu trabalho.

Quando soou o sinal de alerta para o toque de recolher e nós finalmente terminamos de arrumar tudo, ele arriscou, hesitante:

— Quer voltar amanhã, depois do café?

— Nem todos podem terceirizar os turnos de reparação — respondi, mas a raiva já tinha passado. — Quem está fazendo o seu?

— Eu não tenho um — disse ele, com total sinceridade, parecendo confuso quando o olhei. Todos nós temos turnos de reparação uma vez por semana; nem mesmo ser filho da futura Matriarca de Nova York te dispensa da tarefa. No máximo, te livra de precisar fazê-la sozinho. Os enclavistas geralmente fecham grupos de dez e negociam todos os seus turnos de reparação com algum aluno em troca da promessa de incorporá-lo a uma de suas alianças no período da graduação. Nós a chamamos de linha de reparação, embora ela seja estritamente não oficial; trata-se de uma das melhores formas de se entrar em um enclave depois da graduação. Eles ficam muito satisfeitos em abrir as portas para qualquer um que esteja disposto a fazer esse trabalho de merda, e os alunos da linha de reparação chegam com uma boa experiência prática no conserto do mesmo tipo de infraestrutura que os grandes enclaves utilizam.

Só que essa também é uma das melhores maneiras de morrer. Os alunos dessa linha acabam faltando em metade das aulas, de tal forma que estão sempre no fio da navalha, perigosamente próximos da reprovação, além de deixarem de aprender teorias e feitiços avançados. Em termos práticos, são eles que têm de entrar nas salas com fendas misteriosas nas paredes, canos vazando e luzes queimadas: os lugares onde as barreiras são instáveis e os males ficam mais propensos a se insinuarem. E você não pode se matricular em reparação e depois simplesmente pular seus turnos, porque, se deixar de cumprir o turno semanal, fica proibido de entrar no refeitório até quitar a pendência. E se você se comprometer a fazer o turno de reparação de outra pessoa e não cumprir a promessa, a entrada *dela* também será vetada; assim, os enclavistas sempre ficam de olho nos seus queridos ajudantes. A maioria deles, pelo menos.

— Alguém de Nova York fez os arranjos para você, né? E você nem sabe — falei. — Isso é muito triste, Lake. Pelo menos agradeça esse pobre aluno de vez em quando.

Pobre garoto, só que não. Eu mesma teria ido para reparação em um piscar de olhos: já tenho um alvo enorme nas minhas costas, de qualquer maneira. Só que a competição é bastante acirrada, e eu precisei desistir na minha primeira quinzena porque não consegui encontrar nenhum enclavista para me contratar. Eles sequer falavam comigo, então não tive muitas oportunidades. E, para ser sincera, as oportunidades claramente não eram o único empecilho.

Ele enrubesceu.

— E o que você está fazendo no seu turno?

— Limpando os laboratórios — respondi.

Os turnos de limpeza do laboratório de alquimia são tão ruins quanto qualquer outro turno de reparação, mas nem se comparam a ter que tapar um buraco na parede ou remendar um feitiço de proteção. Certa vez precisei consertar uma barreira de proteção desgastada de um duto de ventilação em uma das salas de seminários perto da oficina. A barreira estava tão fina que havia um bando de lagartos ali, esperando para atravessá-la. Eles pressionavam os que estavam mais à frente, esmagando-os contra a barreira: cinco ou seis pares de olhos esbugalhados como os de um lêmure me encaravam, famintos; suas bocas salivavam, cheias de dentes afiados. Finalmente, me cansei daquilo e gastei um pouco de mana para empurrá-los de volta pelo duto, o suficiente para que não precisasse olhá-los enquanto tecia uma nova barreira mágica.

A limpeza não é tão perigosa assim, mesmo nos laboratórios. Você até pode esbarrar em um pouco de ácido ou veneno, ou em alguma substância alquímica duvidosa deixada para trás, mas não é nada muito difícil. A maioria dos alunos não se importa, apenas enche um balde com água e sabão, lança um feitiço de animação em alguns panos de chão e esfregões, enfia-os dentro do balde e, da porta, supervisiona o processo de limpeza. Já eu faço tudo à mão, a menos que esteja realmente exausta. Lá na comunidade, todos nós nos revezávamos para deixar o lugar em boas condições; minha mãe não me deixava usar mágica, então eu sei lidar com um esfregão e um balde. Na época, eu me sentia ofendida. Hoje, sei que com isso eu na verdade ganho um pouco de mana em vez de perder e, ocasionalmente, acabo encontrando alguns suprimentos no meio das sobras. Ainda assim, não se trata de nada que possa ter alguma atratividade.

— Eu vou com você — disse Orion.

— Você vai o quê? — perguntei. Comecei a rir quando vi que ele estava falando sério: todos realmente iam achar que ele estava apaixonado. — Acho ótimo.

A AJUDA DE ORION encurtou bem meu turno, e passamos o resto do final de semana juntos na biblioteca. Devo admitir que senti uma enorme e nada louvável satisfação pela maneira como o pessoal de Nova York me olhava ansiosamente toda vez que nós passávamos pelo seu canto do salão de leitura, indo e voltando das refeições. Mas eu sabia. Sabia que deveria ser amigável com eles. Não estava namorando Orion, mas ele era um amigo de verdade agora; aquilo não era uma ilusão temporária. Era uma chance para Nova York. Se eles me aceitassem, eu não precisaria mais me preocupar em encontrar outros aliados. Eu poderia conseguir um daqueles compartilhadores de energia e deslizar até os portões de saída como se estivesse patinando no gelo. Talvez nem precisasse bajular ninguém, apenas ser educada.

Mas não fiz nada disso. Não encorajei nenhum dos alunos do enclave que tentavam algum contato comigo; simplesmente dei de ombros para todos. Também não fui muito sutil. No sábado à noite, indo escovar os dentes, Aadhya me perguntou, um pouco hesitante:

— Você está planejando alguma coisa, El?

Eu entendi imediatamente aonde ela queria chegar, mas não falei nada. Não queria ouvir nada sensato a respeito do meu comportamento estúpido. Após uma pausa, ela acrescentou:

— A vida é como ela é. Eu era muito popular na escola, lá fora. Futebol, ginástica, um milhão de amigos. Mas minha mãe me chamou para conversar, um ano antes da admissão, e disse que eu seria uma fracassada aqui dentro. Ela não disse algo do tipo "vá preparada, caso isso aconteça". Ela apenas jogou assim, na lata.

— Você não é uma fracassada — disse.

— Sim, eu sou. Eu sou, porque preciso pensar o tempo inteiro: como vou sair daqui? Nós só temos mais um ano, El. Você sabe como é a graduação. O pessoal dos enclaves só vai escolher os melhores entre nós. Eles vão distribuir barreiras e compartilhadores de energia, conjurar uma lança do tempo ou acender um projétil e voar direto para fora dos portões, enquanto os males partirão para cima de todos os outros. E nós não queremos ser *todos os outros* nesse cenário. Enfim, o que você vai fazer depois? Morar em uma cabana nas Montanhas Rochosas?

— Não, em uma tenda no País de Gales — murmurei, mas ela tinha razão, obviamente. Aquilo era o que eu havia planejado, na verdade, com uma única e crucial exceção.

— Só que eles não me querem, Aadhya. Eles querem o Orion.

— E daí? É melhor aproveitar enquanto pode — disse. — Olha, só vou te dizer isso porque senti firmeza em você na hora de trabalhar e a considero inteligente o suficiente para saber ouvir, então não precisa ficar brava: você sabe que afasta as pessoas.

— Mas não afasto você? — respondi, tentando parecer tranquila, quando na realidade não me sentia nem um pouco confortável com aquele assunto.

— Não é que eu seja imune nem nada — disse ela —, mas minha mãe também me disse para ser educada com os rejeitados, pois fechar portas sempre é uma atitude estúpida, e para desconfiar de pessoas que são legais demais, porque querem mais de você do que deixam transparecer. E ela tinha razão. Jack W. acabou se revelando um Hannibal Lecter, e você acabou se revelando tão durona que dispensaria Nova York e Londres para ficar comigo, só porque eu não te sacaneei *completamente* nas nossas negociações — completou, dando de ombros.

Como já havíamos chegado ao banheiro, não podíamos mais conversar. Fiquei fervendo por dentro enquanto escovava os dentes, lavava o rosto e vigiava na vez de Aadhya. No caminho de volta, explodi:

— Então... por quê? O que eu tenho? O que eu faço que afasta as pessoas?

Estava esperando uma daquelas respostas habituais: *você é rude, você é fria, você é maldosa, você sente raiva demais*, enfim, todas essas coisas que as pessoas dizem para me responsabilizar. Mas ela me olhou por um tempo e franziu a testa, como se realmente estivesse pensando a respeito. Então falou, decididamente:

— Você passa a sensação de que vai chover.

— Hã?

Aadhya já estava elaborando e gesticulando com as mãos.

— Sabe aquela sensação de quando você está a um quilômetro de distância de qualquer lugar e não levou seu guarda-chuva porque estava ensolarado quando saiu de casa? Você está com seus sapatos novos, de repente escurece, você percebe que vai cair um pé d'água e pensa: *ótimo, tudo que eu precisava* — ela balançou a cabeça, satisfeita com a brilhante analogia. — É assim que as pessoas se sentem sempre que você aparece — ela fez uma pausa e olhou ao redor, certificando-se de que não havia ninguém por perto, e então falou, abruptamente: — Sabe, se você trapacear demais, pode ficar com uma aura pesada. Eu conheço um garoto da linha alquímica que tem uma fórmula de limpeza de espírito muito boa...

— Eu *não* trapaceio — falei entredentes. — Eu *nunca* trapaceei.

Ela me lançou um olhar questionador.

— Sério?

Aquilo foi muito proveitoso. É claro, deveria ter sido. Aadhya estava cem por cento correta; eu devia tê-la escutado antes e transformado essa semana de falso namoro com Orion em convites para ingressar em ao menos três enclaves diferentes, que poderiam ter sido obtidos pelas perguntas certas nos lugares certos; assim, já preparava mais meia dúzia deles para cada semana em que continuássemos namorando de mentirinha. Porque eu *sou como a chuva*.

Em vez disso, o que fiz na manhã seguinte foi dizer, com a maior frieza, "Desculpe, estou ocupada" quando Sarah me convidou para trocar feitiços com seu grupo dominical de revisão de galês, o Domingo Galês. Repleto de alunos de enclaves do Reino Unido, cada um com seu livro de feitiços herdado e abarrotado de feitiços de primeira linha completamente testados, ainda mais valiosos por serem escritos em uma linguagem totalmente fonética: praticamente qualquer pessoa que consiga pronunciar Llanfairpwllgwyngyll — só para constar, esse não é o nome completo — consegue aprender a maioria dos feitiços sem nem precisar saber o que as palavras significam, obtendo todos os benefícios de uma língua rara e de um grupo maior para fazer trocas. Meu galês é bastante avançado, graças ao bom e velho Ysgol Uwchradd Aberteifi, embora eu nunca o tenha usado fora das aulas. Sempre que eu entrava em lojas ou pubs, as pessoas automaticamente passavam a usar o inglês para falar comigo, e às vezes continuavam, mesmo que eu respondesse em galês. Sarah pareceu meio em dúvida quando disse:

— Ouvi dizer que você cresceu no País de Gales, daí pensei que, talvez... — Ah, e ela queria fazer isso na mesa deles na biblioteca, depois do café da manhã, e é claro que eu poderia *levar um amigo.*

— Eu não me importo — disse Orion, ao sentarmos com as bandejas; ele havia ouvido a conversa.

— Mas eu *sim* — rosnei para ele, furiosa. Se ele tivesse dito qualquer outra palavra condescendente, eu provavelmente teria derrubado meu mingau na cabeça dele. Mas ele ficou todo vermelho, olhando para sua bandeja, visivelmente engolindo com dificuldade, e parecia sentir o mesmo que eu quando Aadhya veio se sentar comigo. Era como se fosse uma experiência inédita para ele, ter alguém que não quisesse abusar de sua presença até a última gota. Eu quase derrubei o mingau em sua cabeça mesmo assim, mas, em vez disso, cerrei os dentes e compartilhei o pote de creme cheio até a metade que tinha conseguido pegar.

No fim das contas, minhas mãos estavam tão atadas quanto há uma semana atrás, quando ele bancou o herói salvador no meu quarto, se não pior. Aparentemente eu não ia conseguir usar sua amizade para chegar a lugar algum, e ele seria uma ajuda completamente inútil: já era completamente óbvio para mim que ele seria o último a sair pelos portões no dia da graduação. Enquanto isso, eu continuava a caminho de me tornar uma pessoa extremamente, e não apenas moderadamente, detestável para cada aluno de enclave, o que provavelmente aconteceria antes do final do semestre se eu mantivesse o ritmo. E embora Aadhya, Liu e Nkoyo não estivessem ativamente me evitando, tampouco me escolheriam se fosse uma questão de sobrevivência. As alianças começariam a ser formadas no início do ano, e as três certamente logo seriam sondadas por algum grupo de enclavistas. Por mais que Aadhya fale sobre ser um fracasso, ela tem uma reputação límpida, assim como as outras. Já a minha começou encardida e estava prestes a ser coberta pela sujeira do meu próprio orgulho estúpido.

Mas tudo bem: já que eu não tinha autocontrole o suficiente para engolir esse orgulho e fazer de mim mesma uma bajuladora idiota pelo tempo necessário para salvar minha própria vida, a solução óbvia seria encontrar uma maneira de fazer todos tomarem conhecimento do poder que eu tinha. Assim, algumas pessoas iriam me querer pelo meu próprio valor, e talvez eu finalmente conseguisse parar de sabotar as eventuais alianças que me fossem oferecidas.

Seja como for, aquele havia sido o meu plano o tempo inteiro: sacrificar alguns cristais para estabelecer, de alguma forma, uma reputação sólida. Agora era a ocasião para isso, já que a atividade da maleficência caía um pouco depois da graduação. Muitos males lá embaixo acabam mortos pelos veteranos que estão de saída, ou devorados por outros no frenesi da comilança; o resto, bem alimentado, se ocupa de encontrar cantos tranquilos para gerar pequenos males-bebês. Enquanto isso, aqui em cima, o controle de pragas acaba com a maioria daqueles ainda entre nós. Os arquitetos sabiam que *alguns* males encontrariam um jeito de entrar na escola; assim, duas vezes por ano, os corredores passam por uma boa limpeza. Um sinal de alerta toca muito alto, nós corremos para nossos quartos e nos trancamos, obstruindo as portas o quanto pudermos. Então, paredes maciças de chamas mortais purificadoras são conjuradas e enviadas para percorrer céleres o edifício inteiro, de cima a baixo, incinerando hordas e mais hordas de males em fuga desesperada. Isso também ajuda a aquecer as máquinas para a hora da graduação, logo antes de todos os dormitórios girarem e se ajustarem em seus novos lugares.

Se você está se perguntando por que eles também não executam este excelente sistema no salão de graduação, para extinguir os males antes que estes possam avançar sobre os veteranos, a resposta é que isso estava nos planos originais, mas os mecanismos lá embaixo quebraram cerca de cinco minutos depois que a escola foi inaugurada, e ninguém vai descer até o salão de graduação para fazer os reparos.

De qualquer forma, é por isso que o processo de admissão acontece, literalmente, no começo da noite após a graduação: é o momento mais seguro do ano na Scholomance, e o lugar permanece relativamente tranquilo por um ou dois meses. Assim, se eu não arrumar um bom pretexto para mostrar meu poder até lá — um devorador de almas, por exemplo, e não é que eu esteja guardando ressentimentos nem nada —, não vai aparecer um melhor até o final do primeiro trimestre, quando várias alianças já terão sido formadas.

Não trabalhei quase nada durante toda a manhã. Os enclaves Zhou, que destruíram uns aos outros há cerca de três mil anos, tiveram dificuldade em competir pela minha atenção frente à questão do que diabos fazer para demonstrar meu poder. Eu poderia simplesmente fazer uma cena no refeitório em uma manhã dessas e desintegrar uma fileira inteira de mesas, mas a ideia de desperdiçar mana assim me incomodava e podia me fazer parecer um pouco desmiolada. Ou, pior ainda, as pessoas podiam achar que eu tinha uma quantidade absurda de energia disponível a ponto de poder jogar fora, o que eu não faria de forma alguma, exceto se fosse, você adivinhou de novo, uma maleficente. E, de qualquer maneira, todos já estavam predispostos a acreditar nisso.

Desisti do meu próprio artigo e comecei a trabalhar nas traduções que devia a Liu. O único dicionário de sânscrito nas prateleiras hoje era aquele monstruoso que pesava seis quilos, mas ao menos fazer uma leitura corrida por suas páginas era um processo mecânico que deixava uma parte considerável do meu cérebro disponível para continuar pensando sobre aquele problema. Decidi definir um prazo para chegar a alguma conclusão: até o final da semana seguinte. Caso nada me ocorresse até lá, eu só fingiria ser atacada por alguma coisa, talvez em uma aula da oficina, onde Aadhya pudesse ver...

Minha linha de pensamento foi interrompida quando Orion virou a cabeça para olhar para trás; já era a terceira vez que fazia isso. Eu não havia realmente notado aquilo antes porque era algo normal; eu mesma olhava automaticamente por cima do ombro, provavelmente a cada cinco minutos. Mas não era normal para ele. Antes que eu pudesse perguntar o que era, ele se levantou de sobressalto, largou os livros e todo o resto e saiu correndo entre as estantes, em direção ao salão de leitura.

— Que merda é essa, Lake? — gritei, mas ele já tinha ido.

Eu poderia tê-lo perseguido rápido o bastante para alcançá-lo, só que também estaria correndo para seja lá o que fosse em alta velocidade e, sem dúvida, seria algo realmente perigoso. Se ele já estivesse muito à frente, os corredores poderiam se alongar o suficiente para me impedir de alcançá-lo, de tal forma que eu ficaria correndo a todo vapor no meio daquelas estantes obscuras, completamente sozinha, o que é uma ideia tão brilhante quanto parece.

Eu também poderia ter ficado parada ali na mesa, mas aí não saberia qual era a razão para aquela afobação toda. Além disso, se algo realmente ruim tivesse entrado na biblioteca, poderia muito bem deixar Orion de lado e vir em minha direção. De qualquer forma, eu estava procurando uma desculpa para mostrar meu poder: o que mais eu poderia pedir? Derrotar algo grande no salão de leitura seria perfeito, contanto que Orion não o matasse antes de eu chegar lá. Talvez eu até pudesse *salvá-lo*.

Motivada por essa visão gloriosa, eu me levantei e fui atrás dele, embora em um ritmo cauteloso. Assim que entrei no corredor de sânscrito novamente, ouvi a melodia fascinante que chamara sua atenção: gritos distantes, vindos do salão. Eu não tinha ideia do que estava provocando aquilo, mas a quantidade de vozes sugeria alguma coisa impressionante. Fora sensato prosseguir devagar: eu mal chegara à parte da Era Védica e Orion já virava a esquina do corredor principal de encantamentos lá na frente, desaparecendo de vista enquanto as luzes em seu encalço se apagavam, deixando um trecho longo e escuro à minha frente.

A melhor maneira de impedir que a biblioteca me pregasse alguma peça era ficar focada nas etiquetas das lombadas; foi o que fiz, mantendo o ritmo. Só que o corredor já estava se alterando, ficando demasiado lento, relutante, e isso foi piorando ao longo do percurso: ao procurar por livros familiares como pontos de referência, avistei dois que estavam no meu catálogo pessoal, escritos pelo mesmo autor e na mesma década, mas com uma estante inteira entre eles. Precisei começar a ler a última etiqueta de cada fileira em voz alta e tocar no final de cada prateleira para forçar algum progresso real.

O que foi bem estranho, porque eu podia ouvir os gritos do salão de leitura ficando cada vez mais altos. Clarões de luz vermelha e violeta surgiam no final do corredor, bem mais à frente: era a magia de combate de Orion em ação, que eu estava começando a reconhecer por causa do ritmo das explosões de feitiços. A iminência de uma grande luta pairava no ar. Normalmente, a escola fica mais do que satisfeita em te largar em uma confusão dessas, se você for estúpido a ponto de *ir até ela*. A não ser, me ocorreu, que a maleficência em questão tivesse uma chance real de derrotar Orion. Eu estava indo para o salão com a intenção de ajudá-lo, afinal, e na magia as intenções importam muito. Certamente a escola gostaria de se livrar dele, visto que ele anda perturbando o equilíbrio e esfomeando o lugar.

Não gostei nem um pouco dessa ideia e menos ainda do quanto não gostei dela. Apegar-se a qualquer um aqui, a não ser por pragmatismo, é um prato cheio para o sofrimento, mesmo que você não escolha um idiota que gasta todo o seu tempo se colocando em perigo. Mas era tarde demais. Eu já desgostava daquilo o suficiente para ter de fazer um esforço especial para não sair correndo estupidamente. Em vez disso, me forcei a desacelerar ainda mais e me empenhei em olhar cada item nas prateleiras. Isso vai na contramão do instinto, é claro, mas ainda é a melhor maneira de obrigar a biblioteca a permitir que você siga em frente. Se um corredor demorar mais tempo do que o usual para ser percorrido, deve haver mais estantes com livros sobre um mesmo assunto, e a biblioteca precisará trazer à tona mais livros a partir do vazio para preenchê-las. Se você prosseguir devagar, checando todas as colunas, é quase certo que encontrará um livro de feitiços muito valioso e raro entre elas. Portanto, para evitar isso, é bem provável que a escola lhe permita seguir em frente.

O que realmente se passou, no entanto, foi que um monte de livros e manuscritos desconhecidos começaram a brotar nas prateleiras, muitos com números que eu nunca tinha visto antes, e olha que eu passei muito tempo no corredor de sânscrito nesses últimos dois anos. Alguns desses números eram gigantescos, o que significa que haviam sido catalogados há muito tempo e nunca foram etiquetados novamente desde então. A escola *realmente* não queria que eu atravessasse o corredor. Estreitei os olhos, prestando ainda mais atenção, e consegui captar um brilho dourado na lombada de um volume fino, três estantes adiante, quase escondido por completo entre duas pilhas de manuscritos de folhas de palmeira secas, em uma prateleira alta quase fora de alcance, sem nenhum rótulo.

Nenhum rótulo significava um livro recém-retirado do vazio e que, portanto, nunca estivera ali; isso significava que ele era valioso o bastante para ficar bem escondido. E um livro enfiado entre manuscritos de folha de palmeira implicava feitiços tão valiosos que alguém, copiando-os séculos depois, se preocupara em adornar a capa. Primeiro, notei o livro a dois passos de distância e não tirei meus olhos dele por um só segundo enquanto me aproximava; então, agarrei a borda da prateleira com uma mão, saltei e peguei o volume. Quando desci, praticamente pude sentir a estante inteira oscilando, indignada, sobre mim. Eu não era estúpida a ponto de abrir o livro ali mesmo, porque isso o tornaria sujeito a coleta. Assim, continuei olhando para a frente e enfiei-o na mochila, sem diminuir o passo. Pude determinar sua qualidade apenas deslizando os dedos pela capa. Não apenas a lombada era adornada com ouro, como também havia algum tipo de padrão estampado por toda a capa e uma cinta para mantê-lo fechado.

O corredor começou a se mover mais rápido depois disso. Eu me senti presunçosa por um instante, como se tivesse derrotado a biblioteca: obriguei-a a entregar algo de qualidade, e agora ela tinha de me deixar sair, já que ela não desejaria me ver coletando outros prêmios. E não desejava, de fato, mas eu ainda estava sendo uma idiota. Você nunca consegue alguma coisa aqui sem pagar o preço. Nunca.

Passei rapidamente pelas línguas modernas, até que finalmente cheguei perto o suficiente para que, no próximo clarão mágico de Orion, a biblioteca não me impedisse de avaliar a distância entre mim e o corredor principal de encantamentos; então comecei a correr rapidamente, conseguindo enxergar o final do corredor mesmo depois do clarão ter se extinguido. Demorei pelo menos o dobro do tempo para chegar em comparação a Orion. Os gritos eram mais altos e outros ruídos foram surgindo: chiados estridentes, que lembravam o som de alguns pássaros, e um grunhido em tom grave enquanto eu contornava o corredor principal. Depois de alguns passos mais cautelosos, um terceiro som se fez ouvir, um que me lembrou o vento soprando através das folhas secas em um dia de inverno.

Os dois primeiros sons poderiam ter ocorrido simultaneamente. Você encontra todo tipo de cruzamento ridículo nas categorias bestial ou híbrida; são os males criados quando ocorre a algum alquimista inteligente demais juntar duas criaturas incompatíveis para se divertir e lucrar, isso se você considera lucro ser devorado por suas próprias criações, o que parece acontecer com quase todos os maleficentes que vão por esse caminho. Cruzar um lobo com um bando de pardais pode parecer algo estúpido, mas não é tão incomum assim. Mas aquele terceiro som estava completamente fora de contexto. Não era exatamente como a manifestação que mamãe derrotou na Ilha de Bardsey, no verão em que me arrastou a pé por todo o País de Gales para percorrer o antigo caminho dos peregrinos; aquela soava como sinos badalando, mas estava perto o suficiente para que não nos confundíssemos.

Se uma manifestação realmente havia conseguido se formar dentro da escola, a biblioteca era exatamente o tipo de lugar do qual ela gostaria. Mas fiquei surpresa por ela aparecer logo ali, no salão de leitura. Por que não ficar naquelas estantes obscuras e isoladas onde provavelmente vinha se alimentando dos ocasionais alunos desaparecidos ao longo dos anos? E por que surgir ao mesmo tempo que outra coisa, ou melhor, *duas* outras coisas, uma vez que os chiados e grunhidos claramente vinham de lugares diferentes do salão, muito distantes entre si para configurarem múltiplas cabeças de uma só criatura. Aquilo não fazia muito sentido e fez menos ainda depois que ouvi Orion gritar:

— Magnus! Use uma barreira lisa!

Essas barreiras de proteção são úteis apenas contra gosmas, que não fazem nenhum barulho, exceto o do esmagamento. Então eram *quatro* males na biblioteca de uma vez só. Era praticamente uma festa de pré-graduação.

E se Magnus ainda estava por ali lançando feitiços defensivos em vez de cair fora, isso queria dizer que um dos males estava bloqueando o canto de Nova York e, portanto, a fuga de vários outros alunos. Era a oportunidade perfeita, embrulhada para presente. O corredor principal estava inteiramente iluminado até o salão de leitura, como uma pista de aeroporto.

Eu não disparei corredor afora para me jogar na briga de peito aberto. Eu sei que fui um pouco devagar em relação àquele livro, mas não seria agora. A biblioteca quis me manter no corredor de sânscrito, mas no momento me queria no salão. Isso significava que ela não estava tentando me impedir de salvar Orion. Ela só não me queria *neste* corredor. E me queria fora dali o quanto antes, tanto que estava me oferecendo tudo aquilo com que eu já sonhara e desejara em seus cantos obscuros.

Então resolvi parar bem ali no corredor e me virei para encarar a escuridão atrás de mim.

Os dutos de ventilação da biblioteca ficam nos próprios corredores: velhas grades foscas de latão fixadas no chão. Suas bordas captam até as luzes mais fracas, linhas finas e reluzentes bem visíveis ao se caminhar pela biblioteca. Eu não conseguia ver aquele que devia estar logo atrás de mim. Tampouco conseguia ouvir o ruído desagradável das ventoinhas encardidas e nem mesmo o farfalhar onipresente das páginas sendo viradas; era como se até mesmo os livros nas prateleiras tivessem se aquietado, tal como os pardais quando uma águia os sobrevoa. O ruído de fundo não estava apenas sendo abafado pelos sons do combate atrás de mim. Quando prendi a respiração para escutar melhor, ouvi o som quase indistinto de outras pessoas respirando, um arfar sutil, soturno, pesado. As luzes acima de mim se apagaram completamente, mas o próximo clarão do feitiço de Orion já devia estar a caminho. Meu corpo inteiro estava tenso, esperando, e quando a labareda avermelhada aconteceu, me deparei com meia dúzia de olhos humanos me observando, espalhados pelas dobras espessas de uma massa translúcida e brilhante que se projetava para fora do duto, repleta de bocas abertas puxando ar.

Como eu geralmente preciso sentar nas primeiras fileiras dos Estudos de Maleficência, costumo ter uma visão privilegiada do mural central que representa o dia da graduação e que destaca duas Calamidades gigantescas, uma de cada lado dos portões. Elas são os únicos males que têm nomes: há muito tempo, alguns enclavistas de Nova York denominaram-nas Paciência e Fortitude, e isso pegou. Elas permanecem puramente ilustrativas, no entanto; nós não as estudamos aqui dentro. Não há razão para tal, pois não há como impedir que uma Calamidade te mate. Se você sair pelos portões rapidamente, elas não te pegam. Ou se alguma outra coisa te matar primeiro. O único conselho prático que os livros oferecem é: se tiver de escolher, escolha sempre a outra coisa. Caso te peguem, mesmo que seja com um pequeno tentáculo em volta do seu tornozelo, não haverá escapatória. Não se você estiver por sua própria conta.

126 ✦ NAOMI NOVIK

A luz cintilante do feitiço lançado por Orion se apagou atrás de mim e eu fiquei ali, encarando a escuridão completa até que a próxima luz viesse. E ela veio na forma de uma longa explosão de fogos de artifício verdes e azuis. A Calamidade estava no mesmo lugar, me encarando com seus olhos emprestados que não paravam de piscar: olhos castanhos em várias tonalidades e formatos, olhos azuis e verdes, aqui e ali, deslizando suavemente em direções opostas, ou lado a lado sobre a superfície, enquanto aquela massa corpórea disforme continuava se erguendo para fora do duto. Alguns olhos desapareciam, enquanto outros eram revelados na luminosidade, suas pupilas se contraindo. Alguns pareciam observar atentamente, enquanto outros piscavam depressa, e outros ainda pareciam vidrados ou opacos. A meia página dedicada a Calamidades no livro didático do segundo ano nos informava, em tom médico, que ninguém sabia ao certo o que acontecia com aqueles que eram consumidos por elas, e que uma escola de pensamento propunha que suas consciências nunca cessavam de existir, apenas caíam em uma exaustão silenciosa. Para mais informações, consultar a bibliografia seminal de Abernathy, Kordin e Li no *Periódico dos Estudos de Maleficência*; os autores haviam descoberto a possibilidade de se direcionar um feitiço de comunicação para uma vítima de Calamidade digerida há muito tempo e receber uma resposta, embora nada além de gritos incoerentes.

Quando eu tinha nove anos, fiz mamãe me contar como o papai morreu. Ela não queria. Antes, dizia apenas "Desculpe, meu amor, mas não posso falar sobre isso". Na manhã seguinte ao episódio com o arranhador, contudo, sentada na cama com os braços em volta dos meus joelhos ossudos e olhando para aquela passarela de metal derretido lá fora, cortesia da primeira coisa faminta que saiu da escuridão por mim, eu disse a ela:

— Não me diga que não pode falar sobre isso. Eu quero saber.

Então mamãe me contou e depois passou o resto do dia chorando e soluçando enquanto fazia seus rituais, guardava as coisas e cozinhava, sempre descalça, como de costume. Eu conseguia ver aquelas minúsculas cicatrizes esburacadas ao redor de seu tornozelo, a familiar marca anelada. Elas sempre me fascinaram. Eu gostava de encostar nelas quando era pequena, e indagava muito mais a respeito delas do que sobre o que tinha acontecido com papai. Ela sempre dava um jeito de desconversar. Naquela época, eu não percebia que se tratava da mesma questão.

A única maneira de impedir uma Calamidade é causar-lhe indigestão. Se você correr em direção à sua boca com uma barreira de proteção poderosa, pode ter alguma chance de penetrá-la antes que ela comece a te mastigar. Teoricamente, se você conseguir alcançar o núcleo, pode estourá-la a partir dele. Mas a maioria das pessoas não chega tão longe; existem apenas três casos conhecidos em que isso já foi feito, e todos envolviam um grupo de bruxos. O único objetivo realista para um bruxo que se arrisca sozinho é tentar distraí-la.

Foi isso que papai fez. Ele agarrou o tentáculo e puxou-o para afastá-lo de mamãe, jogando-o de volta para a massa disforme da Calamidade. Ele teve tempo de se virar e dizer a ela que nos amava, que amava o bebê que haviam acabado de descobrir estar a caminho, antes da Calamidade atravessar a barreira e o engolir.

Talvez tenha até mesmo sido esta aqui. Eu sabia que não haviam sido Paciência ou Fortitude: elas são gigantescas, não ficam se movendo por aí e raramente comem alunos, exceto por acidente. Elas passam o dia da graduação inteiro devorando outras Calamidades que inadvertidamente ficam ao alcance de seus tentáculos, além de outros tipos maiores de maleficência. Mas esta aqui era claramente mais voraz, porque nunca houve uma Calamidade nos corredores da escola antes, pelo menos que eu saiba. E elas não são o tipo de maleficência das quais ninguém escapa para contar a história; você é alertado pelos gritos das pessoas se debatendo enquanto são engolidas. Só que aqui na escola elas costumam esperar lá embaixo pelo banquete anual.

O próximo clarão que veio do salão de leitura revelou que a Calamidade já terminava de se arrastar para fora do duto de ventilação, sua massa disforme deixando de sustentar aquele desenho retangular no qual havia sido moldada, suavizando-se aos poucos e retomando uma forma orbicular. Ela apenas ficou ali parada, com suas bocas respirando profunda e silenciosamente, como se estivesse se recuperando do esforço de subir até aqui para caçar. Eu não corri; não precisava. Mesmo as Calamidades menores não comem uma pessoa por vez. Se ela me engolisse agora, teria de permanecer ali, me digerindo, antes de conseguir se mover novamente; enquanto isso, todos os outros fugiriam. Foi por isso que a biblioteca tentou me manter longe: para que eu não avisasse os outros. Ela queria dar uma boa oportunidade para que a Calamidade devorasse não apenas Orion, mas todos aqueles que estivessem no salão de leitura, sem mencionar aquelas quatro maleficências poderosas que provavelmente *chegaram até aqui fugindo da Calamidade.*

Eu dei um primeiro passo para trás, lenta e cuidadosamente, em direção ao salão. E depois outro. Orion disparou mais um feitiço e a Calamidade soltou um suspiro profundo, por todas as suas bocas; então, se moveu — *para longe.* Eu congelei, me perguntando se tinha visto errado, mas Orion lançara uma variedade do feitiço de captura cujo brilho rosa neon era intenso e persistente, refletindo-se nas bordas do duto à frente enquanto a criatura rolava em ondas sobre si mesma a uma velocidade surpreendente, com seus olhos e bocas sussurrantes subindo e descendo.

Ela não estava se dirigindo ao salão de leitura; estava indo para o outro lado, em direção à escadaria no final do corredor, que descia da biblioteca para os dormitórios dos calouros. Lá, todos os alunos mais novos estariam enfurnados em seus quartos, aqueles mesmos alunos que não tinham um enclave para lhes garantir uma das mesas seguras do salão, onde fariam seus deveres em pares ou trios. A Calamidade se estenderia pelo corredor, bloqueando o maior número de portas que conseguisse, e então começaria a enfiar tentáculos dentro dos dormitórios para arrancar as tenras ostras de suas conchas.

E não havia absolutamente nada que eu pudesse fazer para salvá-las. A alternativa mais rápida para alcançar os dormitórios dos calouros seria atravessar o salão de leitura e metade do corredor de encantamentos até a outra escadaria, que descia pelo lado oposto. Quando eu terminasse de dar a volta pelos dormitórios, nenhum aviso seria necessário: os alunos do outro lado já estariam gritando alto o suficiente.

Mas aquela era a única coisa que eu, e qualquer um, poderia fazer, porque não se pode matar uma Calamidade. Quando uma delas ataca um enclave, até mesmo o objetivo deste passa a ser defensivo: proteger-se, fechar as entradas e afastar outros males, até que a Calamidade resolva caçar em outro lugar. Nem mesmo os maiores bruxos vivos podem matá-las, e nem tentariam, porque, se você se arriscar e falhar, será devorado e continuará sendo devorado infinitamente. Isso é pior do que ser morto por um devorador de almas ou agarrado por uma harpia e levado para o seu ninho para ser comido vivo pelos filhotes; é pior do que ser dilacerado por kvenliks. Ninguém, em sã consciência, tentaria fazê-lo, a menos que a garota que você começou a namorar há alguns meses estivesse para morrer, ela e mais alguém que você nem sequer conhecia, e que talvez nem mesmo fosse uma pessoa, mas apenas um amontoado de células que mal tinham começado a se dividir, e você acabasse se preocupando suficientemente com isso para aceitar um milhão de anos de agonia por elas.

Aquela Calamidade, contudo, não estava indo atrás de ninguém que eu amava. Eu nem sequer *conhecia* algum calouro. Depois de se satisfazer com algumas dezenas deles, ela se recolheria para digeri-los e se recuperar do esforço daquela longa subida. Provavelmente, ficaria no corredor deles, surpreendendo-os ano após ano até a graduação. Se ficasse com fome de novo, bastava rastejar um pouco pelo corredor para devorar mais alguns calouros que não teriam para onde ir. Estes, pelo menos, teriam um aviso. Os alunos devorados hoje continuariam implorando, chorando e sussurrando por um longo tempo, ou ao menos suas bocas o fariam.

Então me ocorreu, involuntariamente, que se eu *conseguisse* impedir aquela Calamidade, ninguém sequer saberia. Já não havia ninguém entre as estantes da biblioteca, não com todas aquelas explosões e gritos no salão. Os calouros não sairiam de seus quartos se ouvissem alguma coisa no corredor: era o fim de seu primeiro ano, e a essa altura eles já haviam aprendido a barricar suas portas, pessoas sãs que eram. Além disso, ninguém mais sabia que havia uma Calamidade aqui em cima e absolutamente ninguém acreditaria se eu dissesse que acabei com ela. Eu precisaria queimar sei lá quanto do meu estoque de mana conquistado a duras penas. Eu nem sequer *conseguiria* exibir meu poder mais adiante. Minha reputação seria a menor das minhas preocupações. Eu teria de passar meu último ano inteiro lutando desesperadamente para coletar cada gota de mana que conseguisse, tudo para tentar sobreviver à graduação.

Eu não queria concretizar nada disso. Não queria, porque importava muito para mim. Você não consegue nada de mão beijada por aqui. Só que acabei de receber um livro extremamente valioso e, logo atrás de mim, no salão de leitura, estava tudo aquilo que eu vinha esperando, a minha melhor chance de sobreviver e ter um futuro. Eu já sabia que a escola não estava me concedendo essas coisas de graça, e bem aqui na minha frente estava o oposto exato disso. Eu estava sendo aliciada duas vezes. Mas por que você aliciaria alguém sem precisar? Não havia razão para a escola se preocupar em tentar me manter afastada da Calamidade, a menos que pensasse... que eu tinha *alguma chance*. Que uma feiticeira projetada desde o início para o extermínio e a destruição talvez fosse capaz de derrotar o único monstro que ninguém mais poderia matar.

Olhei em volta bem a tempo de ver Orion sendo lançado pela entrada do corredor; o brilho daquela sua poderosa barreira de proteção desapareceu quando ele colidiu contra o que quer que estivesse do outro lado. Uma nuvem de rilkes passou zunindo atrás dele, com suas asas emitindo trinados agudos, espirrando sangue como se fosse chuva. Eu poderia ir correndo até eles e vaporizá-los com o equivalente a um cristal de mana, como no caso do arranhador, e me posicionar heroicamente diante de um Orion ofegante e de uma multidão de enclavistas. Ninguém pensaria duas vezes quando ouvisse sobre a Calamidade. Eu nem precisaria fingir que não a vira. Eu poderia dizer a todos que a vira e continuaria sendo uma heroína. Nem mesmo heróis tentam enfrentá-las.

Eu me virei e fui atrás da Calamidade. Queria estar com raiva, mas apenas me senti mal. Mamãe jamais saberia o que aconteceu comigo. Ninguém me veria morrer. Talvez alguns alunos ouvissem meus gritos, abafados do outro lado da porta, mas não saberiam que era eu. Os calouros que me ouviriam gritar logo estariam gritando também. Mamãe não saberia; na verdade, eu tinha certeza de que ela saberia, da mesma maneira que saberia se eu utilizasse malia. Ela provavelmente estava liderando um círculo de meditação agora, em uma noite fresca de verão na floresta, e então fecharia os olhos e pensaria em mim, do jeito que ela sempre pensava, e saberia o que havia acontecido comigo, o que estava acontecendo comigo. E ela teria de conviver com isso, e com a morte de papai, pelo resto da vida.

Eu chorava da única maneira como me permitia chorar aqui dentro: com os olhos bem abertos, piscando com força e deixando as lágrimas escorrerem pelo meu rosto até pingarem no meu queixo, para que não turvassem minha visão. Havia uma luz mais intensa sobre a entrada da escadaria. Eu consegui ver a superfície brilhante da Calamidade, com seus reflexos furta-cor, enquanto ela se enfiava lá dentro. Não deixou nada para trás, nenhuma trilha gosmenta ou escorregadia, nenhuma sujeira: em vez disso, eu segui um rastro limpo e sutil, descendo pelas escadas e desembocando no patamar da ala dos calouros. A luz era melhor ali dentro. Pude ver a Calamidade nitidamente, já desenrolando seus membros diante das portas, quase uma paródia de braços abertos. Ela olhou para mim, toda esticada, com suas dezenas de olhos; algumas bocas soltavam leves gemidos, enquanto outras arfavam ruidosamente. Uma delas disse algo que me pareceu "Nyeg", como se isso fosse uma palavra de verdade.

Segurei com firmeza meu cristal, vinculei-o a todos os outros que estavam na caixa em meu quarto e comecei a caminhar em direção à criatura. Eu não tinha certeza se conseguiria me obrigar a tocá-la, mas isso não foi necessário. Quando cheguei perto, ela estendeu um tentáculo, enrolou-o em volta da minha cintura e me puxou, uma sensação horrível mesmo com a barreira: era como um homem enorme e suado, com mãos pegajosas que me agarravam com muita força e me puxavam em direção a seu corpo. As bocas mais próximas começaram a sussurrar palavras ininteligíveis e úmidas, como se um bêbado as soprasse ao pé do meu ouvido, só que dos dois lados ao mesmo tempo. Eu não conseguia me afastar daquilo, aquela coisa que me *queria*, que queria chegar ao meu interior e me rasgar de dentro para fora. Eu tentei. Não podia deixar de tentar. Não era uma escolha. Eu não conseguia deixar de me debater para longe dela, de me contorcer e lutar, mas nada daquilo funcionou. Eu estava impotente.

A única vantagem da minha barreira foi que a Calamidade não havia conseguido atravessá-la; não ainda. Era como uma língua tentando forçar um caminho por entre os meus lábios, mas fui capaz de mantê-los fechados, e ela tampouco conseguia abrir minhas pernas. Mas eu eventualmente me cansaria e teria que desistir. Não conseguiria sobreviver. E o terror e a raiva de saber que eu não poderia aguentar para sempre eram as únicas coisas que me incitavam a fazer qualquer outra coisa. Eu forcei mais um pouco para entrar naquilo, e então uma onda vinda dele desabou sobre a minha cabeça, e aquilo foi deixando de lembrar a sensação de ser agarrada por alguém, não importa o quão horrível essa pessoa fosse. Já não eram bocas e olhos e mãos, mas *intestinos*, órgãos, e tudo aquilo tentava me invadir, sem limites. Queria me abrir e fazer de mim uma parte de si, mesclar-me consigo naquele interior nojento, terrível e molhado de coisas agonizantes, que nunca chegaram a morrer de fato, mas ficaram ali, apodrecendo e fervilhando em sangue. Comecei a gritar só de senti-las ao meu redor.

Mas eu sabia que ninguém viria, não importa o quanto eu gritasse, então continuei seguindo em frente. Fui adentrando cada vez mais fundo, agarrando pedaços daquilo, um após o outro, como se fossem uma espécie de corda que escorregava das minhas mãos logo que eu a agarrava, tentando nadar através da carne. Mas eu já podia sentir uma enxurrada de mana saindo de mim para sustentar meu feitiço de proteção e manter a coisa faminta longe, e eu não fazia ideia de quanto estava usando, de quanto ainda restava, se tinha o suficiente para destruir aquela coisa quando chegasse aonde quer que eu estivesse tentando ir, e eu gritava e soluçava e abria caminho às cegas sem chegar a lugar algum, e já não poderia suportar aquilo por mais tempo. O livro estava correto esse tempo todo: *escolha qualquer outra coisa*, qualquer outra morte que não essa, porque àquela altura eu já preferiria estar morta do que ter de continuar em frente, mesmo com minha barreira de proteção.

Então, não continuei. Eu parei e lancei o melhor e mais curto dos dezenove feitiços que conhecia para dizimar uma sala inteira cheia de pessoas. Apenas três palavras em francês, *à la mort*, que deviam ser proferidas despreocupadamente, com um gesto da mão que a maioria das pessoas faz errado; se houver algum erro, por menor que seja, quem morre é você. Isso tornava a parte da despreocupação um pouco mais complicada. Mas eu já não me importava. Será que eu conseguiria mexer minha mão corretamente ali dentro? Eu não sabia. Não importava. Simplesmente agi de maneira natural, lançando o feitiço; ele saiu da minha boca tão facilmente como um sopro, e gesticulei com a mão, ou talvez tenha apenas pensado em gesticular. Tudo em volta começou a ir *de mal a pior*, e o lodaçal começou a se decompor, mas aquele momento de conjurar o feitiço fora, em si mesmo, sereno, bom e necessário, de tal maneira que eu o repeti novamente, e de novo, e de novo, e de novo, só por causa daquele alívio. Também lancei outros feitiços mortais, das dezenas que eu conhecia, para o caso de algum deles surtir efeito, fazendo tudo aquilo parar. Mas não parou. A podridão e a decomposição continuaram se espalhando à minha volta, com órgãos boiando naquele caos espumento e olhos flutuando e pressionando a barreira, me encarando; mas, por fim, murcharam e ficaram turvos quando os amaldiçoei, e então segui em frente, apenas matando e matando até que, de repente, entre um instante e o seguinte, a Calamidade se partiu ao meio sobre a minha cabeça e desabou a meu redor como um saco rasgado, desintegrando-se, com os últimos olhos restantes já mortos, afundando em si mesmos, até o último se desfazer.

Eu achava que tinha aberto caminho por quilômetros a fio, mas percebi que mal havia dado dois passos além de onde a Calamidade me abocanhara. Havia alguma coisa no chão a poucos metros de mim, um caroço grotesco que mais parecia um frango desossado, só que era uma pessoa, um corpo que fora esmagado em posição fetal. Em seguida, aquilo também se desfez em grumos e fluidos, deixando o corredor inteiro encharcado de sangue, bile e alguns pedaços de carne podre.

Todas essas coisas começaram a escorrer pelos ralos no chão: a drenagem instalada no piso ligeiramente inclinado foi projetada exatamente para uma conjuntura como essa, de forma a escoar de maneira eficiente todas as evidências de quaisquer eventos desafortunados que viessem a sujar o piso. Eles começaram a ficar obstruídos com a grande quantidade de restos, e até achei que os canos pudessem entupir, mas os pulverizadores no teto entraram em ação automaticamente com ruídos altos de moagem e, veja só, eles estavam à altura da tarefa de drenar os restos de um assassinato digno de uma Calamidade. Eu não sabia quantas pessoas eu havia matado dentro dela; perdi a conta de quantos feitiços mortais conjurei. Mas tenho certeza de que todas estavam agradecidas. Não fosse por isso, teriam me levado junto.

Eu tinha de retirar o feitiço de barreira, que ainda me cobria por inteiro. Já não precisava mais dele, mas precisaria desesperadamente de cada gota de mana necessária para mantê-lo. Mas não consegui. A superfície externa da barreira de proteção estava ensopada de podridão. Os pulverizadores haviam parado e o sangue e os fluidos estavam escorrendo; eram uma mistura de vermelho e amarelo que contornava meus sapatos, deixando livre apenas a margem de poucos centímetros da barreira. Eu não queria encostar minhas mãos naquilo.

Apenas fiquei lá parada, tremendo e derramando lágrimas que não paravam de cair. Quando um fio de muco escorreu pelo meu rosto, quente e pegajoso, senti vontade de vomitar; meu estômago revirou. Então ouvi um grito vindo das escadas:

— El! Galadriel! Você está aí embaixo?!

Aquilo me acalmou um pouco. Coloquei as mãos no alto da barreira de proteção e a abri de cima para baixo, gastando alguns segundos a mais de mana para poder fazer isso daquela forma, de modo que a imundície fosse diretamente para a drenagem.

Orion saltou os degraus e entrou no corredor, ofegante e chamuscado, com metade do cabelo queimado de um lado; quando me viu, parou e suspirou fundo, como alguém que andou preocupado por você ter sumido por tempo demais, mas, agora, vendo que está tudo bem, fica zangado.

— Que bom que você está segura — falou, incisivamente. — A propósito, já acabou.

Eu irrompi em lágrimas e mergulhei o rosto nas mãos.

Capítulo 7
ANGÚSTIA

ORION PRATICAMENTE TEVE de me carregar de volta para meu quarto. "Praticamente" porque, já que ele não aguentava o meu peso ao longo do caminho inteiro, precisou parar para me colocar de pé algumas vezes, e eu andei um pouco, até parar e começar a chorar, e então ele entrava em pânico e me pegava novamente. Em algum ponto do caminho ele compreendeu que alguma coisa havia acontecido além de eu ter fugido de um monte de males no salão de leitura; quando entramos no quarto, ele tentou me fazer contar. Acho que ele teria acreditado em mim. Se acreditasse e contasse para os outros, isso não resolveria a questão? Provavelmente não. Todos já achavam que ele estava caidinho por mim e, de qualquer forma, perguntariam se ele havia visto alguma coisa, e ele não havia visto nada.

Então me calei. Não queria falar a respeito. Não respondi a nenhuma de suas perguntas, exceto a última: disse "não" quando ele finalmente perguntou se eu queria ficar sozinha. Então, sentou-se timidamente ao meu lado na cama, até que, depois de alguns minutos, mais timidamente ainda, colocou um braço em volta dos meus ombros. Aquilo fez com que eu me sentisse melhor, o que por si só já era terrível.

Em algum momento, adormeci. Ele ficou comigo a tarde inteira, mesmo durante o almoço, e me acordou bem a tempo para o jantar, com meus olhos remelentos e a garganta irritada. Eu fui me arrastando, vazia e embotada, sem tomar absolutamente nenhuma precaução. Ainda bem que Orion não saiu do meu lado. Um olharudo saiu do ralo debaixo da mesa em que eu havia me sentado, que eu já sabia ser uma das piores, mas não me importei; aquela bolha aquosa verde com um olho veio girando, espreitou os tornozelos de Orion e então desistiu, deslizando silenciosamente de volta para o lugar de onde havia saído, sem se destacar. Eu nem a mencionei.

— Algum feitiço rebateu nela ou algo assim? — perguntou Aadhya.

— Não sei! — respondeu Orion, um tanto dúbio. — Acho que não.

— Ouvi dizer que você matou uma manifestação na biblioteca — disse Liu. — Às vezes elas podem se dividir. Talvez ela tenha sido parcialmente drenada.

Orion puxou a corrente em volta do meu pescoço com um dedo, pescando o cristal que estava debaixo da minha blusa: estava escuro, rachado e vazio, porque eu não o havia protegido adequadamente quando desfiz a barreira de proteção. Mas ele também estaria daquela forma se uma manifestação tivesse atravessado a barreira. Eu não falei que o palpite de Liu estava errado, mas também não disse qualquer outra coisa. As conversas pareciam acontecer dentro de uma tela de TV, em um programa que eu não assistia e com atores que eu não reconhecia.

— Certo — disse Orion, sério —, vocês poderiam ficar com ela? — então, tirou o compartilhador de energia do pulso e se levantou.

Ele foi até um canto do refeitório, pegou um dos esfregões que estavam por ali esperando o próximo turno da limpeza e deu uma volta por toda a sala batendo com força nas placas do teto. As pessoas começaram a reclamar quando começou, literalmente, a chover males para todo lado, em sua maioria larvais, aqueles que ficam esperando pelas sobras; Orion ignorou-os até que finalmente conseguiu atingir um ninho de deflagradores em um dos cantos. Depois de matar todos os nove, voltou para a mesa, colocou a mão sobre o meu peito e empurrou o que me pareceu um ano inteiro de mana acumulado diretamente para dentro do meu corpo, que não havia sido nem um pouco drenado.

Tenho uma capacidade considerável de reter mana, mas aquilo foi demais até para mim. Não havia em mim um cristal de armazenamento funcional, então não podia absorver nada daquilo. Se eu estivesse adequadamente operacional naquele momento, eu teria usado aquilo para a exibição dramática que vinha planejando. Se estivesse um pouco menos operacional, teria lançado instintivamente o feitiço mais natural para mim naquele momento, que era justamente o feitiço mortal que eu lançara várias e várias vezes não fazia muito tempo. Mas eu estava operacional apenas o suficiente para reconhecer que não queria fazer nada disso, só que também estava prestes a sofrer uma intoxicação por mana se não fizesse nada com aquela energia. Então, canalizei-a no único feitiço completamente irracional que eu conhecia que não envolvia matar pessoas; trata-se de uma pequena meditação que mamãe me mandava fazer todas as manhãs e noites, logo depois de escovar os dentes. Ela me ensinou quando eu era pequena, através do hino *Simple Gifts*, que é o mais próximo da ideia que qualquer encantamento consegue chegar; mas como não é, de fato, um encantamento, você não precisa realmente das palavras. Basta apenas tomar a decisão de se acertar consigo mesmo, seja lá o que isso signifique para você. Nas poucas ocasiões em que perguntei a ela se eu era mesmo um monstro, ou o que havia de errado comigo, ela me disse que não havia nada de errado comigo que não estivesse errado comigo, e me fez meditar até que eu me sentisse bem novamente. Se isso não fez muito sentido, você é muito bem-vindo para visitá-la na comunidade e discutir o assunto com ela.

Normalmente, o feitiço *não* requer mana; sentar-se com a intenção de lançá-lo já basta. Mas eu estava tão longe de estar bem comigo mesma que não conseguia nem mesmo conceber essa intenção, e direcionar tamanha energia para o feitiço acabou sendo o suficiente para me forçar, ou melhor, para me puxar pelo cangote e me sacudir com força, com alguns tapas na cara para me recompor. Levantei bruscamente com um gemido, sacudindo freneticamente as mãos no ar por um instante. Isso me custou cerca de um mês de mana; eu ainda tinha mais onze transbordando, então, ainda agindo por instinto, expulsei o feitiço de mim, fazendo com que todos na mesa, exceto Orion, saltassem e arfassem exatamente como eu. Aquilo deu conta de uns nove meses; dois alunos que passavam casualmente por ali tropeçaram e derrubaram suas bandejas quando foram atingidos, e então o feitiço finalmente se esgotou.

Afundei de volta no assento com um baque surdo. Certamente, já me sentia eu mesma de novo, ou seja, agressivamente irritada. Todos os presentes na mesa pareceram felizes de um jeito desconfortável, com rostos mais luminosos, exceto Liu, que tremia violentamente do outro lado da mesa, olhando para as próprias mãos: suas unhas haviam voltado ao normal. Ela olhou para Orion.

— O que você *fez*? — perguntou, aturdida.

— Não sei! — disse Orion. — Isso nunca aconteceu antes!

— Da próxima vez, *pergunte primeiro* — falei asperamente. Ele olhou para mim, ansioso, ao que acrescentei: — E eu estou *bem* — o que era involuntariamente verdade, já que eu ainda não *queria* estar bem. Nunca concordei muito com toda aquela conversinha de mamãe sobre deixar o processo seguir seu curso, mas, pela primeira vez, entendi a ideia. No entanto, a Scholomance não é exatamente um lugar complacente para processos. Depois de um momento, me senti mais ou menos grata; bom, mais para menos.

— Pare de ficar me olhando — murmurei, tirando os olhos de Orion para fazer uma verificação rápida de veneno na minha comida, que na verdade eu não tinha inspecionado antes de me servir. Tive de jogar fora mais da metade, e estava faminta por ter pulado o almoço.

Aadhya me deu metade de seu pudim de chocolate e disse:

— Pague quando puder.

Depois de uma cotovelada de Nkoyo, Cora me deu, um pouco a contragosto, a maçã que pretendia guardar para mais tarde. Orion sentou-se devagar a meu lado, parecendo um pouco menos assustado. Liu ainda olhava para as próprias mãos, com lágrimas correndo em duas linhas paralelas sobre seu rosto. Eu obviamente estava certa a respeito de seu uso racionado de malia; se ela estivesse utilizando mais do que o mínimo, o feitiço não teria sido capaz de afetá-la. Ela deve ter ficado ainda menos contente do que eu com aquilo. Agora, ela sabia exatamente aonde chegaria se voltasse a utilizar malia, e teria de fazê-lo ou mudar completamente de estratégia.

Orion continuou me seguindo. Ele me acompanhou de volta ao meu dormitório depois do jantar e, obviamente, quis entrar. Provavelmente teria ficado comigo a noite toda novamente, o idiota.

— Eu estou *bem*, já disse. Você não está preocupado que alguém esteja precisando de um herói em algum lugar? Você pode perambular pelo corredor dos veteranos também, se estiver tão entediado assim.

Consegui um olhar furioso, pelo menos.

— De nada — disse ele. — Sério, não faz mal. Com essa, já foram sete vezes…

— *Seis* — respondi entredentes.

— E hoje de manhã? — disse, incisivamente.

Você não me salvou de nada hoje, pensei em dizer, mas não tinha certeza de que aquilo era verdade; de qualquer forma, eu ainda não queria falar sobre aquilo, então me virei calmamente, entrei no quarto e fechei a porta na cara dele.

Como eu de fato já estava bem, livre daquela sensação dissociativa tão confortavelmente prazerosa, era hora de fazer um levantamento dos prejuízos, que foram assustadores. O cristal que eu costumava usar para canalizar energia para o resto do meu estoque também havia quebrado. Um total de dezenove cristais foram completamente drenados. Restavam apenas oito preenchidos. E eu estava *viva* depois de encarar uma Calamidade, o que acabava colocando as coisas em perspectiva. Sentada na cama, com os cristais rachados nas mãos, fiquei olhando para eles. Uma coisa era ter uma forte convicção de que *conseguiria* lançar quantos feitiços mortais absurdamente poderosos eu quisesse; outra era comprovar isso de forma tão dramática, ainda que apenas para mim mesma.

O que era, obviamente, algo positivo. Há muito tempo venho contemplando fantasias detalhadas de resgates dramáticos em público — para ser honesta, várias dessas têm envolvido, ultimamente, um Orion agradecido e admirado — e das reações dos meus colegas estudantes, entusiasmados e arrependidos por nunca terem visto meu verdadeiro eu antes. Só que esse *eu verdadeiro* tinha matado, sozinho, uma Calamidade, com livre uso de um dos feitiços mortais mais poderosos e irreprimíveis dos livros; portanto, se meus colegas vissem quem realmente sou, não me considerariam uma pessoa adorável, com a qual deveriam ter sido legais por todos esses anos. Não, eles começariam a pensar que eu era uma pessoa extremamente perigosa, com a qual deveriam ter sido legais por todos esses anos. Ficariam com medo de mim. É claro que ficariam. Eu podia ver isso com perfeita clareza agora, apesar de todos os sonhos patéticos aos quais me agarrei ao longo desses anos, porque eu mesma também sentia medo de mim.

Eu me levantei, peguei o livro de Estudos de Maleficência do segundo ano em uma das prateleiras superiores, verificando a superior e a inferior e correndo as costas da mão por todos os livros antes de retirá-lo, e encontrei as páginas que mencionavam as Calamidades. Havia uma referência a um artigo de jornal. Eu a encontrei, olhei para a escuridão absoluta lá no alto e disse:

— Eu quero uma cópia completa e legível, em inglês, da edição 716 do *Periódico dos Estudos de Maleficência*.

Eu podia ser específica assim porque aquilo era o oposto do difícil de conseguir. *Periódico dos Estudos de Maleficência* pode soar acadêmico e difícil, mas era só fachada. Existe um público voraz por novas informações a respeito das coisas que querem nos devorar. Todos os enclaves do mundo apoiam pesquisas em troca de uma caixa cheia de exemplares por mês, e qualquer bruxo independente que possa pagar costuma garantir sua assinatura; a maior parte dos que não podem se junta a outras pessoas para compartilhar um exemplar.

Essa edição até que era recente, não tinha nem vinte anos. A mãe de Orion já estava no conselho editorial: OPHELIA RHYS-LAKE, NOVA YORK, oito nomes abaixo do cabeçalho. Hoje, ela está mais acima. O artigo sobre Calamidades ocupava metade do conteúdo daquela edição, e a seção histórica entrava nos pormenores de um relato recente e confiável a respeito de como derrotar uma.

Um grupo dos principais bruxos do enclave de Xangai, na China, foi detido e expulso pelas autoridades durante a Revolução Cultural, não por serem bruxos, mas por parecerem ser ricos de uma maneira suspeita. Devido à perda repentina de muitos bruxos excelentes, as proteções do lugar enfraqueceram-se rapidamente, e uma Calamidade conseguiu atravessar os portões e devorar metade dos habitantes remanescentes em um único dia; o que restou deles fugiu, como pessoas sensatas fariam.

Até aí, era uma história bastante comum. Quando os enclaves são destruídos, acontece dessa maneira. Nem sempre se trata de uma Calamidade, mas um enclave enfraquecido sempre é um alvo perigosamente tentador para males mais assustadores. Cerca de dez anos depois, os principais bruxos retornaram, reuniram os sobreviventes e seus filhos e decidiram tentar retomar o enclave.

Isso foi loucura, já que, na época, os outros casos conhecidos de Calamidades derrotadas *não* eram confiáveis; por outro lado, eles estavam apostando todas as suas fichas. Ter um enclave não é pouca coisa; não é como se você pudesse simplesmente acabar com um por capricho, muito menos um com mil anos de história e proteção.

Lendo nas entrelinhas, percebi um componente de ambição alavancando o processo de retomada, já que o líder era o "futuro

Patriarca do enclave, nosso coautor Li Feng". O grupo inteiro passou um ano coletando mana, provavelmente algo equivalente a cerca de mil dos meus cristais. Li trouxe um círculo de oito bruxos independentes e imensamente poderosos, aos quais foram prometidos, caso fossem bem-sucedidos, cargos importantes dentro do enclave, e ele mesmo se ofereceu para enfrentar a Calamidade. Vinculando-se ao círculo, ele foi adiante, protegido pelas camadas de barreiras fornecidas por todos e empoderado pela imensa quantidade de mana que haviam acumulado em conjunto. Levou três dias até ele finalmente conseguir destruí-la. Dois dos bruxos morreram na ação e, dois dias depois, morreu outro.

Eu só queria algum tipo de reafirmação, mas o artigo só piorou as coisas. Eu tinha dezesseis anos de idade e vinte e nove cristais de mana que preenchia, quase exclusivamente, com exercícios aeróbicos. Era óbvio que derrotar uma Calamidade em uma manhã de domingo não deveria ser um problema meu. Talvez a Scholomance soubesse que eu tinha uma chance, mas eu *não deveria* ter. Joguei o periódico de volta na escuridão e me encolhi na cama, olhando para meus joelhos e pensando naquela profecia da minha bisavó. Se um dia eu *realmente* me tornasse uma maleficente, se um dia eu *realmente* começasse a arrancar malia das pessoas como se não fosse nada demais e a lançar aqueles feitiços mortais por todo lado, eu seria imbatível. Talvez literalmente. Eu faria chover morte e destruição em todos os enclaves do mundo, como uma Calamidade, mas a maior Calamidade de todas, uma que destruiria todas as outras simplesmente por serem *concorrência*.

E parecia que todos aguardavam o início desse processo, exceto mamãe, que não chamaria nem mesmo Hitler de uma pessoa má. Não que ela pense que ele foi o produto de forças históricas irresistíveis ou qualquer coisa do tipo. Ela diz que é muito fácil afirmar que as pessoas, e não suas escolhas, são más; isso permite que elas justifiquem suas más escolhas, convencendo-se de que não há problema, porque no fundo elas ainda eram boas, dentro de suas próprias cabeças.

UMA EDUCAÇÃO MORTAL ✦ 145

E sim, tudo bem, mas eu acho que depois de um certo número de más escolhas, é razoável decidir que alguém é ou não uma má pessoa e se deveria mesmo ter a oportunidade de continuar fazendo escolhas. Além disso, quanto mais poder alguém possui, menos folga deveria ter. Quantas oportunidades eu tive, então? Quantas eu usei? Eu ganhei pontos por ter ido atrás da Calamidade hoje ou apenas me dei um gostinho do poder que me levaria diretamente para um destino monstruoso, tão inevitável que já havia sido previsto há mais de uma década por alguém que queria me *amar*?

Eu venho carregando essa profecia na cabeça ao longo de toda a minha vida. É uma das minhas memórias mais antigas. Estava quente naquele dia. Devia ser inverno em Gales, frio e úmido; mas não me lembro do inverno: só lembro do sol. Havia uma fonte quadrada no pátio interno, com jatos formando uma cortina d'água na qual cintilava um arco-íris, que era cercada por pequenas árvores plantadas em vasos, repletas de flores cuja coloração variava entre o rosa e o violeta. A família estava reunida à nossa volta, pessoas que se pareciam *comigo*, com aquele rosto que eu via no espelho e que as crianças na escola estavam começando a me ensinar que era de alguma forma errado, mas que ali era tão claramente certo. A mãe de papai se ajoelhou para me abraçar, me segurar com os braços esticados e poder olhar para mim, com lágrimas escorrendo por seu rosto, e dizer:

— Ah, ela é tão parecida com Arjun.

Minha bisavó estava sentada à sombra; eu queria apenas brincar com o arco-íris e molhar minhas mãos na água da fonte, mas eles me levaram até ela, que, sorrindo, pegou minhas mãos molhadas nas suas. Eu sorri de volta, mas então seu rosto mudou e se contraiu; seus olhos se enevoaram e ela começou a falar em marata, que eu mesma ainda não falava com ninguém além do meu professor de línguas uma vez por semana. Por isso não compreendi as palavras dela, mas entendi quando todos ao redor começaram a arquejar, discutir e chorar, e mamãe teve de me afastar dela, me carregar para outro lugar no pátio e me proteger com seu corpo e sua voz de todo aquele medo chocante que acabou com as boas-vindas.

Minha avó veio até nós duas, nos fez entrar depressa na casa, até um quarto pequeno, fresco e silencioso, pediu para minha mãe ficar ali e me lançou um olhar agoniado antes de sair novamente. Foi a última vez que a vi. Alguém nos trouxe o jantar, eu esqueci meu medo confuso e queria voltar para a fonte, mas mamãe cantou até me fazer dormir. Meu avô foi um dos homens que veio tentar me arrancar dela durante a noite, às escuras. Eu sei o que a profecia diz porque ele mesmo a traduziu para mamãe, repetindo-a várias vezes para tentar persuadi-la, já que não a conhecia bem o suficiente para entender que a única coisa que ela jamais aceitaria era o mal menor. Em vez disso, ela levou seu mal maior de volta para casa e o criou, amando-o e protegendo-o com todas as suas forças, e agora estou aqui, pronta para iniciar minha carreira predeterminada qualquer dia desses.

Eu poderia ter passado várias horas remoendo tudo aquilo, mas já tinha muitos outros trabalhos deprimentes o bastante para fazer. Arrastei-me para fora da cama e dei início ao processo de condicionar um novo cristal para ser meu canal, o que envolvia gerar mana através de uma série de canções longas e envolventes sobre portas abertas, rios fluindo e coisas do tipo, enquanto me concentrava em passar um pequeno cordão de mana através dele para puxá-lo do outro lado. Depois que minha garganta começou a doer demais para continuar, deixei essa tarefa de lado, peguei um dos cristais esvaziados e comecei a preenchê-lo. Só que eu não podia fazer abdominais ou polichinelos, graças ao meu abdômen ainda dolorido; então, tive de fazer crochê.

Palavras são incapazes de descrever o quanto eu odeio crochê. Eu trocaria uma única linha por mil flexões sem problema algum. Tive de me obrigar a aprender por ser uma opção clássica para gerar mana na escola: tudo que você precisa trazer é uma agulha pequena. Os cobertores padrão são feitos de lã, que você pode desfazer para usar novamente, sem mais materiais. Mas sou péssima nisso. Esqueço os padrões, quantos pontos já fiz, em que tipo de ponto estou, o que estou tentando fazer e por que diabos ainda não furei meus próprios olhos com a agulha. É ótimo para conseguir espumar de raiva depois de ter que desfazer os cem últimos pontos pela nona vez. Pelo menos isso gera uma quantidade razoável de mana.

Levei quase uma hora derramando mana pelo cristal antes que ele, muito a contragosto, começasse a armazená-lo novamente. Àquela altura, meus dentes já estavam cerrados de tanta fúria, e com uma nova ansiedade à espreita: será que eu estava começando a me sentir má? Sim, agora eu já me preocupava em ir para o lado das trevas por excesso de crochê. Isso seria tão idiota que quase me pareceu provável. Mas eu precisava prosseguir e depositar pelo menos uma quantidade perceptível de mana no cristal; do contrário, amanhã ele estaria bloqueado novamente. Cada um dos meus cristais drenados teria de ser recarregado da mesma maneira. Eu precisava decidir entre investir no esforço para resgatá-los ou assumir minhas perdas e preencher apenas os cristais que me restavam. Eu não poderia deixar os que foram drenados por último; se o fizesse, eles morreriam de vez e seria impossível achar uma forma de reabastecê-los.

Não pude desconsiderar a ideia de pedir ajuda a Orion para encher alguns deles para mim. Mas se ele começasse a se habituar a compartilhar energia comigo, mais cedo ou mais tarde os demais alunos do enclave de Nova York o bloqueariam, o que não seria algo irracional. Ele tinha de retirar deles quando precisava. Era o que lhe permitia salvar pessoas à vontade, em vez de ter que ficar se preocupando sobre ter ou não mana suficiente para hoje, como eu e os outros fracassados. E ele tinha de pagar por esse direito. Claro, eu poderia, sozinha, simplesmente ingressar em seu enclave. Com os ostensivos atos heroicos de Orion no refeitório por minha causa, e na esteira de um final de semana que todos presumiam ter sido de pegação intensa na biblioteca, era provável que a esta altura Magnus, Chloe e companhia se sentissem livres para me barrar. E as coisas estavam ainda mais delicadas para o meu lado do que ontem.

Então, obviamente, descartei a ideia. Em vez disso, passaria o próximo mês inteiro enfeitando todo o meu cobertor com uma fatalmente adorável estampa florida. Se eu não fosse cuidadosa, poderia acabar costurando a minha própria raiva e tornar tudo realmente fatal. Nesse caso, talvez eu possa ao menos obter algum crédito na oficina.

O sino do toque de recolher soou, mas eu continuei. Graças à minha longa soneca mais cedo, eu conseguiria ficar acordada até tarde. Depois de mais uma hora, eu finalmente me permiti parar e largar a agulha. Eu queria jogá-la diretamente na escuridão, mas se fizesse isso nunca mais a recuperaria, então apenas cerrei os dentes e a prendi com cuidado na tampa da minha caixa. Como recompensa, sentei na cama com a única coisa realmente boa que me acontecera o dia todo: o livro que havia conseguido na estante de sânscrito na biblioteca.

Eu tinha certeza de que era algo especial quando o peguei, mas fiquei com um pé atrás enquanto o retirava da mochila porque, do jeito que o meu dia — minha semana, meu ano, minha vida — vinha se desenrolando, era mais provável que todo o seu conteúdo houvesse sido trocado pelo de um livro de receitas mundanas, ou que suas páginas estivessem coladas umas nas outras por infiltração, comidas por traças, ou qualquer coisa do gênero. Mas a capa estava em ótimas condições, feita à mão em couro verde-escuro e elegantemente estampada com padrões intrincados em ouro, inclusive na longa aba dobrável da sobrecapa que protegia o lado externo das páginas. Coloquei-o no colo e abri lentamente. A primeira página — na verdade a última da minha perspectiva, já que o livro fora encadernado da direita para a esquerda — parecia estar escrita em árabe, e meu coração começou a martelar no peito.

Muitos dos encantamentos em sânscrito mais antigos e poderosos em circulação, aqueles cujos manuscritos originais foram tidos como perdidos por séculos, vêm de cópias que foram realizadas no enclave de Bagdá há cerca de mil anos. O livro não aparentava ou transmitia a sensação de ter mil anos de idade, mas isso não significava nada. Livros de feitiços somem das prateleiras até mesmo em enclaves se você não tiver todos muito bem catalogados e um bibliotecário de primeira para monitorá-los. Não sei para onde vão quando desaparecem, se para o vazio fora dos nossos quartos ou qualquer outro lugar, mas sei que eles não envelhecem enquanto isso. Quanto mais valiosos, mais provável que escapem: eles acabam ficando permeados pelo desejo de protegerem a si próprios. Este volume parecia tão novo que provavelmente havia desaparecido da biblioteca de Bagdá poucos anos depois de ter sido escrito.

Prendi a respiração ao virar as páginas e, então, olhei para a primeira página copiada do sânscrito, repleta de anotações nas margens. Provavelmente, teria de começar a aprender árabe, e valeria a pena porque já na folha de rosto lia-se algo como: *Eis a Obra Magistral do Sábio de Gandhara*. Quando li isso, da minha boca saiu uma espécie de grasnido alto e horroroso, e apertei o livro contra o peito, como se ele estivesse prestes a sair voando.

Os sutras da Pedra Áurea são famosos por serem os primeiros feitiços conhecidos para construção de enclaves. Antes deles, a única maneira de os enclaves surgirem era por acidente. Se uma sociedade de bruxos vivesse e trabalhasse no mesmo lugar por tempo suficiente, cerca de dez ou mais gerações, o lugar começava a se afastar do mundo e a se expandir de maneiras estranhas. Caso os bruxos residentes fossem sistemáticos em relação a entrar e sair por apenas alguns lugares específicos, estes se transformavam nos portões do enclave, e o resto poderia ser induzido a se desprender do mundo real em direção ao vazio, da mesma forma que a Scholomance flutua nele. A partir de então, os males não podem chegar até você, exceto se encontrarem alguma brecha nas entradas, o que torna a vida muito mais segura e a magia muito mais simples de fazer, o que, por tabela, torna a vida muito mais agradável.

Não há muitos enclaves naturais, todavia. É preciso muita sorte para conseguir manter dez gerações com um histórico de estabilidade social para que isso aconteça. O fato de ser um bruxo não o protege de ser morto quando sua cidade pega fogo ou alguém te atravessa com uma espada. Na verdade, nem mesmo um enclave te protege. Se você estiver se escondendo lá dentro e as entradas forem bombardeadas, seu enclave também já era. Não acho que alguém saiba com certeza se você explode junto ou se a coisa toda simplesmente cai no vazio com você dentro, mas essa é uma questão deveras acadêmica.

Por outro lado, você ainda vai preferir um enclave a se espremer em um porão. O enclave de Londres sobreviveu à Blitz porque eles abriram diversas entradas em toda a cidade e substituíram rapidamente as que foram destruídas. Isso criou um problema de outra ordem para eles: atualmente, um bando de bruxos independentes e desocupados em Londres sobrevive localizando essas velhas entradas perdidas. Eles conseguem abri-las o suficiente para se enfiarem em uma espécie de revestimento do enclave — não entendo os detalhes técnicos, e nem eles, mas funciona — e se instalarem lá dentro até o conselho do enclave encontrá-los, expulsá-los e vedar a entrada novamente. Eu conheci um monte deles porque todos procuravam mamãe quando algo dava errado, o que era recorrente, já que eles moravam em espaços meio-reais, desviando mana do enclave através de antigos e obscuros canais e magicamente tirando lá de dentro o que comiam e bebiam.

Mamãe conserta as coisas e não cobra nada, a menos que você considere como cobrança ela os forçar a meditar por um bom tempo e lhes dar sermões sobre como não deveriam ficar zanzando ao redor do enclave, e sim ir viver na floresta e se espiritualizar, como ela. Às vezes, eles até escutam.

Mas Londres, evidentemente, não é um enclave natural; assim como nenhum dos grandes enclaves. Eles são construídos. Até onde se sabe, os primeiros enclaves a serem *arquitetados*, há cerca de cinco mil anos, foram os da Pedra Áurea. Eram dez, construídos ao longo de um século no Paquistão e no norte da Índia; três ainda existem, mesmo depois de tanto tempo. Todos afirmam ter sido construídos pelo autor dos sutras da Pedra Áurea, um cara chamado Purochana, que alguns historiadores bruxos acreditam ser o mesmo que aparece no *Mahabharata* mais ou menos trabalhando para o príncipe de Gandhara. *O sábio de Gandhara* é como ele é frequentemente citado em fontes medievais. No *Mahabharata*, ele é praticamente um vilão que constrói uma casa de cera para tentar queimar vivos os inimigos do príncipe; não tenho tanta certeza de como isso se conecta com a parte de ele ser um heroico construtor de enclaves, mas as fontes mundanas nem sempre são gentis com os bruxos. Talvez ele só estivesse tentando construir uma casa altamente inflamável e acabou se deparando sem querer com alguma maneira de criar um enclave.

De qualquer forma, é improvável que esses dez enclaves tenham sido realmente criados pela mesma pessoa. Depois de estabelecer um enclave todo bem arrumado para viver, você não iria, de fato, se mudar para fazer tudo de novo, iria? Mas havia uma série específica de feitiços, e eles estavam perdidos há eras.

Isso não impediu que outros enclaves fossem construídos, obviamente. Depois que os bruxos perceberam que *dava* para fazer isso, o assunto gerou um interesse enorme e permanente, e diversos artífices começaram a criar métodos que lhes permitiam fazer enclaves maiores e melhores. Com isso, os feitiços da Pedra Áurea foram caindo em desuso e se perderam com o tempo. Não sei muito sobre a construção dos enclaves modernos; esses feitiços são um segredo guardado a sete chaves. Mas definitivamente sei que você não pode incluir todo esse processo em um único livro com menos de dois dedos de espessura, mesmo com anotações nas margens. É a diferença entre montar uma cabana de madeira e construir o Burj Khalifa.

Mas, apesar de cinco mil anos de aprimoramento, alguns dos feitiços de construção da Pedra Áurea *ainda* são amplamente conhecidos por sua excelência, especialmente para manipular elementos. O mais famoso deles, o da agregação de matéria, é muito mais importante do que parece. Se você quiser gerar vapor, pode conseguir isso despejando calor suficiente em uma panela com água. Só que isso é um desperdício considerável de mana, como eu fiz aos nove anos ao esvaziar um cristal inteiro só para vaporizar um arranhador. Mas se você for sortudo o suficiente para colocar as mãos no feitiço de agregação da matéria de Purochana, não precisará da etapa intermediária de geração de calor e aquecer a água, a panela, o ar ao redor e assim por diante. Você simplesmente pega a panela com água no estado líquido e tira dela a quantidade exata que deseja transformar em vapor d'água, gastando apenas a quantidade necessária de mana.

Isso requer um controle gigantesco de mana; é o que torna viável a construção dos enclaves.

E agora eu *tinha em mãos* esse feitiço de agregação. Ele estava na página dezesseis do livro. Quando o encontrei, minhas mãos tremiam ao virar as primeiras páginas; precisei parar de ler e apertar o livro contra o peito novamente, tentando não chorar, já que aquilo provavelmente significava que eu conseguiria sair daqui viva, afinal, algo de que eu começara a duvidar depois de ver as perdas enormes da minha reserva de mana. Além de utilizar eu mesma o feitiço, poderia trocá-lo por *vários outros*.

Comprar o feitiço de agregação da matéria da Pedra Áurea fora da Scholomance custa uma quantidade de mana equivalente a tudo que um determinado grupo de vinte bruxos conseguiria reunir em cinco anos ou mais, e isso é mais difícil do que parece. Você não pode simplesmente armazenar mana por cinco anos em um banco e depois usar o saldo da conta para comprar o feitiço na livraria mais próxima. A única maneira de conseguir feitiços tão valiosos assim é permutando: encontre algum enclave que esteja disposto a negociar com você, feche um acordo para obter algo a que esse enclave não tenha acesso de um jeito mais fácil, geralmente porque é desagradável, doloroso ou perigoso, e então passe cinco anos desagradáveis para consegui-lo e, finalmente, estar pronto para fazer a troca. Então, torça para que eles não voltem atrás ou acrescentem mais algumas demandas, o que está longe de ser incomum.

Eu não continuei a leitura além da parte sobre a agregação. Em vez disso, umedeci cuidadosamente meu lenço mais limpo e limpei com suavidade cada grão de poeira em cada fenda de cada padrão estampado na capa. Enquanto limpava, fiquei conversando com o livro, dizendo como estava feliz por tê-lo comigo, e quão incrível era aquilo e como eu mal podia esperar para mostrá-lo a todos, e que um dia, em breve, o levaria para casa, para minha mãe, e usaria o óleo artesanal especial para couro que uma daquelas pessoas da vila fazia para limpá-lo adequadamente, e assim por diante. Eu nem me senti uma idiota. Mamãe mima todos os seus sete livros de feitiços dessa mesma maneira e nunca perdeu um sequer, embora ela seja uma bruxa independente e todos os independentes sejam realmente poderosos. Ela mantém todos os livros juntos em uma caixa, com um pouco de espaçamento: quando encontra um livro novo lá dentro, algo que acontece espontaneamente apenas com mamãe, ela diz que isso significa que um dos outros quer partir, e então coloca todos eles em círculo sobre um cobertor estendido em nossa tenda, bendiz e agradece a todos por sua ajuda e diz que qualquer um que assim desejar pode ir embora. Sempre que ela termina de embalá-los novamente, lá estão todos os sete novamente.

— Vou ter de fazer uma caixa de livros especialmente para você — prometi. — Eu estava planejando matar as aulas de oficina, que já terminei este semestre, mas vou continuar indo só para começar a trabalhar na sua caixa. Ela tem de ficar perfeita, então imagino que vá demorar um pouco.

Então dormi com o livro aninhado em meus braços. Eu não ia arriscar.

— *Caramba*, El — disse Aadhya, quando bati em sua porta na manhã seguinte, antes do primeiro sinal, para lhe mostrar. — O que você fez para conseguir isso?

Eu estava me esforçando bastante para esquecer o que havia feito.

— A biblioteca ficou tentando me manter presa com os males ontem a qualquer custo. Ela empurrou esse livro para uma das prateleiras superiores depois que eu comecei a ler as etiquetas no corredor e por sorte o localizei.

— Isso é inacreditável! — ela ficou encarando o livro, ansiosamente. — Eu não sei nada de sânscrito, mas posso ajudá-la a realizar um leilão para o feitiço de agregação, se quiser.

— Um leilão? — perguntei. Eu só queria ajuda para trocá-lo.

— Claro — disse ela. — Isso é fantástico. Você não vai querer trocá-lo por qualquer coisa. Eu coleto os lances em segredo, e os cinco melhores licitantes o levam em troca de tudo que propuseram. E eles terão de prometer que não vão negociar entre si depois. Você consegue colocar uma maldição anticópia?

— Não — respondi categoricamente. A resposta verdadeira era sim, fácil como um piscar de olhos, e seria uma maldição boa e eficaz, mas eu não faria aquilo.

— Quer pedir para a Liu fazer isso?

— Sem maldições — respondi. — Ninguém vai fotocopiar, nem nada do tipo. É uma magia arcana poderosa em sânscrito védico. Aliás, levaria uma semana para fazer cinco cópias fiéis.

— Você já aprendeu? — perguntou Aadhya, me olhando de soslaio. — Quando? Você era um farrapo humano ontem.

— Depois do jantar — respondi, amuada: *obviamente* graças àquele estímulo de Orion.

Passado um momento, ela disse:

— Tudo bem. Você pode fazer uma demonstração? Na oficina, quarta-feira? Isso me dará alguns dias para espalhar a notícia. Então, podemos fazer o leilão no final de semana. Sem dúvida, os veteranos vão querer entrar nessa, a tempo de conseguir o feitiço antes da graduação. E, veja bem, se tivermos sorte, todos os cinco ganhadores serão veteranos, e então poderemos fazer um segundo leilão no próximo semestre, depois que eles forem embora.

— Parece ótimo — respondi. — Valeu, Aadhya. O que você quer em troca?

Ela mordiscou o lábio por um instante, olhando para mim, e então disse, abruptamente:

— Tudo bem se a gente resolver isso depois do leilão? Vemos o que entra e o que parece justo. Talvez tenha bastante coisa para dividirmos e eu não precise de nada exclusivo.

Tive de ficar atenta para não apertar o livro com mais força.

— Por mim, tudo bem, se você não se importar — respondi, com um nó na garganta, tentando ser casual.

Capítulo 8
Rastejador

Nós fomos ao banheiro, nos arrumamos juntas e, no caminho para o café da manhã, encontramos Nkoyo e Orion.

— Ah, que belezinha — disse Nkoyo, quando lhe mostrei o livro: eu o manteria colado ao corpo, possivelmente para o resto da minha vida; cheguei até a amarrar uma tipoia para poder carregá-lo no peito, separado dos meus outros livros. — Você está a fim de negociar? Conheço duas garotas somalis que estão fazendo sânscrito.

Eu estava tão feliz que, quando Chloe quase saiu correndo do banheiro feminino, com o cabelo todo despenteado, obviamente se apressando para nos alcançar e pedindo que a esperássemos, eu até respondi "Claro" como uma pessoa civilizada, sentindo-me generosa, e lhe mostrei o livro enquanto caminhávamos. Ela o admirou apropriadamente, embora tenha conseguido estragar meus cinco segundos de simpatia ao lançar um olhar para Orion que eu não tive dificuldade em interpretar: ela achava que ele o tinha pegado para mim. Eu não poderia expulsá-la da nossa mesa àquela altura, assim como ela não poderia me afastar enquanto eu estivesse andando com Orion, porque simplesmente não é assim que funciona. Mas eu bem que *gostaria*.

Mesmo assim, eu ainda esperava ansiosamente pelo café da manhã. Uma vez que Aadhya e eu espalhássemos na fila a notícia de que tínhamos algo muito bom para oferecer, as pessoas dariam uma parada rápida na nossa mesa para dar uma olhada. Seria uma boa forma de ampliar relações, especialmente com outros alunos de sânscrito; eu poderia conseguir ainda mais negociações no futuro. Todavia, quando chegamos ao refeitório, eu descobri imediatamente que o livro não seria a grande novidade daquela manhã: um veterano estava sentado sozinho no meio de uma das principais mesas. *Completamente* sozinho, debruçado sobre sua bandeja.

Veteranos não se sentam sozinhos, não importa o quanto outros veteranos o odeiem. Alunos do primeiro e até do segundo ano irão preencher quaisquer espaços vazios em suas mesas em busca de proteção. Veteranos têm acesso a feitiços muito mais avançados e estão transbordando de energia no período de graduação, especialmente se os compararmos com a média dos jovens de catorze anos. O tipo de male que caça calouros e segundanistas os evitam. Mas aquele estava tão isolado que nem mesmo havia outros veteranos sentados nas mesas *em volta*: elas estavam cheias de calouros perdedores e fracassados.

Eu não o reconheci, mas Orion e Chloe congelaram, encarando-o.

— Ele não é de... Nova York? — perguntou Aadhya, baixinho, ao que Chloe respondeu, inexpressivamente:

— É o Todd. Todd Quayle.

Aquilo fez menos sentido ainda. Afastar um garoto *de enclave*? Todd obviamente não aparentava ser um maleficente nem nada do tipo. Ele parecia completamente normal.

Um calouro que havia conseguido colocar sua bandeja na esteira de limpeza sem maiores problemas estava voltando rapidamente de lá. Orion estendeu a mão e o agarrou.

— O que ele fez? — perguntou, apontando com a cabeça.

— Invadiu — disse o garoto, sem levantar a cabeça. Ele lançou um olhar cauteloso para Orion e Chloe por baixo da franja e se apressou; Orion deixou cair os braços e parecia doente. Chloe sacudia a cabeça, em negação.

— *Sem chance* — disse ela. — Não pode ser.

Mas aquela era, praticamente, a única razão suficientemente grande para explicar a situação.

Nossos quartos são entregues no dia em que somos deixados neles, e você não pode mudar de quarto, mesmo se alguém morrer. Aqueles que ficam vazios são descartados no final do ano, quando as alas residenciais giram para baixo, mas é a Scholomance que decide como rearranjar as paredes para distribuir o espaço extra. A única maneira de mudar deliberadamente para outro quarto é *tomando-o* e não matando alguém. Você precisa entrar no quarto de alguém e empurrar o respectivo dono no vazio.

Ninguém sabe o que isso realmente significa. O vazio não é um vácuo ou uma morte instantânea ou qualquer coisa assim. De vez em quando alguém enlouquece e tenta se enfiar no vazio por conta própria; você pode, de fato, *entrar* nele. Também não terá problemas lançando coisas em sua direção. Seria como uma slime: você pode esmagá-la entre os seus dedos ou modelá-la até que forme uma bola sólida. Só que isso depende não de suas mãos, mas de sua vontade.

Essas pessoas, contudo, nunca vão muito longe. Elas entram em pânico e correm de volta, e nenhuma delas jamais foi capaz de descrever como é lá dentro. Se alguém se sente realmente determinado e resolve ir correndo, o ímpeto ocasionalmente o leva um pouco mais longe antes que possam dar meia volta; quando essas pessoas saem, já não conseguem mais falar, pelo menos não de uma forma compreensível. Elas emitem sons como se estivessem falando, mas não é uma língua que alguém conheça ou consiga entender. Elas geralmente acabam mortas de alguma outra maneira, mas há as que conseguem sair vivas da escola. E elas continuam tendo magia, mas ninguém é capaz de entender seus feitiços, nem discernir se são artífices ou alquimistas, porque as coisas criadas por elas não funcionam para mais ninguém. É como se tivessem cruzado uma linha da qual não conseguem mais voltar.

Isso é o mais fundo que alguém consegue adentrar o vazio por conta própria. Mas você pode empurrar outra pessoa até o fim com magia, fazendo com que ela chegue longe o suficiente para desaparecer de vez, mesmo que ela não queira. E se você fizer isso, se entrar no quarto de alguém após o toque de recolher e lançá-lo na escuridão como um livro de feitiços que já não quer mais, mesmo com esse alguém gritando e implorando e tentando voltar, depois que ele se for, você poderá passar a noite no quarto sem ser incomodado, já que será somente você ali dentro, e depois disso o quarto é seu.

Claro, você não será muito popular com, por exemplo, qualquer outra pessoa que tenha um quarto. E não é como se você pudesse esconder o que aconteceu. Assim que as pessoas virem você saindo de seu novo quarto na manhã seguinte, elas saberão o que você fez. Orion claramente queria abordar Todd naquele mesmo instante; eu tive de empurrá-lo em direção à fila da comida.

— Nós já perdemos o almoço ontem. Se você quer saber mais, podemos sentar com ele assim que terminarmos o café da manhã; não é como se não houvesse espaço.

— Eu não vou sentar com um invasor — disse ele.

— Então engula essa sua curiosidade toda — respondi. — Qualquer um na escola poderá lhe contar todos os detalhes mais sórdidos na hora do almoço.

— É um *engano* — disse Chloe novamente, com a voz alta e débil. — Não tem como o Todd ter tomado o quarto. Ele não precisa disso! Ele tem Annabel, River e Jessamy, e ainda a oradora da turma. Por que ele invadiria?

— Seja como for, não ficaremos com ele por muito tempo. O sinal dos veteranos vai tocar cinco minutos depois que nos sentarmos —

lembrou Aadhya, em termos mais práticos. Orion cerrou os punhos e saiu em disparada para a fila do refeitório.

Eu havia subestimado o poder das fofocas: obtivemos a maioria dos detalhes sórdidos antes mesmo de sairmos dali com nossas bandejas. Todd havia matado um cara chamado Mika, um dos últimos remanescentes, aqueles alunos solitários que não conseguiram entrar em nenhuma aliança de graduação. Se os alunos nessa condição não forem maleficentes, é muito provável que não consigam sair daqui vivos, e Mika não era um maleficente; era apenas um esquisito destituído de habilidades sociais decentes e cuja falta de talento era tanta que nem mesmo outros fracassados podiam ignorar. Se você está pensando que isso não é um crime digno de pena de morte, eu concordo plenamente, já que estarei nesse mesmo barco no ano que vem se não me preparar a tempo. Mas a situação era mais ou menos essa. E, é claro, fazia dele um alvo perfeito.

Orion saiu primeiro e foi direto até Todd, batendo a bandeja na frente dele, sem se sentar.

— Por quê? — perguntou, categoricamente. — Você tem uma equipe, um cinto de proteção, um compartilhador de energia, mana sobrando... você fez um gládio espiritual no semestre passado! Não era o suficiente? Você realmente precisava de um *quarto melhor?*

Coloquei minha bandeja ao lado da de Orion, sentei-me e comecei a comer enquanto ainda podia. Aadhya sentou-se ao meu lado e fez a mesma coisa. Chloe não nos acompanhou. Depois de ouvir as notícias na fila, resolveu seguir para outra mesa de Nova York; todos os outros alunos de Nova York se sentaram o mais longe que podiam de Todd. Ela havia tomado a decisão certa; eu já havia percebido que Orion não conseguiria obter uma resposta da qual gostaria, se é que conseguiria uma. Todd nem sequer reagiu à pergunta. Ele estava curvado sobre sua bandeja, comendo sistematicamente, mas suas mãos tremiam e ele empurrava a comida para dentro. Ele não era um maleficente, de fato; não era nem mesmo um sociopata, ao menos não o bastante para não se importar em matar alguém. Eu não sabia porque ele o *fizera*, mas não fora por malia. Aquilo foi um ato de desespero.

— Onde ficava o antigo quarto dele? — perguntei.

— Do lado da escada — disse Orion, ainda olhando para Todd, como se pudesse abrir um buraco em seu crânio para extrair respostas. É, de fato, um péssimo quarto. As escadas servem para se deslocar pela escola, e os males podem utilizá-las tanto quanto nós. Estar do lado das escadas, no andar dos dormitórios dos veteranos, é o equivalente a ser a primeira opção na fila da comida.

Mas dificilmente se trata de uma ameaça incontornável. Ninguém vai pegar a primeira opção se houver uma tampa a cobrindo, pelo menos não enquanto restar uma opção óbvia na próxima travessa. Era o que acontecia, porque Todd é um enclavista com uma quantidade de mana mais do que suficiente para criar uma boa barreira de proteção todas as noites; além disso, os outros alunos do enclave evitariam recrutar alguns dos seus vizinhos em solidariedade. Não parecia valer a pena arruinar sua aliança, e talvez sua vida, por isso: os enclaves não abrigam, *abertamente*, assassinos e maleficentes, e literalmente todos na escola sabiam o que ele tinha feito.

— *Responda* — disse Orion, estendendo a mão para a bandeja de Todd, talvez planejando puxá-la, ou enfiá-la na cara dele. Todd, no entanto, a agarrou primeiro e a ergueu, levando junto a bandeja de Orion, jogando tudo aquilo em cima dele, antes de levantar o braço da mesa para empurrá-lo. Não há muitas lutas físicas por aqui; as pessoas costumam considerá-las demasiadamente mundanas, mas você não precisa de muita prática quando é um cara de um metro e oitenta de altura que passou os últimos quatro anos sendo bajulado sem incômodo algum e o garoto do outro lado é um moleque baixinho do terceiro ano. Orion cambaleou para trás, derrubando o leite e os ovos mexidos, e quase foi parar na outra mesa.

— *Vai se foder*, Orion — rosnou Todd, a voz estridente contrariando sua postura de valentão. — Você quer se meter comigo? O grande herói da escola, acabando com os males para todo mundo. Adivinha só, você não fez a menor diferença contra os verdadeiramente perigosos. Eles ainda estão todos lá embaixo e, graças a você, estão famintos. Não há nenhum male menor para fazerem uma boquinha. Por isso, eles não estão esperando o jantar ser entregue este ano. Já faz uma semana que os ouço zanzando pela escadaria todas as noites, fazendo um barulho tão alto que não consigo dormir. Alguns deles já estão conseguindo atravessar — ele pressionou os punhos cerrados contra as têmporas, todo o seu rosto enrugando como o de uma criança angustiada, as lágrimas escorrendo. — Uma maldita *Calamidade* passou pelo meu quarto ontem e subiu as escadas. Aposto que essa você não derrubou, não é, herói?

Murmúrios e suspiros apavorados nos cercaram como uma ondulação se espalhando à medida que todos nas mesas mais próximas ouviam. O salão inteiro estava em polvorosa observando o drama se desenrolar, e alguns alunos chegaram a ficar de pé sobre os bancos para conseguirem espiar por cima das outras cabeças. Todd riu de um jeito meio histérico.

— Pois é, e eu me pergunto onde ela vai se instalar. É melhor ficarem de olho no almoxarifado, pessoal! — gritou ele, virando-se para todos e abrindo os braços, um gesto que abrangia os alunos debruçadas nos mezaninos, em uma paródia de conselho amigável. — Mas é claro, Orion, nós temos muita sorte de ter você aqui para nos proteger. O que faríamos sem você?

Aqueles eram, quase ao pé da letra, os meus próprios pensamentos a respeito da jornada heroica de Orion, e com uma precisão ainda mais óbvia depois da semana passada: um devorador de almas no corredor residencial do terceiro ano, mímicas e sirenaranhas na oficina, manifestações e Calamidades na biblioteca. Todd tinha razão: devia haver um buraco em algum lugar pelo qual os males conseguiam passar, um buraco que abriram com seu desespero esfomeado.

Orion não disse nada. Apenas ficou ali em pé, pálido e desnorteado, com pedaços de ovo no rosto e mingau grudado no cabelo.

162 ✦ NAOMI NOVIK

Todos ao redor lançavam olhares incertos em sua direção. Eu me levantei e disse a Todd:

— Você daria o fora daqui rapidinho, garotão de enclave. E deixaria os males devorarem o aluno do quarto ao lado do seu em vez de você. É isso que *você* faria. Mas sim, vá para cima do Orion. Desculpa se eu não entendi, mas por que mesmo você tem mais direito a viver do que qualquer outra pessoa que ele salvou? Mais do que o Mika? Quanto tempo demorou até que ele parasse de gritar depois de você empurrá-lo na escuridão? Você ao menos sabe disso ou preferiu tapar os ouvidos e olhar para o outro lado até tudo acabar?

O lugar ficou tão silencioso que eu pude ouvir Todd engolindo em seco enquanto me encarava com um olhar fulminante. Todos deviam ter prendido a respiração para não perder uma única nuance daquele magnífico desdobramento da fofoca. Peguei minha bandeja, virei-me para Orion, que ainda me olhava meio fora do ar, e disse:

— Vem. Vamos arranjar outra mesa.

Também acenei com a cabeça para Aadhya, que me olhava boquiaberta, e ela se levantou, pegou sua bandeja e me seguiu, ainda me olhando de soslaio. Orion veio atrás, andando devagar.

As únicas mesas vazias que sobraram eram as ruins, bem nas extremidades, perto das portas ou sob os dutos de ventilação — obviamente, ninguém tinha saído do refeitório um segundo sequer mais cedo, com toda aquela situação emocionante acontecendo —, mas quando passávamos por Ibrahim, ele chamou, em meio a todo aquele silêncio.

— El, tem lugar aqui.

Ele acenou para que alguns dos outros alunos na mesa deslizassem para o lado e abrissem espaço para nós três. Assim que nos sentamos, o sinal dos veteranos tocou, e de repente nos vimos envolvidos pela agitação e barulho de todos eles se movimentando simultaneamente, limpando os restos de comida e pegando suas coisas para saírem dali depressa. Todd foi junto, estranhamente apartado dos demais, em um espaço vazio traçado ao redor dele.

Orion se sentou na ponta do banco, de mãos vazias. Yaakov, que estava do outro lado, bem na frente dele, pegou seu próprio guardanapo mas ficou hesitante em oferecê-lo; eu o tirei de sua mão e o passei para Orion.

— Você está uma bagunça, Lake — disse. Orion pegou o guardanapo e começou a se limpar. — Alguém pode ceder alguma coisa?

Coloquei um dos meus pães diante dele; então, um após o outro, os alunos da mesa começaram a lhe dar coisas, ainda que apenas a metade de um bolinho ou uns gomos de laranja; um aluno sentado na mesa atrás da nossa cutucou meu ombro e me passou uma caixinha de leite para dar a Orion.

A conversa na mesa praticamente inexistia; com Orion ali, ninguém queria falar sobre a única coisa da qual todos queriam falar. Foi Aadhya quem colocou as coisas em movimento; ela terminou de beber o leite do fundo de sua tigela de cereal — aqui, isso é um costume, e não falta de educação —, limpou a boca e disse:

— Alguém aqui está estudando sânscrito? Vocês não vão acreditar no que a El conseguiu. El, você precisa mostrar para eles — fiquei ainda mais agradecida por ter mimado o livro daquele jeito, colocando-o na tipoia especial que fiz, porque, por alguns segundos, eu tinha esquecido completamente dele; se estivesse na minha mochila, tenho certeza de que teria desaparecido.

— O enclave de Bagdá! — Ibrahim e mais outros dois gritaram logo que puxei o livro. Todos os alunos que sabem árabe podem identificar os livros do enclave de Bagdá a três prateleiras de distância. Como eles não podiam falar sobre as notícias mais quentes, a minha novidade era a segunda melhor opção.

Eu tinha Línguas depois do café da manhã e Orion tinha Alquimia. Ele colocou os resíduos de seu café improvisado na minha bandeja e levou-a até a limpeza para mim; então, quando estávamos saindo pela porta, ele falou baixinho:

— Obrigado. Mas eu sei que você não falou sério.

— Eu falei sério — respondi, irritada, porque agora eu tinha que descobrir a razão de ter feito aquilo. — Alguém sempre tem de pagar o pato, mas por que Todd, o Homicida, deveria ter qualquer vantagem sobre os outros? Você foi idiota por ter abaixado a cabeça, mas é porque você faz questão de ser *justo*. Vá para a sua aula e pare de charme.

O olhar agradecido que ele me lançou antes de seguir para as escadas me irritou ainda mais.

Como era de se esperar, uma folha de exercícios em árabe apareceu na minha mesa assim que eu me sentei. Não havia uma única palavra em inglês; a escola sequer me deu um dicionário. A julgar pelas ilustrações no estilo cartum próximas às frases — em uma delas, um homem dirigindo um carro estava prestes a atropelar alguns pedestres —, eu tinha uma forte suspeita de que se tratava de árabe moderno. Eu deveria ter pego um livro sobre árabe clássico na biblioteca antes de vir para a aula. Quando você é exposto a um idioma que nunca quis, de fato, começar a aprender, é melhor ceder um pouco e estabelecer alguns limites. Acontece que eu estive um tantinho ocupada ontem.

Eu já havia me resignado às circunstâncias, mas uma garota saudita que estava na mesa de Ibrahim naquela manhã sentou-se em uma cabine próxima; ela me emprestou seu dicionário em troca da promessa de revisar seu artigo final de inglês. Primeiro, copiei todo o alfabeto no meu caderno e, depois, comecei a fazer os exercícios, copiando cada palavra que eu via. E como até na ignorância há um lado bom, eu não entendia uma única palavra do discurso peçonhento que a voz da cabine despejava em meus ouvidos entre relutantes explicações sobre como pronunciar قتل e صرخات. Aposto que estava repleto de horrores particularmente deliciosos.

Muitos outros sussurros não mágicos me seguiram pelo resto do dia entre os alunos. Um pouco tarde demais me ocorreu que eu havia passado de vadia patologicamente rude a uma odiadora de enclaves. Não é como se todos nós não soubéssemos que as coisas eram injustas, é só que ninguém falava a respeito porque, se você falasse, os enclavistas não o convidariam para se juntar a eles no lado mais favorecido da injustiça. A aura de Orion também poderia se desvanecer se um número suficiente de alunos de enclave decidisse que Todd estava certo. Talvez nós dois acabássemos sozinhos. Isso seria épico. Minha impopularidade é grande o suficiente para levar ao chão o próprio Orion Lake.

A situação não parecia boa quando cheguei ao refeitório na hora do almoço. Nenhum dos enclavistas que haviam feito as pazes comigo recentemente disse uma só palavra; tampouco recebi um convite de Sarah para o grupo de estudos. Porém, quando saí da fila da comida, Aadhya apareceu, chegando da oficina com outros três alunos da linha de artifícios, e acenou para mim quando entrou na fila.

— Guarda lugar para a gente, El? — gritou, de longe.

Nkoyo e seus amigos, que estavam um pouco atrás de mim, ouviram Aadhya; não sei se isso fez alguma diferença, mas logo em seguida ela falou:

— Eu busco a água se você fizer um perímetro.

E, embora Jowani e Cora tenham trocado olhares ligeiramente preocupados, acabaram seguindo-a.

Quando terminei de definir o perímetro e já estávamos prestes a nos sentar, Aadhya e companhia chegaram e até me deram uma fatia de bolo extra como cortesia, o que é habitual quando se pede a alguém para guardar um lugar. Não que eu tivesse muita experiência no assunto, já que as pessoas sempre inventavam desculpas quando eu pedia. Liu também apareceu e se sentou em silêncio do outro lado. Ela ainda carregava uma leve expressão de choque, incompatível com a cor natural de seu rosto, que havia matizado ao menos uns dez tons, indo da cor de morta-viva de antes a apenas pálida; até seu cabelo apresentava tons acastanhados sob a lâmpada solar.

— Você fez uma poção ultravioleta, Liu? — perguntou um dos amigos de Aadhya. — Você está ótima.

— Obrigada — disse ela, suavemente, e se concentrou na comida.

Quase não havia espaço sobrando quando Orion e Ibrahim chegaram do laboratório. Algumas pessoas mudaram de posição para que ele pudesse se sentar a meu lado, mesmo que nada tivesse sido dito. Eu já estava resignada quanto a isso também. Depois da minha performance hoje cedo, as pessoas presumiriam que nós estávamos de fato namorando mesmo que eu despejasse a sopa na cabeça dele. Caso ele realmente viesse a namorar alguém, todos diriam que éramos o triângulo amoroso do ano.

Todd também estava no refeitório e já não era tão ignorado: um grupo de calouros fracassados havia se sentado na ponta de sua mesa. Ele provavelmente teria uma nova aliança a tempo da graduação, isso se a antiga não engolisse o orgulho e o aceitasse de volta, deixando que os adultos lidassem com ele depois que todos saíssem daqui. Ou talvez nem isso acontecesse. Seus pais eram poderosos e seriam importantes caso sua aliança conseguisse o direito de oferecer uma garantia de entrada para o enclave, da qual eles precisariam para obter o orador da turma. Ele contaria a respeito da Calamidade que passou por seu quarto e eles entenderiam: é claro que ele precisou se proteger, e não era como se *realmente* tivesse cometido um assassinato. Mika morreria de qualquer maneira em uma semana. Fazia sentido trocá-lo por um garoto de enclave, um garoto que tinha chances, um garoto que tinha um futuro. Só de pensar nisso eu já sentia raiva o suficiente para querer, eu mesma, jogar Todd na escuridão.

Eu não tinha nenhum plano definido para aquele período de trabalho, mas, mesmo sem falar nada, eu mais ou menos presumia que iria de novo para a biblioteca com Orion. No entanto, enquanto limpávamos nossas bandejas, ele falou abruptamente:

— Vai na frente, eu te encontro depois.

— Como quiser — respondi.

Não precisava ser nenhum gênio para adivinhar o que ele pretendia, mas não falei nada a respeito de como ele não encontraria nenhuma Calamidade à espreita por aí, ou que ele era um idiota por tentar fazê-lo. Apenas fui para a biblioteca sozinha.

Eu pretendia ir para a minha mesa, mas, quando entrei no salão de leitura, vi que o lugar estava meio vazio. A maioria das mesas e cadeiras confortáveis haviam sido gravemente queimadas e havia um fedor persistente de fumaça misturado a um cheiro que lembrava as couves-de-bruxelas do refeitório. Elas são a única coisa que nunca, mas absolutamente nunca, está envenenada. Mesmo levando tudo em consideração, o lugar estava extraordinariamente deserto. Havia calouros acomodados em assentos de verdade, em vez de espalhados pelo chão. Depois de um instante, percebi que todos deviam achar que, se você fosse uma Calamidade faminta, a biblioteca seria o local de caça perfeito; e com razão, já que foi exatamente o que aconteceu. Provavelmente, qualquer um que não estivesse desesperado também evitaria o almoxarifado, seguindo a recomendação de Todd.

Era uma oportunidade boa demais para ser desperdiçada.

— Cai fora — falei para um dos calouros mais ambiciosos, que ousara ficar em um dos conjuntos de poltrona e mesa mais cobiçados, um que ficava no canto e que costumava ficar cheio de alunos do enclave de Dubai, dos quais nenhum se encontrava por ali no momento.

O garoto abriu mão do espaço sem resistir; ele sabia que estava querendo mais do que podia alcançar.

— Posso ficar por aqui? — perguntou. Aquilo era novo. Ele devia imaginar que Orion poderia aparecer.

— À vontade — respondi, e ele se sentou no chão, em um espaço ao lado da cadeira.

O encosto do assento tinha um rasgo enorme no estofamento, de um canto ao outro, mas era por isso mesmo que eu o queria.

Encontrei a metade chamuscada de um cobertor embaixo de um sofá e comecei a trabalhar nele com minha agulha de crochê. Isso custou a maior parte do meu período de trabalho, mais algumas camadas de esmalte dos meus molares, mas consegui desembaraçar a ponta do cobertor. Então, dobrei-o e amarrei-o sobre o rasgo com alguns pedaços de barbante perdidos por ali, sacrificando o que havia acumulado de mana para dar um jeito nas costas da poltrona. Fiz questão de escrever *El* no reparo. Uma regra não escrita dizia que, se você consertar um móvel quebrado da escola, terá prioridade sobre ele pelo resto do semestre. Essa regra costuma ir por água abaixo quando há alguém mais poderoso do outro lado, mas eu suspeitava que nem mesmo os enclavistas comprariam briga com a namorada de Orion Lake, mesmo que ela fosse uma esquisitona que desprezava enclaves e que ele, por sua vez, salvasse os fracos às custas deles.

Depois disso, peguei os sutras da Pedra Áurea, acariciei o livro amorosamente por um tempo e fui passar o resto do meu período de trabalho procurando um dicionário de árabe clássico para poder começar a traduzir suas primeiras páginas. Estas acabaram se revelando simples trechos introdutórios comuns, reconhecimentos e agradecimentos a vários patronos importantes — neste caso, os bruxos seniores do enclave — e um prefácio sobre as dificuldades de se realizar uma cópia fiel. Não foi algo que você poderia chamar de brilhantemente produtivo, mas ao menos consegui praticar um pouco de árabe, o que era bom em vista da certeza de que um quarto da minha prova final de Línguas seria em árabe.

Orion não apareceu. Ele inclusive faltou no laboratório naquela tarde. Não o vi de novo até chegar ao refeitório para o jantar; ele já estava sozinho em uma mesa, comendo como um cão em uma bandeja abarrotada: claramente havia sido o primeiro da fila, o que é uma ótima maneira de conseguir bastante comida, e também de ser comido. Para a maioria das pessoas.

Não perguntei por onde ele havia andado, mas não precisei. Ibrahim, que nem estava na nossa seção do laboratório, já havia ou-

UMA EDUCAÇÃO MORTAL ✦ 169

vido que Orion andara matando aula; ele já estava indagando sobre o porquê daquilo antes mesmo de ocupar um lugar à mesa.

— Eu não a encontrei — disse Orion, baixinho, depois que todos demonstraram suas respectivas e apropriadas expressões de choque quando ele admitiu ter ido caçar a Calamidade. Aquilo *era* extremamente estúpido, até mesmo para o nosso herói. Ele apenas deu de ombros. — Verifiquei o almoxarifado, a oficina, a biblioteca inteira...

Eu continuei comendo, decidida a ignorar aquele relatório. Liu, no entanto, que estava a meu lado, comendo quase tão mecanicamente quanto eu, foi levantando a cabeça aos poucos enquanto ele falava; quando ele terminou seu relato frustrado, ela finalmente disse, soando um pouco mais como ela mesma:

— Você não vai encontrá-la — Orion se virou. — Uma Calamidade não estaria se escondendo. Se ela realmente estivesse na escola, estaria se alimentando, e todos nós saberíamos sua localização. Não há nenhuma Calamidade na escola. Ou Todd inventou essa história, ou alucinou.

Todos adoraram essa ideia, é claro.

— Ele comentou que não estava dormindo direito — disse um dos amigos de Nkoyo. Ao final da refeição, o refeitório inteiro já havia se convencido da inexistência da Calamidade e de que Todd tivera um surto de insanidade temporária, para enorme alívio de todos.

Inclusive para o meu: todos parariam de falar sobre esse assunto, pelo menos. E com a Calamidade fora do caminho, minha descoberta finalmente se transformou em uma novidade real. No final do jantar, catorze alunos, oito deles veteranos cursando sânscrito, vieram dar uma olhada nos sutras e ficaram tão animados que alguns outros veteranos que *não* cursavam sânscrito também demonstraram interesse: em sua maioria, alunos que faziam parte de grupos de bruxos mais ou menos como a família de Liu, mas um pouco mais numerosos, já começando a ter acesso aos recursos necessários para construir um enclave. Obter o feitiço de alteração de uma forma relativamente barata seria uma economia substancial.

Depois do jantar, voltei satisfeita para a biblioteca, apesar do monte de trabalhos em árabe que eu ainda tinha para fazer. Ibrahim até se ofereceu para me ajudar com as traduções, em troca de auxílio no inglês que ele nem precisava de verdade, o que indicava claramente um pedido de desculpas por ter sido um idiota anteriormente. Aceitei com alguma relutância; eu havia me sentado à sua mesa, afinal de contas.

Ele e sua amiga Nadia, a garota que me emprestara o dicionário mais cedo, vieram para a biblioteca comigo depois do jantar. O salão de leitura já estava começando a ficar cheio de novo, e os alunos de Dubai não pareceram nada satisfeitos quando eu cheguei e disse para um dos garotos sentados:

— Minha poltrona, com licença.

Claramente isso não caiu bem, para dizer o mínimo. Mas eu tinha razão, e eles não tentaram arranjar briga por isso, nem por Ibrahim e Nadia demarcarem lugares no chão ao redor. Os outros simplesmente se reorganizaram para que o aluno que havia desocupado o assento conseguisse outro lugar naquela ordem tão hierarquicamente definida, e passaram a nos ignorar acintosamente. Não me importei: eles ainda conversavam bastante entre si, em árabe. Eu ainda não conseguia identificar as palavras direito, mas apenas escutar o ritmo de uma língua já ajuda bastante, e escutar um grupo grande de pessoas conversando era mais agradável do que ouvir o que quer que a Scholomance quisesse soprar no meu ouvido.

Dei duro, mas consegui resolver minha folha de exercícios de árabe e fazer algumas fichas com anotações sobre a gramática. Então comecei a traduzir notas de rodapé para o feitiço de agregação. Eu esperava por algo útil, de preferência algumas dicas para a conjuração: quanto mais antigo o feitiço, maior a probabilidade de que suas suposições inconscientes a respeito da postura e da entonação estejam erradas, e quanto mais poderoso o feitiço, maior a probabilidade de ocorrerem coisas horríveis em consequência disso. Entretanto, eram só umas bobagens sobre como o feitiço de agregação fora incluído ali apenas para registro, já que ele havia sido suplantado muito recentemente por um novo feitiço em língua árabe. Certo. Pelo que sei, ninguém jamais conseguiu criar um feitiço de agregação cujo desempenho chegasse à metade do de Purochana; aliás, é por isso que ele ainda circula tanto e é tão popular, a despeito de ser redigido em sânscrito arcaico. Suspeitei fortemente que essa nova versão árabe havia sido escrita por um bruxo sênior de Bagdá que o tradutor estava tentando bajular.

Eu traduzi cada palavra daquela lisonja toda, esperando que talvez houvesse alguma coisa útil escondida ali no meio, mas não havia. Pelo menos fazer os exercícios ajudou a estabilizar o livro de uma vez por todas: continuei afagando sua capa e murmurando cada palavra traduzida em voz alta; ao final do processo, ele estava começando a descansar confortavelmente nas minhas mãos, como se fosse, de fato, *meu*, em vez de algo que havia encontrado.

Orion apareceu mais ou menos nessa hora, após fazer seu trabalho de laboratório. Os alunos de Dubai o encararam de maneira hesitante, trocando olhares que consegui interpretar perfeitamente. Mesmo que Orion estivesse usufruindo de algumas das vantagens que tinha como enclavista no esquema maior das coisas, você, como um indivíduo no esquema *menor*, ainda desejaria que ele se sentasse no seu canto apenas por via das dúvidas, caso um punhado de males invadisse a biblioteca novamente. Passado um momento, uma das veteranas sinalizou com o queixo para uma estudante do segundo ano, que se levantou e disse casualmente:

— Estou indo para a cama. Orion, pode ficar com minha poltrona. Boa noite a todos — e se retirou.

O restante deles mudou a conversação para o inglês em um piscar de olhos e começou a rodada habitual de agradecimentos a Orion por ter salvo suas vidas na biblioteca ontem, até que eu interrompi aquilo e disse:

— Dá um tempo, ele não precisa de agrados. Você conseguiu fazer algum trabalho hoje, Lake, ou está tentando ser a primeira pessoa a ser reprovada na Scholomance?

Ele revirou os olhos enquanto se jogava na cadeira; ele sequer considerava aquilo algo especial; deveria ser algo que lhe acontecia com alguma regularidade.

— Obrigado pela preocupação, mas eu consegui, sim. Não havia ninguém tentando queimar meu rosto no laboratório desta vez — respondeu.

Todos por perto, incluindo Ibrahim e Nadia, me olharam de um jeito meio irritadiço e perplexo ao mesmo tempo. Duas das garotas de Dubai falaram alguma coisa em árabe que praticamente não precisava de tradução. Sim, obviamente Orion era algum tipo de doido masoquista para querer me namorar. Eu tive de me conter severamente para não rosnar para eles que nós *não* namorávamos, felizmente, e a sorte era dele por isso.

Fiquei lá mais uma hora, principalmente por mesquinhez. Eu já havia absorvido o máximo de árabe que conseguiria naquele dia, e a maior parte do meu outro trabalho exigia coisas que estavam no meu quarto, sem mencionar que eu ainda precisava gerar um pouco de mana. Mas simplesmente fiquei ali, adorando meu belo livro e trocando farpas com Orion. Bem que eu gostaria de dizer que não conseguia ir embora, mas tenho uma força de vontade bem desenvolvida quando se trata de fazer o que é necessário. Só tenho pouca força de vontade quando se trata de ceder a um ressentimento mesquinho: optei por ficar ali até que um número suficiente de alunos de Dubai finalmente fosse para a cama, de forma a sobrar outra poltrona, e assim eu não estaria lhes dando nada.

Mas me envergonha ainda mais admitir que nunca passou pela minha cabeça o que uma situação acolhedora como aquela poderia parecer para alguém que porventura observasse de fora, como do canto de Nova York, do outro lado do salão de leitura. Sob o ponto de vista deles, eu finalmente aceitara um dos muitos convites pendentes dos enclaves, Orion realmente seguira meus passos, e agora nós dois estávamos confortavelmente abrigados naquele canto de Dubai com alguns alunos fracassados que eu havia recrutado.

Dubai não teria sido uma escolha irracional. É um enclave relativamente novo e de âmbito internacional. Tem uma excelente reputação para encantamentos em inglês e hindi, além de recrutar diversos artífices e alquimistas. Ibrahim também fazia todo sentido como ponto de conexão: seu meio-irmão mais velho estava nos Emirados Árabes Unidos trabalhando para o enclave e provavelmente também seria convidado a se juntar a eles, se Ibrahim os ajudasse a conseguir Orion. Portanto, era uma conclusão lógica para os jovens de Nova York; se eu houvesse ponderado a respeito disso tudo, a reação deles teria sido igualmente óbvia. Entretanto, como eu não havia pensado a respeito, apenas continuei lá sentada, como uma idiota no bar com os amigos, e não prestei a menor atenção quando Magnus passou por ali para entrar no corredor de alquimia perto de nós, apesar de nunca precisar ir até as estantes, já que sempre podia enviar qualquer um de seus seis carrapatos para pegar qualquer livro que quisesse.

Duvido que aquilo tenha acontecido por iniciativa própria. Eles certamente estavam debatendo opções entre si: *"como se resolve um problema como a Galadriel?"* Aposto que Todd também participou daquilo. Uma coisa era os alunos de Nova York o desertarem; outra era uma garota qualquer como eu arrebentar sua imagem no refeitório na frente de todos. E ainda por cima levar Orion para Dubai no mesmo dia, depois de ele já ter compartilhado energia comigo e, como Chloe obviamente pensava, conseguido um livro de feitiços incrivelmente poderoso para mim.

Mas devo dar algum crédito para Magnus: o rastejador era realmente bom. Com certeza me pegaria também; nem posso fingir que não. Era feito de papel, com uma pequena torção amassada coberta com o que à primeira vista lembrava equações matemáticas em vez de inscrições animadas. A biblioteca ficava cheia de papéis de rascunho em um dia bom, mas nada se comparava às sobras de um ataque maciço que destruíra centenas de livros e jogara papéis e trabalhos para todos os lados. Muitos desses resíduos se movem por conta própria; na verdade, notei que aquele se movia vagamente na minha direção, mas não lhe dei muita importância. Eu nem havia ativado minha habitual barreira de proteção básica porque estava sentada no salão de leitura da biblioteca com um bom campo de visão, e com muitos outros olhos vigiando, e precisava guardar cada gota de mana que pudesse. Se estivesse sentada em uma cadeira comum, ou se estivesse muito focada e com os pés fincados no chão, o rastejador teria conseguido chegar à pele nua do meu tornozelo e, um segundo depois, teria enfiado um monte de fibras mágicas na minha carne, e não haveria nada que eu pudesse fazer para impedi-lo de sugar a vida para fora de mim.

No entanto, como eu estava confortavelmente acomodada em minha poltrona almofadada, com os pés sob as pernas dobradas, ele teria de subir pela perna da cadeira e passar por cima do braço. Orion, que por acaso estava olhando para mim naquele exato momento, teve tempo de me agarrar, me puxar e se esparramar comigo no chão na frente de toda a plateia de Dubai, logo antes de desintegrar o rastejador e, incidentalmente, três quartos da minha linda poltrona recém-reparada.

Eu compreendi o que havia acontecido quase instantaneamente, ainda mais porque Magnus já havia se sentado novamente no canto de Nova York. Todos no salão olhavam para mim e Orion, algo comum quando uma coisa explode em chamas inadvertidamente; contudo, ele e vários outros alunos de Nova York tiveram uma reação um tanto quanto *lenta*. Além disso, todos pareciam bastante decepcionados com minha visível sobrevivência. Não que eu tivesse alguma prova disso, é claro, e lá estava Orion, com um ar de superioridade e alegria deliberadamente desagradável, vindo para cima de mim com um "agora são oito, né?", praticamente pedindo para descobrir que aquilo não contava, já que foram seus próprios amigos cretinos que tentaram me matar.

— Muito obrigada — falei entredentes. — Depois dessa, vou para a cama.

Segurei meus sutras contra o peito — felizmente, mantive-os no colo o tempo todo —, agarrei minha mochila pela alça que restava e fui direto para a saída do salão de leitura.

Não era meu modo de agradecer ou de ser rude. Era só que eu precisava sair da biblioteca. Eu estava com raiva de mim mesma por ser estúpida e precisar ser salva, além da raiva que sentia dos alunos de Dubai e de todos os outros, por acharem que Orion era um tolo pervertido por gostar de uma pessoa tão perturbadora como eu; mas, acima de tudo, eu estava com raiva de Magnus e Todd, e de cada um dos alunos do enclave de Nova York, por me darem uma desculpa, e uma desculpa de ouro, para agir contra eles. Eles deliberadamente tentaram me assassinar. Pelas regras da Scholomance, isso me dava o *direito* de fazer algo contra eles. Se eu não o fizesse, eles interpretariam que eu estava com medo. Pensariam que eu concordava com eles e que tinham razão em olhar para mim e ver apenas um pedaço de lixo a ser varrido para debaixo do tapete. Alguém que não valia tanto quanto eles.

As lágrimas de raiva já escorriam quando alcancei as escadas. Tive sorte por alguns outros alunos também estarem descendo para os dormitórios e, apesar da visão embaçada, consegui manter pelo menos um deles no radar ao longo do percurso, até que finalmente cheguei ao meu quarto e bati a porta atrás de mim. Comecei a andar pelo quarto com os sutras ainda pressionados contra o peito. Eram apenas cinco passos para atravessá-lo, então eu me virava e voltava, repetidamente. Não conseguia meditar e não conseguia nem pensar em trabalhar. Se eu colocasse uma caneta e um papel nas mãos, sabia o que aconteceria: um feitiço viria à tona, um feitiço no estilo do supervulcão.

O ruim de ter mamãe como mãe é que eu sei como parar de sentir raiva. Ela me ensinou algumas maneiras de controlá-la, e elas realmente funcionam. O que ela nunca foi capaz de ensinar é como *querer* controlá-la. Assim, continuo fervilhando de raiva e sabendo o tempo inteiro que a culpa é minha, porque sei como pará-la.

E desta vez era pior, porque eu não conseguia arranjar desculpas para eles. Todos esses anos aqui, sempre que alguém se aproveitava de mim, me deixava de lado ou exposta para benefício próprio, eu era capaz de fazê-lo. Dizia a mim mesma que eles estavam apenas fazendo o que qualquer um faria. Todos nós queríamos viver e fazíamos o melhor possível para poder sair daqui, para conseguir alguma segurança, não importa quão mesquinhos e terríveis precisássemos ser para seguir em frente. Eu fazia a mesma coisa. Eu arrancara um calouro de uma poltrona e gastara mana para consertá-la, só para poder me enfiar em um espaço com um monte de alunos que nem me queriam ali; e, por ter me sentado ali e ter sido rude e desagradável com eles, acabei assustando os alunos de Nova York. Eles precisavam de Orion: precisavam daquele pequeno alarme em seu pulso que o convocava para socorrê-los caso tivessem problemas; precisavam da energia que ele despejava em seus compartilhadores de energia. Que direito tinha eu de pegar isso para mim, oito vezes e ainda contando? Por que eu teria mais direito de viver do que eles?

Agora, porém, eu tinha uma resposta: eu não usei malia, mesmo com uma faca na minha barriga, e fui atrás de uma Calamidade para salvar metade dos calouros em vez de sair correndo; e no entanto Magnus tentara me matar porque Orion gostava de mim, e Todd assassinara Mika porque estava com medo. Com essa resposta, não pude deixar de pensar que, na verdade, eu tinha mais direito de viver do que eles. E sei que ninguém deve viver ou deixar de viver por uma questão de *merecimento*; isso não conta. A questão era que, naquele momento, eu me sentia, do fundo do coração, um ser humano melhor do que Magnus ou Todd, parabéns para mim, mas isso não ajudava muito quando o que eu realmente precisava era de motivos para simplesmente não erradicá-los do planeta.

Continuei andando para cima e para baixo pelo que me pareceu uma hora inteira. Minha barriga doía e eu estava perdendo tempo e esforços que poderiam ser investidos em algo útil, como gerar mana ou fazer as tarefas pendentes. Em vez disso, fantasiei como Magnus imploraria pelo meu perdão na frente de todos, entre soluços e súplicas para que eu não o esfolasse vivo, especialmente depois de eu já lhe ter arrancado parte do couro cabeludo; Orion ficaria parado com o rosto irritado e decepcionado, de braços cruzados, sem fazer nada para ajudá-lo, rejeitando seus amigos e sua casa por mim. Essas fantasias duravam alguns minutos, então eu mudava subitamente de humor e passava a me sentir mal comigo mesma, dizendo em voz alta "está bem, vou dar mais três voltas e depois vou meditar", tentando realmente me comprometer com isso, e então andava para a frente e para trás mais duas vezes e logo retomava a fantasia desde o início, reformulando tudo na minha cabeça. Eu até dizia algumas das falas em meio à respiração.

Não sou uma idiota, sabia que isso era perigoso: eu estava prestes a conjurar algo. Afinal, magia é isso. Você começa com uma intenção clara, a destinação; então, você reúne a energia e a impele da forma mais clara possível na direção desejada, seja com palavras, gosmas ou substâncias metálicas. Quanto melhores forem as indicações, mais bem percorrida é a estrada e mais fácil é para a energia chegar ao lugar pretendido; é por isso que a maioria dos bruxos não pode simplesmente inventar seus próprios feitiços e fórmulas. Mas eu posso abrir uma trilha para Mordor sempre que quiser e ainda ter nove cristais cheios na caixa. E daí se eles se esgotarem? Sempre há muita energia para ser obtida. Afinal, se Magnus merecia morrer, por que eu não deveria fazer bom uso de sua vida?

Esse tipo de pensamento é exatamente a razão pela qual aquilo precisava parar, e eu sabia que devia deixar para lá; do contrário, me transformaria em uma pessoa muito pior do que Magnus, Todd e Jack juntos, e sem mais parabéns para mim. Mas eu sabia disso da mesma forma que você sabe que comer o sexto biscoito recheado consecutivo não faz bem, que você vai se arrepender, que eles nem são tão gostosos assim, mas continua a comê-los.

É por isso que abri a porta quando Aadhya bateu. Verifiquei se era ela mesma e recuei bastante dessa vez, pois não seria surpreendida da mesma forma novamente, e deixei-a entrar, mesmo não querendo companhia alguma. Pelo menos tê-la por ali dificultaria o processo de enfiar mais biscoitos recheados de fantasia vingativa na boca.

— O que foi? — falei brevemente, mas de um jeito não muito rude; minha ideia de autocontrole naquele momento.

Aadhya entrou e me deixou fechar a porta, mas por um instante não disse nada, o que era incomum, já que não era de hesitar. Ela olhou ao redor do quarto: era a primeira vez que entrava aqui. Na verdade, era a primeira vez, sem contar Jack e Orion, que eu recebia alguém. No máximo, algumas pessoas já passaram aqui para trocar coisas comigo, mas elas nunca passavam da porta o suficiente para que ela se fechasse. Meu quarto é bem espartano. Passei o primeiro ano transformando meu armário em prateleiras fixadas na parede, que são muito mais seguras do que qualquer móvel com áreas fechadas e com uma parte de baixo escura; ganhei créditos na oficina por causa disso. Também arranquei as gavetas da minha escrivaninha por esse mesmo motivo, trocando-as por peças metálicas e reforçando suas pernas e tampo, razão pela qual ela conseguiu sobreviver à visita da chama encarnada.

Também tenho uma prateleira de metal enferrujada e meio instável no alto para guardar trabalhos, feita com a sucata mais fácil que consegui arranjar. Fora isso, não tenho nada além da cama e da caixa de ferramentas que utilizo para guardar qualquer coisa importante o bastante para desaparecer se ficasse largada por aí. A maioria dos alunos tem ao menos alguns detalhes decorativos aqui e ali, uma foto ou cartões pendurados; as pessoas costumam dar vasos de cerâmica e gravuras no Ano Novo. Nunca recebi nenhum e não perco tempo fazendo nada isso.

Não parecia simplista para mim, mas eu cresci em uma tenda de um cômodo só, com algumas caixas debaixo da cama e a mesa de trabalho de mamãe sob a única janela, que era redonda. A diferença é que lá eu tinha todo um mundo verde do lado de fora da porta, enquanto aqui se tratava, nitidamente, do quarto de alguém miseravelmente solitário, alguém como Mika, que não podia nem mesmo correr o risco de ter armários. Olhar para isso através dos olhos de outra pessoa me deixou ainda mais nervosa. Magnus provavelmente possuía uma colcha e um travesseiro reservas, feitos em algum momento dos últimos trinta anos por outro estudante de Nova York que os havia passado adiante no dia da graduação. Suas paredes provavelmente estavam cobertas de fotos e cartões bem-humorados que as pessoas lhe fizeram, ou até mesmo forradas com papel de parede de verdade, se ele assim o quisesse. Sua mobília seria de madeira maciça polida, com fechaduras protegidas nas gavetas e cubículos. Talvez ele tivesse uma despensa para manter as coisas frescas e certamente tinha uma luminária de mesa adequada. Suas canetas jamais desapareciam.

Eu poderia ir até lá e descobrir. Magnus já estaria em seu quarto; o toque de recolher estava prestes a soar. Eu poderia forçar a entrada e dizer que sabia exatamente o que ele tentara fazer comigo e então poderia empurrá-lo na escuridão. Não como Todd fizera com Mika, ou seja, não completamente, mas apenas o necessário para deixar claro que eu *poderia* fazê-lo; que, a qualquer hora que eu quisesse, poderia empurrá-lo e ficar com seu quarto exuberante e confortável todo para mim, já que ele e seus amigos do enclave achavam que aquilo era algo aceitável de se fazer com outro ser humano.

Tinha os punhos cerrados novamente e quase esqueci que Aadhya estava ali, até que ela falou, abruptamente:

— Você... El, foi *você* que derrotou a Calamidade?

Foi como ter um balde de água gelada derramado em cima de mim. Minha visão ficou de fato um tanto turva: por um instante, estava de volta ao interior da Calamidade, com sua fome terrível, úmida e pulsante, e subitamente me joguei no meio do quarto para vomitar no ralo, botando para fora vários pedaços melados do meu jantar meio digerido misturados com suco gástrico. A sensação na minha boca me fez vomitar novamente, soluçando entre as expulsões. Continuei aquilo até me esvaziar e um pouco além. Eu estava vagamente ciente de que Aadhya segurava meu cabelo para trás do rosto: minha trança havia se soltado. Quando parei, ela me deu um copo d'água; eu enxaguei a garganta e cuspi várias vezes, até que ela disse:

— Este é o último copo da jarra.

Assim, me obriguei a beber um pouco, tentando engolir o último resquício de bile.

Engatinhei para longe do ralo e me apoiei contra a parede, com os joelhos dobrados e a boca aberta, tentando não sentir o cheiro do meu próprio hálito.

— Desculpe — disse Aadhya, e eu levantei a cabeça para encará--la. Ela estava sentada no chão, um pouco afastada de mim, com as pernas cruzadas e a jarra nas mãos. Já vestia seu pijama, ou o que se passa por pijama aqui dentro: um short surrado muito curto e uma blusa de manga comprida larga, toda remendada, como se já estivesse pronta para dormir e prestes a se enfiar na cama, mas, em vez disso, tivesse resolvido vir até aqui me perguntar: — Foi você, não foi?

Eu não estava em um estado que me permitisse pensar qual seria a melhor resposta ou o que significaria contar para ela. Simplesmente assenti com a cabeça. Ficamos sentadas mais um pouco, sem dizer nada. Pareceu um longo tempo, mas o toque de recolher não soou, então poderia não ter sido. Ainda não conseguia pensar com clareza. Apenas fiquei ali sentada, existindo.

Por fim, Aadhya disse:

— Comecei um espelho para o próximo trimestre. Fui perguntar ao Orion o que ele fez no derramamento para que ficasse tão bom, mas ele disse que não fez nada de especial. Ele não é realmente um grande alquimista. Apenas está seguindo esse caminho, sabe? Então, lembrei que você usou algum tipo de entoação após o encantamento. Quando tentei identificá-la, tudo que encontrei foi uma seção no meu manual de metais afirmando que o uso de entoações para alisar o derramamento é contraindicado, porque é uma tentativa de forçar os materiais a irem contra sua própria natureza, e que quase ninguém pode fazê-lo, a menos que seja realmente poderoso, então é melhor nem tentar. De qualquer forma, não fazia sentido. Você é uma aluna do terceiro ano e está na linha de encantamentos, mas recebeu a tarefa de fazer um espelho mágico? Isso não acontece.

Eu bufei, mas metade saiu como uma fungada: meu nariz estava escorrendo. Aquilo acontecia *comigo*.

Aadhya prosseguiu, falando mais rápido ainda; ela parecia quase zangada.

— Aquele feitiço de agregação... você disse que o elaborou em algumas horas após o jantar. Enquanto isso, os veteranos que estão pensando sobre o leilão discutem se conseguirão aprendê-lo a tempo para a graduação. Além do mais, aquele livro é muito valioso. Ninguém tem tanta sorte assim. Você teve de fazer alguma coisa realmente terrível ou realmente incrível para obtê-lo. E você estava arrasada no domingo... e Todd não estava alucinando, sem chances. Uma Calamidade é a única coisa que poderia assustá-lo daquele jeito. Ele conseguiria *sobreviver* a qualquer outra coisa — por fim, ela acrescentou: — Onde você conseguiu mana?

Eu não queria falar. Minha garganta estava muito sensibilizada. Peguei minha caixinha e mostrei-lhe meus cristais: os dois rachados e os drenados, já opacos, estavam de um lado; os vazios, mais os últimos nove cheios, do outro.

— Flexões — respondi brevemente, antes de fechar a caixa e guardá-la.

— Flexões — disse ela. — Claro, como não, flexões — então, ela soltou uma gargalhada e virou o rosto. — Por que você não está contando isso para ninguém? Todos os enclaves do mundo ficariam babando por você.

A meia acusação em suas palavras me deixou ao mesmo tempo com raiva e com vontade de chorar. Eu me levantei e tirei meu pequeno pote de mel, cheio até a metade, da prateleira. Costumo levá-lo para as refeições todo fim de semana na esperança de reabastecê-lo, mas, como é difícil conseguir mel, uso o que tenho com moderação. Mas a ocasião pedia. Sussurrei um encanto de mamãe que servia para acalmar a garganta sobre a pequena colher cheia de mel, que engoli com o último gole de água morna no copo, antes de me virar para Aadhya e estender minha mão ironicamente, em cumprimento.

— "Olá, eu sou a El. Posso mover montanhas, literalmente. *Você* acredita em mim?"

Aadhya se levantou.

— Então faça uma demonstração! Você deveria ter feito isso no primeiro ano, bastava pedir para alguns enclavistas garantirem mana. Eles lutariam entre si para ter você na equipe...

— Eu não *quero* estar na equipe deles! — gritei com a voz rouca. — Não quero, de jeito nenhum!

Capítulo 9
Desconhecido

Adoro ter crises existenciais na hora de dormir, é tão renovador. Eu fico acordada por ao menos uma hora depois do último sinal, olhando irritada para a luz azul bruxuleante da lâmpada a gás perto da porta. A cada cinco minutos digo a mim mesma para descerrar as mãos e dormir, sem qualquer efeito. Tentei me levantar para pegar um pouco d'água — acho que Aadhya se condoeu do meu estado mental e resolveu ir comigo até o banheiro para eu encher minha jarra — e até fazer alguns exercícios de matemática, mas mesmo assim não consegui pegar no sono.

Eu insisto com mamãe sobre querer entrar em um enclave desde que tinha idade suficiente para perceber que, quando bruxos de enclaves tão distantes como o do Japão apareciam em sua tenda para serem aconselhados, isso provavelmente queria dizer que eles ficariam felizes em ter você em suas casas. Depois do ataque do arranhador, mamãe até foi visitar um. Ela não considerava entrar no de Londres, mas chegou a tentar um lugar antigo na Inglaterra que se especializava em cura. Naquela mesma tarde, me buscou na escola e disse:

— Me desculpe, amor, mas eu simplesmente não posso — e apenas balançou a cabeça quando eu quis saber o porquê.

Convicta, eu lhe disse que entraria para um enclave assim que me graduasse, se conseguisse um que me aceitasse; ela me olhou tristonha e disse:

— Você vai fazer o que for certo para você, querida, é claro.

Certa vez, quando eu tinha doze anos — sempre fico um pouco indisposta quando lembro disso —, até gritei com ela, aos prantos, que se ela me amasse de verdade nos levaria para um enclave, e que na verdade ela só queria que alguma coisa me pegasse para que ninguém a culpasse e sua impecável reputação não fosse prejudicada. Três males apareceram para mim naquela mesma tarde.

Ela manteve um semblante calmo na hora, mas depois foi até a floresta e chorou até não poder mais em um lugar onde eu não poderia vê-la, ou ao menos onde eu não poderia vê-la se não tivesse ido atrás dela para gritar mais ainda. Quando a vi daquele jeito, no entanto, voltei para a tenda e me joguei na cama para chorar, determinada a *deixar* o próximo male me levar de vez por ser uma péssima filha. Mas não fiz isso. Eu queria viver.

E ainda quero. E quero que mamãe viva. E não vou continuar a viver se ficar sozinha. Portanto, eu deveria demonstrar do que sou capaz e deixar bem claro para todos os enclaves que estou disponível: um belo prêmio para quem der o lance mais alto, uma arma nuclear que qualquer enclave poderia usar para eliminar males, e outros enclaves, e se tornar mais poderoso. Para deixá-los mais seguros.

Era tudo o que Todd queria. Tudo o que Magnus queria. Eles queriam estar seguros. Não é muito a se pedir, aparentemente. Mas desde o início nós não temos isso e, para consegui-lo e mantê-lo, eles empurraram outro aluno na escuridão. Um enclave faria a mesma coisa com um outro e pela mesma razão. E eles não parariam na questão da segurança. Eles queriam conforto, e depois luxo, e mais à frente os excessos, e a cada passo desse caminho eles ainda queriam estar seguros, mesmo que se tornassem um alvo cada vez mais tentador; e a única maneira de alcançar essa segurança era ter energia suficiente para manter afastados todos aqueles que quisessem o que eles tinham.

Quando os enclaves construíram a Scholomance, o feitiço de admissão não atraía jovens de fora dos enclaves. Os enclavistas fizeram parecer um grande ato de generosidade quando o alteraram para poder incluir a todos, mas é claro que nunca se tratou disso. Nós somos a bucha de canhão, os escudos humanos, o sangue novo útil, os lacaios, os zeladores e os empregados domésticos, e graças a todo o trabalho que os fracassados fazem aqui na tentativa de ingressar em uma aliança e, posteriormente, em um enclave, os alunos de enclave dormem mais, têm comida e ajuda extra, mais do que se fossem apenas eles aqui dentro. E todos nós recebemos essa ilusão da oportunidade. Mas a única oportunidade real em jogo aqui é a chance de lhes ser útil.

E por que, afinal, eles fariam diferente? Eles não têm nenhum motivo para se importar conosco. Nós não somos seus filhos. Somos as outras presas, tentando sobreviver ao mesmo bando de leões. Se ocorrer de sermos mais rápidos ou mais poderosos do que seus filhos, serão eles os devorados. Se não decidirmos que queremos um pouco daquele luxo enclavista para nós enquanto estivermos aqui, o faremos depois que sairmos. Se formos poderosos demais, podemos até ameaçar a vida deles. Ou seja, eles não têm motivos para se importar conosco. Não até assinarmos na linha pontilhada. É razoável. Você não pode culpar alguém por querer que seu próprio filho sobreviva. Eu entendo completamente.

E eu queria querer entrar. Um dia, quero ter uma filha que possa viver sua vida sem jamais precisar gritar sozinha à noite quando os monstros vêm atrás dela. Eu não quero estar sozinha durante a noite. Quero estar segura e realmente não me importaria de ter um pouco de conforto, até mesmo um gostinho de luxo de vez em quando. Sempre tive essa vontade, a vida toda. Queria fingir que estava tudo bem, que as coisas eram justas; assim como Orion, ingênuo, queria acreditar que nós tínhamos as mesmas oportunidades.

Mas eu não podia fingir, porque não cresci dentro dessa mentira e não quero realmente fazer parte disso. Não quero essa segurança, conforto e luxo ao custo de outros alunos morrendo aqui dentro. Claro, não é bem assim, não é uma equação simples como "eu mais um enclave igual a gente morrendo"; elas vão continuar morrendo de qualquer maneira, esteja eu em um enclave ou não. Mas só porque é uma equação polinomial de grau "n" ou algo do tipo, não significa que eu não consiga descobrir qual lado da equação é o culpado.

E eu provavelmente já sabia disso o tempo todo, talvez até antes mesmo de chegar aqui, porque, do contrário, Aadhya estaria certa: eu já deveria ter entrado com o pé na porta do primeiro ano escolar e mostrado a todos do que era capaz. Só que, em vez disso, passei três anos adiando a ocasião e elaborando planos complexos para conseguir uma revelação dramática; na primeira chance que tive, acabei sendo o mais grosseira que pude com todos os alunos de enclave que cruzaram meu caminho. Certamente, fiz o melhor que pude para afugentar *Orion*. Se ele não fosse um esquisitão que parecia gostar disso nas pessoas, eu teria conseguido. Agora, Aadhya me dizia:

— Eu não vou contar para ninguém.

Como se estivesse fazendo uma promessa, à qual respondi, simplesmente, "Valeu", em vez de dizer *"Não, não, pode contar para todo mundo!"*.

Contudo, se eu realmente não for entrar em nenhum enclave, não quero que ninguém saiba. Se as pessoas descobrirem que eu destruí uma Calamidade, algumas delas procurarão por aquele mesmo artigo que li sobre o assunto e compreenderão o que eu sou e do que sou capaz. Eu certamente poderia parar de ter raiva do Magnus, então, porque seria muito provável que metade dos enclavistas tentaria vir para cima de mim, sobretudo se algum deles captasse algum sussurro sobre a profecia da minha bisavó. E eu ainda quero viver.

Com todos esses pensamentos animados e relaxantes ocupando minha mente, passei uma noite agradável, dormindo umas três horas intercaladas com pesadelos maravilhosos sobre voltar para dentro da Calamidade, além de surtos de uma ansiedade torturante nos quais eu contemplava minhas chances de conseguir sair daqui viva e sozinha, eu e meus nove cristais remanescentes contra todo o salão de graduação abarrotado de maleficências. Além disso, havia a fome me corroendo; eu vomitei a maior parte do que havia comido durante o dia. Minha garganta ainda estava sensível e dolorida na manhã seguinte, e meus olhos, remelentos.

Aadhya batia à minha porta todas as manhãs a caminho do banheiro. Eu meio que esperava que ela não fosse aparecer esta manhã, mas a ouvi chamando; Liu colocou a cabeça para fora e gritou:

— Pode esperar um pouco?

Paramos na porta dela enquanto a esperávamos pegar a escova de dentes, a flanela e o pente, então nem me preocupei se iríamos falar de coisas sobre as quais eu não estava a fim de falar. Conforme caminhávamos, eu e Liu conversamos sobre nossos trabalhos de história; no banheiro, eu e Aadhya ficamos de guarda primeiro enquanto Liu lidava com os emaranhados que misteriosamente apareceram em seu cabelo, que ia até a cintura. Ela estava tendo que pagar pelos três anos de um cabelo lindíssimo de uma vez só. Malia é ótima para sua aparência, até o momento em que não é mais.

— Eu vou precisar cortar tudo — disse ela em voz alta, rangendo os dentes. Era uma escolha sensata, e não apenas por economizar tempo perdido em cuidados capilares: você não quer oferecer um suporte tão conveniente para as garras de um male. Aqui, o penteado mais usado é o que cresceu um pouco depois de ter sido cortado o mais curto e rapidamente possível na última vez em que surgiu uma oportunidade. A única razão pela qual o meu sempre passa da altura dos ombros é porque eu quase nunca consigo arranjar tesouras boas. Aproximar uma tesoura ruim de partes vitais como olhos e garganta é uma ideia bastante duvidosa.

Se você gostaria de saber qual é a regra para determinar se uma tesoura não presta mais, nós também. Há um veterano do Sudão chamado Okot, da linha de reparação, que gastou a maior parte de seu limite de peso na admissão com um barbeador elétrico à bateria e um carregador à manivela. Ele arrasou, emprestando-o para várias pessoas ao longo dos anos; no início deste ano, prometeu que o daria a um grupo de cinco calouros, que passaram todo o seu tempo livre daí em diante gerando mana para a graduação dele. Agora, Okot está em uma aliança com três enclavistas de Joanesburgo.

Poucas pessoas podem se dar ao luxo de ficar com o corte em dia, mas um cabelo comprido também custa caro à sua própria maneira, só que é um preço que geralmente se paga uma única vez, quando se está fugindo em alta velocidade e tudo acontece no pior momento possível. Mesmo a maioria dos enclavistas não deixa os cabelos crescerem. O cabelo de Liu era uma declaração de poder, um comunicado da força crescente de sua família para qualquer pessoa que a conhecesse. Sem malia, porém, ele provavelmente se tornava um empecilho grande demais para ser mantido.

Aadhya me lançou um olhar rápido, assegurando-se de que eu ainda estava ali, e então quebrou o silêncio no banheiro.

— Você está falando sério?

— Estou quase terminando! — respondeu Liu, ofegante, deixando os braços caírem.

— Eu o compraria de você — disse Aadhya. — Posso fazer algo que você esteja querendo, no próximo trimestre.

— Sério?

— Sim. Ele é grande o suficiente para encordoar o alaúde de sirenaranha que estou fazendo.

— Vou pensar a respeito — disse Liu, voltando a pentear os cabelos emaranhados com mais entusiasmo. Aadhya retomou a vigilância. Ela não tinha direito a uma resposta naquele momento: companhia no banheiro e nas mesas é importante, claro, mas não é como uma aliança. E, se Aadhya queria o cabelo de Liu, outros alunos também teriam interesse. Alunos de enclave na linha de artifícios, fazendo armas de primeira para a graduação, alguns deles com extras, ou talvez com uma vaga de aliança para oferecer em troca.

Fiquei pensando sobre isso na minha vez no chuveiro. Aadhya era, claramente, a minha melhor chance de conseguir uma aliança àquela altura. Ela era a única pessoa que sabia o que eu podia fazer e ainda me queria como companhia para o banheiro. Mas eu ainda estava longe de ser um bom negócio para ela. Em seu lugar, eu certamente não teria me escolhido: se ela aparecesse com um alaúde de sirenaranha durante a primeira metade do próximo período letivo, com certeza receberia pelo menos uma dúzia de ofertas de alianças dos enclavistas. Ninguém mais tinha um instrumento de sirenaranha aqui dentro: eles são grandes demais para trazer lá de fora, exceto se for uma flauta pequena ou algo do tipo, e instrumentos de sopro não são uma boa aposta para a graduação; afinal, você precisa de fôlego para conjurar feitiços, para correr e, possivelmente, para gritar. Com um troféu desses, ela poderia até mesmo conseguir uma daquelas vagas garantidas, como a que Todd e sua equipe haviam negociado para ficar com a oradora da turma. Os enclaves favorecem as candidaturas dos alunos que se aliaram a seus membros, mas na verdade não aceitam todos.

Eu tinha cada vez mais certeza de que não receberia nenhuma oferta de aliança por parte de enclavistas, e aparentemente não as aceitaria mesmo se acontecessem. Eu não podia nem mesmo oferecer para Aadhya a estratégia de montar uma equipe pequena e consistente que algum dos enclavistas menos favorecidos viesse a escolher para poder tirá-lo de lá. Se eu quisesse persuadi-la a considerar o risco de vir comigo, teria que marcar alguns pontos até o Ano Novo.

Quando terminamos e fomos esperar no ponto de encontro por mais dois alunos para caminharmos até o café da manhã, eu disse casualmente:

— Liu, eu estava aqui pensando. Você *precisa* do feitiço de agregação?

As duas me encararam e ela respondeu lentamente:

— Minha família poderia usá-lo, mas...

Mas eles não eram ricos o suficiente para colocá-la nessa disputa. Ela estava por conta própria aqui dentro, tanto quanto nós; ela até havia ganhado uma caixa com coisas de segunda mão de um primo mais velho que se formou há seis anos, mas era tudo; e aquilo chegara em suas mãos por meio de um aluno que se formou no nosso primeiro ano e concordou em ser o intermediário em troca de poder utilizar aquilo até que Liu entrasse na escola.

— Você podia dar um lance com seu cabelo — disse. — Aadhya está organizando o leilão para mim, ela fica com uma parte.

Isso significava perder uma das cinco ofertas e, além disso, transformaria Aadhya em um alvo ainda mais atraente para os enclavistas a recrutarem para suas próprias alianças. Um alaúde de sirenaranha encordoado com o cabelo de um bruxo seria algo realmente poderoso. Mas também era uma chance que eu não podia deixar passar: Aadhya ficaria em dívida comigo, e...

— Ou você poderia dá-lo para mim — disse Aadhya para Liu, abruptamente. — E El poderia lhe dar o feitiço. Assim, nós teríamos o alaúde para a graduação. Você poderia escrever alguns feitiços para ele, e El poderia entoar.

Eu apenas fiquei ali, olhando para ela. Liu pareceu mais do que um pouco surpresa, e com toda a razão. Aquilo *era* uma aliança, uma proposta de aliança. Você não dá coisas para as outras pessoas por aqui. Quando empresta uma caneta para alguém na aula, isso significa tinta desperdiçada, tinta que você terá de substituir indo até o almoxarifado. Esse alguém precisa pagar por isso. É assim que você sabe quando está namorando alguém: quando não precisa pagar nada. Você pode terminar com esse alguém. Mas não pode, por outro lado, terminar com seus aliados, a menos que eles façam algo extremamente abominável, como Todd, ou que todos concordem em encerrar a parceria. Se você dispensar um aliado, mesmo que seja uma garota fracassada e esquisitona que todo mundo odeia, ninguém mais vai lhe oferecer uma oportunidade. Você não pode confiar em alguém para lhe dar cobertura no salão de graduação se não puder confiar nessa pessoa para ficar do seu lado ao longo do ano.

Liu me olhou com uma pergunta nos olhos: eu também estava fazendo aquela proposta? Não consegui nem mesmo assentir. Já estava prestes a chorar outra vez, ou talvez vomitar, quando um grito horripilante, bem perto do meu ouvido direito, colocou meio mundo no modo silencioso, para em seguida o resto carbonizado e retorcido de algum male, que supus estar por ali querendo atacar, se despedaçar em um monte não identificável de restos cinzentos no chão.

— Agora você não presta mais atenção *de propósito?* — perguntou Orion atrás de mim. Eu o despachei com a outra mão, a que não estava protegendo meu ouvido recém-agredido.

Isso deixou a proposta em aberto durante o café da manhã, e nós nem podíamos falar a respeito, não na frente de outras pessoas. Era como ficar trocando carícias na mesa: há pessoas que fazem isso, mas eu simplesmente não sou uma delas. Só que eu não conseguia parar de pensar sobre aquilo, sobretudo porque dava para perceber que Liu também: ela observava os alunos que vinham dar uma olhada no feitiço de alteração com um olhar diferente. Não era apenas uma curiosidade vazia ou uma análise de mercado; era como se estivesse levando em conta o quanto os seus lances poderiam valer para ela, o que poderia surgir ali que a beneficiasse. Aadhya foi muito esperta ao nos fazer aquela proposta antes que o leilão acontecesse: se nós realmente nos uníssemos e contássemos às pessoas, alguns dos lances seriam ajustados de forma a incluir coisas úteis para as duas e para a aliança como um todo, e não apenas para mim, pessoalmente.

Foi esperto da parte dela fazer isso agora, isso se ela realmente fosse seguir o plano, o que ainda não tinha entrado direito na minha cabeça. Mas Aadhya não demonstrou o menor sinal de querer mudar de ideia; ela tomou um café da manhã substancial, conversou com os alunos que participariam do leilão — muito melhor do que eu jamais faria — e comentou sobre seu projeto de suporte para barreiras de proteção e peças de reposição que havia construído, o que fez Liu aguçar ainda mais os ouvidos.

Eu não conseguia, no entanto, adivinhar qual lado Liu escolheria, e a proposta tinha sido claramente a de uma aliança tríplice. Assim, decidi de repente, no meio do café da manhã, que se ela não topasse eu falaria com Aadhya para tentar encontrar outra pessoa para se unir a nós, ou concordaria em buscar uma aliança sem selar um acordo, mas em termos provisórios. Aquilo seria o oposto de uma demonstração de poder da minha parte, mas ela já sabia que eu não tinha muitas opções, então que se dane.

Foi estranho ter aquele pensamento, como se não pertencesse à minha cabeça. Sempre foi importante demais para mim conseguir manter uma muralha em torno da minha dignidade, embora dignidade não seja merda nenhuma quando os monstros debaixo de sua cama são reais. Dignidade era o que eu tinha em vez de amigos. Desisti de tentar fazer qualquer amizade por volta do primeiro mês do nosso primeiro ano. Ninguém a quem eu pedisse companhia me diria sim, a menos que estivesse desesperado, e ninguém nunca me pediu. A mesma coisa aconteceu em todas as escolas que frequentei; cada clube, curso e atividade.

Antes da admissão, eu ainda tinha alguma esperança de que as coisas pudessem ser diferentes por aqui; talvez aquilo não acontecesse ao lidar com outros bruxos. Era uma esperança idiota, já que eu não era a única bruxa a ter frequentado escolas mundanas: se você não fizer parte de um enclave, a escolha mais sensata é mandar seu filho para a maior escola mundana que encontrar, já que as maleficências evitam mundanos. Não que eles sejam invulneráveis à ação dos males: um arranhador pode enfiar uma garra de trinta centímetros em sua barriga, quer você tenha mana ou não. Mas eles têm uma proteção extremamente poderosa: não acreditam em magia.

Você pode dizer que muita gente acredita em todo tipo de besteiras, desde a Deusa das Serpentes e anjos teologicamente questionáveis até a astrologia, mas como alguém que passou seus anos de formação entre as pessoas mais crédulas do mundo, posso afirmar que não é a mesma coisa. Nós, bruxos, não temos fé na magia. Nós *acreditamos* na magia, da mesma forma que mundanos acreditam em carros. Ninguém tem discussões filosóficas em volta de uma fogueira a respeito de um carro ser ou não ser real, a menos que tenha usado muitas substâncias entorpecentes, o que é, não por coincidência, a condição da maioria dos mundanos que, *de fato*, já se deparou com males.

Fazer magia na frente de alguém que não acredita nela é muito mais difícil. Pior ainda: se a descrença das pessoas exceder sua convicção ou mana e o feitiço não sair, muito provavelmente você terá problemas na *próxima* vez que tentar lançá-lo, quer o descrente esteja ou não presente. Repita isso mais algumas vezes e você será incapaz de usar magia. De fato, é perfeitamente possível que haja um monte de potenciais bruxos desconhecidos por aí, pessoas como Luisa, que poderiam reter mana o suficiente para lançar feitiços, mas foram criadas à maneira mundana e perderam essa capacidade por não *saberem* que a magia funciona, o que significa que ela não funcionará mesmo.

Se você é um male e, portanto, em primeiro lugar, só existe em função da magia, tem de persuadir um mundano a acreditar que você existe e opera no mundo, contrariando todas as suas expectativas, antes de poder devorá-lo. Certa vez, no final do ensino fundamental, um fibrogle excessivamente ambicioso tentou me pegar na aula de educação física; a professora o viu e, convencida de que se tratava de um rato, golpeou-o triunfantemente com um taco de críquete. Quando ela parou de bater, realmente já era algo indistinguível de um rato esmagado, embora eu mesma não pudesse matar um fibrogle com um taco de críquete, mesmo se tivesse batido nele o dia todo. A recompensa não valia o risco, considerando que os mundanos não possuem, essencialmente, nenhum sabor ou valor nutricional do ponto de vista dos males, que, portanto, costumam manter distância. É por isso que muitas crianças bruxas são enviadas para escolas de mundanos.

Mas como mamãe realmente morava nos confins do além para os padrões bruxos, longe demais de qualquer enclave para trabalhar ou negociar com eles de uma forma prática, eu não conhecia nenhuma outra criança bruxa e tentava dizer para mim mesma que a razão pela qual os mundanos não gostavam de mim era porque sentiam que eu tinha mana ou algo do tipo. Só que não. As crianças bruxas são apenas crianças e elas também não gostam de mim.

E tudo bem, já fazia cinco dias que eu tinha Orion do meu lado, mas ele é esquisito demais para contar. Eu estava razoavelmente certa de que meu método experimental e aprovado de ser agressiva e rude não era como as pessoas normais faziam amizades. Mas talvez eu já pudesse contar Aadhya e Liu como amigas. Eu não tinha certeza, e o que isso significaria se tivesse? Aquele brilho triunfal da conquista, que eu sempre imaginara como parte da experiência, não estava ali. Talvez eu ainda estivesse esperando alguém me dar a pulseira da amizade que eu nunca consegui como escoteira. Mas fazer uma *aliança* com alguém, com pessoas se oferecendo para te dar cobertura e fazer de tudo para salvar sua vida, estava em uma escala tão diferente que eu, obviamente, havia perdido algumas etapas intermediárias.

O que também me fez pensar em Nkoyo enquanto caminhava com ela e com seus amigos até a aula de Línguas. Eu não tinha a menor dúvida quanto a Cora e Jowani: nenhum dos dois gostava mais de mim agora do que antes. Mas o próprio contraste me fez pensar que talvez eu pudesse considerar Nkoyo amigável, se não uma amiga. Criei coragem e perguntei a ela, tão casualmente quanto consegui, como se não me importasse muito com a resposta:

— Você sabe de algum grupo que esteja fazendo revisão para a prova final de latim?

— Sei sim — disse ela, casual de verdade; até onde pude perceber, ela nem pensou na resposta. — Alguns de nós estamos nos reunindo no período de trabalho das quintas-feiras no laboratório. Para entrar, são duas cópias de um feitiço decente.

— Será que aquele paredão de chamas que troquei com você serviria? — perguntei, me esforçando para imitar seu tom leve, como se eu fosse bem-vinda, como se eu pudesse pagar a taxa...

— Ah, isso é muito mais do que você precisa — respondeu ela. — Seria mais algo como um feitiço de utilidades. Eu estou levando um para restaurar papiros, por exemplo.

— Eu tenho um medieval para curtir couro — disse. Na verdade, era uma parte de um feitiço maior destinado a encadernar um grimório amaldiçoado que absorvia um pouco do mana de um bruxo a cada vez que ele lançasse um dos feitiços nele presentes: uma técnica muito inteligente para criar um furta-mana que passe despercebido. Mas o curtimento do couro, por si só, também funcionava perfeitamente.

Nkoyo deu de ombros e com a cabeça acenou um *"claro, por que não"*; estávamos na porta do pavilhão de línguas. Nós quatro nos revezamos para depositar as tarefas do dia anterior no compartimento de marcação, uma fenda fina de caixa de correio anexada à parede de metal logo na entrada. Cronometramos muito bem: você não vai querer colocar sua tarefa enquanto houver uma multidão entrando, pois pode acabar encurralado se algo sair pela fenda, e também não vai querer colocá-la muito cedo, porque as chances de algo sair dali são muito maiores. Contudo, se você depositá-la até mesmo dez segundos depois do início da aula, será tarde, e você ficará marcado.

Ficar marcado em Línguas significa que você será designado para trabalhos de recuperação que são basicamente mais do mesmo do que você já fez, por dias ou até mesmo semanas. Isso pode até não soar como punição, porém, como todos nós estamos estudando idiomas para *aprender feitiços*, é absolutamente brutal. Da próxima vez que solicitar um feitiço, você receberá um cujo conteúdo teoricamente deveria ser capaz de lidar mas que, na verdade, não conhece, e não poderá fazê-lo enquanto não resolver suas estúpidas pendências acumuladas e finalmente retomar as lições que estava aprendendo antes.

196 ✦ NAOMI NOVIK

Entreguei minha folha de exercícios em árabe e me sentei em uma cabine para abrir a pasta de espera e descobrir meu próximo destino, que acabou sendo *três* folhas de exercício em árabe, mais um questionário perverso em sânscrito clássico que, apesar de designado para durar vinte minutos, demoraria a aula inteira para ser feito. Eu mal tinha respondido o mínimo de perguntas necessárias para obter uma nota de aprovação quando o sinal tocou. Tive de rabiscar meu nome na folha, empilhar todas as minhas coisas dentro da mochila e carregá-la desajeitadamente com o braço em volta, como uma cesta, para conseguir entrar na fila e enfiar o questionário na fenda antes do último sinal. Precisarei terminar as três folhas esta noite, e lá se vai meu tempo para gerar mana, que já nem é o suficiente para começo de conversa.

Mas nem isso conseguiu estragar meu humor, que vinha oscilando de uma maneira tão agressiva ultimamente que eu já estava começando a me sentir como um ioiô. Já havia me acostumado com os níveis usuais de amargura e angústia, a abaixar a cabeça e seguir em frente. A felicidade me confundia quase tanto quanto a fúria. Mas não fiquei nem um pouco tentada a recusar quando cheguei à oficina de redação e vi Liu olhando ao redor: ela havia guardado a mesa ao lado da sua *para mim*. Fui até lá e coloquei minha mochila entre as nossas cadeiras: com alguém do outro lado que não fizesse objeções, eu seria capaz de roubar alguns momentos aqui e ali para colocá-la em ordem.

Sentei-me e peguei meu projeto atual, uma vilanela extremamente ruim na qual eu evitava cuidadosamente a palavra *epidemia*, que tentava penetrar em cada estrofe com tanto vigor que eu tinha certeza que, se de fato a escrevesse, a coisa toda se transformaria em uma evocação bem organizada de uma nova praga. Provavelmente, sou a única aluna por aqui que tenta impedir que minhas tarefas de redação se transformem em novos feitiços.

Trabalhei nela por cinco minutos antes de pensar, tardiamente, que podia falar com Liu, já que éramos amigas.

— No que você está trabalhando? — perguntei, o tipo de conversa fiada mais maçante possível, mas que ao menos tinha o benefício de ter uma resposta óbvia.

Ela olhou de soslaio para mim e disse:

— Eu tenho um feitiço musical que foi passado adiante pela minha bisavó. Estou tentando escrevê-lo em inglês.

Traduzir feitiços é basicamente impossível. Não é nem mesmo seguro fazer algo como pegar um feitiço em hindi, reescrevê-lo em urdu e repassá-lo para outra pessoa aprender. Isso funcionaria três em cada quatro vezes, mas essa quarta te pegaria de jeito. A única exceção são os feitiços musicais. Mas você não os traduz, exatamente; funciona mais como escrever um novo feitiço em um novo idioma, mas ajustado à mesma música e tema. Costuma ser mais difícil do que escrever um feitiço novo do zero, e na maioria das vezes não funciona, assim como a maioria das tarefas de redação não se transforma em feitiços. Às vezes, você consegue uma pálida imitação do feitiço original. Entretanto, pode acontecer de vez em quando que o feitiço seja bom por si só, então você pode obter um efeito quase duplo: tudo que seu novo feitiço faz, mais uma parte significativa de tudo o que o original fazia. Esses podem ser realmente poderosos.

Mais importante para mim, contudo, é que aquilo estava exatamente nos moldes da aliança que Aadhya sugerira pela manhã. Liu, então, me perguntou:

— Quer ouvir? — ela estendeu um reprodutor de músicas minúsculo, do tipo sem tela e que toca por um milhão de horas com a mesma carga. Mesmo assim, a única maneira de se obter carga para baterias aqui é manualmente, e você pode aplicar esse tipo de trabalho na geração de mana, sem precisar gastar à toa. Coloquei os fones de ouvido e ouvi a música, instrumental, o que era ótimo, já que eu *não* tinha tempo para praticar mandarim agora. Acompanhei o som com a boca, bem baixinho, tamborilando os dedos na perna para tentar captar o compasso. Mesmo sem palavras, ainda passava a sensação de um feitiço, sutil, porém crescente. Eu não sei bem como diferenciar um feitiço musical de uma música; a melhor analogia em que consigo pensar é a de segurar um copo na mão em vez de um bloco maciço. Você tem a sensação de que pode colocar energia nele e em quantidades bem determinadas. Neste caso específico, parecia que, em vez de um copo, era um poço profundo no qual você poderia jogar uma moeda ou uma pedra e ouvir um eco distante. Tirei os fones de ouvido e perguntei a Liu:

— É um amplificador de mana?

Ela me observava atentamente. Então, sobressaltada, disse:

— Você não pode ter escutado isso — o que significava que aquele era um feitiço familiar que eles ainda não estavam negociando; provavelmente o estavam reservando para trocar por alguma outra peça de que precisariam para construir um enclave próprio.

— Eu não escutei — disse. — É só que ele transmite essa sensação.

Ela balançou levemente a cabeça, pousando seus olhos pensativos sobre meu rosto.

Depois, caminhamos juntas para a aula de história e nos sentamos lado a lado nas mesas desconfortáveis. As salas de história ficam espalhadas pelo andar do refeitório, lá no alto. A pior parte dessa matéria é que os livros designados são incrivelmente entediantes, e não há cabines como nos laboratórios de Línguas, de forma que você acaba ouvindo os barulhos de todo mundo, os sussurros e tosses e flatulências e o eterno arrastar de mesas e cadeiras. Lá na frente, sempre são projetados vídeos intermitentes de palestras monótonas, que você precisa se esforçar para poder ouvir, sendo noventa por cento do conteúdo completamente inútil, inclusive para nossas notas, exceto por alguns trechos aleatórios que valem pontuações enormes nos questionários. Todas as sessões ocorrem logo antes do almoço, quando você está morrendo de fome e é difícil se concentrar, ou logo depois do almoço, quando você está pronto para cair no sono. Eu sempre assisto antes, por ser mais seguro, mas é dureza.

Ter alguém ao meu lado, *comigo* de verdade, tornava a aula pelo menos cem vezes mais suportável. Nós revezamos turnos de quinze minutos para assistir à palestra e fazer anotações, trabalhando em nossos artigos finais entre eles. Já havíamos trocado nossas traduções das fontes primárias, e pude ver que ela estava usando as que eu havia feito, então foram úteis. As de Liu também eram boas. Eu não precisava tentar pensar bem a respeito dela só porque talvez estivesse me aturando.

Liu estuda história em inglês para poder cumprir seus requisitos de línguas e conseguir uma maior flexibilidade na escolha das aulas, de forma que estivemos nos mesmos grupos na maior parte do tempo. Mas nós quase nunca sentávamos perto uma da outra antes. Algumas vezes, quando ela precisou buscar suprimentos e acabou chegando atrasada, deparando-se com uma escolha entre eu ou alguém meio doente, ou o menino que fica metendo a mão dentro da calça durante a aula — ele tentou se sentar do meu lado uma vez, e apenas uma; eu o encarei diretamente nos olhos com todo o sentimento homicida do meu coração e ele parou e tirou a mão — ela me escolheu. Mas, na maioria das vezes, ia até a pessoa com a qual havia se sentado na aula anterior: havia vários outros falantes de mandarim fazendo história em inglês dispostos a deixar que ela se sentasse ao seu lado, mesmo se sentissem um vago odor de malia.

Não havia odor algum para sentir hoje. Deu para perceber que ela não começara a usar de novo. Sua pele ainda tinha cor e havia brilho em seus olhos, mas era mais do que isso: ela parecia mais suave, mais introvertida, como um caracol aninhado em sua concha. Eu me perguntei se aquilo era algum tipo de efeito colateral ou apenas *ela mesma*: provavelmente era ela, já que o feitiço de meditação de mamãe funcionava assim. Aquilo realmente não se alinhava com o uso de malia. A família dela pode tê-la pressionado a agir assim: havia um sentido estratégico, e uma vez que ela entrara aqui com uma carga cheia de sacrifícios, provavelmente todo o peso permitido sendo dedicado somente a isso, ela dificilmente poderia ter feito qualquer outra coisa.

Eu não lhe perguntei qual era seu novo plano, se é que tinha um. Não era como se ela estivesse usando malia abertamente, e nós ainda não éramos aliadas; esse era o tipo de pergunta que poderia causar preocupação, em particular vinda da suposta namorada do herói local assassino de maleficentes. Ela poderia estar em uma posição delicada para a graduação agora se não voltasse a usar. Certamente não vinha armazenando mana ao longo do tempo se estivesse planejando obter, desde o início, uma grande quantidade de malia dos sacrifícios que lhe restavam.

Isso não fazia de Liu uma ótima escolha para uma aliança, é verdade, mas não importava. Eu a queria, e queria Aadhya, e não apenas por falta de outras opções. Eu queria essa coisa que existia entre nós, quando íamos almoçar juntas depois de passar uma manhã de trabalho duro, lado a lado, essa pequena sensação afetuosa de que estávamos na mesma equipe. Eu não queria apenas que elas me ajudassem a sobreviver. Eu queria que *elas* sobrevivessem.

— Eu topo — disse-lhe, abruptamente, a caminho do refeitório —, se você topar — nem precisava explicar; eu sabia que ela também estava pensando naquilo.

Ela não respondeu de imediato, até que disse, suavemente:

— Estou muito atrasada em termos de mana.

Eu tinha razão: ela decidira não voltar a usar malia e agora estava um tanto quanto ferrada. Mas… ela mesma admitiu isso. Não estava tentando nos ludibriar com alegações falsas para conseguir uma aliança.

— Eu também. Mas nós não vamos precisar de muita coisa, não com aquele seu feitiço e com o feitiço de agregação — respondi. — Eu não me importo, se Aadhya não se importar.

— Eu ainda não consigo lançar o feitiço — disse Liu. — Minha avó… Minha mãe e meu pai estão trabalhando duro, eles sempre pegam muitos serviços de enclaves. Então, foi minha avó quem me criou. Ela me deu esse feitiço para eu trazer para cá, embora não de-

UMA EDUCAÇÃO MORTAL ✦ 201

vesse ter feito isso. É um feitiço avançado, que apenas alguns bruxos realmente poderosos na nossa família conseguiram fazer funcionar. Mas eu pensei que... que, se eu conseguisse traduzi-lo, talvez ficasse mais fácil.

— Se você não conseguir fazer uma tradução que funcione até o final do próximo trimestre, eu largo alguns outros idiomas para aprender mandarim — disse eu.

Ela me olhou.

— Eu sei que você pode entoar, mas esse feitiço é muito difícil.

— Eu vou conseguir — falei com firmeza. A amplificação de mana é como um pré-requisito para qualquer um dos feitiços monstruosos que eu possuo, mesmo com a grande quantidade de energia que eles requerem para funcionarem. Eu nunca tive acesso a nada tão útil quanto um encantamento que separasse a etapa da amplificação bem o bastante para que eu pudesse isolar essa parte do feitiço daquelas que envolviam morte e destruição, mas esse processo parecia estar se desenrolando.

Ela respirou fundo e assentiu.

— Então, se Aadhya também topar...

Ela parou por aí. Mas eu concordei com a cabeça, e apenas nos entreolhamos por um momento, caminhando pelo corredor; Liu sorriu para mim com um movimento sutil no canto da boca e eu sorri de volta. Pareceu estranho no meu rosto.

— Quer trabalhar no artigo de história depois do almoço? — perguntei. — Tenho um cubículo na biblioteca, na seção de idiomas.

— Claro — disse ela —, mas Orion não vai com você? — o que ela *não* quis insinuar com isso foi se Orion estaria lá para que ela pudesse estar junto dele; ela só queria saber se haveria espaço suficiente para nós três.

— É uma mesa monstruosa — respondi. — Vai dar tudo certo, nós só precisamos pegar uma cadeira dobrável no caminho — mas, na verdade, depois do almoço, Orion veio me dizer, todo apressado:

— Vou descer, tenho umas coisas para resolver.

— Você está dizendo isso porque realmente tem coisas para fazer ou porque prefere se esconder lá embaixo em vez de suportar até mesmo as mais modestas quantidades de interação humana? — perguntei. — Liu não vai te aborrecer — não desistiria dela por causa de Orion: nós não estávamos *realmente* namorando.

— Não, ela é tranquila — disse Orion. — Gosto dela, é só que eu tenho coisas para fazer.

Ele não soou muito convincente, mas eu não ia criar caso. Ele não me devia nenhuma explicação. Dei de ombros.

— Tente não se dissolver em ácido ou coisa do tipo.

Liu e eu tivemos uma ótima sessão de trabalho: revisamos quase metade de nossos artigos.

— Eu tenho um projeto em grupo no laboratório depois do jantar, mas faria outra sessão de trabalho amanhã — disse ela enquanto saíamos. Assenti, animada com a ideia de pedir a Aadhya, ou mesmo a Nkoyo, para vir comigo depois do jantar. Agora eu tinha *pessoas*, no plural, a quem pedir para se juntar a mim na biblioteca e, mesmo que elas dissessem não, na verdade não estariam se negando, apenas dizendo não desta vez. Quase fiquei ainda mais animada quando Aadhya disse, no almoço, que não poderia, porque ia trabalhar em algum artifício em seu quarto, e eu pude acreditar nela; não era apenas uma desculpa.

— Mas aparece lá antes de dormir — disse ela. — Podemos fazer um lanche, se vocês tiverem créditos — Liu e eu concordamos: pudemos pensar a respeito, e era hora de conversar sobre aquilo para decidirmos se seguiríamos em frente ou não.

Fiquei com esse sentimento ao longo de todas as aulas da tarde e não deixei que fosse arruinado quando vi Magnus e Chloe conversando com Orion do lado de fora do refeitório no jantar, pedindo-lhe para ir à biblioteca com a equipe de Nova York depois.

— Leve a El — acrescentou ela, convidando-o a me servir na próxima bandeja de prata.

— Não posso, eu... eu vou para o laboratório — disse Orion.

— O laboratório, é? Não seria um quarto? — provocou Magnus.

Orion parecia mesmo estar inventando uma desculpa, mas Magnus lançou um olhar na minha direção que deixou bem claro o que ele estava imaginando. Alheio à insinuação, Orion apenas respondeu, tão convincente quanto antes:

— Hã? Não, não é um quarto.

— Ok, tudo bem — disse Magnus. — A *Galadriel* estará no laboratório com você?

— Receio que não — respondi, de bate-pronto: se ele perguntava por mim, eu tinha todo o direito de me meter na conversa. — Estou trabalhando em um artigo.

— Quer se juntar a nós na biblioteca, El? — perguntou Chloe, com a maior cara de pau. — Temos espaço sobrando na nossa mesa — um claro sinal da magnitude de seu desespero: alunos de enclave não pediam para você se juntar a eles. No máximo, diziam com enorme condescendência que você era bem-vindo. O próprio Magnus parecia muito irritado com essa necessidade.

— Não — respondi. Então, entrei no refeitório sem dizer mais nada para ninguém, e Orion os deixou para poder me alcançar na fila.

— Não vá me dizer que Chloe estava fazendo jogo de cena com você agora a pouco — disse ele.

— Não, aquilo foi uma oferta pura e generosa, diretamente do fundo do coração dela — respondi. — E que também pretendia atravessar o meu. Aquele rastejador da noite passada não veio atrás de mim por acaso.

— Ah tá... eles são legais e agora estão tentando te matar sem nenhum motivo — disse ele, com a audácia de soar exasperado. — Você está de brincadeira? Realmente quer que eu te proteja dos planos malignos de Chloe Rasmussen?

— Eu quero que você enfie essa sua cabeça inteira no purê — respondi. Para me vingar, peguei de propósito as duas últimas salsichas na travessa a vapor, mas lhe dei uma quando já estávamos à mesa. Não era culpa dele ter crescido no meio de uma colmeia de abelhas assassinas.

Fiquei pasma quando, depois de tudo aquilo, Chloe ainda insistiu que eu fosse para a biblioteca: ela me interceptou no salão de leitura, a caminho das estantes.

— Continuo sem interesse — disse a ela, friamente.

— Não, El, escuta... — disse. Eu me afastei e fui entrando no corredor de encantamentos, mas ela veio atrás de mim e me agarrou pelo braço. — Olha, dá pra parar de ser uma vadia por *cinco segundos*? — sibilou, o que não era pouco vindo dela, e então acrescentou: — Não é... não vá para seu cubículo.

Parei no corredor e a encarei; ela não fez o mesmo. Carregava uma expressão de culpa no rosto e ficou olhando para trás, na direção do salão. Estávamos na penumbra, mas de certo modo ainda visíveis do canto da Nova York. Eu conseguia ver Magnus lá, em um dos sofás.

— Só... vem sentar com a gente, pode ser? — pediu. — Ou vá para o seu quarto, ou algo assim.

— Por quanto tempo meu quarto estará seguro? Certamente essa vai ser a próxima ideia genial do Magnus — eu já estava elaborando uma fantasia detalhada sobre como ir até ele e achatar seu nariz: um bom soco resolveria, e o barulho do impacto seria realmente satisfatório. — Ou talvez não: imagino que ele esteja preocupado em levar Orion junto. Esse sim poderia ser o objetivo, vocês mesmos acabando com ele enquanto têm tido todo esse trabalho apenas para me impedir de roubá-lo de vocês.

Chloe estremeceu.

— Você disse sim para Dubai?

— Eu não fui convidada para Dubai! Só consertei uma poltrona no canto deles porque estou tentando aprender um punhado de palavras em árabe. E, mesmo que eu tivesse sido, e tivesse aceitado o convite, isso não justificaria vocês tentarem me matar com rastejadores! — acrescentei por entre os dentes, quando Chloe ousou parecer aliviada.

— O quê? Não! Nós não... — ela obviamente percebeu, no meio da frase, que não adiantaria negar e mudou de tática. — Olha, Magnus achou que você fosse uma maleficente. O rastejador só tinha um feitiço para puxar malia para dentro dele. Contanto que você não fosse uma maleficente poderosa, o pior que ele poderia ter feito é te deixar um pouco enjoada.

Ela fez aquilo soar como uma defesa nobre. Olhei diretamente em seus olhos.

— Eu sou *mana-adepta*.

Chloe ficou boquiaberta, como se essa possibilidade nunca lhe tivesse ocorrido. Tenho certeza que não, para nenhum deles. Aquele rastejador estava prestes a se transformar em um male novinho em folha. Quando um construto seu é dotado da capacidade de coletar energia de várias maneiras e por conta própria, você está pedindo por isso. Você pode abaixar a bola dele e dizer que agora chega, mas, se em algum momento ele não conseguir coletar energia de fontes aprovadas, a probabilidade de começar a arrancar de qualquer outro lugar é de ao menos cinquenta por cento. E, como Magnus havia criado aquele na esperança secreta de drenar toda a minha suposta maldade, eu tinha certeza de que essa probabilidade era ainda maior. Dessa forma, ele *teria* me matado.

Quanto a isso, Chloe concordou comigo; ela foi ficando pálida de uma maneira doentia, e por uma razão egoísta: quando um construto desses se torna maléfico, uma das primeiras pessoas que ele busca é seu criador, e qualquer pessoa ao redor dele que possa ter contribuído para sua criação, pois isso cria uma vulnerabilidade que facilita ao construto sugar seu mana. Não que eu sentisse pena dela por isso.

— Qual é o presente que me aguarda na minha mesa, uma caixa embrulhada com ácaros vorazes? — indaguei.

Ela engoliu em seco e disse, um pouco trêmula.

— Não, é... É um feitiço de sono inabalável. Ele e Jennifer pretendiam lançar um feitiço hipnótico em você para fazer algumas perguntas...

— Supondo que nada me devorasse até que eles chegassem.

Chloe teve a elegância de parecer envergonhada.

— Olha, eu sinto muito, de verdade. Temos discutido sobre isso a semana toda... a maioria de nós não pensa isso, estamos todos realmente preocupados... Mas, se você é mana-adepta, isso é... ótimo, isso é *incrível* — disse ela, com sinceridade. Sim, tão incrível quanto seu amigo quase ter me matado por acidente! Mas ela continuou:

— Falando honestamente, mesmo sem saber disso, a maioria de nós já queria te recrutar. Agora que sei que você é mana-adepta, posso afirmar que cinco de nós votariam a favor de sua inclusão; com Orion, seriam seis. Isso já é a maioria. Você pode ter uma das vagas garantidas e...

— Muito obrigada! — falei, incrédula. — Depois de me atacarem duas vezes?

Ela parou e mordeu o lábio.

— Magnus vai se desculpar, eu prometo — disse, depois de um instante, como se achasse que estávamos ali negociando, como se achasse...

Bem, como se achasse que eu gostaria de um lugar garantido no enclave da cidade de Nova York, que era mais ou menos tudo o que eu sempre quis tão desesperadamente que havia passado a maior parte dos últimos seis anos planejando para conseguir, e aqui estava ela, me oferecendo isso sem nenhuma condição prévia.

E o que eu senti, porque sou o que sou, foi uma raiva violenta, não dela, mas de mamãe, que nem sequer estava ali para me olhar com aquele sorriso caloroso e radiante que ela me dava nos raros momentos em que eu realmente conseguia fazê-la feliz. Como daquela vez em que eu tinha doze anos e tivemos uma briga enorme sobre trapacear, porque eu não via razão alguma para simplesmente não poder abreviar o resto de vida de um pássaro que encontrei à beira da morte na floresta, e saí correndo; quando voltei para a tenda, relutantemente, uma hora depois, e disse a ela, mais relutante ainda, que havia me sentado sob a copa das árvores com o pássaro até o momento derradeiro de sua morte e, por fim, o enterrei. Eu odiei ter de falar isso para ela, odiei o quão feliz eu mesma fiquei ao ver o brilho em seu rosto. Parecia que eu havia *cedido,* e eu odiava ceder mais do que qualquer coisa.

E eu odiava ceder da mesma forma agora que mamãe não estava aqui, mas eu podia ver o seu rosto de qualquer maneira, sua felicidade por eu não aceitar o que Chloe estava me oferecendo, a inestimável e inatingível coisa que eu declarei com tanta convicção que pretendia obter. Mas eu não podia. Era uma porcaria de oferta, obviamente, ainda mais depois de Liu ter me falado, baixinho, que estava *atrasada em termos de mana.* Nem era porque ela e Aadhya me queriam, enquanto Chloe só se importava em ficar pendurada em Orion. Elas simplesmente eram o melhor acordo. Quando ofereceram uma aliança, também estavam oferecendo suas próprias vidas. Estavam se oferecendo para apostar tudo e me pedindo para fazer o mesmo. A oferta de Chloe não poderia se comparar a isso.

— Eu não quero um pedido de desculpas — falei, ressentida. — Eu não vou para Nova York.

Chloe ficou arrasada.

— Mas... você está indo para Londres? — perguntou, com a voz trêmula. — Isso é... isso é por causa do Todd? Ele vai ser expulso, obviamente, ninguém em Nova York iria...

— Não, não é o Todd! — respondi, mais irritada ainda, porque ela não tinha o direito de contestar e ainda fazia parecer como se eu a estivesse esfaqueando. — Eu não vou para enclave nenhum.

Chloe estava começando a ficar desnorteada.

— Mas... você e Orion estão... — ela não conseguia pensar em nada para terminar a frase.

— *Nós* não estamos fazendo coisa alguma. Eu nem entendo por que vocês estão surtando assim. Não que seja da sua conta, mas eu *não* estou namorando o Orion e, mesmo que estivesse, há duas semanas atrás ele nem sabia o meu nome. E você está pronta para me oferecer uma garantia de vaga? E se daqui a um mês ele estiver com alguma garota de Berlim?

Achei que aquilo faria ela recuar pelo menos um pouco, mas Chloe não parecia nem um pouco reconfortada. Ela tinha uma expressão estranha no rosto, meio vacilante, e então disse, abruptamente:

— Você é a única pessoa com quem o Orion realmente passa algum tempo junto.

— Ah é, desculpe, esqueci que vocês não têm permissão para se associar com os plebeus.

— Não foi isso que eu quis dizer! Ele também não convive com a gente — o que era uma coisa bizarra de se dizer, já que eu o vira junto dela várias vezes nos últimos três anos; meu rosto deve ter denunciado isso, porque ela balançou a cabeça. — Nós nos conhecemos, a mãe dele pediu para que cuidasse de nós, mas ele não... fala com nenhum de nós. Ele precisa se sentar em algum lugar durante as refeições e aulas, então fica conosco, mas nunca fala nada, a não ser que você pergunte alguma coisa. Ele nunca aparece para relaxar ou dar uma volta com ninguém, nem aqui, nem nos nossos quartos; ele nem sequer estuda com ninguém! Só com você.

Eu a encarei.

— E a Luisa?

— A Luisa sempre ficava implorando para que ele a deixasse segui-lo para cima e para baixo. Ele não a dispensou porque sentia pena dela — disse Chloe. — Ele a evitava sempre que podia. Eu o conheço desde que sempre, e a única razão pela qual ele sabe o meu nome é porque a mãe dele o ensinou sistematicamente com cartões educativos na segunda série. Desde criança, tudo o que ele sempre quis fazer é caçar males.

— Ah, claro, como um jogo de tabuleiro poderia se comparar à caça aos males? — falei, incrédula.

— Você acha que é brincadeira? Quando nós estávamos na *pré--escola*, um pequeno sugador entrou na sala de aula. A professora só descobriu porque Orion estava rindo em um canto; quando ela perguntou o que era tão engraçado, ele o ergueu com as duas mãos para mostrar. Estava se debatendo com a boca aberta, tentando morder qualquer coisa. Todos nós gritamos e então ele se assustou e, sem querer, partiu-o ao meio. Foi gosma para todo lado — meu rosto se contorceu involuntariamente: eca. Ela fez uma careta ao relembrar. — Ele fazia turnos de vigília nos portões com dez anos de idade. Não por ter sido designado, nem nada: era o que ele gostava de fazer. Ele é filho único da mestra Rhys, e a vida toda ela teve de arrastá-lo para vir brincar com a gente, para que fizesse amigos, mas sempre que ele vinha, ficava o tempo todo tentando encontrar maneiras de escapar e ir até os portões para atacar qualquer male que entrasse. Ele não é... *normal.*

Eu ri, não pude evitar. Era isso ou dar um tapa nela.

— Você diria que ele possui uma negatividade espiritual? — zombei.

— Eu não estou falando por maldade! — disse ela, com firmeza. — Você acha que não queríamos gostar dele? Eu só estou *viva* por causa dele. Quando eu tinha nove anos, houve uma infestação de moscas cáusticas na cidade. Nada demais, né? — acrescentou de forma autodepreciativa, como se estivesse envergonhada por reclamar de algo tão trivial. — As crianças mais velhas tiveram de ficar dentro de casa enquanto o conselho decidia o que fazer, mas as moscas cáusticas não estavam incomodando ninguém com menos de onze anos de idade. Eu estava no parquinho do outro lado da rua do enclave quando tive um surto de mana.

Já li sobre surtos de mana em um panfleto que mamãe me deu, com o título *Limites da Retenção de Mana*, mas nunca tive um. A capacidade de reter mana vai crescendo em saltos repentinos para a maioria de nós, mas você não fica sobrecarregado por um aumento súbito de mana quando não possui o suficiente para preencher sua própria capacidade. Chloe, obviamente, esteve em uma situação diferente.

— Eu estava brincando — ela simulou um espaço fechado com as mãos —, embaixo do escorregador, com alguns amigos. Nenhum mundano. E as moscas... o enxame inteiro veio para cima de mim. Elas começaram a roer a barreira de proteção que minha mãe me obrigava a usar. Eram tantas... — ela parou para engolir em seco. — Meus amigos gritaram e saíram correndo. Eu não pude fazer nada. Parecia que estava saindo mana do meu nariz, da minha boca, dos meus ouvidos. Não me lembrava de nenhum feitiço. Ainda tenho pesadelos com isso de vez em quando — acrescentou, e eu acreditei. Ela passou os braços em volta de si própria sem pensar e arqueou os ombros. — Orion estava caminhando ao redor do parquinho, apenas chutando pedrinhas, sem brincar com ninguém. Ele disparou na minha direção e queimou todas as moscas que estavam em cima de mim. Eu achei que ele era a pessoa mais incrível do mundo.

Eu estava tentando, com vontade, manter a raiva, mas era difícil. Eu não *queria* ter qualquer tipo de simpatia por ela. A única vez em que um enxame de moscas cáusticas passou pela vila, quando eu ainda era pequena, mamãe teve de ficar sentada o dia e a noite inteiros me segurando com firmeza no colo, entoando sem parar uma barreira de proteção, até elas desistirem e voarem para longe; se ela tivesse perdido a voz, nós duas teríamos morrido. Chloe tinha um enclave para se esconder e dispunha de uma barreira de proteção poderosa; certamente, se Orion não tivesse vindo em seu resgate, uma das babás adultas teria corrido para ajudá-la. Aquela foi a única coisa, a única coisa ruim de verdade, que aconteceu a ela e não a primeira de outras mil. Mas não pude deixar de compreendê-la: nove anos de idade, com mana irrompendo de você e cercada por uma nuvem de moscas cáusticas, sentindo-as abrir caminho até sua carne... Eu mesma estava me contraindo, ouvindo aquele arranhador esfregar suas garras nas barreiras de proteção à soleira da minha porta.

Mas, felizmente para o meu baço, Chloe continuou seu relato.

— Depois disso, passei meses seguindo Orion, tentando ser sua amiga, chamando-o para fazer coisas juntos. Ele sempre dizia que não, a não ser que sua mãe o obrigasse. E não era que ele não gostasse só de mim. *Todos* nós tentamos. Alguns de nossos pais até nos mandavam tentar, mas não era para agradar a Matriarca, esperando alguma coisa em troca. Era por *ele*. Todos sabíamos que ele era especial e nós éramos gratos por isso. Mas isso nem sequer causava alguma impressão nele. Ele não estava sendo esnobe nem nada do tipo, ele nunca foi cruel ou arrogante, é só que eu... não tinha importância para ele. Ninguém nunca importou para ele antes.

Ela abanou as mãos à minha frente, parecendo realmente aturdida.

— Então ele fala com você uma vez e, de repente, está inventando desculpas para ir atrás de você. Um dia, ele te ajuda a consertar uma porta; no outro, acha que você é uma maleficente; depois, precisa ajudá-la porque você foi ferida. Ele se senta com você no almoço, até vai para a biblioteca se você pedir. Sabe quantas vezes tentei convencê-lo a vir à biblioteca? Ele veio conosco duas vezes, na primeira semana do primeiro ano, e não acho que tenha voltado desde então. Até ouvimos dizer que ele te ajudou no seu *turno de reparação*! Então, sim, nós *estamos* surtando. Nem discutimos se valia ou não a pena arranjar e garantir uma vaga para você. Se Orion realmente gostasse de alguém, nenhum de nós pensaria duas vezes, nem ninguém no enclave inteiro. O que nós vínhamos discutindo era sobre você ser ou não uma maleficente que estava *fazendo* alguma coisa com ele."

Ela terminou a ladainha e parou de forma desafiadora, como se esperasse que eu fosse gritar com ela, mas apenas fiquei ali, decepcionante como sempre. Eu estava muito atordoada para conseguir falar. Não sentia exatamente raiva. Eu senti raiva de Magnus quando achei que ele estava tentando me matar de uma maneira suja e impiedosamente egoísta para poder agarrar Orion e todo seu valor estratégico. Ah, como eu gostava de toda aquela raiva doce e pura, minha droga favorita! Quase mergulhei de cabeça em um assassinato. A título de comparação, essa sensação parecia turva como lama, densa como a exaustão.

Eu já sabia que Orion queria alguém que não o tratasse como um príncipe encantado; eu só não entendia o porquê. Mas agora eu compreendia tão bem que meu estômago chegava a doer. Chloe, Magnus, provavelmente todos do enclave, inventaram essa história de que Orion era uma espécie de caçador de monstros inumanamente heroico, que amava, mais do que qualquer outra coisa, salvar a vida deles dia e noite, sem se importar muito com sua própria felicidade. Eles inventaram essa mentira, é claro, porque era o que *queriam* dele, desesperadamente. Ah, eles estavam tão tranquilos se preocupando, elogiando e dando-lhe tudo do bom e do melhor em troca; e por que não? Eles podiam e isso não lhes custava nada. Eles teriam prazer em conceder aquela vaga inestimável no enclave, a mim ou a qualquer garota aleatória para quem Orion desse um sorriso; provavelmente, teriam acolhido Luisa só porque ele teve pena dela. Um preço baixo a se pagar.

Eles estavam desesperados para mantê-lo, da mesma maneira que todos na vila queriam se livrar de mim. Ele estava vivendo a mesma porcaria de história que eu, mas em uma imagem espelhada: esforçando-se para dar a eles o que queriam, tentando se encaixar na bela mentira que inventaram a seu respeito, olhando obedientemente para os cartões educativos que sua mãe fez para que ele pudesse ser educado com os outros. Mas é lógico que ele não poderia ser amigo deles. Com certeza, sabia que essa amizade só existiria enquanto ele permanecesse na mentira. Chloe, com seus olhos enormes, me dizendo o quão *maravilhoso* ele era, e como todos eles *se esforçaram tanto*.

Só que eu não podia simplesmente sentir raiva dela. Obviamente, eu queria gritar e atear fogo em todo o seu enclave, mas isso era apenas um hábito. O que eu queria de verdade, desesperada e freneticamente, era conseguir fazê-la *mudar de ideia*, da mesma forma que queria mudar a opinião de todos a meu respeito. Eu queria agarrá-la e sacudi-la até que enxergasse Orion — *eu mesma* — como uma pessoa por cinco segundos. Mas eu sabia que não conseguiria, porque isso *teria* um custo para ela.

Se Orion fosse uma pessoa, não precisaria continuar usando aquele alarme tão conveniente no pulso, para o caso de Chloe ou algum de seus amigos verdadeiros precisarem de ajuda, sem receber nada em troca. Se ele fosse uma pessoa, teria tanto direito quanto ela de estar apavorado ou de ser egoísta, e ela deveria pagar por tudo aquilo que ele já lhe havia dado. Ela não estaria interessada nesse acordo, estaria? Ela não viria correndo se *ele* precisasse de ajuda; ela correria para o outro lado.

A expressão em seu rosto foi caindo na incerteza enquanto eu continuava ali parada: provavelmente ouvindo o estrondo abafado das nuvens de tempestade à distância.

— Entendi — falei, com um azedume na garganta. — É claro que eu tinha de ser uma maleficente. Certamente não deve haver nenhuma outra razão para ele preferir a minha companhia à de vocês, seus palhaços — Chloe estremeceu. — Pode guardar a vaga no enclave para alguém que queira. E muito obrigada por me poupar o prazer de ter seus amigos remexendo na minha cabeça. Em troca, vou te contar sobre a minha técnica secreta de manipulação. Eu trato Orion como se ele fosse um ser humano comum. Vocês deveriam tentar e ver o que acontece, antes de colocarem tudo na minha conta.

Capítulo 10
GROGLER

NÃO TENTEI ENCONTRAR outro lugar para trabalhar. Eu sabia que não ia conseguir fazer nada. Então, apenas deixei Chloe e fui em direção às escadas, descendo apressada para chegar à ala residencial, embora não devesse agir assim. No final de semana haviam se iniciado os preparativos para a graduação, e o óleo começou a ser bombeado para lubrificar as grandes engrenagens do núcleo; elas estavam se desenroscando, e alguns balanços na alvenaria ajudavam um pouco esse processo. As escadarias estavam se deslocando junto, como escadas rolantes extremamente lentas e que podem inverter sua direção a qualquer momento. Eu paguei por ser descuidada: a alguns degraus do patamar havia uma mancha opalescente e pútrida, restos de algo morto há pouco tempo, e na pressa pisei nela, derrapei e tive de me lançar ao patamar em uma queda brusca para não rolar pelas escadas.

Fui mancando pelo corredor em direção ao meu quarto, quando percebi que estava passando pela porta de Aadhya. Fiz uma pausa e, depois de um momento, bati devagar.

— É a El — falei. Ela entreabriu a porta, certificando-se de que era eu mesma, e viu o sangue.

— O que houve? — perguntou. — Você quer que eu pegue uma gaze?

Eu estava com a garganta apertada. Fiquei quase feliz por ter levado um tombo. Que importância tinha fazer a cabeça de Chloe?

— Não, não precisa, é só um arranhão — respondi. — Fui burra, tropecei na escada. Você me acompanha até o banheiro?

— Claro — disse ela. Então caminhou comigo e ficou de guarda enquanto eu enxaguava meu cotovelo ensanguentado e meu joelho mais ensanguentado ainda. Minha barriga voltou a doer. Não me importei.

Liu voltou pouco depois que terminamos, e nós três subimos as escadas, cuidadosamente, em direção ao refeitório. A fila das comidas e as mesas estavam isoladas por uma parede móvel, e pudemos sentir o cheiro de fumaça das chamas limpando tudo atrás dela — fornos autolimpantes não são nada perto de chamas mortais —, mas havia alguns grupos de alunos por ali, esperando sua vez na lanchonete. Esse é um nome glorioso para o que é, verdadeiramente, um banco de máquinas de venda automáticas que engolem fichas. Cada um de nós ganha três fichas por semana. Eu já tinha quase vinte guardadas: o reforço calórico não valia o risco de vir até aqui desacompanhado, a menos que você tenha passado alguns dias seguidos de muito azar nas refeições e estivesse começando a sentir tontura ou fraqueza.

Você não escolhe o que sai delas, é claro. Os produtos raramente estão contaminados, já que vêm sempre empacotados, mas geralmente estão velhos e, às vezes, intragáveis. Certa vez recebi uma ração militar da Primeira Guerra Mundial. Na ocasião, subi até aqui porque *estava* me sentindo tonta, e tinha fome o bastante para abri-la, mas ainda assim não consegui me arriscar, exceto com o biscoito, e por biscoito me refiro àqueles troços secos e duros que eram enviados por mar em viagens de um ano de duração. Hoje consegui um saco de batatas fritas sem marca, um pacote de biscoitinhos de manteiga de amendoim, quase todos esfarelados, e um brinde: uma barra de chocolate com apenas três anos fora do prazo de validade. Liu conseguiu um saco de alcaçuz salgado, repulsivo ao extremo, mas que você pode trocar com os alunos escandinavos por praticamente qualquer coisa, outro saco de batatas fritas e uma caixa meio duvidosa de charque. Aadhya, por sua vez, conseguiu um pequeno pacote de halva, um oniguiri de salmão completamente fresco, inacreditavelmente datado daquela mesma manhã, e uma lata cheia de castanhas, tão grande que chegou a sacudir a máquina enquanto descia.

— Deixe eu tentar algo para conseguir um pouco mais — falei, colocando outra ficha; quando você usa uma guardada há algum tempo, costuma conseguir algo particularmente bom ou particularmente ruim. Tive sorte desta vez: veio o glorioso plástico laranja de um pacote de cookies.

Pegamos nossos copinhos de papel com chá e café das urnas aquecidas e voltamos para o quarto de Aadhya para compartilhar o lanche. Ela havia aproveitado o cano da lâmpada a gás para construir um pequeno bico de Bunsen, que usamos para cozinhar a carne em um béquer alquímico enquanto devorávamos o oniguiri, e em seguida os cookies misturados com castanhas e cobertos com halva e farelos de biscoito de manteiga de amendoim. Quando a carne cozinhou por tempo suficiente, nós a comemos junto com as batatas fritas e encerramos o banquete comemorativo com pedaços da barra de chocolate. Aadhya sentou-se à mesa, trabalhando na caixa de ressonância do seu alaúde, e Liu e eu nos sentamos na cama para trabalhar em nossos artigos.

Não conversamos muito: nenhuma de nós tinha tempo a perder. Mas já havíamos dito o suficiente e apertado as mãos. Enquanto a carne cozinhava, dei um pulo no meu quarto e voltei com cristais para cada uma delas. Depois que terminamos de comer e estávamos entendidas, comecei minha produção de mana com crochê e Liu sentou-se no chão para fazer ioga. Aadhya ficou fazendo sudoku. Quando o primeiro sinal tocou, fomos todas ao banheiro e, depois de nos lavarmos, nos aproximamos de um trecho da parede que separava os banheiros masculino e feminino e escrevemos nossos nomes juntos: Liu escreveu-os em caracteres chineses e eu fiz o mesmo em hindi e inglês. Não éramos o primeiro grupo, mas quase: havia apenas outras três alianças inscritas, de ninguém que eu conhecesse. No caminho de volta, Liu esperou na porta dela até que eu chegasse à minha, e nós duas esperamos até que Aadhya chegasse à dela; então, acenamos umas para as outras e fomos deitar.

Eu dormi muito bem. Geralmente, não me recordo dos sonhos que tive, e é melhor que seja assim, considerando o que se passa por aqui, mas naquela manhã acordei um pouco antes do sinal e, ainda deitada, tive um sonho meio vago com mamãe sentada na floresta, me olhando preocupada. Eu dizia, em voz alta:

— Está tudo bem. Estou bem, mãe, não vou entrar em nenhum enclave. Você tinha razão — nem me importei em dizer isso porque não queria que ela se preocupasse, só que ela continuou preocupada, estendendo a mão para mim, movendo os lábios silenciosamente, tentando me dizer algo. — Eu tenho amigos agora, mãe. Aadhya, Liu, Orion. Eu tenho amigos… — no sonho, meus olhos estavam embaçados e eu sorria, e ainda estava sorrindo quando despertei. Supostamente, é impossível se comunicar com qualquer um dentro da Scholomance: se os feitiços de comunicação pudessem chegar aqui, alguns tipos de males também poderiam; assim, eu não podia ter certeza de que realmente havia visto mamãe, mas esperava que sim. Eu queria que ela soubesse.

Não é que de repente eu estivesse em estado de graça com o mundo inteiro ou algo do tipo. Vi Chloe saindo do quarto dela enquanto voltava para o meu depois de lavar o rosto e senti raiva novamente. Orion não estava no ponto de encontro, e Ibrahim disse que também não o tinha visto no banheiro masculino naquela manhã. Eu havia prometido a mim mesma que jamais esperaria por ele, mas precisava fazer aquilo.

— Guardem dois lugares para nós, ok? — pedi para Aadhya e Liu, com a indignação me fustigando por dentro, e fui bater à porta dele, com força. Bati outra vez ainda, antes de ouvir uns barulhos lá dentro, e então ele abriu a porta sem a menor precaução; estava sem camisa, com o cabelo todo desgrenhado, piscando para mim, com olhos turvos e rosto abatido.

— Vamos, Lake, o café da manhã não vai se comer sozinho — falei. Ele murmurou algo incoerente, voltou para dentro, calçou os tênis e pegou uma blusa do chão, só para largá-la novamente, visto que tinha uma mancha azul enorme na parte da frente, e então pegar outra, também no chão, enfiando-a pela cabeça para ir se arrastando até o banheiro.

— Você ficou chapado ou algo assim na noite passada? — perguntei, curiosa, quando finalmente subimos as escadas: precisei segurá-lo e até lhe dar uns empurrões para podermos chegar ao patamar do refeitório, depois de ele quase apagar tanto no patamar do laboratório de alquimia quanto no do corredor residencial do segundo ano.

Preparar substâncias recreativas *é* um passatempo bastante popular entre alunos da linha alquímica, mas Orion negou em um tom magoado, como se eu o tivesse insultado.

— Eu só não consegui dormir muito — completou, enfatizando seu argumento com um bocejo tão grande que pareceu prestes a quebrar a mandíbula.

— Entendi — respondi, cética. Todos nós lidamos bem com uma rotina de privação do sono desde o final do primeiro ano, e os que não conseguiam eram logo eliminados. — Salvando muita gente, então? Senta lá com a Aadhya e a Liu, que eu pego uma bandeja para você.

Eu nem estava com tanta fome assim hoje, graças à nossa orgia de lanches da noite anterior, então fiquei com o mingau e dei para ele o ovo e o bacon frito que consegui pegar. Mas ele precisou ser cutucado e mesmo assim comeu com os olhos semicerrados, além de não responder a uma pergunta direta que Ibrahim lhe fez. Quando terminou de devorar o sanduíche, baixou a cabeça no mesmo instante.

Aadhya e eu estávamos discutindo sobre a demonstração que eu faria na aula de oficina hoje; ela fez uma pausa, olhando para ele, e perguntou:

— Ele está chapado ou algo assim?

Dessa vez, Orion não protestou.

Dei de ombros.

— Diz ele que não. Só falta de sono.

Felizmente, ele tinha laboratório de Línguas no começo da manhã, então o ajudei a ir até lá e o coloquei na cabine ao lado da minha. Em segundos ele já havia ajeitado a cabeça sobre os braços na mesa e adormecido instantaneamente, embalado pelo doce murmúrio das vozes que cantarolavam sobre mortes violentas em francês. Havia apenas uma única folha de exercícios em sua pasta, muito fácil, então a preenchi. Ele parecia um pouco mais funcional quando o sacudi no final da aula.

— Obrigado? — disse ele, incerto, quando viu a folha preenchida. Então, pegou-a junto com a minha e conseguiu colocar as duas na fenda sem cortar os próprios dedos ou qualquer coisa assim.

— De nada — falei. — Você consegue chegar à sua próxima aula?

— Sim...? — disse ele, em um tom mais incerto ainda.

— Precisa de companhia? — perguntei, encarando-o.

— Não, não preciso... o que você está fazendo? — disparou.

— Como assim?

— Por que você está sendo tão legal? — indagou. — Você está irritada comigo por alguma razão?

— Não! — respondi. Estava prestes a informá-lo de que eu normalmente era um ser humano decente e agradável, ou ao menos de vez em quando, e que isso não era um sinal de que estava com raiva; só que eu logo percebi que ele, na verdade, estava certo, mas essa era, antes, uma raiva de seus amigos inúteis do enclave; eu estava *com pena* dele. Algo que eu mesma odiei com uma violência passional. — Será que me é permitido estar de bom humor uma vez ou outra, ou preciso antes homologar essa maluquice com as autoridades? — estourei. — Jogue-se na lixeira então, se quiser. Vá em frente. Estou indo para a oficina — ele pareceu aliviado conforme eu me afastava.

A oficina nunca é divertida perto da graduação e hoje não foi diferente: o chão tremia aproximadamente a cada quinze minutos, e estava tão quente na sala que alguns dos meninos tiraram a camisa. Praticamente qualquer um que tivesse conseguido terminar os projetos finais estava matando aula, então era de se esperar que houvesse pouca companhia, mas uma multidão apareceu para a minha demonstração. Aadhya distribuiu os melhores assentos, dando prioridade aos veteranos: o que ela realmente queria era conseguir cinco deles com os melhores lances para poder fazer um segundo leilão após o término do semestre, depois que os cinco compradores originais fossem embora.

Enquanto isso, fiz um alongamento rotineiro e cuidadoso, só um pouco dolorido, para gerar um pouco de mana, no que a dor ajudou, e então peguei o pedaço de madeira no qual trabalharia. Como eu não queria desperdiçar esforços, aproveitaria aquela demonstração para começar a trabalhar na caixa que prometi aos sutras para guardá-los. Ela teria o tamanho exato para guardar apenas aquele livro: além de transmitir o quão especial ele era para mim, eu precisava que fosse leve o bastante para poder carregá-la pelo salão da graduação no ano que vem. Aadhya e eu trabalhamos em um design cujo formato era, basicamente, o de uma versão ligeiramente maior do próprio livro, totalmente esculpida em madeira, e ela ainda me arranjou um pedaço excelente de pau-roxo para usar como base.

— Vou utilizar um feitiço para liquefazer a lignina da madeira; assim, podemos dobrá-la — falei para todos e passei a madeira de mão em mão para que pudessem verificar que se tratava realmente do pedaço perfeitamente reto e sólido com meia polegada de espessura que aparentava ser. Quando o tive de novo nas mãos, recitei o encantamento enquanto o visualizava. Aadhya havia me explicado que a lignina era responsável apenas em parte pela dureza da madeira, e imaginei que não seria uma quantidade grande de coisas que precisaria ser alterada; ainda assim, era incrível como aquele feitiço precisava de uma porção tão pequena de mana. Ele não consumiu nem metade do que eu havia gerado antes, e a madeira ficou completamente maleável nas minhas mãos. Dobrei-a sobre o cano de aço largo que utilizaríamos para moldá-la, e então Aadhya e eu a seguramos no lugar. Usei o feitiço para solidificar a lignina novamente; quando a soltamos, a tábua tinha uma curvatura bem elegante; a base para os sutras aninhou-se nela lindamente. E tudo em apenas alguns minutos.

Todos murmuravam animados enquanto passávamos a tábua encurvada de mão em mão. Para a segunda demonstração, Aadhya, usando uma ferramenta de gravação, esculpiu um pequeno desenho no topo da tábua; em seguida, pegou um pequeno funil com um pedaço de prata de seu estoque de suprimentos. Liquefiz a prata e ela foi despejando-a sobre o desenho. Aproveitei para experimentar um pouco: tentei solidificá-la novamente, no instante em que pousava no entalhe, de modo que não transbordasse pelas beiradas. Funcionou de forma brilhante.

As pessoas começaram a perguntar se eu mostraria mais alguma coisa, e não vi razão para não fazer isso: ainda me restava mana. Aadhya e eu estávamos tentando decidir o que fazer quando, de repente, uma veterana da linha alquímica deu a ideia de tentarmos transformar um pouco de *nitrogênio* em líquido, a partir do ar ao redor. Isso poderia ser extremamente útil, embora não tivéssemos certeza do que aconteceria com o nitrogênio depois: ele não voltaria instantaneamente ao estado gasoso? Todos ficaram tão animados com a ideia que dois garotos veteranos se ofereceram para subir em um banco e pegar um dos latões de metal das prateleiras mais altas que cortavam a parede, desde que os deixássemos ficar com o que sobrasse depois dentro delas. Eu concordei; era justo, já que seriam eles colocando suas cabeças tão perto do teto, sem saber se voltariam inteiras.

O primeiro deles subiu. Então começou a rodada seguinte de tremores, exceto que desta vez não pararam; em vez disso, ficaram piores, muito piores, quase como em um dia ruim da graduação, e as coisas começaram a cair das paredes e prateleiras; até mesmo os bancos caíram. O garoto sentado nele já havia se agachado para tentar se equilibrar, mas acabou tendo que pular, agarrando a mão de seu amigo bem a tempo de três latões desabarem sobre a mesa. Um deles se rompeu e um punhado de filhotes de roedores-de-cobre espalhou-se pelo chão, como o prêmio indesejado de um jogo das conchas.

Mas já estávamos todos correndo para a porta àquela altura. Felizmente, em nenhum momento eu tirei a tipoia com o livro. No caminho, peguei a base recém-incrustada da minha caixa, e Aadhya e eu conseguimos chegar ao corredor em meio ao bando de alunos em debandada. Todos nós corremos em direção às escadas. Procurar um terreno elevado é o mais sensato a se fazer quando há uma perturbação vinda de baixo, então obviamente eu vi Orion descer correndo pelas escadas, na contramão de todos os outros. Os únicos lugares mais abaixo eram os dormitórios dos veteranos e as escadas para além deles, que logo estariam se abrindo para o salão de graduação.

— Lake, seu imbecil, é para *subir*! — gritei, mas ele já havia ido, sem nem sequer diminuir o passo. Contraí minha mandíbula e olhei para Aadhya, que me olhou de volta; então, passando a tipoia sobre a minha cabeça, falei, com algum pesar:

— Você pode levar isso?

— Ele vai ficar bem! — disse ela, já agarrando a tipoia. Ela até mesmo pegou o pedaço de pau-roxo.

— Não vai, não, porque vou quebrar a cabeça dele com um tijolo — falei e, como estávamos na escada, tive de lutar para abrir caminho pela corrente que seguia na direção oposta e conseguir ir atrás dele. Os tremores pareciam muito piores quando escapei da multidão; as paredes das escadarias vibravam tanto que chegavam a murmurar alto. — Orion! — gritei, mas não havia nem sinal dele; de qualquer forma, ele provavelmente não conseguiria me ouvir com todo aquele barulho.

Como eu não era nenhuma nobre heroína dotada de um estoque ilimitado de mana e do bom senso de uma espreguiçadeira, fui descendo lenta e cautelosamente. Ninguém mais passou por mim: era o meio de um dia letivo muito próximo do final do semestre, período em que os veteranos só ficavam na ala residencial após o toque de recolher. Os tremores se intensificaram ainda mais depois que passei pelo patamar: claramente, vinham do fundo das escadas, e eu tinha a certeza terrível de que era lá que encontraria Orion.

Já estava quase alcançando a próxima curva das escadas quando ele veio voando de volta na minha direção, literalmente: seu corpo fora arremessado pelo ar. Chocou-se contra a parede e caiu quase aos meus pés, arfando. Ele ficou me olhando, intrigado, e então um tentáculo translúcido de uma água-viva gigantesca veio tateando à sua procura, e já fazia a curva quando ele se sentou e o golpeou com a fina barra de metal que segurava nas mãos. Se você quiser visualizar o resultado dramático desse ato, pegue uma tigela bem grande, encha-a com geleia, pressione suavemente um palito contra a superfície dela e então retire-o. Se o recuo ficar ali por mais de um segundo, você terá conseguido um efeito maior do que o dele.

Orion olhou para a barra com a expressão confusa de quem fora traído: devia ser algum artefato que havia sido desativado. O tentáculo avançava direto para o braço dele, mas estendi a mão e o toquei com a ponta do meu mindinho esquerdo, aplicando-lhe um choque com o feitiço de carga elétrica que peguei com Nkoyo. Ele recuou por tempo suficiente para eu conseguir agarrar Orion pelo braço e ajudá-lo a se levantar, além de arrastá-lo alguns degraus acima. Mas logo encontrei resistência.

— Não, eu tenho que... — começou ele.

— Ter o cérebro esmagado na escada? — rosnei, e puxei sua cabeça para baixo quando o tentáculo atacou novamente, desta vez por cima.

— *Allumez!* — gritou ele, e a barra explodiu em chamas esbranquiçadas e incandescentes entre nós. Quase arrancou meus cílios. Caí de bunda no chão e escorreguei escada abaixo até a próxima curva, de onde tive uma visão absolutamente maravilhosa da escadaria inferior, na qual uma massa grotesca de tentáculos gelatinosos se contorcia, bem lá no fundo. Eles haviam se enrolado em tudo que podia ser agarrado, cada centímetro dos corrimões, cada duto, se esforçando ao máximo para puxar o que quer que restasse do male através de uma pequena abertura, do tamanho de uma barata, no canto inferior da escada. O que significava que ele estava de fato tentando escancarar a abertura da escadaria. Eu não conseguia me lembrar se já tinha notado alguma vez, nos mapas, o que estava do outro lado daquela parede, mas, naquele exato momento, era um *male da graduação* que estava ali; aquilo significava que, de alguma forma, havia um caminho para os males subirem até aqui desde o salão inferior, apesar de todas as proteções e barreiras ao longo do caminho, e daquela escadaria ser nossa última linha de defesa. Se este conseguisse atravessar, todos os seus comparsas viriam atrás. Na prática, isso anteciparia o início da graduação, mas com uma diferença: uma vez que a ala dos veteranos ainda não fora separada do resto da escola, os males que aguardavam por aquele momento viriam atrás de *todos* nós.

Depois de um primeiro momento de puro "*aaugh*", notei as bolhas murchas cobrindo o fundo da escadaria e gritei:

— Não, espere!

Mas já era tarde demais. Orion havia acabado de cortar o tentáculo que continuava açoitando sua cabeça. O enorme pedaço caiu chiando, e o que restava recuou até a massa, pressionando o pedaço cortado no meio do nódulo, trazendo-o de volta em uma adorável curva, que serpenteou e se dividiu elegantemente em *quatro* tentáculos, cada um deles começando a engrossar até o tamanho original e a se agarrar em mais coisas para poder puxar.

Orion desceu cambaleando e me colocou de pé.

— Cai fora daqui! — disse ele, prestes a começar tudo de novo. Tive de agarrá-lo pelos cabelos e dar um *puxão*. — Ai! — gritou, quase arrancando meu braço com sua espada flamejante. — O que você está...

— É um grogler, seu desmiolado! — gritei para ele.

— Claro que não, é uma hid... merda, é um grogler — disse ele, e apenas ficou ali por um tempo, atordoado e boquiaberto. Tempo, aliás, que nós tínhamos de sobra, já que o grogler estava nos ignorando por um bom motivo: poder se dedicar com tudo que tinha a abrir aquele delicioso pacote de lanche tamanho extra, para si mesmo e todos os outros males do salão de graduação.

— Como você ainda não morreu? — disse, amargurada. Para ser justa com Orion, ainda que eu não quisesse, o grogler era tão imenso que não dava nem para perceber os finos cordões rosados em meio aos tentáculos, ou o grande nódulo vermelho que presumivelmente estava em algum lugar naquela massa disforme. Provavelmente, ele mesmo rompeu um milhão de tentáculos esmagando-os contra as coisas muito antes de Orion chegar até aqui. Os groglers não são conhecidos pela paciência ou por estratégias de longo prazo; contudo, e ao que tudo indica, a fome era um motivador mais que suficiente. — E então?

— Ãhn... — disse ele. — Estou pensando.

— No quê? Por que não congela ele?!

— Eu não tenho um bom feitiço de congelamento!

— Como assim, você não tem um bom feitiço de congelamento? — eu disse, encarando-o. — Você é de *Nova York*.

Ele pareceu se sentir culpado e balbuciou:

— Eu não consigo extrair mana dos males se os congelar.

A escadaria inteira tremeu ao nosso redor.

— Quem se importa! — falei. — Tire mana do próximo!

— Mas foi por isso que eu *não aprendi* nenhum! — gritou ele.

— Ah, pelo amor da Grande Deusa Mãe — disse, com todo o desgosto mais sincero que brotou em mim, graças ao que aquela frase em si me despertava. Agarrei meu cristal e comecei a formar uma imagem na cabeça enquanto me conectava ao meu exaurido estoque de mana: na oficina, aquela menina veterana estava me dizendo que mais da metade do ar era constituído por nitrogênio, então o imaginei se condensando em uma casca sólida sobre a pele do grogler, com apenas alguns milímetros de espessura.

— O que você está fazendo? — perguntou ele. Ignorei-o completamente; minha barriga doía muito por ter caído da escada, o bastante para encher meus olhos de lágrimas; doíam também o cotovelo ralado e o joelho esfolado, e precisei me esforçar muito para manter o foco. Ele desistiu de me esperar e desceu as escadas correndo, então começou a agarrar os tentáculos um após o outro, arrancando-os de quaisquer apoios antes de colocar feitiços de ligação neles, tentando espremer a coisa toda em uma única bola enquanto ela se agitava para todo lado, como uma ameba gigante em um acesso de fúria.

— Estou pronta — resmunguei.

— O quê? — perguntou ele, com os dentes cerrados, enquanto lutava com outro tentáculo.

— Sai daí! — gritei, entredentes. Orion olhou para mim e um tentáculo conseguiu se soltar e lhe dar um golpe, derrubando-o no meio da escada. Além de merecido, foi providencial para que ele saísse da frente. Recitei o feitiço de agregação e tentei liquefazer todo o nitrogênio no meu campo de visão.

Tenho quase certeza de que fui bem-sucedida, porque metade do meu cristal, reabastecido com tanto trabalho, esvaziou-se de uma vez só. Acho que o nitrogênio voltou ao estado gasoso instantaneamente, porque não houve nenhum efeito visual; talvez um leve sopro de ar frio e só. Exceto por um pequeno detalhe: a pele do grogler congelou instantaneamente e, em seguida, rachou toda de uma vez, como a superfície de um lago no início da primavera boreal. Aquela massa toda entrou em colapso, desmoronando; suas tripas líquidas se espalharam e formaram uma poça gigante que foi sendo drenada pelas grades ao pé da escadaria, descendo em um breve redemoinho e emitindo um som gorgolejante. A única coisa que ficou para trás foi o minúsculo tentáculo central que inicialmente havia se esgueirado pelo canto da escadaria, como uma plantinha brotando. *Aquilo* era idêntico à ilustração clássica no terceiro capítulo do manual do primeiro ano: uma gelatina furta-cor em torno de uma veia rosa choque. Ela se enfiou de volta pelo buraco de onde veio, como um pedaço de espaguete sendo sugado.

— Ahá! — disse Orion, como se *ele* tivesse resolvido tudo. Então ele olhou triunfantemente escadaria acima, na minha direção.

— Lake, eu te odeio mais do que palavras podem exprimir — falei, com todo fervor, e me sentei para apoiar as costas na parede, passando os braços em volta da minha barriga dolorida. Ele se levantou um tanto envergonhado e foi preencher o buraco da outra parede com um pouco de rejunte que tinha no bolso, fazendo um rápido feitiço de reparação; então, se aproximou de mim e pareceu estar prestes a tentar me carregar. Dirigi a ele um olhar tão ameaçador que ele se convenceu a apenas me ajudar a levantar.

Depois de tudo isso, ele já estava bocejando novamente, mesmo antes de chegarmos ao patamar da ala dos veteranos, como se não houvesse uma única gota de adrenalina em seu metabolismo. Eu estava sentindo mais do que uma dor leve, mas ainda assim me sentia pelo menos dez vezes mais alerta do que ele aparentava. Eu o fiquei observando conforme caminhávamos, mancando.

— Por que você está *assim* tão acabado? Tem tido pesadelos horríveis ou... — mas eu já estava começando a compreender quando ele me lançou um olhar meio culpado. — Seu idiota, você tem ficado acordado patrulhando? Por causa daquele linguarudo assassino e patético que ficou choramingado para você?

Orion evitou me encarar.

— Ele não estava errado — disse, baixinho.

— Quê?

— Os males no salão de graduação — continuou. — Não era apenas o grogler. Eles devem ter aberto um buraco nas barreiras de proteção lá embaixo e agora estão todos tentando entrar na escola. À noite, é pior. Só aquela parede, eu já remendei sete vezes...

— E você não dorme há cinquenta e cinco horas, o que explica o fato de ter gasto dez minutos seguidos cortando tentáculos de um grogler — sugeri.

— Aquele era duas vezes maior do que qualquer grogler deveria ser! — disse ele, na defensiva. — Achei que fosse um male da classe das hidras!

— Um erro justificável, até você ter cortado o primeiro tentáculo — falei. — Quantos foram mesmo, sete? E você ainda estava tendo muito trabalho quando cheguei lá. Se ele *tivesse* escancarado a escadaria, sem dúvida você teria merecido o reforço que entraria — seus lábios se cerraram formando uma linha fina, e eu podia sentir seu corpo tensionado desejando se afastar de mim, o que provavelmente ele teria feito se, naquele momento, isso não envolvesse me arrastar junto. — Qual é, exatamente, o objetivo das coisas que você vem fazendo? Mesmo que você esteja realmente determinado a sair daqui envolto em uma aura gloriosa, nunca chegará lá se afundar no começo da inundação.

— Quer parar com isso? Eu não ligo para *glória*! — disse ele. — Eu só... A culpa é minha! Você mesma me disse que era. Eu ferrei com o princípio de equilíbrio e...

— Ah, então agora você está pronto para aceitar as leis básicas da realidade — falei. — Cala essa boca, Lake. Todos nós sabemos que não se ganha nada de graça. E ninguém reclamou quando você salvou suas vidas, não é?

— Só você — disse ele, secamente.

— Vou me lembrar de ficar orgulhosa disso quando estiver sendo devorada pela horda da graduação. Você veio bancando o cavaleiro o máximo que pôde nos últimos três anos. Você não vai conseguir evitar as consequências disso se esforçando um pouco mais do que antes ao longo de uma semana. *Isso* também é o princípio de equilíbrio.

— Muito bem, você me convenceu. Acho que vou simplesmente tirar um cochilo, então. Isso vai ajudar muito — disse ele, transbordando de sarcasmo.

Encarei-o.

— É melhor do que ajudar um grogler a invadir a escola.

Ele fez uma careta. Então, bocejou novamente.

Capítulo 11
VETERANOS

O ALMOÇO ESTAVA quase acabando quando voltamos lá para cima. Todos estavam no refeitório, como de costume, apesar do pânico na oficina mais cedo: alimentar-se é algo com o qual pouquíssimas coisas realmente podem interferir e, de qualquer maneira, aquelas vibrações e rangidos horríveis haviam cessado. Aadhya e Liu guardaram lugares para nós e até reservaram um pouco de comida em suas próprias bandejas, mesmo que isso significasse ficar sentadas em uma mesa praticamente vazia até que nós chegássemos. Manter dois assentos livres para alunos que nem sequer conseguiram chegar ao refeitório antes da fila fechar era algo significativo, especialmente quando havia um desastre em potencial acontecendo lá embaixo. Fiquei contente até com Ibrahim, ainda que com alguma relutância, por ter ficado ali mesmo depois que a maioria de seus amigos inventou desculpas para trocar de mesa. Mas ele deu conta desse sentimento rapidamente.

— Não pode ter sido apenas um grogler comum — disse ele, assertivamente, depois que os atualizamos sobre o que havia ocorrido. — Deve ter sido uma variante nova — porque, caso contrário, seu querido Orion teria cometido um erro estúpido, o que era obviamente inconcebível. Se eu tivesse comida ou fôlego sobrando, teria jogado um pouco nele, mas já estava dolorida o suficiente.

Felizmente, havia pessoas sensatas à mesa, que se concentraram nas partes mais importantes.

— Como, exatamente, você tem consertado os danos na escadaria? — perguntou Aadhya a Orion. — Só com o feitiço de reparação?

— Sim — respondeu ele, cansado —, com a fórmula de preenchimento do meu pai — ele parou de limpar as sobras da bandeja, tirou o pedaço de massa de rejunte do bolso e mostrou para ela.

Aadhya pegou um pouco entre os dedos e esticou-a, formando um quadrado; depois, segurou-a contra a luz e achatou-a na mesa, dobrando-a algumas vezes e amassando-a, e então enrolando e desenrolando-a novamente antes de devolvê-la para ele.

— Não me levem a mal, isso é um material incrível, mas ainda assim genérico. Você fez muitos reparos separadamente? — ela balançou a cabeça. — Isso não tem a menor condição de aguentar até a rotação do final de semestre. Sinceramente, eu me preocuparia com a possibilidade de se desfazer assim que o primeiro nível de engrenagens for acionado no domingo.

— Nós não vamos conseguir chegar até domingo se os males continuarem golpeando — murmurei, mal tocando a superfície do meu purê. Estava pensando seriamente em lamber aquilo como se fosse um sorvete, em vez de precisar usar um utensílio que requeria os músculos do meu corpo para poder levá-lo do prato à boca. — Vamos ter de encontrar uma forma de segurá-los por tempo suficiente para consertar direito os estragos. E precisaremos de um número ridiculamente grande de pessoas ajudando a obter mana para isso.

— Lembra quando o laboratório de alquimia foi danificado? — disse Ibrahim a Orion, muito sério, por sobre a minha cabeça. — Precisamos fazer um anúncio e recrutar pessoas para produzir uma quantidade de mana que nos dê condições de consertar esses estragos.

Sem me mexer ou mudar de tom, eu disse:

— Ibrahim, vou arrancar suas entranhas enquanto você dorme — notei suas mãos estremecendo na mesa.

— Mas não podemos — disse Liu. Virei a cabeça para a intervenção *dela*. — Nós não podemos deixar que os veteranos descubram.

— Hã? — disse Orion, mas coloquei os cotovelos sobre a mesa e apoiei meu rosto nas mãos. É claro que ela tinha razão. Os veteranos não nos ajudariam. Se um buraco fosse aberto no salão de graduação antes que os dormitórios dos veteranos fossem isolados, eles deixariam de ser o bufê completo e passariam a ser as entradas mais difíceis e mais rançosas do cardápio. Se eles soubessem que isso era uma possibilidade, que as barreiras de proteção estavam tão enfraquecidas, é provável que descessem até lá e começassem a fazer o estrago na escadaria eles mesmos. E daí que com isso jogariam o resto de nós para os lobos? Todos dariam a mesma desculpa de Todd: aquilo era compreensível, não tiveram escolha, a culpa era de Orion. E nem precisariam ser todos eles. Apenas o bastante.

Todos sabíamos disso. Orion, completamente exausto, precisou de um momento para entender; depois, parou de comer, recurvado sobre a mesa. Nenhum de nós disse uma palavra nos dez minutos que se seguiram, até que o sinal dos veteranos tocou. Quando todos eles saíram, eu disse:

— Como vamos fazer isso? Com quantas poucas pessoas podemos contar e mesmo assim resolver a situação?

A melhor solução que encontramos foi tentar transformar a parede de ferro da escadaria em aço, lá mesmo.

— Eu reconheço que talvez seja uma ideia maluca, mas é apenas um ponto de partida — essa foi a maneira encorajadora com a qual Aadhya começou sua exposição. — E se nós descermos até o fundo da escadaria com um cadinho portátil e um monte de carvão? Nós o acendemos e El usa o feitiço de agregação para derreter um pedaço do ferro da parede danificada; pode ser do tamanho de uma moeda, para que não seja grande demais e acabe permitindo que alguma coisa muito perigosa atravesse. Eu tenho um feitiço de processamento que infunde carbono em ferro, para transformá-lo em aço. Faço isso com o ferro derretido, e então ela pode solidificá-lo novamente. Poderíamos fazer isso em um ciclo contínuo, do jeito que você fez com a prata durante a demonstração — acrescentou ela, olhando para mim. — E se alguma coisa passar por um dos buracos que fizermos na parede enquanto trabalhamos, Orion pode acabar com ela.

Esse era um plano extremamente ambicioso, mas até onde qualquer um de nós podia ver, a única outra opção seria fazer novas paredes na oficina, e por partes, e então carregá-las até a escadaria e pedir gentilmente aos males que dessem um tempo enquanto as trocássemos. Tudo isso, é claro, depois de pedir a todos os veteranos que fizessem a gentileza de ficar fora da oficina pelos próximos três dias, enquanto recrutávamos cerca de dez alunos da linha de artifícios para construírem essas paredes novas.

— De quanto mana nós precisaríamos? — disse Ibrahim.

— Uma imensidão — respondi. — O custo do feitiço de agregação é incrivelmente baixo para o que oferece, mas não é *de graça*. Derreter uma parede inteira de ferro não será como lidar com um pouquinho de prata ou extrair um produto químico de um pedaço de madeira. Por sorte, nós temos uma solução — eu me virei e olhei incisivamente para Orion.

Ele piscou para mim, confuso.

— Não sei; talvez o número de males vindo para cima de mim seja tão grande que eu não possa te transferir mana o tempo todo.

— Tire do compartilhador de energia do seu enclave — falei. — Você já coloca bastante, eles certamente não vão poder reclamar.

— Bem, eu poderia pedir para o Magnus...

— Como assim? Por que você teria de pedir para alguém?

Houve um instante de estranhamento. Depois de engolir em seco, disse:

— Eu não... eu tenho dificuldade em prestar atenção... se eu tiver livre acesso ao reservatório de energia, vou simplesmente usar tudo. Por causa disso, meu compartilhador tem um bloqueio — ele tentou parecer casual a respeito daquilo, mas desviou o olhar.

Ninguém disse nada. Ibrahim parecia inteiramente horrorizado. Deve ter sido chocante descobrir que seu ídolo não era perfeito: Orion Lake, bloqueado pelo enclave de usar sua própria quota por não ter um controle básico de mana. Era o equivalente a admitir que você usa fraldas porque faz xixi nas calças de vez em quando.

Só que, nesse caso, era mais como se ele estivesse sendo forçado a usar uma fralda e a se molhar de vez em quando para que todos os seus *companheiros de enclave* pudessem seguir desfrutando tranquilamente das quantidades de mana que ele despejava em sua quota, verdadeiras torrentes que aqueles canalhas egoístas e gananciosos ficavam ordenhando dele a cada vez que ele derrotava outro male. Eu queria arrancar aquele compartilhador de energia de seu pulso, atirá-lo na cabeça de Chloe e dizer a ela que Orion tinha toda a razão em não se importar com nenhum deles, e que nós *iríamos* sozinhos, e o levaria para viver em uma tenda no País de Gales quando saíssemos daqui, e todos os bruxos de Nova York poderiam atear fogo em si mesmos e chorar o quanto quisessem.

Eu não conseguia nem falar de tanta raiva. Irritada, acabei subestimando Ibrahim outra vez; foi ele quem quebrou o silêncio, dizendo:

— Mas... não é *você* que... eu ouvi dizer que você obtém mana dos males...

Orion encolheu os ombros, sem olhar nos olhos de ninguém.

— Todos colocam mana lá. Não é nada demais. Eu posso pegar sempre que precisar.

— Mas... — começou Ibrahim.

— Mais tarde — falei. Ele olhou para mim e, imagino, presumiu pela minha expressão que aquela conversa não servia para nada e que eu não permitiria que continuasse por mais do que cinco segundos além do necessário, uma vez que nem todos entre nós estavam a poucos dias de uma morte ainda mais repentina e desagradável que de costume. Ele cedeu, e eu disse a Orion:

— Magnus, não. Vamos pedir para Chloe.

A BRILHANTE CONTRIBUIÇÃO de Chloe para o nosso plano foi:

— Espera, por que simplesmente não fazemos um pedido de reparação?

Ela falou como se fosse uma sugestão completamente óbvia e racional. Orion esfregou o rosto, olhando para mim um pouco envergonhado, como se não tivesse considerado essa opção, como se devesse ter dormido mais. Todos nós passamos a trocar olhares, com graus equivalentes de expressões que indicavam *"que tipo de imbecil é você?"*, até que eu disse:

— Isso realmente dá certo para você?

— Como assim? — perguntou Chloe. — É claro que sim. Eu faço esses pedidos o tempo todo.

Aquilo não deveria ser uma surpresa para ninguém. O formulário de solicitação para reparações, que eu nem me dava ao trabalho de preencher desde a segunda metade do primeiro ano, possui um espaço para colocar seu nome. Eu presumia que todos fossem diretamente para uma lixeira, e que nós éramos designados para reparos por um acaso aleatório, senão malicioso, mas agora percebia que os formulários iam obviamente para uma caixa em alguma sala de zeladoria oculta, que apenas alunos da linha de reparação conheciam, onde pegavam os pedidos de, por exemplo, enclavistas de Nova York, para garantir que fossem atendidos. De fato, após um breve momento, aquilo *deixou de ser* uma surpresa, e eu segui em frente.

— Certo, e você já colocou um no período da graduação?

UMA EDUCAÇÃO MORTAL ✦ 237

— Não! — disse ela, como se eu a tivesse ofendido. — Eu sei que não devemos fazer pedidos de reparação desnecessários durante os testes intermediários e as provas finais. Mas acho que isso se qualifica como um problema potencialmente fatal!

— Certamente se qualifica — disse. — E é especialmente ameaçador para a vida de qualquer pessoa que queira descer até lá para consertar. Por isso mesmo você não conseguirá nenhum aluno da linha de reparação para fazê-lo por você. Eles podem até oferecer meia hora para consertar a lâmpada da sua mesa, Rasmussen; mas não irão enfrentar a horda da graduação em seu nome só porque você pediu educadamente. Sem falar que, provavelmente, são os *veteranos* que distribuem os turnos das tarefas. E então, vai nos ajudar ou não?

Chloe acabou mudando de ideia, especialmente depois que eu fiz várias observações afiadas e pontuais sobre as contribuições de Orion para o suprimento de mana de Nova York, que suponho terem transmitido a extensão do meu desejo de pegar o compartilhador de energia de Orion e jogar na cabeça dela com bastante força.

— Não deveríamos tentar isso primeiro? — ela tinha uma sugestão útil, ainda que proveniente da desconfiança nada lisonjeira de que nós não éramos competentes o bastante para gerenciar o procedimento.

O que ela queria mesmo era consultar meia dúzia de outros alunos de Nova York, incluindo Magnus, todos eles com muitos amigos entre os veteranos. Ela só aceitou aguardar algum tempo quando concordamos em fazer um teste. Provavelmente pensava que aquilo não ia funcionar e que acabaríamos tendo que ceder. Quaisquer que fossem suas razões, eu estava satisfeita em pôr aquilo em prática, contanto que ela contribuísse gerando mana.

Nos reunimos na oficina no dia seguinte, durante o período de trabalho, e Chloe deu um compartilhador de energia para mim e outro para Aadhya. Quando o apertei em volta do pulso, resolvi puxar para experimentar e obtive um fluxo de mana que mais parecia uma mangueira sendo alimentada pelo oceano Atlântico. Eu já sabia que os enclavistas tinham acesso a quantidades imensas de mana, muito mais do que o resto de nós, mas nunca tinha notado o *quanto*. Eu poderia destruir uma ou duas cidades, e não ia fazer a menor diferença. Tive de me esforçar muito para não começar a simplesmente puxá-lo desenfreadamente, como se eu mesma não tivesse um controle de mana. E não pude deixar de pensar que conseguiria encher todos os meus cristais duas vezes, com algumas boas investidas.

Orion vasculhou recipientes e caixas com suprimentos para coletar todos os materiais, sempre com aquela hesitação de costume. Ele estava menos exausto naquela manhã; fiz com que fosse para a cama mais cedo na noite anterior, com o argumento de que quem quer que fosse mastigado durante aquela noite apenas terminaria sendo mastigado junto com todos os outros da escola no domingo se ele não conseguisse manter os males afastados enquanto trabalhássemos.

— Ainda acho que seria uma ótima ideia chamar mais algumas pessoas para ajudar — disse Chloe, olhando em volta nervosamente. A oficina estava completamente deserta: depois da agitação de ontem, ninguém estava se arriscando por aqui, a menos que ir para a aula fosse algo absolutamente imprescindível; de qualquer maneira, duvido que ela tenha estado alguma vez na oficina com menos de dez alunos ao redor. Ibrahim e Liu haviam vindo conosco para ficar de guarda; melhor dizendo, Liu ficou vigiando, enquanto Ibrahim seguia Orion pela sala, tentando conversar com ele.

— Pronta? — perguntei a Aadhya, ignorando Chloe; então, entoei o feitiço de alteração de matéria e forcei os primeiros centímetros da barra de ferro forjado com a qual estávamos testando, provavelmente sobra de algum projeto falho, para sua forma líquida. Aadhya tinha o cadinho aquecido logo abaixo dela e, assim que o metal correu para dentro, ela espalhou a fuligem em um padrão suave com sua mão livre, franzindo a testa em concentração enquanto fazia os dois se fundirem. Então, ela me fez um rápido sinal com a cabeça e inclinou o cadinho sobre a borda da barra onde o ferro estivera. Em seguida, forcei o metal de volta ao estado sólido.

UMA EDUCAÇÃO MORTAL ✦ 239

Ele ficou sólido, mas *apenas um pouco*. Uma bolha de metal caiu na superfície da bancada, chiou violentamente, abriu um buraco nela, caiu sobre a prateleira em baixo, abrindo outro buraco em uma pilha de painéis de vidro e fazendo com que a lona que os cobria pegasse fogo, e escorreu pela segunda prateleira até cair no chão, derreten-do-o *também*, até desaparecer.

Houve agitação e gritos — pode ser que eu mesma tenha dado al-guns — antes que Aadhya juntasse quatro dos pós que havia pedido para Orion, jogando tudo nas chamas que, alegres, se espalhavam. Uma vez apagado o fogo, nos reunimos e olhamos pelo buraco no chão, ansiosos. Aquilo havia atravessado o que acabou se revelando, incomodamente, um chão de espessura demasiado fina. Tudo que consegui discernir na escuridão lá embaixo, pelo menos a uma dis-tância cautelosa, foi um cano muito enferrujado e um círculo com cinco frascos antigos, o tipo de artifício que você só vê em peças de museu, girando continuamente e distribuindo gotas de substâncias alquímicas variadas em uma abertura no topo do cano.

— Você acha que algum male vai tentar entrar por *ali*? —pergun-tou Ibrahim.

— Vamos consertar isso em vez de descobrir — disse Aadhya. — Orion, você pode pegar mais... — e foi aí que percebemos, tardia-mente, que Orion não podia fazer nada porque já não estava entre nós: estava ocupado matando um deslizador no vão da porta, que viera investigar nossos gritos com esperança em seu coração ou, pelo menos, em seu aparelho digestivo.

— Que foi? — perguntou ele ao voltar, respirando apenas um pouco mais depressa, depois de jogar o que sobrou do deslizador de volta para o corredor: quando ele tentou escapar do domínio de Orion, soltando sua camada externa, teve a pele meio solta puxada para trás da cabeça e amarrada em um nó, que foi mantido até es-trangulá-lo. Não era assim que você deveria matá-los, mas parecia ter funcionado.

Ainda bem que estávamos só praticando. Foram várias tentativas para aprender a convencer o metal a retornar a um estado *realmente* sólido, sem mencionar retornar à sua forma anterior específica, e mesmo depois que eu consegui, ainda não estava saindo direito. Não cheguei a abrir mais buracos no chão, mas deixei vários pedaços distorcidos de um metal, que não se parecia de fato com aço, agarrados à superfície da mesa.

De repente, Chloe disse:

— Ei, se é aço, você não vai precisar dobrá-lo?

Acontece que o pai dela também era um artífice: foi assim que ele e o pai de Orion se conheceram. Aadhya procurou no livro de metalurgia que trouxera e descobriu que ela estava certa.

— Beleza, você precisa visualizar a forma final como sendo composta por uma camada fina dobrada de um lado para o outro sobre si mesma, como uma massa folhada ou algo do tipo, em vez de um bloco sólido.

Aquela imagem mental me trouxe um material que parecia aproximadamente correto, mas ficou ainda mais difícil encontrar o ritmo certo para que eu e Aadhya conseguíssemos converter o ferro em um processo contínuo. Cerca de metade da barra de ferro acabou ficando em pedaços separados de dois a cinco centímetros espalhados sobre a mesa.

Quando de fato acertamos o ritmo, conseguimos alterar quinze centímetros seguidos sem parar, e de repente aquilo ficou fácil, tão fácil quanto fora com a madeira e a prata. Aadhya riu em alto e bom som.

— Nossa, isso é incrível! — disse ela ao segurar a barra, metade dela feita de um aço novinho em folha, todo resplandecente e com linhas onduladas padronizadas até a parte em que se encontrava com o ferro velho e enegrecido. — Olha só para isso, é *sensacional*.

Eu não pude deixar de sorrir. Até mesmo Chloe pareceu impressionada, ainda que de um modo um tanto relutante, quando passamos a barra de mão em mão.

— Tudo bem, faremos o conserto da parede no período de trabalho amanhã — falei.

Empacotamos um saco grande de fuligem, que não é um ingrediente escasso por aqui, e fomos em direção às escadas.

Assim que subimos a escadaria, contudo, ouvimos vozes vindo lá de baixo. Fazia menos sentido ainda alguém estar lá bem no meio do dia seguinte às festividades de ontem. Orion parou e desceu as escadas silenciosamente, e todos os outros me acompanharam quando o segui, até mesmo Chloe, que lançou um olhar meio desesperado escadaria acima, mas não quis se arriscar sozinha.

Ouvimos o som de passos começando a subir as escadas vindo em nossa direção quando chegamos ao andar dos dormitórios dos veteranos. Eu agarrei Orion e puxei-o para fora do patamar; os outros fizeram o mesmo. Nos encolhemos no breu do corredor residencial quando três veteranos passaram, subindo. Eram alunos que eu não conhecia e que falavam, em voz baixa: "...aqueles reparos foram muito bem feitos". Suas palavras flutuavam até nós conforme seguiam adiante. Não precisávamos ouvir mais nada daquela conversa.

— Acabei de ter uma ideia: podemos consertar essa parede agora mesmo — disse Aadhya, assim que os passos desapareceram.

— Sim. Agora seria bom — sussurrou Ibrahim, e todos assentiram. — Agora é um ótimo momento.

— Vocês podem pegar um pouco de mana extra da reserva para fazer tarefas compensatórias por faltarem às aulas — ofereceu Chloe.

Descemos até o fundo da escadaria e começamos os trabalhos. Pudemos ver alguns dos remendos que Orion havia colocado e que os veteranos escolheram para testar. Mesmo sem essa ajuda por parte deles, já havia um monte de linhas de tensão visíveis e deformações salientes nas paredes, como se algo as viesse pressionando do outro lado.

Aadhya acendeu o cadinho, pegou um punhado de fuligem, e eu comecei pela parede externa: ferro para dentro do cadinho, aço para fora. Eu não havia perdido o ritmo: a modificação correu tão facilmente quanto na oficina. Fui continuando sem parar e já estava na metade da parede quando Aadhya disse:

— Não dá mais, preciso fazer uma pausa — foi quando percebi que ela estava quase desmaiando. Ela pousou o cadinho, limpou o pó de fuligem das mãos e sentou-se com dificuldade no penúltimo degrau, com a respiração pesada.

— Tudo bem — falei e sentei-me a seu lado, embora me sentisse bem, exceto pela sede. Liu ofereceu-nos um gole de sua garrafa d'água; e eu poderia ter bebido tudo sozinha. Minha barriga já não doía tanto. Me ocorreu que eu posso ter ajudado no processo de recuperação ao forçar um pouco a barra ontem: os feitiços de cura de mamãe tendem a trabalhar junto ao próprio corpo, de forma que se você fizer algo que leve seu sistema a fazer coisas como enviar mais glóbulos brancos ou trabalhar na reposição muscular, a magia corresponderá a isso. Havia se passado pouco mais de uma semana, então o curativo de linho certamente ainda estava trabalhando em mim.

Os novos painéis da parede, que pareciam totalmente diferentes quando comparados aos antigos, brilhavam com suas ondulações se estendendo por toda parte: eram bonitos de verdade. Mas Chloe estava franzindo a testa para eles, sentada na escada ao lado de Ibrahim. Orion ia e vinha sem parar, subindo e descendo as escadas, correndo a mão pela superfície dos antigos painéis, observando os rejuntes. Chloe olhou para ele e depois para mim e para Aadhya, e uma expressão intrigada começou a aparecer em seu rosto; achei que ela estava prestes a dizer algo, até que se virou, olhou para as escadas e disse, alarmada:

— Gente, acho que eles estão voltando.

UMA EDUCAÇÃO MORTAL ✦ 243

Todos nós nos levantamos. Os passos que vinham de cima foram desacelerando conforme seus donos se davam conta de que havia mais alguém ali embaixo. Quando finalmente fizeram a curva, eles já estavam posicionados para lutar: dois garotos altos por trás, ambos com as mãos prontas para lançar encantamentos, uma garota e um garoto ligeiramente agachados na dianteira, cada um com suportes de barreiras de proteção nos pulsos, e mais outra garota protegida no meio deles, segurando o cabo de um chicote de fogo. Esses chicotes são terrivelmente versáteis porque, além das chamas, possuem poderes cinéticos. Se você for bom, pode usá-lo para envolver as coisas e queimá-las, ou ricochetear sua ponta de um lado para o outro, derrubando males ou pessoas para os lados para abrir caminho. Uma equipe de aliança de graduação inteligente e bem formada, que provavelmente já vinha treinando por meses a fio. Quando estamos todos misturados no refeitório, ocupados em nos empanturrar de comida, nem sempre há uma diferença visível entre os veteranos e o resto de nós; mas aqui, de frente para eles, era dolorosamente clara a diferença que um ano fazia.

Mas Orion se moveu, instantaneamente, ficando à nossa frente. Parecia um pouco bobo, aquele magrelo confrontando-os sozinho, até que ele disse, com os punhos cerrados:

— Vocês estão procurando alguma coisa? — todos eles hesitaram. Ele sinalizou com a cabeça quando não houve resposta. — Talvez vocês devessem voltar lá para cima. Agora.

— Isso é aço novo — disse, abruptamente, a garota na primeira fileira: ela estava olhando para a parede atrás de Orion. — Eles estão substituindo os painéis.

— Você é a Victoria, de Seattle, não é? Eu sou Chloe, de Nova York — disse Chloe, de repente, para a garota do meio, arriscando um tom de conversação que foi arruinado por um nervosismo bastante expressivo. — Há alguns danos na escadaria que estão permitindo a entrada de males do salão de graduação. Foi por causa disso que Todd Quayle teve aquele colapso. Nós só viemos aqui para consertá-los. Orion não queria que mais deles entrassem aqui e ferissem outras pessoas.

Victoria de Seattle não estava engolindo aquela história.

— Claro, ele quer mantê-los esperando lá embaixo para *nos* ferir — disse ela. — E então, Orion, você está planejando ir à graduação deste ano para nos ajudar com essa horda que você provocou? Ouvi algumas pessoas dizendo que você derrotou um grogler do tamanho de um caminhão ontem. Sabe-se lá se a gente vai conseguir sequer *descer* até lá.

— Mesmo assim vocês ainda teriam chances melhores do que um calouro recém-admitido, já que seu plano parece envolver romper essas barreiras para deixar todos eles entrarem — falei. — Vai ser o fim deste lugar inteiro. Os males vão fazer ninhos nos corredores residenciais e provavelmente vão quebrar os mecanismos de limpeza aqui em cima, como fizeram lá embaixo. As taxas de mortalidade dobrarão, ou pior. Por acaso nenhum de vocês pretende ter filhos?

— Por enquanto, vou me preocupar em conseguir sobreviver até lá, obrigada — disse Victoria. — Vocês já podem voltar lá para cima agora e descobrir onde vão querer estar. Nós vamos abrir essa parede.

— Não vão, não — disse Orion.

— Acha que vai nos impedir? — disse ela, sacudindo o chicote de fogo. Ele se incendiou instantaneamente, e sua ponta lançou Orion contra a parede com força; depois, foi se enrolando rapidamente em torno de seu corpo, dos tornozelos até o pescoço. — Peguei ele. Batam nessas paredes, basta atingi-las com qualquer coisa — disse, um pouco tensa. Orion estava se debatendo loucamente, e ela precisou de ambas as mãos para conseguir segurá-lo; definitivamente, ele não conseguiria escapar dali tão cedo. — Lev, certifique-se de ter esse puxador pronto — acrescentou. Então eu percebi que todos eles usavam cintos com um pequeno símbolo de gancho inscrito na fivela: tinham preparado um feitiço ligado em linha reta a algum outro ponto da escola, provavelmente alguns andares acima, de tal maneira que, no mesmo segundo em que conseguissem abrir uma passagem, o ativariam e seriam puxados de volta até um lugar seguro antes que os males começassem a invadir.

— Pode deixar — disse Lev, que estava na fileira da frente. Chloe abaixou-se gritando quando os garotos na retaguarda começaram a lançar as boas e velhas rajadas de fogo nos painéis que ainda estavam danificados, chamas salpicando sobre sua superfície, fazendo chover faíscas sobre nós.

— Orion! — gritou Ibrahim, correndo em sua direção: ele conjurou um feitiço de proteção nas próprias mãos e tentou afrouxar as cordas de fogo, mas o chicote era muito forte e continuou queimando a barreira que Ibrahim criara, mais rápido do que qualquer efeito positivo que ele pudesse conseguir.

Liu gritou algo em mandarim e conjurou uma barreira de proteção sobre nós, uma que era poderosa: flexionava sob os impactos, fazendo o fogo escorrer em pequenos filetes. Mas ela não era grande o suficiente para cobrir toda a parede, apenas nós três.

— A parede! — disse ela. — Vocês conseguem consertar as partes que estão sendo atingidas antes de eles conseguirem abrir uma passagem?

Aadhya olhou para mim. Eu tinha mil feitiços na ponta da língua, prontos para escapulir: poderia ter matado todos os cinco com uma só palavra ou, para variar um pouco, ter aprisionado suas mentes para transformá-los em escravos indefesos. Eu nem precisaria puxar malia para fazer isso: Chloe havia se fechado atrás de uma barreira pessoal, mas o compartilhador de energia ainda estava bem aberto, mana fluindo como um rio. Eu poderia até mesmo obrigá-los a consertar a parede para nós, e em seguida lavar o chão. Isso, é claro, se eu pudesse esfregar e limpar minha mente assim tão facilmente quando tudo acabasse.

— Vamos ter de fazer o resto da parede ao mesmo tempo — falei, séria, para Aadhya. — Você consegue alargar esse cadinho?

Ela arregalou os olhos.

— Se você derrubar a parede inteira, *alguma coisa* vai entrar!

— Se isso acontecer, nossos amigos veteranos serão puxados, e então Orion vai poder resolver esse problema para nós. Será que a etapa da mistura de carbono funciona de uma vez só?

Aadhya engoliu em seco, mas assentiu.

— Sim, o processo tem uma diminuição… bem, sim — disse, cortando sua própria explicação instintiva. Ela agarrou o cadinho e o virou com força e destreza, alargando-o até o tamanho máximo. — Pronto.

Fiquei de pé e apontei para a parede, dissolvendo todos os quatro painéis restantes em uma poça de ferro derretido.

Até aquele momento, nada viera em nossa direção. Quando terminei de arrancar o resto dos painéis, o motivo para isso ficou assustadoramente claro. Uma das rajadas de fogo dos veteranos se infiltrara na abertura que surgira, espalhando belos reflexos cintilantes por toda a placa lisa e blindada no alto da cabeça de um argonete que preenchia todo o espaço de um poço de manutenção que havia do outro lado. Tinha os olhos fechados, aparentemente tirando uma soneca tranquila antes de retomar sua invasão. Uma pequena garra, com cerca de trinta centímetros, descansava no topo da escada do poço. Deve ter sido um aperto forte quando se levantou. Nas laterais de sua cabeça havia listras de uma gosma iridescente que me pareceu familiar: ele certamente usou aquele grogler como lubrificante.

— Ai meu Deus — disse Chloe, fracamente. O argonete arregalou primeiro um, depois seis e, por fim, todos os nove olhos, percebendo que o jantar fora servido mais cedo, e começou a se esgueirar para dentro.

— Lev! — gritou um dos garotos, e de repente um forte estalo ressoou no ar quando ele ativou o puxador e foram todos sugados escadaria acima, todos os cinco, incluindo Victoria e seu chicote de fogo. Este até chegou a se esticar por um instante, mas ela deve ter continuado concentrada naquilo porque, no lugar de afrouxar, ele também puxou *Orion*, que seguia enrolado, além de Ibrahim, que estava tentando soltá-lo. Alguns instantes depois, pude ouvir vagamente Ibrahim gritando de algum ponto lá em cima: provavelmente conseguira se soltar e acabou caindo.

— Coloquem a parede de volta! Coloquem a parede de volta! — gritou Chloe. Então, ela se virou e subiu correndo as escadas. Aadhya já havia esvaziado todo o saco de fuligem no cadinho e misturava aquilo desesperadamente, mas o aço ainda não estava pronto. O argonete contorcia sua mão enorme e cheia de garras pela abertura, esticando-a para tentar agarrar Aadhya antes mesmo que seu cotovelo aparecesse.

Para nossa sorte, Chloe não cortou o suprimento de mana. Eu apontei minha mão para o argonete e recitei uma maldição de quarenta e nove sílabas que foi utilizada há alguns milhares de anos para desintegrar um dragão que guardava um templo sagrado em Kangra, por um grupo de maleficentes que queria reivindicar o suprimento de um misterioso pó arcano desse templo. Esse pó nada mais era que as próprias escamas do dragão, informação que os sacerdotes poderiam ter compartilhado mais amplamente, a fim de evitar esse tipo de empreitada equivocada.

O argonete pareceu confuso quando suas garras começaram a se esfarelar. Acho que ele não entendeu que estava se desintegrando, porque continuou tentando entrar. Felizmente, meu feitiço ganhou força mais rápido do que aquela criatura toda comprimida conseguia se mover e, quando a cabeça se precipitou pela abertura no lugar do braço, a desintegração já alcançava seu pescoço. Eu fui até mesmo capaz de me esticar para arrancar um dente meio solto, do tamanho de um punho fechado, da boca dele, logo antes do feitiço dissipar o resto da mandíbula.

Aadhya e Liu vieram até a beira do buraco e ficamos as três olhando boquiabertas para aquilo, Aadhya segurando o cabo comprido de seu misturador. A linha de desintegração foi descendo e descendo por aquele corpo enfiado no poço, revelando muito mais do que qualquer um precisaria saber sobre o interior de um argonete. Então, Liu suspirou e disse:

— Rápido! Rápido!

Foi aí que eu percebi, é claro, que assim que aquela rolha se desintegrasse do gargalo...

Aadhya se virou e continuou a trabalhar na carbonização. Liu se manteve tensa ao lado da abertura, colocando seu feitiço de proteção sobre o poço. Um pouco depois, ela deu um grito de pavor: um pequeno bando de picanços não quis esperar o argonete se dissolver completamente, devorando partes dele para abrir um caminho *através* de seu corpo. Em seguida, tentaram sair voando do poço, batendo contra a barreira de Liu como pardais em uma janela de vidro demasiadamente limpa, e imediatamente começaram a atacá-la violentamente com seus bicos furta-cor reluzentes.

Não podíamos fazer nada além de continuar trabalhando. Então, Aadhya gritou:

— Pronto!

Ela fez o cadinho levitar até o topo da abertura e inclinou-o; quando o metal líquido escorreu, entoei o feitiço de alteração novamente e forcei-o a assumir a forma de uma chapa maciça, que se estendia perfeitamente de uma borda a outra da parede.

Um picanço conseguiu abrir um buraco grande o suficiente para se esgueirar através da barreira de proteção de Liu e disparar pela última fresta enquanto eu selava a parede, deixando uma pena da cauda presa na junção. Aadhya já estava ofegante, mas soltou um feitiço de proteção próprio que provavelmente chegaria tarde demais para impedir que uma de nós perdesse ao menos um quilo de carne, mas o picanço voava tão depressa que nem se deu ao trabalho de recuar para vir até nós: em vez disso, continuou seguindo em frente, subindo as escadarias em direção ao buffet livre lá em cima, piando com entusiasmo.

Foi uma péssima escolha: poucos segundos depois de desaparecer de vista, enquanto nós seguíamos boquiabertas, ainda tremendo com a adrenalina no sangue, seus pios se transformaram, repentinamente, em um grito lancinante; então cessaram, sendo substituídos pelo barulho horrível, cada vez mais alto, de algo sendo arrastado e chacoalhado. Antes que pudéssemos nos recompor para fazer qualquer coisa, Orion surgiu dobrando a curva, surfando escadaria abaixo em uma bandeja de vapor, nos derrubando como pinos de boliche.

Vendo pelo lado positivo, a nova parede de aço resistiu muito bem. Ela já havia adquirido aquela sensação levemente ensaboada de artifício protegido: o reparo foi integrado aos feitiços gerais de proteção da escola e todos os danos foram corrigidos. Eu podia afirmar isso com segurança, já que minha bochecha estava comprimida contra o metal com tanta força que eu conseguia literalmente sentir os gritos e lamentos desaparecerem do outro lado, à medida que o restante dos males era rechaçado de volta para baixo, além de ouvir um ruído grave, algo como *"gronk-chunk-gronk"*, proveniente de algum tipo de mecanismo de proteção ainda mais abaixo.

— Ai — disse Liu, ao meu lado.

— Ui... — gemeu Aadhya, afastando-se de nós. Ela teve que se atirar em nossa direção para não ser derrubada sobre seu próprio cadinho, ainda quente, que a teria queimado até ficar crocante. Sentou-se e olhou para ele, consternada: o canto direito havia sido totalmente esmagado contra a parede. — *Caramba.*

— Hã... me desculpe — disse Orion, de pé no meio de nós. Segurava o picanço morto em uma das mãos e a bandeja amassada na outra. *Ele* tinha a situação sob controle. — Tentei chegar aqui o mais rápido que pude.

— Lake, qualquer dia desses eu vou te matar — falei, com o lado da minha boca que não estava pressionado contra a parede.

— Então... — disse Liu, olhando para mim, um pouco hesitante, enquanto mancávamos escadaria acima. Orion, que estava logo atrás carregando o cadinho, agora em seu tamanho natural, pois não era mais possível dobrá-lo, ficou se desculpando várias vezes com Aadhya, que sabia muito bem como tirar vantagem de uma situação e que, sem dúvida, sairia dessa com suprimentos mais do que suficientes para compensar o cadinho, além do cadáver do picanço, que Orion já havia lhe dado. O bico provavelmente iria para o alaúde de sirenaranha, e eu também já lhe dera o dente do argonete para a cravelha. Ele ficará tremendamente poderoso quando finalizado.

— Sua afinidade... — continuou Liu.

— Basta pensar naquela versão do "me amar e se desesperar" — respondi.

— Quê?

— "Todos devem me amar e se desesperar!" — ela me olhava, confusa. — Galadriel? De *Senhor dos Anéis*?

— Esse é aquele filme com os hobbits? Eu nunca assisti. É daí que vem seu nome?

— Liu, fico muito feliz por sermos amigas — respondi, em parte porque parecia uma boa oportunidade de falar isso em voz alta. Se ela não quisesse acreditar, aquilo poderia passar como uma piada. Mas, na verdade, eu falei sério e com bastante sinceridade em ambos os sentidos. Eu também nunca vi os filmes. Mamãe lia os livros para mim em voz alta do início ao fim, uma vez por ano, desde que eu nasci, mas ficou decepcionada com a violência dos filmes e não me deixava assisti-los. Todas as outras pessoas da vila assistiram, no entanto. Já ouvi muitos comentários sagazes a respeito das diferenças.

Mas Liu me deu um sorriso breve e tímido.

— Eu captei a ideia — disse ela. — Mas... sem malia — não era uma pergunta.

— Isso — respondi, com um suspiro profundo e vigoroso. — Sem malia. Nem um pouco. Eu não... conseguiria usar só um pouco — encarei-a de forma significativa.

Seus olhos se arregalaram um pouco por um instante; então, ela os abaixou, colocando os braços em volta de si, esfregando-os próximo aos ombros.

— Ninguém consegue — disse, baixinho. — Não de verdade.

Chloe estava descendo as escadas e nos encontramos. Ela havia corrido para o andar da alquimia e tirado Magnus e outros dois garotos de Nova York da seção de laboratório, então eles recrutaram basicamente toda a turma para ajudar. Ou isso, ou apostaram em ter uma grande multidão ao seu redor para tentar chegar aos portões e escapar. Sua expressão de total espanto quando nos viu e deixou escapar um "Meu Deus, vocês estão vivos!" teria sido ofensiva se ela não parecesse contente, pelo menos um pouco.

Todos queriam desesperadamente saber o que havia acontecido, mas era tanta gente que ninguém descobriu nada por um tempo, já que eles não podiam ouvir nossas explicações devido à algazarra das vozes sobrepostas fazendo as mesmas perguntas. Por fim, tive de colocar as mãos em concha sobre a boca e gritar:

— A escadaria está *selada*. Não tem nada subindo! — isso atendia à principal urgência da maioria das pessoas, o que acalmou um pouco as coisas.

— O que aconteceu com o argonete? — perguntou Chloe, quando todos começaram a subir em massa pela escadaria: ninguém voltaria para as aulas àquela altura e já era quase hora do jantar. Ela engoliu em seco e acrescentou apressadamente, sem me encarar nos olhos: — Sinto muito por... Eu achei que seria melhor buscar ajuda...

— Liu levantou uma barreira de proteção, e Aadhya e eu consertamos a parede a tempo.

Não disse a ela que estava "tudo bem"; tenho certeza de que era isso que ela queria ouvir. Eu estava certa sobre Chole não ter nenhum interesse naquele acordo. Ela fugiu, exatamente do mesmo jeito que qualquer aluno de enclave fugia quando coisas ruins aconteciam, deixando suas comitivas para sofrer com as consequências. Era para isso que eles tinham essas comitivas, e os alunos entravam nelas porque estavam desesperados por uma saída durante a graduação e não tinham mais nada para oferecer que convencesse um enclavista a recrutá-los. Seus corpos serviam como escudos e, se porventura conseguissem durar até a graduação, ao menos os mais dedicados entre eles receberiam convites para um lugar nas alianças dos alunos de enclave. Então não estava "tudo bem", e ela que percebesse isso sozinha.

Ela não pediu por aquela mentira consoladora outra vez. Apenas disse, calmamente, antes de voltar para onde Magnus estava:

— Estou muito feliz por você estar bem, de verdade.

Capítulo 12
A HORDA DE GRADUAÇÃO

O SINAL QUE ANUNCIAVA O JANTAR ainda não havia tocado; a fila não estava aberta. Mas estávamos em número tão grande que nem precisávamos nos preocupar, como você normalmente faria se tentasse ir sozinho ao refeitório enquanto as aulas ainda estivessem acontecendo. Juntos, conseguimos seis mesas, fizemos perímetros e verificações em todas elas, nos sentamos para esperar a comida ficar disponível e ficamos fofocando.

— O que aconteceu com nossos amigos veteranos? — perguntei a Orion.

— Se esconderam em algum lugar da biblioteca, acho — disse ele. — Consegui me livrar do feitiço do puxador no patamar deste andar, mas eles continuaram subindo as escadas.

— Eles voltarão lá embaixo para tentar destruir seu trabalho dez minutos depois do jantar — disse Magnus. Ele e Chloe haviam se sentado à nossa mesa. Apesar disso, ele só falava com Orion; pronomes podem ser ambíguos, mas, neste caso, o "*seu*" que antecedia "*trabalho*" claramente pretendia ser singular. — Precisamos convocar um tribunal para lidar com eles.

Não importa o quanto as aulas de literatura tentem te convencer a respeito do *Senhor das Moscas*, essa é uma história tão realista quanto a origem do meu nome. Os alunos não perdem a cabeça em massa por aqui. Todos nós sabemos que não podemos nos dar ao luxo de entrar em brigas estúpidas uns com os outros. As pessoas se descontrolam o tempo todo, mas se isso se mantiver por algum tempo, alguma coisa faminta sentirá isso e, por tabela, encontrará você. Se alguém tenta organizar uma coisa especialmente preocupante, uma gangue de maleficentes, por exemplo, e outros alunos descobrem, mas não têm poder suficiente para detê-los por conta própria, eles podem convocar um tribunal, que é apenas uma palavra pretensiosa para ficar em cima de uma mesa no refeitório na hora das refeições, gritando que Tom, Dick ou Kylo passaram para o lado sombrio e pedindo a ajuda de todos para impedi-los.

Mas isso não é *justiça*. Não há nenhuma mão invisível da lei que virá puni-lo solenemente se você agir com maldade. Todd ainda estava por aí, assistindo às aulas, comendo; talvez até mesmo dormindo, embora não muito bem, espero. Se alguém está lhe causando problemas, isso é com você; se é você quem está causando problemas para os outros, isso é com eles. E todos vão ignorar qualquer situação que seja remotamente ignorável, porque todos têm seus próprios problemas. Só vale a pena convocar um tribunal se você puder esperar, com alguma razoabilidade, que todos os outros na escola venham a concordar instantaneamente que existe uma ameaça clara e iminente às suas vidas por parte da pessoa que você está acusando.

O que não era o caso nesta situação.

— Os veteranos vão ficar do lado *deles* — disse Aadhya, já que Magnus, aparentemente, precisava que isso fosse dito.

Ele não gostou nem um pouco. Imagino que tenha sempre alimentado levianamente a suposição de que poderia convocar um tribunal caso percebesse, em uma ocasião qualquer, uma ameaça iminente à *sua* vida, e que, naturalmente, todos concordariam: tal qual Chloe com seus pedidos de reparação.

— Os veteranos não podem se aproveitar do resto da escola — disse ele, na defensiva. — Além do que, eles não têm condições de lutar uma semana antes da graduação.

— Nós também não — eu disse. — Que vantagem isso nos traria? Aqueles cinco vão se formar em uma semana. Você quer puni-los por tentarem aumentar suas próprias chances às custas dos outros? Eu consigo pensar em algumas pessoas do nosso ano que fariam o mesmo — ele me olhou boquiaberto, chocado por eu ter sequer insinuado algum paralelo.

Orion não opinou e foi se levantando. A fila tinha acabado de abrir, e todos nos dirigimos para obter a recompensa da virtude, a saber, sermos os primeiros a chegar a um bufê repleto de comida quente e fresca. Orion se adiantou e verificou a fila, matando alguns males no caminho, e todos nós saímos com as bandejas transbordando. Ninguém falou mais nada durante o jantar: aquela era provavelmente a melhor refeição que qualquer um de nós havia tido em um ano, para não dizer nos últimos três, e isso valia até mesmo para os enclavistas.

O restante da escola foi nos rodeando. Ali pela metade da refeição, aquele nosso ambicioso grupo de veteranos até chegou a descer cautelosamente da biblioteca: acho que devem ter se cansado de ficar esperando a gritaria e o massacre. Na porta, olharam em nossa direção e se dirigiram lentamente para a fila depois de um breve debate, recebendo muitos olhares hostis, pois todos já sabiam a respeito do que eles haviam tentado fazer. Aadhya, no entanto, estava corretíssima: nenhum desses olhares hostis partiu de outros veteranos. Na verdade, quando eles saíram da fila, vagas foram disponibilizadas para todos nas melhores mesas, e eles comeram com outros veteranos a protegê-los, o tipo de coisa que você faz para alguém que minimamente tentou te ajudar de alguma forma.

— Eles *vão* tentar fazer alguma coisa — disse Magnus, lançando um olhar severo para mim. — Se a parede nova aguentar bem, devem tentar avançar nas outras escadarias. E se não partirmos para cima deles, todos os outros veteranos vão ajudar.

— Não vão, não — disse Orion, calmamente. Ele colocou as mãos sobre a mesa e começou a se levantar, mas eu já esperava por isso; dei-lhe um chute bem na parte posterior do joelho e ele gemeu em alto e bom som, caindo para trás e agarrando-se ao banco. — El, que droga, isso *dói*! — gritou.

— É mesmo? Será que doeu tanto quanto ser prensado na parede por uma bandeja de vapor? — falei, entredentes. — Esquece essa encenação pelo menos uma vez, Lake. Você não vai se graduar antes da hora.

A metade da nossa mesa que havia começado a olhar para mim virou-se para Orion, deixando-o claramente ruborizado. Qualquer pessoa pode se graduar mais cedo: basta estar nos dormitórios dos veteranos quando as cortinas se abrirem. Uma ideia quase tão boa quanto escolher não estudar em nenhuma escola, mas você é livre para arriscar.

Orion, teimoso, não se deixou convencer.

— Fui eu quem ferrou com eles...

— E também vai ferrar com a gente, se resolver privar os males de metade da turma de graduandos deste ano. Como isso pode ser uma opção melhor? Mesmo supondo que você simplesmente não acabe morrendo.

— Olha, mesmo que os veteranos não arrebentem as escadarias, os *males* acabarão fazendo isso. Se não agora, então no próximo semestre, muito provavelmente no próximo trimestre. Se eles estão famintos e desesperados a ponto de começarem a golpear as barreiras de proteção, não vão parar de fazer isso. Eu não estou só planejando tirar os veteranos daqui. Vou abater os males da graduação.

UMA EDUCAÇÃO MORTAL ✦ 257

— Os portões ficam abertos por meia hora, no máximo. Mesmo se Paciência e Fortitude não acabarem com você, você não vai conseguir matar uma quantidade suficiente de males durante esse tempo para fazer qualquer coisa a não ser abrir espaço para os menores entrarem — respondi. — Ou você está planejando fixar residência lá embaixo? Você sentiria bastante fome morando no salão de graduação, a não ser que queira começar a *comer* males em vez de sugar o poder deles. Eu sei que você está esperando que ergamos uma estátua em sua homenagem, mas isso não é motivo para agir como se fosse um bloco de pedra.

— Se você tem uma ideia melhor, sou todo ouvidos — rebateu ele.

— Eu não preciso de uma ideia melhor para saber que a sua é um lixo!

— *Eu* tenho uma ideia melhor — não era ninguém da nossa mesa falando: Clarita Acevedo-Cruz havia se aproximado e estava de pé na extremidade da mesa. Eu nunca havia falado com ela antes, mas todos nós sabíamos que Clarita era a oradora da turma dos veteranos.

Nos primeiros anos, a escola costumava divulgar classificações acadêmicas com alguma frequência. Existem quatro letreiros enormes, com bordas douradas, na parede do refeitório, um para cada turma, com os respectivos anos na parte de cima, em letras brilhantes. No final de cada trimestre, os nomes eram ordenados segundo as respectivas classificações. No entanto, essa prática incentivava maus comportamentos, como assassinar alunos que estavam indo melhor do que você. Por isso, apenas a classificação final dos veteranos aparece atualmente, no dia do Ano Novo, e o resto dos letreiros fica em branco. Todos os alunos que pretendem concorrer para orador oficial — algo que ninguém consegue sem tentar deliberadamente — procuram esconder suas notas o melhor que podem. Você pode adivinhar quem está tentando concorrer a partir da intensidade com que essas pessoas se dedicam aos trabalhos e estudos, mas é difícil saber ao certo quão bem elas estão indo. Os alunos que almejam ser o orador da turma, até mesmo aqueles minimamente dispostos a isso, precisam ter egos enormes, bem como o ímpeto dos puros-sangues campeões; se não forem também gênios loucos, serão trabalhadores tão esforçados que terão compensado tal fraqueza.

Clarita não apenas havia se tornado oradora; ela jogara esse jogo tão secretamente que ninguém sequer suspeitou que ela estava na disputa. Ela chegou até a pegar ocasionais turnos dos alunos da linha de reparação que precisavam de um pouco de tempo livre, de forma que a maioria das pessoas presumia que ela fazia parte dessa linha. Entre elas, os vinte alunos que acabaram ficando diretamente abaixo dela na classificação e que passaram suas próprias carreiras acadêmicas em rivalidade extrema, às vezes violenta, bisbilhotando os exames e sabotando os projetos uns dos outros.

Depois que a lista finalmente apareceu com seu nome no topo, a notícia circulou pela escola por dias a fio. Todos ficaram dizendo variações de "aquela garota sem graça de..." e inserindo um país aleatório de língua castelhana. Na verdade, ela vinha da Argentina, onde sua mãe fazia serviços ocasionais de reparação e manutenção para o enclave em Salta, mas levou cerca de duas semanas até que as informações corretas finalmente circulassem, porque quase ninguém sabia nada a seu respeito. Até então, ela fora fácil de ignorar: baixa, magra e com um rosto rígido, sempre vestindo — calculadamente, pensando em retrospecto — roupas discretas, em bege ou cinza.

Foi uma estratégia brilhante. Mesmo que só tivesse conseguido ficar entre os dez melhores, a surpresa de sua súbita aparição ali a teria feito parecer melhor do que alguém que almejara explicitamente o primeiro lugar o tempo todo. Três anos e meio trabalhando na sombra, fazendo turnos de reparação ocasionais além das aulas e sem nunca se gabar de nenhuma nota em um projeto ou prova: uma disciplina superior à da maioria dos adolescentes, uma vez que as notas são a única coisa com a qual você realmente se preocupa na escola. Além de sobreviver, é claro.

Tamanha disciplina foi recompensada com uma vaga garantida em Nova York. Ninguém se importava se você era chata, desde que pudesse lançar seis trabalhos sobre arcanos maiores em sequência, o que ela realizou como projeto final em seu seminário sênior. Todos sabíamos disso, já que quando finalmente sua classificação foi divulgada, ela afixou na parede ao lado de sua porta um cartaz com literalmente todas as notas que recebera nos últimos três anos e meio, de forma que qualquer um pudesse examiná-las em todos os detalhes, possivelmente para compensar toda a autopromoção que não havia feito antes.

Pena que ela acabou ficando com Todd em sua equipe. Orion não queria comentar muito a respeito, mas pude concluir que o pai de Todd realmente tinha um cargo alto no conselho do enclave, e ao contrário do que Chloe havia me prometido na biblioteca, os outros veteranos de Nova York na mesma equipe que ele aparentemente estavam relutantes em abandonar seu queridinho. Muito provavelmente ele controlava ao menos um ou dois dos melhores artefatos defensivos que planejavam usar. E Clarita não votaria, a menos que quisesse se livrar da aliança toda e, com ela, de seu lugar garantido que não conseguiria substituir assim tão perto da graduação.

Mas estar amarrada a Todd não era culpa dela, e nenhum de nós precisava de qualquer incentivo para levá-la a sério. Todos que estavam nas mesas mais próximas pararam de sussurrar entre si, esforçando-se para conseguirem ouvi-la.

— Eu fiz os cálculos — disse ela para Orion. — Na biblioteca, existem registros dos alunos admitidos e dos graduados. Você salvou seiscentas vidas desde que entrou na escola — o silêncio se espalhou ainda mais, seguido por uma onda de sussurros das pessoas repetindo aquela informação. Eu sabia que ele salvara um número ridiculamente alto de alunos, mas não sabia que eram *tantos*. — Foram mais de trezentas só este ano. É por isso que estamos *todos* famintos, e não apenas a maleficência. As travessas de comida não deveriam estar vazias para quem chega aqui antes do sinal tocar.

Orion se levantou para encará-la, sua mandíbula contraída.

— Eu não me arrependo.

— E faz *muito bem* — disse ela. — Só um cretino se arrependeria. Mas esta é a quantidade de mana que nós precisamos pagar. Restam novecentos veteranos. Em um ano normal, metade de nós poderia esperar conseguir sair daqui. Mas se tivermos que pagar sozinhos por todas essas vidas que você salvou ao longo do ano, estamos falando de menos de cem sobreviventes. Não é justo que nossa turma carregue esse fardo.

— Então nós devemos deixar os males entrarem na escola? — disse Chloe. — Daí todos vocês escapam, todos os calouros morrem e *continuam* morrendo até que a escola feche completamente para que eles, se puderem, possam fazer um extermínio completo. Como isso pode ser justo?

— Claro que não é justo — cortou Clarita, incisiva. — Se nós saíssemos dessa forma, por cima de seus cadáveres, seria o equivalente a malia, quer recebêssemos ou não a punição direta por isso. E *a maioria* de nós não quer.

Ela não chegou a se virar na direção de Todd para olhá-lo do outro lado da sala, mas a ênfase não escapou a ninguém. Eu estaria furiosa com ele se estivesse no lugar dela: três anos e meio se arrastando até o topo da montanha, para isso. Não só ela precisaria se preocupar com o quão descartável Todd achava que *ela* era, como sairia daqui com uma reputação vinculada diretamente a ele. Todos pensariam nela sempre como a oradora de turma que escolheu ficar com um trapaceiro, ainda que na verdade ela não tivesse muita escolha.

— *Eu* não quero — acrescentou ela. — Mas nós também não queremos deixar que vocês comprem suas vidas com as nossas. É isso que tenho escutado os veteranos dizerem. Não, vamos abrir a escola sim, mas por que não fazemos você e sua turma se graduarem conosco? A maioria das vidas que Orion salvou são da turma de vocês.

Chloe estremeceu nitidamente, e muitos outros alunos à nossa mesa ficaram tensos.

— E então? — continuou ela, agitando as mãos em um gesto dramático — Vocês estão todos dispostos a fazer isso, graduar-se antes da hora para salvar os pobres calouros? Se não estiverem prontos, já podem parar com esse papo de sermos malvados por não querermos morrer. Isso não ajuda ninguém. Nós sabemos o que deve ser feito se não quisermos pagar com sangue. Vamos ter de pagar com *trabalho*.

Clarita se voltou para Orion.

— Somos mais de quatro mil aqui dentro neste exato momento. Dez vezes mais bruxos do que aqueles que construíram a Scholomance, para começo de conversa. Temos pouco mais de uma semana. Todos nós trabalhamos, produzindo mana, e você desce com tudo o que conseguirmos gerar até o salão de graduação e usa-o para consertar os mecanismos de limpeza lá embaixo. Isso limparia o salão inteiro antes de nos graduarmos, o suficiente para evitar que toda a nossa turma tenha que morrer. Porque nós teremos pago essa dívida juntos.

Ela teve de levantar a voz para finalizar: de repente, uma falação enorme havia tomado conta de todo o refeitório.

Seu plano certamente soava bem aos ouvidos. Se você deixasse de lado o desafio que é *chegar* até o equipamento de limpeza lá embaixo, o desafio de consertá-lo estava longe de ser intransponível. Não precisaríamos inventar nada novo. Os modelos detalhados da escola inteira, que estão por toda a parte, incluem os motores que geram os paredões de chamas mortais para a limpeza. Os melhores artífices seriam bons o suficiente para criar as peças de reposição sem maiores problemas, enquanto os melhores alunos da linha de reparação seriam capazes de instalá-los.

Você podia ouvir a mudança no tom das vozes ali indicando que todos estavam começando a ficar *empolgados* com aquela ideia. Se nós realmente conseguíssemos ativar aquele fogo purificador no salão da graduação, não seriam só os veteranos desse ano a obter os benefícios. Haveria menos males na escola por anos a fio, e a limpeza poderia ser executada novamente para a nossa graduação, assim como para a dos alunos do segundo ano.

Infelizmente, você não pode deixar de lado o desafio de chegar ao equipamento. Ele parou de funcionar pela primeira vez em 1886. A ideia original que os enclaves tiveram para a manutenção da escola era que várias equipes remuneradas de bruxos passassem pelos portões da graduação de tempos em tempos e fossem subindo os andares: só rindo mesmo. A primeira equipe de reparos enviada nunca voltou e tampouco consertou nada. Uma segunda equipe, muito maior do que a anterior, conseguiu, de fato, consertar os equipamentos, mas apenas dois deles retornaram e com uma história apavorante para contar. Naquela época, o salão da graduação já era o lar de nossas Calamidades mais antigas, além de centenas de outros horrores extraordinários, uns tipos espertos o bastante para perceber que, uma vez atravessados os portões, poderiam simplesmente ficar zanzando pelo salão e esperar por um banquete anual de bruxinhos jovens e tenros. E a limpeza voltou a falhar em 1888. Haviam barreiras protegendo o maquinário, mas, de alguma forma, os males continuaram conseguindo atravessá-las. Imagino que não tivessem muito o que fazer ao longo do ano a não ser ficar lá embaixo golpeando coisas.

Àquela altura, não faltavam recriminações circulando entre os enclaves, e o próprio Sir Alfred liderou pessoalmente uma grande tripulação de heroicos voluntários para instalar o que ele insistia ser um reparo permanente. Ele era, então, o Patriarca de Manchester, posição que adquirira por ter construído a escola, e era consensualmente tido como o bruxo mais poderoso de seu tempo. Foi visto pela última vez avançando, aos gritos, em direção à Paciência, ou talvez fosse Fortitude — os relatos das testemunhas diferem quanto ao lado do portão em que a Calamidade se encontrava —, junto com cerca de metade de sua equipe. Seu reparo "permanente" foi destruído de novo, três anos depois.

Houve algumas outras tentativas de grupos de pais desesperados com filhos graduandos, mas todos acabaram com pais mortos e conserto nenhum. Manchester estava mergulhado em caos com seu Patriarca e vários dos conselheiros mortos; lamentos dolorosos se faziam ouvir entre os enclavistas do mundo inteiro. As pessoas falavam sobre abandonar completamente a escola, mas com isso também voltariam ao ponto de partida, e com mais da metade de seus filhos mortos. No meio disso tudo, o enclave de Londres organizou um golpe, assumiu o controle da Scholomance e dobrou o número de vagas, tornando os quartos dos dormitórios significativamente menores e abrindo a escola também para estudantes independentes. Mais ou menos no mesmo espírito dos veteranos que queriam levar nossa turma para a graduação.

Funcionou maravilhosamente bem. Os alunos de enclave conseguem sair vivos quase todas as vezes, com uma taxa de sobrevivência oscilando geralmente em torno de oitenta por cento, uma melhoria substancial em relação aos quarenta por cento que têm se ficarem em casa. São tantos bruxos mais fracos e menos protegidos à volta deles, mesmo no salão da graduação, que os males não conseguem agarrar *todos* os salmões nadando contra a corrente. E essa foi a melhor solução que os bruxos mais brilhantes e poderosos do último século, e além, foram capazes de inventar. Desde aquela ocasião, nenhum deles tentou consertar o maquinário de limpeza.

Mas nenhum daqueles rostos animados, felizes e satisfeitos ali no refeitório, todos olhando com admiração para Clarita, o gênio que bolara aquele plano, questionou por um segundo sequer a ideia subjacente de que Orion lhes pertencia, que era deles a ponto de ser colocado no anzol e de alguma forma fazer aquilo acontecer. Nem mesmo o próprio Orion, que, percebi, estava prestes a concordar, tão logo sua própria surpresa tivesse desaparecido.

Eu me levantei, arrastando a cadeira para trás deliberadamente, antes que ele o fizesse.

— Você em algum momento planejava pedir com gentileza? — perguntei, bem alto. Clarita e Orion se viraram para me olhar. — Desculpe, só queria saber se cabe um "*por favor*" nessa sua ideia brilhante que depende inteiramente do Lake aqui colocar sua cabeça a prêmio por todos nós. Ele salvou seiscentas vidas e agora precisa salvar mais para compensar, é isso? Alguém aqui pode me dizer pelo menos uma única ocasião em que ele recebeu alguma recompensa por salvar qualquer um de nós? — varri o local com um olhar tão furioso que um punhado de alunos que cometeram o erro de me encarar de volta estremeceram, baixando rapidamente os olhos.

— Ele nunca me pediu nada por isso — continuei —, e já estou na décima primeira vez. Mas tudo bem, porque ele vai descer até o salão de graduação por conta própria e consertar os mecanismos de limpeza. Uma mão para os trabalhos e a outra para dar conta dos males, suponho? Isso parece um pouco inconveniente. De qualquer forma, como, exatamente, ele deveria fazer os reparos? Ele não está na linha de artifícios e não fez nem mesmo um único turno de reparação.

— Vamos construir um golem para ele... — começou Clarita.

— Certo, um golem — falei com desprezo. — Afinal, os poderosos certamente nunca pensaram em tentar isso. Nem abra a boca para mim, seu lêmure gigante — descarreguei em Orion, que mal começara a me olhar e a abrir a boca. — Ninguém, nem mesmo você, vai conseguir sobreviver indo lá sozinho, e um golem não vai resolver a situação antes de você ser dominado. Isso não é heroísmo, é só suicídio. E, depois que você estiver morto, todos nós estaremos aqui, com os veteranos em uma posição muito melhor para decidir o que deveremos fazer — isso fez ecoarem diversos murmúrios baixinhos.

Clarita apertou ainda mais sua boca já bem fina. Sim, aquela perspectiva em específico também habitava seus pensamentos, e ela não pareceu gostar de eu tê-la exposto.

— Talvez você esteja certa — disse. — Se ele precisa de ajuda, nós deveríamos organizar um sorteio das pessoas cujas vidas ele já salvou para irem junto. Talvez *você* devesse ir, já que foi salva onze vezes.

— Eu posso fazer isso sozinho — colocou Orion, inutilmente. — Eu consigo manter os males longe de um golem.

— Ele desmoronaria antes de você chegar na metade do salão. E é isso mesmo, *eu vou* — acrescentei para Clarita, que franziu a testa; ela obviamente estava tentando me fazer recuar. — Mas nós não vamos descer lá sozinhos para sermos devorados enquanto lutamos e também não vamos ter nenhum sorteio. Se for para fazer isso *funcionar*, os veteranos precisam ir junto, os melhores entre eles. Só assim teremos alguma chance de conseguir fazer os reparos, com Orion mantendo os males afastados e toda a quantidade de mana da escola à nossa disposição.

Não sei se a proposta de Clarita era outra coisa que não uma medida desesperada e inteligente que, na pior das hipóteses, poderia ser uma forma de se livrar de Orion. Mas a esperança é uma bebida bem forte, especialmente quando se consegue alguém que a compre para você. Um grupo de veteranos do enclave de Berlim estava cochichando bastante entre si; quando terminei, um deles subiu no banco da mesa e falou em voz alta, em inglês:

— Berlim garantirá um lugar para quem for com Orion! — ele olhou para as mesas de Edimburgo e Lisboa perto da deles. — Algum outro enclave fará a mesma promessa?

A pergunta correu pela sala, sendo traduzida em algumas dezenas de idiomas nesse meio tempo, com os enclavistas veteranos imediatamente reunindo-se para discutir; um após o outro, os representantes de praticamente todos os enclaves foram se levantando para assinar embaixo. Isso alterou dramaticamente a equação. Os melhores alunos passaram carreiras inteiras na Scholomance tentando fazer exatamente esse tipo de acordo com os enclavistas: sua ajuda para lutar contra os males na saída em troca de um lar do outro lado dos portões. E a maioria deles *não havia conseguido* qualquer garantia pelos seus esforços. Os três primeiros, sim, mas a ralé abaixo disso teria que se contentar com alianças e esperanças, a menos que tentasse garantir lugares nos enclaves menores, e mesmo estes só estariam disponíveis para os dez melhores. É por isso que a competição para orador era tão acirrada.

Entretanto, todos os alunos da linha de reparação estavam presos a um tipo diferente de acordo: os melhores dentre eles provavelmente conseguiriam um lar, mas eles já haviam feito um monte de trabalhos menores e continuariam fazendo isso pelo resto de suas vidas. Seus filhos conseguiriam ser enclavistas, não eles. Um acordo como aquele, portanto, significava uma oportunidade única para *eles*, uma da qual haviam abdicado desde o primeiro ano.

Qualquer um poderia te dizer o que os veteranos estavam pensando a respeito daquilo e em qual enclave eles gostariam de viver; bastava observar para qual das mesas suas cabeças se viravam. Havia muitos deles. A própria Clarita estava olhando estreitamente, não para a mesa de Nova York, onde uma das veteranas se levantou para anunciar que eles estavam dentro, mas para uma das mesas nas margens, onde Todd ainda estava sentado com sua patética comitiva de calouros.

Todos nós chegamos à última semana do ano letivo — *semana infernal* ganha todo um novo significado aqui — com planos bem delineados, mesmo se não formos graduandos. Além das provas e trabalhos finais, dos projetos e de toda a maleficência cada vez mais animada, tudo isso atingindo um ápice, esse período também se caracteriza como o mais intenso para as negociações. Todos os veteranos estão vendendo tudo aquilo que possuem e de que não vão precisar para escapar do salão de graduação; enquanto isso, todos os outros estão vendendo as coisas de que não precisam mais ou que podem substituir por algo melhor com um graduando que esteja de partida. Todos aqueles que podem estocar bens ou mana para as negociações de fim de ano estão em frenesi, correndo para lá e para cá para fazer trocas importantes; e todos que não podem também estão em uma frenética correria, tentando desesperadamente encontrar qualquer oportunidade para fazer ao menos pequenas trocas.

Eu estava ansiosa para obter algum sucesso, pelo menos uma vez na vida. Além do leilão que Aadhya organizaria para mim, eu já negociara um pouco de mercúrio com alguém do segundo ano na

UMA EDUCAÇÃO MORTAL ✦ 267

linha alquímica em troca de um cobertor meio queimado, que a pessoa havia substituído por um outro cobertor ao trocar um pequeno frasco com três gotas de uma poção de vitalidade com um veterano. Eu seria capaz de desfiá-lo e tricotar uma blusa nova, absolutamente imprescindível enquanto estivesse gerando mana.

Isso pode até soar como uma coisa ridícula com a qual se preocupar nesta época do ano, mesmo em circunstâncias mais normais, quando cada hora traz uma nova erupção de maleficências, às vezes literal, a exemplo das flores berrantes que explodiram em todas as pias do banheiro feminino mais próximo na sexta-feira de manhã. Só que, em qualquer outra época do ano, uma nova blusa me custaria seis fichas da lanchonete, supondo que eu realmente conseguisse uma, em vez de ter que sacrificar metade do meu cobertor e dormir parcialmente descoberta, o que, por sua vez, e na melhor das hipóteses, garantiria as mesmas mordidas dilacerantes de um ekkini que aquele pobre, ou melhor, sortudo estudante do segundo ano levou em uma faixa larga costurada na parte frontal de suas meias três quartos desgastadas e manchadas; na pior das hipóteses, você seria picado e anestesiado por um escorpião e devorado vivo. Se você não se sair bem o bastante nessas negociações de final de ano, pode estar se metendo em um buraco potencialmente fatal.

Claro, eu agora estava no meio de um planejamento para me enfiar em um buraco potencialmente muito *mais* fatal, o salão de graduação. O lado bom, quer dizer, o lado um pouco menos pior disso, era que eu estava livre dos exames finais. Eu já estava quite com a oficina, e Liu se ofereceu para finalizar meu trabalho de história para mim; Chloe havia organizado um grupo de alunos da linha alquímica para terminar minhas tarefas finais de laboratório, bem como as de Orion, e o idiota conhecido como Magnus ao menos foi útil, ordenando a algumas pessoas que fizessem as nossas provas de matemática e de línguas. A escola sempre vem atrás de você se os trabalhos não forem feitos, mas não dá a mínima se você trapacear. Não assisti nenhuma das minhas últimas aulas na sexta-feira, exceto Estudos de Maleficência, e de qualquer forma só para poder olhar fixamente, provavelmente por certa morbidez de espírito, o mural gigante que representava o salão de graduação. O único alívio que isso me deu foi o de perceber que, pelo menos, eu não precisaria me aproximar de uma Calamidade. O maquinário ficava na extremidade oposta aos portões.

Passei o resto do dia fazendo preparativos.

— Prometo que *vou* fazer a caixa de livros para vocês, assim que tivermos terminado essa loucura toda, que não é tão importante quanto vocês — falei para os sutras, acariciando a capa como um pedido de desculpas, antes de entregá-los a Aadhya: ela seria a babá do livro para mim. — Só preciso ajudar a salvar a vida de todos, só isso.

Um pouco exagerado, talvez, mas é melhor prevenir do que remediar. O livro se manteve fora de circulação por mais de mil anos, provavelmente com dezenas de bibliotecários de enclave e centenas de bruxos independentes tentando arrancar pelo menos alguns dos feitiços ali. Ainda era quase inacreditável que eu o tivesse conseguido e, agora que eu realmente havia utilizado o feitiço de agregação, estava ainda mais desesperada para continuar a traduzir o resto.

— Aadhya cuidará muito bem de você. Eu prometo.

— Sim, eu vou — disse Aadhya, aceitando-o cuidadosamente com as duas mãos. — Absolutamente nada vai acontecer com o livro enquanto você estiver fora. Vou trabalhar um pouco na base da caixa e me certificar de que seja lixada na medida certa para caber — ela colocou uma tira de seda dobrada na parte de trás dos sutras, ajeitando o pau-roxo esculpido contra ela e embrulhando tudo de volta na mochila de onde haviam acabado de ser retirados, para somente então colocá-los sob o travesseiro. Ela pousou a mão sobre ele e disse, sem olhar para mim: — El, você sabe que há muitos veteranos dispostos a se arriscar, agora que os enclaves estão oferecendo lugares garantidos.

Aquilo era algo entre uma oferta e um pedido. Eu já não estava mais por minha conta. Eu era El, em aliança com Aadhya e Liu; nossos nomes estavam grafados na parede do lado do banheiro mais próximo, embaixo da lâmpada. Isso não era pouca coisa. Era tudo, e era tudo para mim. Se eu descesse para o salão da graduação e não conseguisse sair de lá, levaria nossa aliança junto comigo. Portanto, Aadhya tinha o direito de me pressionar, de dizer que talvez eu não devesse me arriscar, e não apenas por mim mesma, mas por elas.

Só que eu não estava indo até lá como se fosse um passeio; não se tratava de diversão. Eu me envolvi nisso visando proteger a vida de todos nós e, de certa forma, estar em uma aliança comigo também significava que elas deveriam me apoiar, e talvez até mesmo me acompanhar. Na melhor das hipóteses, no dia da graduação, você tem quinze minutos entre o primeiro passo dentro do salão e o último passo para fora dos portões. Você não se junta a alguém se não estiver disposto a desviar quando ele gritar "Vire à esquerda!". Ao dizer qualquer coisa, Aadhya estava praticamente me convidando a pedir para que ela e Liu viessem junto.

Eu abracei meus joelhos na cama. Queria aproveitar aquela desculpa e conseguir salvar a mim mesma. Havia até uma pequena parte chorona e egoísta de mim que queria desesperadamente levar Aadhya ao outro lado da moeda dessa oferta. Claro que eu queria Liu e ela na minha retaguarda, e não um bando de veteranos que eu nem conhecia e que tinham uma excelente razão estratégica para me largar lá se as coisas corressem mal. Mas eu não iria colocá-las numa situação dessas. Eu tinha quase certeza de que *não* voltaria, nem eu, nem mais ninguém. Dez, talvez quinze alunos, saltando para o salão de graduação sozinhos para consertarem o maquinário? Uma chance em cem, na melhor das hipóteses. Era melhor ter ficado em Gales, no fim das contas.

Por fim, eu disse a Aadhya:

— Não posso deixar Orion ir sozinho com todas aquelas cobras da turma dos veteranos. Alguém tem de proteger a retaguarda dele. Eles vão deixá-lo salvar suas peles e, então, cortar o puxador dele, deixando-o lá embaixo para obrigá-lo a se graduar com eles. E ele não vai prestar atenção em nada além dos males.

Suponho que os veteranos realmente estejam tentando algo assim. Mas eu não estava de fato preocupada com essa possibilidade. Se nós realmente conseguirmos consertar os mecanismos, os veteranos provavelmente farão uma coroa de louros para Orion: todos estariam se graduando em um salão livre e limpo, com vagas garantidas em enclaves. Mas aquilo servia como desculpa, uma desculpa para que eu fosse, e para que Aadhya e Liu ficassem para trás.

E eu precisava ir. Porque Orion estava indo, e não havia nada que eu pudesse fazer a respeito disso. Aquele imbecil teria ido mesmo sem um golem. A única coisa que eu podia fazer por ele, e que Clarita havia exposto, tão prestativamente, era ir junto para lhe dar uma chance de lutar. E agora ele tinha uma, porque nós estávamos indo com um grupo de veteranos, alguns dos melhores, que realmente poderiam fazer o trabalho de reparação. E eu só consegui isso para ele por ter me colocado em risco.

Eu não era a heroína resplandecente da escola. E sim, todos achavam que eu namorava Orion, mas não que eu estava apaixonada por ele. Eles achavam que eu o estava *usando* e que aquilo era algo esperto da minha parte. As pessoas esperavam o pior de mim, não o melhor; quando me ofereci para ir junto, fiz parecer como se aquilo não fosse uma insanidade completa. Na cabeça delas, se eu realmente fosse, era porque tinha tomado a dura e fria decisão de que aquela era uma boa aposta, ao menos para uma garota fracassada e sem perspectivas de entrar em um enclave caso viesse a perder Orion.

Todos nós temos que apostar com nossas vidas aqui, não há escolha quanto a isso; o truque é descobrir quando vale a pena fazer uma aposta. Estamos sempre olhando uns para os outros em busca de sinais e informações. *Você* acha que aquela é a melhor mesa para se sentar? *Você* acha que essa é uma boa aula para fazer? Todo mundo quer se agarrar a qualquer vantagem que porventura conseguir. O fato de eu afirmar que iria junto significava que ao menos uma pessoa presumivelmente racional considerava ter alguma chance de escapar, e os alunos de enclave ainda adoçaram essa oferta. É por isso que agora havia mais voluntários do que vagas: porque eu havia colocado o dedo na balança.

Se eu o retirasse novamente agora, quem sabe quantos veteranos pensariam duas vezes? Eles poderiam decidir que, na verdade, eu estava jogando meu próprio jogo duplo: tentando eliminar uma dúzia dos melhores veteranos, atrasando o resto deles o suficiente para impedi-los de arrombar a escola ou arrastar minha turma junto para a graduação. Isso teria sido inteligente, agora que pensei a respeito, e certamente os gênios que viriam junto haviam pensado a mesma coisa e ficariam de olho em mim para ver se eu desistiria no último minuto.

Clarita vai, assim como o ainda ressentido David Pires: o segundo colocado, o primeiro dos últimos, ou qualquer que seja o termo utilizado para isso além de "o não orador da turma", que era exatamente como eu me sentia inclinada a chamá-lo. Ele também era um encantador, mas do tipo que não passa sua carreira acadêmica escondendo o próprio brilho, antes fazendo questão de informar a todos que lhe dirigiam a palavra por trinta segundos sobre como seria o orador da turma, ostentando cada uma de suas notas como um troféu. Ele *me* disse isso no meu primeiro ano quando, por acidente, derrubei uma de suas pilhas precariamente equilibradas de livros no salão de leitura. Ele elevou a voz e exigiu saber se eu sabia quem ele era, o que até então eu ignorava, e com o que nunca me importei muito depois. Pelo que pude perceber, ele iria junto porque não estava satisfeito com a vaga garantida que conseguira em Sidney; ele queria poder escolher. Chegar perto da posição de orador da turma realmente requeria um ego bem musculoso, mas o dele estava sob o efeito de esteroides.

Depois da primeira onda de voluntários, aquele garoto de Berlim reuniu alguns outros enclavistas veteranos de lugares maiores, aqueles que todos nós considerávamos os alunos mais poderosos, e nos amontoamos na biblioteca — inclusive Orion, por motivos óbvios; minha própria presença era apenas tolerada —, para discutir a situação de Clarita, David e o terceiro candidato óbvio, Wu Wen. Ele na verdade estava classificado como décimo quinto na turma dos veteranos e também fez o debate exigir mais traduções, porque era o único ali que não sabia falar uma só palavra de inglês. Ele o havia negligenciado, alegando que o mandarim era sua língua nativa, para poder cursar o dialeto xangainês, seu verdadeiro idioma natal, e cumprir, assim, os requisitos linguísticos. E ele quase reprovou por isso. Na verdade, passou raspando por quase todos os cursos que *não envolviam* oficina ou matemática.

Uma vez que literalmente todos os outros que estavam entre os vinte primeiros tiveram notas quase perfeitas em tudo e lutaram por isso fazendo trabalhos extras, você pode ter uma ideia do grau de excelência que ele conseguiu em seus projetos de artifícios. Ele já tinha uma vaga garantida no enclave de Bangkok, mas se ofereceu para ir com Orion no instante em que o enclave de Xangai abriu mais uma.

Eu não tive nenhuma participação nos planejamentos, exceto a de irritar ainda mais alguns veteranos enclavistas ao insistir que nós só iríamos na manhã do dia da graduação.

— Não seja ridícula — informou-me, com frieza, o aluno do enclave de Jaipur. — Vocês não podem sair de seus quartos até o sinal da manhã, e a graduação é duas horas depois disso. Nós precisamos de mais tempo. E se algo der errado?

— Então estaremos todos mortos, e os que ficarem na escola terão uma experiência pior do que o de costume nos próximos anos até as coisas se equilibrarem. Cala a boca, Lake — acrescentei para Orion, que já estava se preparando para dizer que, na verdade, ele estava pronto para fazer isso hoje à noite, ou qualquer coisa obtusa desse tipo. — Me desculpem, mas vocês não vão organizar nenhum plano de assassinato reserva no caso de nós não conseguirmos.

Isso poderia ter se transformado em mais uma briga, mas Clarita, David e Wen já não estavam mais do lado dos enclavistas: eles não seriam os beneficiários de qualquer plano reserva se nós não conseguíssemos retornar. Wen até sugeriu que quanto mais tempo tivéssemos para construir as peças e praticar a montagem, melhor.

UMA EDUCAÇÃO MORTAL ✦ 273

De resto, e de todo modo, o plano era bastante óbvio. Nós precisávamos de um grupo de artífices e de alunos da linha de reparação para construir as peças e realizar os reparos, e precisávamos de um grupo de encantadores para protegê-los enquanto o fizessem. Orion seria o fator ofensivo, saindo de trás da barreira de proteção em todas as oportunidades e, com sorte, matando males suficientes para a mantermos íntegra pelo tempo necessário para terminar o trabalho. Os alquimistas estavam sem sorte, se você preferir chamar assim. Neste caso, o maquinário talvez precisasse de um litro do lubrificante comum da escola, que os alunos de reparação preparavam em grandes tonéis.

— Eu tenho um feitiço de proteção que podemos usar — ofereceu Clarita, um pouco amargamente, o que ficou imediatamente compreensível depois que ela o pegou e compartilhou comigo e com David: ela mesma o escrevera, e eu nunca havia visto nada igual. Existem muitos feitiços de proteção que você pode fortalecer ao lançar em grupo, mas você ainda precisa canalizar a energia por meio de um conjurador primário; se essa pessoa cair, a barreira também cai. O feitiço de Clarita foi essencialmente projetado para ser lançado por várias pessoas ao mesmo tempo, visando cobrir um grupo. Ele foi tecido entre o inglês e o castelhano e era lido praticamente como uma música ou uma peça com papéis diferentes para cada conjurador: havia versos e estrofes que podíamos optar por lançar juntos ou sozinhos, encadeando-os um após o outro para que todos pudessem respirar de vez em quando. As falas nem sequer eram fixas: você podia improvisar, desde que mantivesse o mesmo ritmo e o mesmo significado como base, o que confere uma vantagem enorme para quando você estiver em uma situação de combate e não conseguir se lembrar de qual adjetivo deveria usar.

Foi, sem dúvida, um processo agonizante entregar um feitiço tão valioso para os outros em troca de nada. Ela provavelmente teria conseguido entrar em uma aliança com a força desse feitiço, mesmo que não tivesse mais nada a oferecer. Meu melhor feitiço de proteção é excelente, mas é uma barreira estritamente pessoal. E não há quem não tenha um, já que foi mamãe a inventora, e ela dá seus feitiços de graça para qualquer pessoa que pedir. Há um bruxo que vai à vila uma vez por ano para coletar os feitiços novos dela e envia cópias para muitos clientes. *Ele* cobra por isso. Eu já briguei com mamãe por ficar dando, simplesmente, os feitiços para ele, mas ela diz que o bruxo está prestando um serviço e que, se quisesse cobrar por isso, o problema era dele.

— Quatro encantadores, o que você acha? — disse David, levantando os olhos da página antes mesmo de eu terminar de ler um quarto dela.

— Cinco — respondeu Clarita, com um olhar nada lisonjeiro para mim, embora outra pessoa significasse rendimentos decrescentes: quanto maior a área a ser protegida, mais mana teríamos de usar, e mais difícil seria para Orion conseguir evitar que os males atingissem a barreira de proteção. Mas eu me mantive calada; não os convenceria a confiar em mim lhes dizendo que eu era brilhante.

O próximo encantador da lista, o de número cinco, já tinha um lugar garantido em Sacramento e não era tão doido quanto Pires, então não se voluntariou para ir junto. O número sete, contudo, era Maya Wulandari, uma garota da linha linguística proveniente do Canadá, que tinha inglês e espanhol, mas não o lugar garantido em Toronto que ela tanto queria. Esse é um dos poucos enclaves com a prática, notavelmente civilizada, de permitir que qualquer novo recruta traga toda a família consigo, o que no caso dela significava que sua irmã e seu irmão mais novos viriam para cá como enclavistas.

No entanto, esses enclaves são excepcionalmente exigentes. Se ela estivesse entre os três primeiros lugares, os alunos do enclave de Toronto poderiam ter lhe oferecido uma garantia, enquanto para os dez primeiros só poderiam ser oferecidas uma aliança e uma promessa de considerar a questão. Ela poderia muito bem garantir uma vaga para si mesma em outro lugar; em vez disso, preferiu apostar que, ao sair, seria capaz de persuadir o conselho do enclave de que ela e sua família eram uma boa escolha para eles. Agora, resolveu fazer uma aposta diferente: falou com os alunos de Toronto a respeito dessa garantia, e eles concordaram que, mesmo ela não conseguindo retornar do que nós já estávamos denominando, de maneira excessivamente dramática, de "*a missão*", a vaga seria dela, e sua família poderia entrar.

O próximo encantador entre os ranqueados mais abaixo a se oferecer, que tinha espanhol e inglês, foi Angel Torres, o número treze, por uma questão de sorte. Mais um que também não se qualificava para obter garantias de vaga em lugar nenhum, depois de três anos e meio lutando com unhas e dentes por cada nota; ele era um daqueles burros de carga diligentes e focados, do tipo que dorme cinco horas por noite, consegue dez feitiços extras por semana em seus livros e faz projetos para conseguir créditos extras em cada lição.

Isso fechava cinco de nós. Wen percorreu a lista de voluntários e escolheu cinco artífices e dez alunos da linha de reparação, ignorando inteiramente suas classificações. Todos os veteranos enclavistas deram uma fingida espiada casual nas escolhas, mas prestando muita atenção nos nomes que foram ignorados e naqueles imediatamente selecionados. Informações de especialistas sobre quais eram os melhores artífices e alunos de reparação eram difíceis de se obter; portanto, também eram extremamente valiosas, não tanto para nós, mas para qualquer enclave que estivesse recrutando. Ele obviamente deu preferência a falantes de mandarim, então não reconheci nenhum dos nomes, exceto o de Zhen Yang, aluna da linha de reparação que já chegou aqui bilíngue e fez a mesma coisa que Liu: assistiu aulas de matemática, redação e história em inglês para evitar aulas de qualquer idioma, conseguindo mais tempo para fazer seus turnos.

Todos os outros na escola passaram a semana infernal na usual combinação de pânico e frenesi, obedecendo à ordem especial de gerar mana compartilhável para a missão, três vezes ao dia, depois de cada refeição. Todos os enclaves maiores têm uma grande reserva local de mana, alimentada ao longo de gerações, da qual os enclavistas podem se abastecer. A quantidade de mana assim obtida fica escondida em algum lugar das salas de aula lá em cima ou na biblioteca, e apenas os veteranos de cada enclave sabem da localização exata. Dez dos maiores enclaves contribuíram com compartilhadores de energia para nossa pequena equipe; Chloe me devolveu aquele mesmo de antes, de Nova York, e em troca todos despejaram mana em suas baterias. Havia várias fileiras de alunos fazendo flexões no refeitório, como em um exercício de treinamento militar em que todos estavam sendo punidos.

Nosso grupo passou na oficina, também em pânico e frenesi. Os artífices sofreram mais, obviamente; eles tinham de fazer a maior parte do trabalho com antecedência. O resto de nós se dedicou a transportar suas refeições e matérias-primas, além de protegê-los da média de cinco ataques diários que os males resolveram praticar, o que ao menos serviu de treinamento, acho. Clarita ficou um pouco menos hostil comigo depois da primeira vez que conseguimos lançar seu feitiço, todos juntos, em uma sessão prática na quarta-feira. Talvez possa parecer tarde demais, visto que a graduação seria no domingo, e não deixa de ser mesmo, mas provavelmente também é tão bom quanto poderíamos esperar. Lançar um único feitiço com um grupo de pessoas não é como participar de uma aula de ioga com um instrutor que o incentiva a seguir seu próprio ritmo; está mais para ter de aprender uma dança coreografada com quatro pessoas que você mal conhece com um diretor irritado que vai gritar e o repreender se você der um único passo em falso.

Estávamos todos olhando satisfeitos para a barreira de proteção quando o grande duto de ventilação logo acima explodiu e um sibilante do tamanho de uma árvore veio se contorcendo para cima de nós: ele literalmente nos embrulhou por completo em seus membros serpenteantes e pulsantes e começou a tentar nos rasgar em pedaços, sem nenhum sucesso aparente. Confesso que gritei, e quase morri de vergonha por isso, porque nenhum dos veteranos parou de se mover por um único segundo. Todos eles passaram os últimos seis meses fazendo corrida de obstáculos no ginásio; muito provavelmente você poderia se esgueirar até um deles durante o sono e estourar uma bexiga de ar perto de seu rosto, e ele teria te matado antes mesmo de abrir os olhos.

David Pires apenas disse "Entendido" e saiu do feitiço, deixando o resto de nós segurando a barreira; ele respirou fundo para algo que certamente teria sido uma conjuração impressionante, mas, antes mesmo de começar, Orion rasgou o sibilante como se estivesse abrindo as cortinas de um palco e arrastou sua massa flácida para longe de nós.

Na sexta-feira, quando nós cinco erguemos a barreira protetora, ela parecia quase tão forte quanto a parede que havíamos reformado lá embaixo, nas escadarias. Enquanto estávamos todos nos parabenizando, a equipe de reparos inteira começou a gritar bem alto e passou a pular para cima e para baixo, se abraçando. Depois de uns cinco minutos insistindo em altos brados para que eles nos dissessem o que havia acontecido, Yang e Ellen Cheng, do Texas, outra falante de inglês, explicaram que Wen havia acabado de descobrir uma maneira de separar as partes em três peças desmontáveis. Eles seriam capazes de construí-las aqui e instalá-las em menos de cinco minutos.

Todos os veteranos da equipe subitamente perceberam que nós tínhamos chances *decentes* de sobreviver e, se de fato conseguíssemos, eles sairiam da Scholomance como heróis radiantes, com vagas garantidas em qualquer enclave que desejassem. Com o dia da graduação batendo à porta, os alunos da linha de reparação estavam competindo ferozmente para ver quem era o mais rápido: para manter a barreira de proteção o mais firme possível, apenas os quatro mais rápidos entre eles — dois para fazer o trabalho e dois reservas, no caso de os demais não conseguirem manter todos os males afastados — poderiam ir junto com Wen, Ellen e Kaito Nakamura, que por sua vez estavam de prontidão no caso de precisarmos de alguma peça inesperada.

Foi providencial termos motivos para ficar otimistas porque, caso contrário, tenho certeza de que ao menos metade do nosso grupo teria voltado atrás quando chegássemos ao ponto crítico — ou seja, o caminho que levava para baixo.

A escola fora projetada de modo a fazer com que a parte em que nos encontrávamos se mantivesse separada por completo da parte em que estavam os portões. Se fosse fácil descer, seria fácil subir. O poço de manutenção que havíamos visto do outro lado da parede da escadaria, entupido por um argonete, não estava nas plantas originais. Nem mesmo os veteranos da linha de reparação tinham alguma ideia de onde ele terminava ou se era seguro atravessarmos quaisquer possíveis barreiras de proteção colocadas ali para manter os males fora. Eles *achavam* que estava tudo bem porque, presumivelmente, o poço fora construído por aquelas equipes profissionais de manutenção e reparação que deveriam vir aqui para consertar as coisas, mas ninguém conseguia encontrar nada sobre isso em nenhum dos manuais, mesmo os mais antigos.

Aquilo até que era sensato: se todos o esquecessem ou não achassem que estava lá, ele deixaria de estar ali, como ocorre na maioria dos casos, e então seria mais um ponto de vulnerabilidade desnecessário que foi fechado. Os males no salão da graduação provavelmente o trouxeram de volta à existência por meio de seu desespero esfomeado coletivo, tentando encontrar uma maneira de nos alcançar. Agora, esta era a nossa única maneira de alcançá-los: adentrando a escuridão, com sabe-se lá o que nos aguardava lá embaixo.

Quando o sinal da manhã tocou no dia da graduação, Orion veio me buscar para descermos juntos até a ala residencial dos veteranos e encontrarmos o resto do grupo no patamar. Wen deu a cada um de nós um gancho de cinto para o feitiço puxador que, com sorte, conseguiria nos tirar de lá vivos; na outra extremidade, a âncora já estava presa no ralo do antigo quarto de Todd, que ficava em frente ao patamar. Todos nós, treze no total, marchamos pelo resto do caminho até o final da escadaria, e o líder da equipe de reparação, Vinh Tran, desenrolou uma escotilha de manutenção na minha bela parede de aço recém-consertada utilizando um rodo para que ela saísse delicada e suavemente. Parecia, de início, um grande pôster de um alçapão de metal, mas conforme ele a alisava, murmurando algum tipo de encantamento bem baixinho, ela começou a dar sinais de estar mais integrada à parede. Ele então tirou um cabo de latão grosso do bolso, inseriu-o no pequeno círculo redondo e escuro em uma extremidade e abriu a escotilha com um puxão rápido, pulando para trás com uma das mãos pronta para erguer uma barreira de proteção.

Mas não foi necessário: nada saiu dali. Orion enfiou a cabeça lá dentro com uma luz na mão, enquanto todos nós literalmente nos encolhemos, até que ele dissesse "Parece seguro", tirasse a cabeça lá de dentro e voltasse a se enfiar ali, desta vez com os pés na frente.

Mesmo com nosso destemido herói abrindo o caminho, ninguém estava com pressa para ser a *segunda* pessoa a entrar no buraco. Houve várias trocas de olhares que, passado um momento, começaram, natural e previsivelmente, a recair sobre mim. Eu não esperei para ser cutucada.

— E então? Vamos logo, antes que o Lake fique muito na frente — disse simplesmente, fingindo estar perfeitamente otimista quanto ao fato de ter que me enfiar em uma masmorra extensa e nada aprazível.

Todos sabemos que a escola é enorme e que temos de trabalhar arduamente no lugar todo, de manhã a noite. Mas saber disso enquanto se marcha até o refeitório não é o mesmo que saber disso enquanto se desce uma escada sem fim por um poço tão estreito que suas costas ficam curvadas e seus cotovelos ficam batendo nas paredes. Uma pessoa não é tão grande como um argonete, mas aparentemente o poço havia encolhido desde aquela ocasião, talvez na esperança de desaparecer outra vez. Estava um calor sufocante ali dentro, e as paredes vibravam à nossa volta com o giro das engrenagens. O borbulhar do líquido que fluía pelos canos do outro lado subia e descia de tom, nunca suficientemente estável para se transformar em um ruído de fundo constante. A única luz provinha do brilho fraco na mão de Orion.

O barulho alto de mastigação que ouvimos depois de repararmos aquela parede não retornou. Após descer os primeiros mil quilômetros de escada, parei para me recostar, recuperar o fôlego e dar um descanso para os braços. Estava assim há não mais que alguns segundos quando, ainda ofegante, comecei a ouvir um som não muito alto. Exatamente na altura do meu pescoço, um painel da parede com cerca de um centímetro de altura começou a se abrir.

Não sou nenhuma idiota; não fiquei ali parada. Comecei a descer apressadamente mais uma vez e a parede tornou a se fechar; nunca vi o que teria saído de lá, mas tenho certeza de que era o artifício responsável por manter aquele poço livre. Não seria nada tão simples como uma lâmina giratória, já que era inteligente o suficiente para mirar no ponto de maior vulnerabilidade de qualquer coisa que estivesse escalando, o que por si só já é um belo truque, *além* de saber diferenciar entre seres humanos e males, ao menos o suficiente para nos deixar passar. Tentei desconsiderar que ele aparentemente tivera dúvidas a meu respeito.

Não voltei a parar para descansar. Depois de mais um século descendo, uma luz brotou de repente por baixo dos meus pés. Eu deixei escapar um suspiro de alívio silencioso, mas significativo: Orion havia chegado ao final, e a ausência imediata de uivos e alarido revelava que o local estava moderadamente protegido. Também ouvi alguns suspiros semelhantes vindos de cima.

Eu saltei do poço diretamente em uma câmara estreita cujas paredes e chão estavam cobertos por quase um centímetro de fuligem, fedendo a algo que devia ser uma fumaça recente. Tive a forte suspeita de que estávamos pisando sobre os restos de todos os males esperançosos que se enfiaram por aquele poço logo após o argonete e que acabaram se deparando com o artifício reparado. Eu odeio esta escola mais do que qualquer outro lugar no mundo inteiro, sobretudo porque, de vez em quando, você é forçado a se lembrar de que ela foi construída por gênios que estavam tentando salvar a vida dos próprios filhos, e que você é indescritivelmente sortudo por estar aqui dentro e ser protegido pelo trabalho deles. Mesmo que sua entrada

UMA EDUCAÇÃO MORTAL ✦ 281

tenha sido permitida exclusivamente para que você fosse apenas outra engrenagem útil.

E isso é tudo o que eu era, eu e todos deste grupo: a quarta equipe de reparos enviada ao salão da graduação pelos enclavistas para tentar salvar seus filhos. Com a única exceção, é claro, do nosso herói, que já ia se aproximando das paredes em modo de caça, com seus olhos brilhantes e decididos, e uma pequena luz de bruxo em uma das mãos que resplandecia no cabelo prateado e na pele pálida, que também já estava ficando salpicada de preto conforme ele tateava ao redor, espalhando a fuligem, presumivelmente à procura de uma escotilha. Embora eu não faça ideia de por que ele achava que *haveria* uma escotilha: qualquer um que tenha sido enviado para cá muito provavelmente trouxe uma escotilha de manutenção consigo, e deixar uma permanentemente para trás apenas criaria uma vulnerabilidade estúpida. O resultado mais provável disso era ele fazer algum barulho e alertar os males sobre nossa presença. Não que ele se importasse; estava tão decidido a encontrar um caminho que, quando cutuquei seu ombro, ele até rebateu minha mão, distraidamente. Em resposta, resolvi puxar sua orelha, o que chamou sua atenção; ele olhou para mim, eu olhei de volta para ele e apontei para o poço, do qual todos os outros ainda estavam descendo; ele ficou um pouco acanhado e parou para esperá-los comigo.

A sala tinha um formato estranho: estreita, comprida e ligeiramente curva ao longo de sua extensão. Percebi, depois de um instante, que devíamos estar dentro da parede externa da escola. Vários pontos de acesso de reparação e manutenção que eu vira ao longo dos anos estavam naquela espécie de espaço intermediário, ausente das plantas originais. Espero que os alunos de reparação os monitorem da mesma forma que eu faço com os livros da biblioteca.

Vinh foi o próximo a sair do poço. Ele se dirigiu imediatamente até a parede interna com um pequeno auscultador de prata que ele pressionou cuidadosamente contra o metal em alguns pontos, à meia distância do chão e do teto, para ouvir. No momento em que todos os outros já haviam descido, ele encontrou um ponto favorável. Limpou a fuligem e, em seguida, pegou um pano e um pequeno frasco conta-gotas, pingando três gotas no pano; quando o esfregou na parede, fazendo um pequeno círculo, o metal cintilou e ficou meio turvo-transparente como um vidro fumê, e cada um de nós se agachou para poder espiar e ver onde estávamos nos metendo.

Fui arrastada para jogos de rúgbi com alguma regularidade durante a infância. A maioria das pessoas considera que você não é devidamente galês se não tiver uma paixão, então é claro que fiz questão de me recusar a gostar daquilo; mas, de vez em quando, mamãe era convidada, sem custos, e insistia para que eu a acompanhasse na experiência. Uma vez, chegamos a ir para um jogo no estádio nacional de Cardiff, um dos maiores do mundo: setenta mil pessoas berrando "*Gwlad! Gwlad!*", todas juntas. Essa era mais ou menos a escala relativa do lugar em que estávamos, só que, no caso, éramos nós indo até o campo, e a multidão tentaria nos devorar vivos.

A enorme coluna central do eixo rotativo da escola parecia pequena onde cortava o salão. Havia diversos trechos de metal, manchados de preto e engordurados, nos quais diversos males e feitiços haviam arrancado alguns dos revestimentos de mármore, outrora luxuosos. Finas colunas de bronze subiam pelas paredes externas até se encaixarem umas nas outras na parte superior, formando um teto que lembrava a roda de uma bicicleta. O mármore havia se desintegrado entre muitas delas, expondo o metal embaixo, e um buraco enorme em uma parte do teto indicava uma quantidade preocupante de danos estruturais. Além disso, havia pedaços de teias viscosas e brilhantes tecidas entre a maioria das barras de bronze e a coluna central, em alturas variadas, como se alguém tivesse pendurado uma rede elaborada de bandeirolas que estivesse caindo: sem dúvida, as sirenaranhas estavam se escondendo em algum lugar logo acima, esperando para dar o bote.

Mas nós tivemos sorte: os males claramente desistiram de subir pelo poço. Agora, se ocupavam em disputar posições, agrupados pelas grandes paredes deslizantes de cada lado do salão, que se abririam assim que os dormitórios dos veteranos descessem. Fora do pequeno espaço em que nos agrupávamos, a área estava limpa, e Vinh direcionou silenciosamente nossos olhares para um par de enormes formas cilíndricas e blindadas encostadas na parede, com tubos e cabos saindo de seu interior, e duas grandes seções envidraçadas no meio: o nosso destino. O caminho até o maquinário estava praticamente escancarado.

Ele fora construído, de maneira judiciosa, na área mais vazia da sala, diametralmente oposta aos portões. O manual oficial de graduação adverte fortemente contra o recuo para essa área, ainda que temporariamente ou para tentar conjurar algo complexo. Pode parecer muito tentador e seguro, mas há uma razão pela qual os males não ficam esperando ali: é uma má ideia, assim como qualquer outra ideia que afaste você da horda principal de alunos em fuga. Se você puder evocar o lume ártico para congelar todos ao longo do seu caminho e se afastar antes que eles descongelem, tudo bem. Mas se você puder fazer isso, provavelmente também poderá fazer alguma outra coisa que não exija sete minutos de conjuração, um tempo sujeito a diversas interrupções. Como regra geral, qualquer um que não permaneça junto ao bando ficará para a sobremesa quando por fim decidir fugir, porque todos já terão ido para um lado ou para o outro, e será o centro das atenções.

Tal como o que estávamos prestes a fazer: um pensamento animador. Os males não estavam diretamente no nosso caminho, porém eram *tantos* se agarrando e lutando entre si para poder se posicionar melhor, e obviamente tão famintos, que nem tomavam mais qualquer tipo de cuidado. Era horrível olhar para aquela massa agitada, um horror análogo a caminhar pela floresta e tropeçar em um bando de formigas, besouros, ratos e pássaros devorando um texugo morto. Victoria, de Seattle, estava certa ao se preocupar com não ter que se mover ali. Quando os veteranos fossem todos despejados diante daquela massa frenética, seriam dilacerados em poucos instantes e por todos os lados, em um frenesi absurdo. E os veteranos de nosso pequeno grupo pareceram muito mais sombrios ao se erguer daquela espiadela pelo olho mágico.

Ao menos aquilo deixou evidente que realmente precisávamos dar continuidade ao plano. Não houve discussão alguma. Formamos uma fila indiana atrás de Orion, e Vinh abriu outra escotilha, cuidadosamente amarrada à outra ponta do feitiço do puxador, de forma a se fechar e desaparecer atrás de nós quando disparássemos de volta.

Eu não tenho muito a declarar sobre efetivamente me embrenhar no salão de graduação. Não era *tão ruim* quanto se enfiar dentro da Calamidade...? Além do que, aquilo que estávamos fazendo era tão insano que os males nem reagiram de imediato. Aqueles que estavam nas paredes pareciam muito ocupados lutando uns com os outros, e o resto deles eram os mais fracos e oportunistas, amontoados em cantos escuros, na defensiva até que uma boa oportunidade de refeição aparecesse. Os verdadeiros monstros, por sua vez, estavam sossegados em seus lugares: Paciência e Fortitude, ambas nos portões, murmurando suavemente para si próprias fragmentos de canções sem sentido e choramingando como bebês sonolentos, com praticamente todos os olhos fechados e com as gavinhas preguiçosas apalpando a área livre ao redor.

Nosso plano original era correr para o maquinário enquanto Orion afastava os males e levantar a barreira de proteção assim que o alcançássemos. Entretanto, como absolutamente nada saltou de imediato sobre nós, Clarita começou a caminhar, lenta e metodicamente, com o corpo ereto. Todos seguimos seus passos. Os males que estavam nas paredes foram começando a levantar suas cabeças para nos observar, mas como ninguém havia sido tão estúpido assim antes, eles não conseguiram extrair um sentido imediato daquilo. Infelizmente, existem muitos deles que não possuem inteligência para conseguir extrair sentido de coisa alguma, tendo apenas o equivalente a narizes para poder determinar se há bolsas suculentas de mana nas proximidades. Um punhado de pequenas coisinhas rastejantes começou a se aproximar, emitindo estalidos estridentes contra o chão.

Não foi preciso mais nada para que algumas chayenas alojadas em partes ocas das paredes saíssem para nos investigar, e finas gotas de baba violácea começaram a escorrer pelas laterais de suas mandíbulas quando se esgueiraram em nossa direção. Começamos a caminhar mais depressa, e então o enorme buraco na abóbada acabou revelando ser não um enorme buraco, mas um enorme narigongo que se desprendeu do teto e veio deslizando até nós.

— Ok, *vão* — disse Orion, com sua pseudoespada iluminante em mãos, ao que nós começamos a correr.

As chayenas vieram imediatamente atrás de nós. Elas são um dos híbridos mais estúpidos: de guepardos a hienas, via búfalos e rinocerontes e provavelmente alguns outros animais que você não consegue determinar pela aparência. Eles foram amalgamados na gloriosa época da colonização por alguns idiotas que criaram um enclave no Quênia e queriam mais um desafio de caça. Uma alquimista independente, que vivia com os mundanos locais, não gostou nem um pouco daquilo. Ela começou a pegar alguns trabalhos dos enclavistas, que passaram a deixá-la ir e vir, e então aprimorou as chayenas na surdina, inserindo um charmoso recurso adicional antes de soltar todas: a mordida paralítica. Foi o fim sangrento e desagradável daquele enclave, mas as chayenas sobreviveram e hoje em dia são criadas deliberadamente como cães de guarda. Elas não podem ser consideradas males, exatamente; se você criar uma de forma adequada, ela não vai te matar por mana, mesmo que sinta fome. No entanto, em sua maioria, não são criadas assim, uma vez que o principal objetivo é fazer com que matem intrusos para obter mana. Mamãe sempre fica arrasada por causa dos maus tratos que sofrem.

No momento, eu sentia algo bem diferente de solidariedade em relação a elas. Estou em boas condições físicas, apesar da ferida abdominal recente, mas não passei os últimos seis meses fazendo corridas de tiro curto no ginásio. Eu era a última do grupo. Com aquele compartilhador de energia no pulso, eu tinha mana disponível para matar um continente inteiro de chayenas; aquelas três sarnentas esfomeadas não eram nada. Contudo, se eu me virasse para conjurar feitiços, acabaria isolada e cercada; mesmo se eu conseguisse abrir caminho até eles novamente, precisaria gastar uma quantidade enorme de mana, da qual necessitaríamos para os trabalhos de reparação.

Mas a primeira chayena já estava conseguindo arranhar minha barreira de proteção pessoal e, se eu esperasse muito mais, uma delas conseguiria atravessá-la com suas presas. Eu havia acabado de definir um lugar para poder girar e atacar, logo depois de um monte de escombros de mármore e osso, quando Ellen tropeçou em um ladrilho quebrado no chão e caiu uns dois passos à minha frente. No impulso, passei diretamente por ela e não me virei: não adiantava. O grito dela já havia se transformado em um gemido agonizante àquela altura, e eu sabia que era melhor não tornar aquilo ainda mais real olhando. Enquanto eu não olhasse, ela não precisaria estar morta, e eu não precisaria ter sentimentos por Ellen, a mesma Ellen que há dois dias sorriu para mim dizendo que iríamos conseguir. Eu não podia me permitir ter sentimentos agora.

Cheguei ao maquinário e fiquei ao lado de David. A multidão de males amontoada pelas paredes estava se virando para nós como se fosse um enorme borrão de uma única criatura, enroscando-se em si própria e escorrendo pelo chão. Aqueles que estavam na parte de trás corriam para onde estávamos o mais rápido que podiam, tentando tirar proveito de sua inesperada vantagem, enquanto os que estavam no outro lado tentavam retomá-la. Clarita já havia começado a conjurar. Entoei minhas falas em resposta e erguemos a muralha de proteção ao mesmo tempo em que a equipe de reparos arrancava o latão polido que cobria os mecanismos: tudo de acordo com o plano.

E foi aí, é claro, que Wen disse algo em mandarim, algo que eu infelizmente tinha certeza de que era extremamente profano.

Veja bem, em minha defesa, havia excelentes motivos para suspeitar dos veteranos; por isso mesmo, esperar até o dia da graduação para virmos era algo razoável. Dito isso, em retrospecto, a probabilidade era de que os veteranos não teriam sido capazes de bolar um plano B eficaz mesmo que nós tivéssemos vindo na noite anterior, e dar um pouco mais de tempo para que as coisas pudessem dar errado talvez tivesse sido de fato uma ideia melhor. Eu havia acabado de ter a certeza de que, tivessem eles errado mais, todos estaríamos mortos de qualquer modo.

E eu devia estar certa quanto a isso. Em circunstâncias normais, *estaríamos* mortos. Estávamos no meio da horda de graduação, sozinhos. Tínhamos mana da escola inteira fluindo através de nós e, com isso, provavelmente poderíamos manter a barreira de proteção de Clarita por vinte minutos de golpes violentos. Então, ficaríamos sem mana, a barreira cairia, e eles liquidariam todos nós.

Entretanto, circunstâncias normais não correspondiam ao que nós tínhamos ali. Porque tínhamos Orion.

Foi uma experiência verdadeiramente atroz: ficar lá mantendo uma barreira de proteção, ouvindo os barulhos desesperados da equipe de reparação logo atrás da gente, sem ter a menor ideia de qual era o problema ou de quanto tempo levaria para corrigi-lo. Nenhum de nós na equipe de proteção sabia; havíamos perdido Ellen, e Zhen, a quinta mais rápida na execução dos reparos, nunca apareceu. A única forma de obter uma explicação naquele momento envolveria fazer Vinh nos contar a respeito em francês, mas ele estava ajoelhado no chão com o torso inteiro enfiado dentro do maquinário, gritando a plenos pulmões algumas informações abafadas que pareciam extremamente urgentes para Wen e Kaito, que por sua vez desmontavam loucamente uma das peças de artifício que passaram um tempão juntando na oficina. Lamentei profundamente não ter me organizado para aprender mandarim.

Durante todo esse tempo, entretanto, Orion agiu heroica e ininterruptamente, despejando em todos nós mana proveniente de cada male que abatia. A ideia original era que ele ficasse atrás da barreira de proteção e se arriscasse fora dela apenas quando algo especialmente perigoso avançasse sobre nós ou ameaçasse derrubar a proteção. Mas ele não voltou nem uma vez sequer para dentro, nem para tomar um gole d'água. Simplesmente ficou lá fora, completamente exposto, e continuou matando os males bem diante dos nossos olhos. E eu não podia fazer nada, a não ser ficar ali parada como um tijolo, fazendo minha parte para manter íntegra a maldita barreira, o que praticamente não exigiu nenhum esforço, já que pouquíssimos males conseguiam passar por ele para nos atingir. Poderíamos muito bem tê-lo assistido como se fosse uma transmissão de televisão exibida em um monitor de vidro grosso e seguro.

Em determinado momento, os males chegaram a *recuar*. Não tenho tanta certeza de quanto tempo havia se passado, poderiam ter sido dez minutos ou cem anos; certamente pareceram cem anos. Orion estava ofegante, seu cabelo pingava e enormes manchas de suor marcavam suas costas; perto dele, uma quantidade enorme de males murchos, apunhalados, incinerados, retalhados e despachados das maneiras mais diversas se espalhava em um semicírculo que tinha, por si só, um bom meio metro de largura, e a maleficência reunida do outro lado formava um paredão de olhos brilhantes e mandíbulas que gotejavam saliva e metais cintilantes. Os catadores eram os únicos que ainda se moviam: somavam uma meia dúzia, cada um deles se afastando, contentes, com os restos de uma das vítimas de Orion. Todos os outros mantiveram suas posições por um minuto inteiro antes que algum se arriscasse novamente e, mesmo assim, não na direção *dele*, mas na nossa, tentando contorná-lo.

Assim que o primeiro correu para tentar rodeá-lo, vários outros o fizeram de uma só vez, cada um tentando tirar vantagem da distração de Orion. Mas nós seguramos a barreira contra eles sem maiores dificuldades, ao menos no meu caso, até que David Pires, de repente, caiu. Tive um vislumbre de seu rosto acinzentado: acho que ele estava morto antes mesmo de cair para a frente, atravessando uma parte da barreira. Espero que sim. Quatro males diferentes o agarraram instantaneamente e, no momento seguinte, outros dez se amontoaram. Orion foi até lá, mas, quando chegou, todos os males se dispersaram e já não havia literalmente nada sobrando, nem mesmo uma mancha de sangue: David podia muito bem ter evaporado.

Cem males resolveram aproveitar essa nova abertura para avançar sobre nós; Orion não conseguiu impedir a onda inteira e simultânea: eles se chocaram contra a barreira, bem quando ela estava enfraquecida. Muitos dos feitiços lançados por mais de uma pessoa se desfazem na mesma hora quando uma delas se retira ou é retirada. Clarita inventou um modo mais seguro de falhar, que opera como uma conversa que pode sobreviver quando alguém sai da sala, desde que as outras pessoas continuem falando. Nós até chegamos a praticar a sustentação quando alguém saía; mas não praticamos depois de aguentar um século de ataques contínuos. Maya, que estava entre mim e David, soltou um suspiro chocado e estrangulado, e também acabou largando sua parte, separando sua mão da minha e cambaleando alguns passos para trás até desabar no chão, com as mãos pressionadas contra o peito.

Clarita já estava entoando a próxima fala de David com a voz tensa; eu cobri a parte de Maya logo em seguida e estendi a mão para agarrar a de Clarita e podermos fechar a linha: éramos apenas três agora, com Angel Torres do outro lado dela. A barreira oscilou por um momento, como uma névoa que cobre a estrada no verão, e um sugador gigantesco, do tamanho de um caminhão, irrompeu com tudo para fora da multidão de males, atirando-se bem na nossa direção. Ele atingiu a barreira bem na frente do meu rosto; era como uma lampreia, mas com uma boca redonda de Sarlacc cheia de dentes fosforescentes e vitrificados em rosa-choque, os quais se esforçavam para agarrar a barreira e torcê-la de forma a abrir um buraco nela.

Como o feitiço de proteção era uma conversação, resolvi convocar as lembranças de todas as maneiras pelas quais as pessoas deixaram claro para mim que eu não era bem-vinda para me juntar a elas: agindo com indiferença ou baixando suas vozes. Eu fixei a ideia na mente em um cenário no qual David e Maya não estavam realmente ausentes, como se tivessem apenas se virado um pouco para que o sugador não conseguisse ouvi-los bem o suficiente para participar da conversa, porque ele não era desejado ali e deveria se afastar rapidamente; o fato de que pensar naquilo me machucava um pouco ajudou; sussurrei as próximas falas de David entredentes, empurrando mais mana para a barreira em uma explosão de raiva, e o sugador perdeu seu apoio e deslizou para o chão. Imediatamente, sete males menores pularam em suas costas e o estraçalharam.

Clarita inclinou a cabeça para me encarar, mas, naquele mesmo momento, logo atrás de nós, Vinh deu um uivo triunfal e saiu do maquinário. Nós não podíamos olhar em volta, mas pude ouvir toda a equipe de reparação entoando o cântico final, a primeira coisa que fizeram que me soou, de fato, familiar. A sobrecarga de mana que se espalhou por eles foi tão grande que pude sentir o impacto contra as minhas costas, um estalo que lembrava eletricidade estática; então, Vinh e Jane Goh colocaram a tampa do maquinário de volta com um estrondo, e a equipe de reparação já estava se virando e agarrando nossos ombros, sinal de que estavam prontos.

— *Allons, allons!* — gritou Vinh, mas nem precisávamos daquele comando. Kaito estava ajudando Maya a se levantar e se apoiar.

— Orion, vem para cá! Orion! Orion Lake, *você mesmo*, seu pedaço horroroso de pudim azedo, estamos *indo. Orion!* — comecei a gritar como louca. E se você acha que isso deveria ser o suficiente, já que ele estava literalmente a meio metro de mim, eu concordo plenamente; exceto que *não foi*. Ele nem mesmo tinha a desculpa de estar no meio de uma luta difícil, porque havia acabado de abrir outro círculo efêmero ao redor de si e estava apenas agachado, *esperando.*

Graças a Deus havia outras pessoas sãs ao redor; Angel, do outro lado de Clarita, abaixou-se e agarrou um pequeno pedaço de mármore quebrado no chão com a mão livre, atirando-o em Orion com, francamente, toda a habilidade de uma criança de quatro anos. Conseguiu apenas acertar o sapato dele, e por pouco. Aquilo foi o suficiente para fazer Orion se virar instantaneamente e atacar *Angel;* felizmente, ainda estávamos com a barreira de proteção erguida. Seus olhos se arregalaram por um instante quando percebeu o que havia acabado de fazer, mas logo precisou se virar novamente para destruir os dois males que pularam para cima dele nesse intervalo.

— Lake, sua anta! — gritei furiosamente, mas por sorte sua cabeça não se anuviou de novo; ele matou aqueles dois males, virou-se, correu até nós e agarrou a mão que Angel lhe estendera; em seguida, Wen acionou o puxador em seu cinto.

Na verdade, eu nunca havia usado um feitiço puxador antes. Se você acha que praticar bungee-jumping do penhasco mais alto do mundo deve ser a maior diversão possível, vai adorar isso. Eu, pessoalmente, não acho. Por isso, fiquei gritando estridentemente enquanto o puxador nos arrastava a uma velocidade altíssima pelo meio da horda de monstros, os últimos resquícios da nossa barreira empurrando-os para fora do caminho, e continuei gritando por todo o poço estreito de manutenção, no qual éramos jogados para lá e para cá, ricocheteando pelas paredes. Gritei mais alto ainda na parte realmente especial em que voamos pelo patamar, e então para dentro do antigo quarto de Todd e, graças ao nosso impulso coletivo, acabamos *ultrapassando a borda do quarto*. Metade de nós ficou suspensa por um momento no vazio, flutuando na enorme impossibilidade que era aquilo, por baixo e ao redor, e eu teria começado a gritar de uma maneira totalmente original, não fosse o puxador retesar-se mais uma vez, trazendo-nos de volta para o quarto e nos jogando no meio do corredor dos dormitórios dos veteranos.

Se meu cérebro tivesse sido reprogramado de tal forma que eu não mais pudesse me comunicar com outrem, naquele momento não pude perceber a diferença. Simplesmente caí de joelhos no chão, tremendo, com os braços em volta do abdômen, e todo o rosto parecendo ter sido moldado em um plástico que havia derretido parcialmente meus ossos. As portas se abriam com um estrondo uma atrás da outra à nossa volta, e veteranos passavam correndo em grupos, alguns nos lançando olhares assustados, mas sem jamais diminuir o passo; de início, não me recompus o suficiente para perceber...

— *Graduación*! — gritou Clarita. Então ela, Angel e Maya seguiram por caminhos diferentes, Maya com seu rosto violáceo e aos tropeços, mas ainda assim mergulhando naquela multidão; a equipe de reparação inteira também estava correndo em busca de seus aliados.

Orion agarrou meu ombro e eu gritei, alarmada: era como ter vários alfinetes e agulhas atravessando meu corpo.

— Perdemos o sinal! — gritou ele, por cima do pandemônio.

Fiz que sim com a cabeça, cambaleei um pouco e comecei a segui--lo, desviando dos veteranos; ele chegou às escadarias bem no momento em que ouvi alguém gritar "El! Orion!" e me detive. Clarita estava parada na porta de uma sala quase fora de vista, bem na curva do corredor, sinalizando para nós.

— Vocês não vão conseguir antes que a limpeza se inicie! Não sejam loucos!

Eu hesitei, mas Orion já estava desaparecendo, galgando dois degraus a cada passo, e acabei balançando a cabeça para ela e correndo atrás dele. Não foi uma decisão muito boa. Orion havia desaparecido de vista, e eu tive de parar depois de muito pouco tempo para recuperar o fôlego, me apoiando no corrimão que não parava de vibrar; as escadas se moviam em um vaivém, como um barco balançando, e meu estômago embrulhou. Forcei-me a continuar caminhando, até que Orion reapareceu de repente, me agarrando pelo braço e me puxando para cima. Eu nem mesmo ralhei com ele, apenas pressionei meu abdômen com um braço para comprimir a dor e deixei-o cuidar para que eu não caísse enquanto cambaleava a seu lado.

Mas um som de arranhar vinha aumentando antes mesmo de chegarmos ao patamar do andar da oficina; quando chegamos, uma série de pequenos males vieram guinchando, se contorcendo e saltitando em nossa direção desde o corredor, em uma fuga tão alucinante que nem sequer pararam para tentar nos atacar; outras levas vieram, fugindo escadaria acima e abaixo, correndo em direções opostas, empurrando umas às outras e se transformando em uma horda de zumbidos estridentes. Gemendo, me esforcei para conseguir dar os últimos passos até alcançar, esbaforida, o patamar da oficina, mas os ruídos dos males já estavam sendo abafados pelo rugido crescente, que me fez pensar em um fogaréu plugado em um amplificador, e que vinha tanto de cima quanto de baixo, enquanto as escadarias se enchiam de sombras pontiagudas diante de uma luz que brilhava cada vez mais forte. Orion se deteve, imobilizado, porém ainda segurando meu braço; então, me arrastou para o corredor da oficina. Mas já não havia para onde correr. À nossa frente, o paredão de chamas mortais branco-azuladas já preenchia o corredor do chão ao teto, como uma cortina farfalhante a crepitar, rompida brevemente pelas sombras dos males que eram capturados e incinerados em sua cascata incandescente, suas formas obscuras saltando em agonia, e por pequenos construtos de males que se desfaziam estrepitosamente à medida que seu poder era sugado. Rajadas de eletricidade estática vinham na frente, varrendo os painéis e os azulejos conforme se aproximavam de nós dois.

A respiração de Orion vinha em suspiros curtos e irregulares. Eu não o tinha visto sentir medo lá embaixo, no salão, nem mesmo uma única vez; ou talvez não tivesse percebido. Mas a chama mortal não é um male: ela consome males e consome qualquer coisa em seu caminho que possua mana ou malia para queimar. Magias de combate não têm nenhum efeito contra elas; não há como *enfrentá-las*. Para dar-lhe algum crédito, ele não chegou a entrar em pânico, ainda que estivesse olhando para a única coisa que temia de verdade; simplesmente ficou ali, encarando-a fixamente, como se não pudesse acreditar que aquilo estava acontecendo com ele.

Eu me endireitei e fechei os olhos, me preparando para começar a conjurar, mas precisei empurrá-lo; ele estava tentando agarrar minha mão com força, e eu precisava dela com bastante urgência naquele momento.

— O que você está fazendo? — perguntei, tentando me soltar: ele persistia naquilo de um jeito estúpido. Sim, eu realmente não fazia a menor ideia: o que Orion estava fazendo, tentando segurar minha mão no momento que ele pensava ser o de sua morte iminente? Então, assim que me dei algum tempo para pensar naquilo, a resposta revelou-se tão óbvia que me senti uma completa idiota.

— Você acha *mesmo* que estamos saindo? — gritei com ele, furiosa, no que ele virou seu rosto contraído e, com uma tensa determinação, agarrou meu rosto e *me beijou*.

Dei uma joelhada nele com toda a força que a situação exigia, já que também precisaria da minha voz, e empurrei-o no chão para poder me virar de frente para aquele fogo avassalador e conjurar meu próprio paredão de chamas mortais, bem a tempo de colocá-lo à nossa volta como portas corta-fogo.

Capítulo 13
CHAMAS MORTAIS

Ficou muito quente ali dentro do nosso duvidoso abrigo, mas a proteção não precisava durar muito tempo. Aquele paredão purificador passou por nós em menos de um minuto e seguiu seu caminho pelo corredor, devorando celeremente tudo que estava à sua frente. Eu desativei meu paredão, que resistiu um pouco após ser desconjurado, já que não chegou, efetivamente, a consumir qualquer coisa. Ele por fim se desfez, deixando-nos sozinhos no corredor recém-queimado, nós e o aroma tênue de cogumelos tostados, proveniente de maleficências carbonizadas, que circulava por todos os dutos de ventilação.

Eu me mantive resolutamente ereta, olhando para a parte de trás do paredão de chamas como se achasse que a qualquer momento ele poderia voltar. Mas isso não aconteceria: a limpeza de fim de ano é rápida e meticulosa. Os paredões começam em pares e passam a varrer os corredores na direção contrária um do outro até se encontrarem, e são posicionados e programados de forma a não deixar lugar nenhum para se esconder. Ao mesmo tempo que aquele paredão nos atravessou, os dois da escadaria se encontraram no patamar. Então, ambos se apagaram, e aquele que havia varrido tudo à nossa volta provavelmente estava terminando o serviço um pouco mais adiante.

No entanto, eu estava muito mais inclinada a ver um paredão de chamas mortais retornando do que a ter que olhar para Orion, já que eu teria que olhar também para a expressão em seu rosto e talvez precisasse dizer algumas palavras àquela altura.

Então, o lugar inteiro começou a balançar sob meus pés e eu quase caí. As paredes e o chão do lado de fora do círculo onde estivera meu paredão protetor ainda estavam pelando, de tal maneira que tive de voltar a me agachar dentro daquele espaço pequeno com ele, e ficamos nos segurando com um dos braços, na tentativa de nos equilibrar como um surfista de duas cabeças todo atrapalhado que tenta desesperadamente não tombar e acabar se queimando naquelas paredes incandescentes. Ao menos eu não tinha como ouvir nada do que ele tentasse me dizer: as engrenagens operavam cem vezes mais alto ali do que quando eu ficava segura dentro do quarto durante a graduação; além disso, a escadaria começou realmente a se mover, soltando guinchos terríveis. O patamar tão familiar do nosso próprio corredor residencial foi surgindo aos poucos e depois continuou a descer até começar a sumir novamente, ficando completamente fora de vista quando as escadarias se alojaram com um baque pesado e estridente, e os ruídos cessaram.

Um momento depois, todos os pulverizadores foram ligados ao mesmo tempo, e o corredor ficou imediatamente coberto por nuvens de vapor. Nós ficamos encharcados em meio a uma névoa tão úmida e densa que mal conseguíamos ver ou respirar por alguns instantes, até que as próprias paredes começaram a dissipar aquela umidade e o rugido oco dos drenos a vácuo começou a sugar os excessos, deixando-nos a sós novamente, ensopados e ofegantes, no meio de um corredor limpo e lustroso. O sinal que indicava o final do semestre tocou, e para além dele eu ouvi, ecoando levemente pelas escadarias, as portas se abrindo nos dormitórios acima e abaixo de nós.

Sob nossos pés, um rangido mais abafado se fazia ouvir: era o andar dos dormitórios dos veteranos rebobinando pelo resto do percurso até chegar ao fundo. Se o maquinário de limpeza foi ativado, Clarita, Wen e os outros chegarão lá embaixo com o salão de graduação praticamente vazio, queimado de ponta a ponta por um paredão de chamas mortais ainda maior. Alguns males menores terão se escondido debaixo de outros maiores ou sob os escombros. Algumas das sirenaranhas provavelmente também devem ter se safado, graças às suas carapaças. Paciência e Fortitude certamente sobreviveram; seria necessária uma semana inteira de um banho ininterrupto de chamas mortais para acabar com elas. Mas seus tentáculos mais finos terão queimado, assim como os olhos em sua superfície. Os veteranos seriam capazes de ir diretamente para os portões, todos eles.

Ou talvez aquilo, afinal, não tenha funcionado, e os veteranos acabarão despejados em meio a uma horda faminta que fora agitada como um ninho de vespas e que os estava esperando com as bocas escancaradas. Nós não saberíamos, de qualquer forma; não até o ano seguinte, quando fosse nossa vez de partir. Conseguimos chegar ao último ano, uma vitória com cinquenta por cento de probabilidade até aqui. Só que essa probabilidade fora alterada por Orion, que mudou as regras da casa bem debaixo dos nossos narizes. Quando ele segurou meus ombros dessa vez, não o empurrei novamente.

— Você salvou minha vida — disse ele, parecendo perplexo.

Eu cerrei os dentes e me virei para olhá-lo, pronta para informá-lo de que ele não era o único que podia ser prestativo em determinadas ocasiões, só que ele me olhava com uma expressão absolutamente inconfundível, uma que eu já vira com bastante frequência na vida: aquela que homens ocasionalmente dirigiam à minha mãe. Mas não é o tipo de expressão em que você está pensando; os homens não desejam mamãe de uma forma maliciosa. Era mais como se estivessem olhando para uma deusa, talvez achando que pudessem fazê-la sorrir se, sei lá, eles se provassem suficientemente dignos. Nunca imaginei que alguém me olharia de maneira remotamente parecida.

Eu não tinha a menor ideia do que fazer com aquilo, exceto talvez dar outra joelhada em Orion, dessa vez com mais força, e cair fora dali. Quanto mais eu pensava a respeito, mais aquilo me parecia uma ideia atraente, mas não tive a oportunidade: em vez disso, *ele me* derrubou no chão, direto em uma poça meio congelada, meio escaldante, e disparou várias rajadas acima da minha cabeça para destruir um pequeno bando de engolidores que, evidentemente, havia conseguido sobreviver na parte do teto que ficou dentro do bolsão de segurança que eu havia criado, e que agora saltava para nos degustar em seu banquete comemorativo.

E esse foi exatamente o momento em que várias pessoas saíram pelo patamar, bem a tempo de me ver no chão, aos pés de Orion, parado heroicamente sobre mim, com as mãos cheias de uma fumaça brilhante e os cadáveres queimados e fumegantes dos engolidores traçando um círculo perfeito em torno de nós, enquanto o último deles desabava.

Prezado leitor, saí correndo dali.

Não foi difícil; todos queriam falar com Orion e ouvir como ele havia feito aquilo, como ele massacrou os males e consertou o maquinário e conseguiu salvar os veteranos; eu tinha certeza de que, ao final do dia, ninguém se lembraria de que na verdade havia toda uma equipe envolvida, e muito menos de minha participação nela. Se eu quisesse ficar com ele, provavelmente teria de enrolar os braços em volta de sua cintura e me agarrar feito uma hera, mas a multidão me afastou sem eu precisar fazer nenhum esforço.

Tudo que eu precisava fazer era me assegurar de que estava sendo empurrada na direção certa para fazer o que qualquer pessoa sensata fazia no final de cada semestre: ir direto para a oficina, onde tive dois minutos iluminados só para mim antes que mais alguém entrasse. As caixas e demais recipientes com suprimentos são todos expurgados completamente e recarregados do zero ao final do semestre, então eu nem precisei me preocupar com males. Havia cinco aventais de ferreiro pendurados na grande fornalha, feitos de algum material resistente ao fogo; peguei aquele que parecia o mais próximo do tamanho de Aadhya, estiquei-o sobre uma bancada e comecei a carregá-lo com suprimentos.

Inicialmente, procurei por materiais para minha caixa de livros, porque, se você tem um determinado projeto firme em sua mente e sacrifica uma oportunidade como a de ser o primeiro na oficina depois de um reabastecimento completo, é mais provável encontrar o que precisa. Assim, consegui arranjar, imediatamente, mais quatro pedaços de pau roxo, duas barras de prata para incrustação, um conjunto de dobradiças de aço pesadas e uma bobina de fios de titânio, que seria útil para elaborar um fio enfeitiçado capaz de manter a tampa no lugar, não importa o quão aberta eu quisesse deixá-la. Encontrei até um pequeno pedaço de uma tira de luzes de LED. Livros de feitiços são loucos por aparelhos eletrônicos; se você fizer uma caixa de livros que acende ao ser aberta, é quase garantido que jamais perderá um livro, a menos que seja realmente descuidado.

Outras pessoas começaram a aparecer assim que terminei de empilhar essas coisas no avental, mas eu ainda tinha uns dois bons minutos para pegar várias outras coisas antes de começar a me preocupar em proteger minha carga, uma vez que todos os recém-chegados foram direto para os materiais verdadeiramente valiosos para troca, como barras de titânio ou sacos com rebites de diamante. Decidi pela não competição: em vez disso, pensei no que Aadhya poderia precisar para seu alaúde e, então, encontrei um saco cheio de fios metálicos finos, um pacote de lixas e dois garrafões de resina transparente. Juntei tudo e carreguei comigo conforme as pessoas começavam, de fato, a se aglomerar.

Saindo da oficina, segui na direção oposta pelo corredor, rumo ao patamar que ficava do outro lado da escola. Eu não queria ter de lutar para abrir caminho através da multidão adoradora que provavelmente ainda estava obstruindo o corredor onde Orion se encontrava; de qualquer maneira, uma vez que nosso andar havia girado, era muito possível que o outro patamar agora estivesse mais perto do meu quarto; enfim, essas eram desculpas perfeitamente adequadas àquela situação. As escadarias sempre ficam lotadas no final do semestre, com todos correndo loucamente pela escola em busca de suprimentos, mas descer até o dormitório dos veteranos não era tão ruim. Já não havia mais ninguém abaixo de nós.

Nossa ala residencial estava muito mais civilizada. Quem ainda estivesse por ali já teria perdido a melhor chance de conseguir suprimentos; em sua maioria, tais alunos eram enclavistas, que não precisavam se esforçar tanto e que apenas ficavam desfrutando de banhos quentes, relativamente despreocupados, ou relaxando no corredor recém-purificado, conversando em grupos. Alguns deles até acenaram para mim enquanto eu passava, e uma garota de Dublin disse:

— Você tem um avental de ferreiro, que menina sortuda! Você trocaria por alguma coisa?

— É para Aadhya, nono quarto a partir da lâmpada amarela, descendo — respondi. — Tenho certeza de que ela ficará feliz em alugá-lo para você.

— É mesmo, eu vi o nome de vocês inscrito. Boa sorte — disse ela, com um gesto de felicitação, como se eu fosse um outro ser humano ou algo do tipo.

Levei aquilo tudo para meu quarto, onde entrei com bastante cautela, já que eu não estivera lá para barricar a porta contra os males que tentaram fugir das chamas mortais no corredor. Ainda fluía mana com facilidade pelo compartilhador de energia no pulso, e não tive o menor pudor de utilizá-lo para lançar um feitiço de Luz Revelatória. Examinei cada canto do quarto com ele, inclusive debaixo da cama, que virei de lado. Ainda bem que o fiz, pois localizei um casulo misterioso aninhado com muito cuidado dentro de uma das molas grandes e enferrujadas, esperando pacientemente para se tornar uma surpresa desagradável. Esvaziei o pote de pregos e parafusos na mesa e coloquei o casulo dentro dele. Talvez Aadhya pudesse utilizá-lo para fazer algo ou, quem sabe, eu poderia vendê-lo para algum aluno da linha alquímica.

Encontrei mais um punhado de maleficência da classe dos vermes nas prateleiras entre os livros e manuais; enquanto lidava com eles, um pequeno salteador pulou da mesa, onde estivera escondido atrás dos papéis. Ele não estava ansioso por uma refeição no momento, porque simplesmente correu direto para o ralo no meio do chão. Tentei eliminá-lo, mas ele foi mais ligeiro, mergulhando rapidamente entre as duas barras pequenas da grade, contorcendo sua parte traseira com o ferrão brilhante e se espremendo antes que eu pudesse pensar em qualquer outra coisa para lançar que não derretesse um pedaço do chão ou matasse qualquer um que viesse passando pelo corredor. Fazer o quê... É assim que o lugar inteiro ficaria totalmente infestado de novo até o final do primeiro trimestre, e não havia como impedir.

Eu havia acabado de virar minha cama de volta para o lugar, com um estrondo, quando bateram na porta. Apaguei a Luz Revelatória imediatamente: meu impulso inicial foi fingir que estava em outro lugar, talvez na lua, mas a luz certamente ficara visível do outro lado da porta, pelas frestas; seja como for, eu literalmente havia acabado de produzir um barulho enorme. Eu me aprumei e fui até a porta, abrindo-a já com vários comentários prontos passando pela minha cabeça, nenhum dos quais acabou sendo relevante, no final das contas. Era apenas a Chloe.

— Olá — disse ela. — Eu vi a luz. Fiquei sabendo que você e Orion conseguiram escapar e achei que deveria vir aqui para ver como estavam as coisas. Você está bem?

— Eu diria que estou tão bem quanto poderia estar. Mas, como acho que ninguém tinha motivos para esperar que eu saísse viva disso tudo, talvez esteja ainda melhor do que imaginei — respondi. Respirei fundo, fiz um esforço mental para liberar o que sobrou de mana, que continuava fluindo livremente, e soltei a pulseira do compartilhador de energia, estendendo-o para ela.

Hesitando um pouco, ela disse, meio sem jeito:

— Sabe... se você mudar de ideia sobre aquela vaga...

— Valeu — respondi rapidamente, sem puxá-lo de volta; depois de um momento, ela estendeu a mão e o pegou.

302 ✦ NAOMI NOVIK

Achei que seria isso e gostaria muito que tivesse sido. Chloe claramente havia acabado de tomar um banho e estava com o cabelo loiro escuro molhado e jogado para trás, preso por duas presilhas prateadas; o corte certamente fora feito há não muito tempo e ela usava um vestidinho azul rodado e um par de sandálias de tiras, o tipo de roupa que nem mesmo uma enclavista arriscaria usar após o primeiro mês do período letivo. Não tinha nenhuma mancha e ia até um pouco acima do joelho; ela não poderia tê-lo usado até o ano passado, ou teria ficado pendurado em seu corpo.

Enquanto isso, eu vestia a mais surrada de minhas duas camisas, que não havia melhorado em nada depois de minhas aventuras mais recentes, além de uma calça de combate suja e remendada, presa por um cinto grosso e com duas barras costuradas nas bainhas para deixá-las mais longas, e sandálias de velcro esfarrapadas, com seis anos de idade, que precisei negociar no meio do segundo ano quando o par que possuía ao entrar aqui já não cabia mais nos pés. Na época em que troquei era um número bem maior, mas agora só restavam alguns poucos centímetros. Meu cabelo estava quase todo cheio de tranças irregulares, que eu havia feito antes de descer para o salão. Sem falar que eu não tomava banho há quatro dias, a menos que você conte a parte em que fiquei molhada até os ossos depois da purificação no corredor. Eu não me preocupo em estar arrumada e não o faria mesmo que pudesse, mas aquele contraste evidente fez com que eu me sentisse como se tivesse sido arrastada por um labirinto de sebes inteiro e todo enlameado.

No entanto, Chloe não deu um até logo educado e se foi; ela apenas ficou ali no vão da minha porta, virando o compartilhador nas mãos. Eu estava prestes a pedir licença para poder desabar na cama por doze horas seguidas ou mais, quando ela resolveu desabafar.

— El, me desculpa — eu não disse nada, já que não tinha certeza de por que ela estava se desculpando. Após um momento, ela prosseguiu: — Você só... sabe, você se acostuma com as coisas. E não fica pensando muito se elas são boas. Ou mesmo razoáveis — ela engoliu em seco. — Você não *quer* pensar sobre isso. E ninguém mais parece querer.

— E não há nada que se possa fazer a respeito disso — acrescentou, olhando para mim com o rosto suave, seus olhos claros e infelizes. Encolhi ligeiramente os ombros. — Porque não deve haver nada que se possa fazer.

Ela ficou quieta um instante e, então, prosseguiu:

— Pelo menos eu não sei de nada que possa ser feito. Mas também não preciso piorar a situação. E eu... — de repente, ela ficou inquieta, olhando para longe e umedecendo nervosamente os lábios, mostrando se sentir desconfortável. — Eu menti. Na Biblioteca. Nós não estávamos... na verdade, nós não estávamos preocupados com você ser uma maleficente. Até queríamos nos preocupar com isso, porque nenhum de nós gostava de você. Ficávamos conversando sobre como você era uma pessoa horrível e desagradável, que ficava tentando usar o Orion para fazer com que os outros a bajulassem. Só que você é exatamente o oposto disso. No dia em que o Orion nos apresentou, eu agi como se tudo que precisasse fazer para ter você como amiga fosse deixá-la a par da minha disposição de permitir que você me dirigisse a palavra. Como se eu fosse tão especial assim. Mas não sou. Eu só tenho sorte. *Orion* é especial — acrescentou, com algo que queria ser uma risadinha, mas que ficou na tentativa. — E ele quer ser seu amigo porque você não se importa. Você não está nem aí que ele seja especial, nem que eu seja sortuda. Você não vai ser simpática comigo só porque sou de Nova York.

— Na verdade, eu não sou simpática com ninguém — falei de má vontade, me sentindo estranha por estar do outro lado do discurso dela; aquilo era um pedido de desculpas exagerado demais para o meu gosto.

— Você é simpática com aqueles que são simpáticos com você — disse ela. — E também é simpática com quem não é falso. E eu não quero ser uma pessoa falsa. Então... é por isso que te peço desculpas.

E também... gostaria de dar uma volta, bater um papo qualquer dia desses. Se você também quiser, claro.

Sim, porque tudo o que eu queria era fazer amizade com uma garota riquinha de enclave para poder me acostumar a esfregar a cara em todos os luxos que eu não poderia ter, os quais eram de fato muito bons, ainda que não correspondessem às coisas que eu havia escolhido em seu lugar. Se Chloe Rasmussen viesse a ser uma pessoa realmente respeitável e amiga de verdade, isso significaria que as coisas que eu não tinha não eram necessariamente incompatíveis com as coisas com as quais eu realmente me importava e, exatamente como eu deveria juntar uma coisa à outra sem precisar ficar descontente o tempo todo, eu ainda não sabia discernir, mas estava relativamente certa de que dizer *"não, vá embora, fique na sua"* para tudo aquilo faria de mim, afinal, alguém desagradável e arrogante, mas de uma maneira inversa e até quixotesca.

— Tudo bem — falei, com uma relutância ainda maior, e a única coisa boa que saiu daquilo tudo foi que, por fim, depois de sorrir um pouco timidamente, ela disse que eu parecia exausta e que me deixaria descansar, e de fato foi embora para que eu finalmente pudesse fechar a porta e me jogar na cama para dormir como o defunto que, de alguma forma milagrosa, eu não havia me tornado.

Houve outra batida na porta algum tempo depois. Ouvi a voz de Liu.

— El, você está acordada? — eu estava dormindo, mas o alerta na minha porta me acordou, e levantei para abri-la. Ela e Aadhya estavam ali e me trouxeram almoço do refeitório. Dei o avental de ferreiro a Aadhya, além dos suprimentos que consegui para o alaúde. As duas conseguiram suprimentos bem interessantes, embora não tão incríveis quanto os que eu consegui; Liu me arranjou alguns bons cadernos e canetas reservas.

— Quer nos contar o que aconteceu? — perguntou ela, depois que terminei de devorar a comida e me esparramei na cama.

— O maquinário estava quebrado de algum jeito diferente e empolgante, e levou mais de uma hora para consertar — falei, olhando para o teto. — Nós perdemos um dos artífices ao entrar no salão, e Pires desabou enquanto sustentava a barreira; voltamos tarde demais e acabamos sendo pegos no andar da oficina durante a limpeza, e Orion me beijou — essa última parte eu não queria dizer, mas acabou saindo, e Liu soltou um gritinho entusiasmado, cobrindo a própria boca.

— Mas o que você fez para se livrar do paredão de chamas de purificação? — perguntou Aadhya, impassível, ao que Liu empurrou seu joelho, dizendo:

— Deixa disso! E aí, foi bom? Ele beija bem? — ela ficou vermelha igual a um tomate, explodindo em risinhos e cobrindo o rosto.

Eu provavelmente ficaria da mesma cor se pudesse.

— Sei lá, não me lembro!

— Ah, fala sério! — disse Aadhya.

— É sério! Eu... — eu grunhi, me sentei e apertei o rosto contra os joelhos, concluindo a frase com um murmúrio: — Eu dei uma joelhada nele e o empurrei no chão para conseguir lançar um corta-fogo — Aadhya gargalhou tanto que chegou a cair da cama, enquanto Liu ficou ali, boquiaberta e em choque por minha causa.

— "Eu não estou namorando o Orion, de jeito nenhum; nós somos amigos e só" — Aadhya zombou de mim do chão mesmo, sem nem sequer se levantar, imitando o que eu havia dito a elas na noite anterior àquela em que firmamos nossa aliança: que eu não queria que elas entrassem nisso sob falsas pretensões.

— Você reprovou feio no quesito namoro.

— Obrigada, me sinto muito melhor agora — respondi. — Mas eu não estava errada! *Eu* não estava saindo com *ele*.

— É, parece justo — disse Aadhya. — Só um garoto namoraria alguém por duas semanas e não mencionaria nada para ninguém.

Nós três ficamos rindo um pouco daquilo. Depois que sossegamos, Liu perguntou, hesitante:

— Mas você *quer?* — seu rosto estava sério. — Minha mãe me disse que isso é uma péssima ideia.

— A *minha* mãe me disse que todos os garotos carregam um male de estimação secreto debaixo de suas roupas íntimas, e que se você ficar sozinha com eles, eles o deixam sair — disse Aadhya. Nós duas choramos de tanto rir, e ela riu junto. — Eu sei, é ridículo. Mas ela fez de propósito; ela me disse para fingir que aquilo era verdade durante todo o tempo em que eu estivesse aqui, porque *seria* verdade se eu deixasse um garoto me engravidar.

Liu estremeceu e envolveu os joelhos com os braços.

— Minha mãe me deu um DIU.

— Eu tentei uma vez. Tive cólicas infernais — disse Aadhya, amargamente.

Engoli em seco. Aquilo não me incomodava; das minhas muitas preocupações, parecia a menos provável.

— Minha mãe já estava grávida de mim com quase três meses durante a graduação — disse.

— Caramba — disse Aadhya — Ela deve ter *surtado.*

— Meu pai morreu para conseguir tirá-la daqui — falei baixinho, e Liu estendeu a mão para segurar a minha. Eu estava com um nó na garganta. Foi a primeira vez que contei isso para alguém.

Ficamos sentadas em silêncio por um tempo, até que Aadhya disse:

— Acho que isso significa que você vai ser a primeira e única pessoa a se graduar duas vezes — e nós começamos a rir de novo. Não pareceu, naquele momento, que estávamos brincando com a sorte ao falar da graduação como algo que realmente aconteceria.

Deitei para descansar até a hora do jantar e estava meio sonolenta durante nossa conversa sobre os planos para o primeiro trimestre e a quantidade de mana que achávamos que poderíamos gerar. Enquanto Liu fazia alguns cálculos sobre isso, não pude deixar de pensar, melancolicamente, naquele compartilhador de energia; esfreguei os dedos em volta do pulso, onde ele estivera até há pouco. Eu praticamente não podia culpar Chloe e nem ninguém de Nova York. Toda aquela quantidade de mana simplesmente fluindo na ponta dos dedos, tão imensa que você nem conseguia ver onde terminava. Aquilo parecia isento de quaisquer esforços. Parecia tão livre quanto o próprio ar. Eu utilizei o compartilhador por apenas algumas horas e já sentia sua falta.

Continuei quase caindo no sono e despertando algumas vezes. Não sabia o porquê; Aadhya e Liu teriam entendido, e até velado meu sono e me acordado para o jantar.

— Precisamos pensar no que mais poderíamos usar e quais outras pessoas poderíamos querer recrutar — disse Aadhya. — Talvez eu consiga terminar o alaúde com alguma antecedência para poder fazer mais algumas coisas no primeiro trimestre. Também seria bom examinarmos as listas de feitiços uma da outra.

— Eu tenho mais uma coisa — disse Liu, baixinho, e então se levantou, saiu pela porta, e eu percebi abruptamente, com enorme indignação, que o motivo para minha agitação era o fato de esperar por outra batida. Olhei para a porta; alguns minutos depois, realmente houve outra batida, mas era apenas Liu voltando com uma pequena caixa nas mãos. Ela se sentou no chão com as pernas cruzadas em volta dela, abriu a tampa e retirou um pequeno ratinho branco. Ele torceu o nariz e se virou, mas não saiu correndo.

— Você tem um familiar! — disse Aadhya. — Cara, ele é tão fofo.

— Não é um familiar — disse Liu. — Ou melhor, não era. Estou só começando a... Bem, tenho dez deles — ela não olhou nos nossos olhos: aquilo era quase uma confissão aberta de que estivera seguindo pela linha não oficial dos maleficentes. Ninguém traz dez ratinhos e os alimenta com suprimentos próprios por outras razões.

— Tenho uma afinidade com os animais.

Provavelmente foi por isso que seus pais a obrigaram a fazer aqui-lo, percebi então: eles sabiam que ela seria capaz de manter seus sacrifícios vivos. E foi por isso também que ela odiou a experiência, tanto que, mesmo depois de três anos submersa naquilo, decidiu não retomá-la.

— E agora você está fazendo dele um familiar? — perguntei. Não sei exatamente como isso funciona. Mamãe só teve familiares espontâneos: de vez em quando, um animal que precisava de cuidados chegava à nossa tenda e ela o ajudava; então, ele ficava por ali e a ajudava por um tempo como retribuição, antes de voltar a ser um animal comum. Ela nunca tentou ficar com nenhum deles.

Liu acenou com a cabeça, acariciando a nuca do ratinho com a ponta do dedo.

— Eu também poderia treinar um para cada uma de vocês. Eles são noturnos, então podem ficar de vigia enquanto vocês dormem; para além disso, são muito bons para identificar qualquer coisa ruim na comida. Esse aqui me trouxe um pedaço de um colar de contas de coral encantadas há dois dias. O nome dele é Xiao Xing.

Ela nos deixou segurá-lo, e pude sentir mana circulando em seu corpinho minúsculo: se você o observasse de um ângulo agudo, poderia ver que já possuía uma espécie de brilho azul na superfície dos olhos e do pelo, e vinha nos cheirar com curiosidade, sem nenhum medo. Depois que nós três o acariciamos um pouco, Liu colocou-o no chão e deixou-o vagar pelo quarto; ele corria para lá e para cá, farejando as coisas e enfiando a cabeça em vários lugares. Subiu na mesa e ficou mais cauteloso perto do local onde o salteador estivera escondido, afastando-se dali rapidamente e voltando para Liu, até que ela mesma foi verificar e lhe mostrou que estava limpo; então, afagou-lhe, elogiou-o e ofereceu a ele um pequeno pedaço de alguma fruta seca que havia guardado em uma bolsinha amarrada à cintura. Ele escalou até o bolso da frente de sua blusa e ficou ali, mordiscando o petisco alegremente.

— Você conseguiria treinar os outros para mais pessoas? — perguntei, enquanto o olhava inteiramente hipnotizada. — Daria para lucrar bastante com as trocas.

Nunca dediquei muito tempo aos animais antes, uma vez que mamãe me treinou para não querer dissecá-los; basicamente ignorei todos os cães da vila e fui ignorada de volta. Nunca sequer gostei de vídeos com gatos fofinhos. Mas eu ainda não havia percebido o quanto estava sedenta por ver qualquer coisa viva e em movimento que não estivesse tentando me matar. Familiares não são comuns por aqui: em termos de peso, é muito caro trazê-los e é extremamente difícil cuidar deles. Quando você precisar escolher entre se alimentar ou alimentar seu gato, optará por si próprio, senão o próximo male pegará tanto você quanto o gato. Contudo, alimentar os ratinhos seria bem barato. Eu simplesmente nunca havia pensado nisso como algo que gostaria de fazer.

— Sim, depois de treinar um para cada um dos meus primos — disse Liu. — Eles chegam hoje à noite.

Isso me pegou de surpresa novamente e de um jeito estranho: o fato de ser lembrada de algo que você já sabe, mas que ainda não parece verdadeiro. Éramos nós os veteranos agora. Este seria nosso último ano. E esta era a noite de admissão.

— Podemos escolher um agora? — perguntou Aadhya. Ela estava tão hipnotizada quanto eu. — Eles precisam de alguma coisa? Algo como uma gaiola?

Liu acenou com a cabeça, levantando-se.

— Você precisa fazer algo fechado para que eles possam se esconder durante o dia, enquanto você estiver fora e eles estiverem dormindo. Vamos lá para você poder escolher um. Você vai ter de brincar com ele por ao menos uma hora todos os dias, por cerca de um mês ou mais antes de pegá-lo. Vou te mostrar como dar mana para eles; você vai precisar misturar nas comidinhas.

Tirei os pés da cama e calcei meus sapatos; então, Liu abriu a porta e todas nós pulamos para trás, porque Orion estava parado bem do lado de fora feito uma estátua. Ele mesmo se assustou, então não era como se estivesse planejando uma emboscada; só pude imaginar que ficou parado ali, tentando criar coragem para bater.

— Vamos dar uma olhada neles agora, Liu — disse Aadhya em voz alta. — Eu consigo dar um jeito de montar uma jaula boa — e empurrou Liu, que estava corando novamente e tentando não olhar para Orion, para fora da porta. Ao passar direto por ele, e já às suas costas, ela apontou freneticamente na direção dele e murmurou palavras mudas que eu não tive problemas em reconhecer como *"male de estimação secreto"*; tive de me segurar para não correr e gargalhar histericamente no travesseiro. Elas desapareceram pelo corredor.

Orion parecia querer fugir dali, e eu teria simpatizado com isso, exceto que ele realmente *podia*, uma vez que não estava dentro de seu próprio quarto. Ele havia tomado banho, trocado de roupa, cortado o cabelo e inclusive *feito a barba*: olhei com suspeita para aquele queixo recém-escanhoado. Eu realmente não tinha a intenção de ficar com ninguém na escola. A gravidez nem era o problema; a última coisa que eu precisava era de *distração*. E ele já gerava distrações suficientes na minha vida, antes mesmo de eu precisar perguntar a mim mesma se algum beijo aconteceria sempre que ele estivesse por perto.

— Olha, Lake — falei, assim que ele deixou escapar um "Então, El" ao mesmo tempo, e soltei um suspiro de profundo alívio. — Entendi. Você só queria riscar isso da sua lista antes de morrer.

— Não!

— Você *não quer* realmente namorar comigo, quer?

— Eu... — ele parecia perplexo e desesperado, e então disse, hesitante: — Se você... eu não... Depende de você!

Eu o encarei.

— É, mas essa é só a minha parte. A sua parte não depende de mim. Ou você está realmente tentando reforçar essa forma bizarra de namoro em que você nunca consegue se aproximar e perguntar à outra pessoa o que ela pensa da ideia? Porque eu não vou te ajudar com isso.

— Pelo amor de... — começou ele, dissolvendo as palavras em um ruído gutural, de uma irritação profunda, e enfiou as mãos nos cabelos: não fosse o corte novo, teria ficado em pé como a cabeleira de Einstein. Então, falou categoricamente, mas sem me encarar: — Estou tentando não ser expulso da sua vida.

Foi aí que eu entendi, embaraçosamente tarde. Eu tinha Aadhya e Liu agora, não só ele. Era como ter toda aquela quantidade de mana em mãos: algo tão vital que você poderia se acostumar rapidamente e quase se esquecer de como era a vida antes, ao menos até que aquilo deixasse de estar ali novamente. Mas ele não. Ele não tinha mais ninguém; ele nunca teve ninguém, da mesma forma que eu nunca tive, mas agora ele tinha a mim e queria perder isso tanto quanto eu queria trocar Aadhya, Liu e ele por uma vaga no enclave de Nova York.

Mas, é claro, ele ainda estava sendo irremissivelmente estúpido.

— Lake, se eu *quisesse* namorar você, não gostaria que você me namorasse só porque ordenei que fizesse isso como preço de admissão — falei.

— Você está só tentando ser densa? — disse ele, olhando para mim. Mas eu olhei de volta, indignada; em seguida, no tom de alguém que dirige a palavra a um pônei manco, ele disse: — Eu gostaria. Se você quiser, eu quero. E se você não quiser, então... eu não quero.

— Essa é a ideia geral da coisa — falei, tornando a ficar cautelosa: era como se ele realmente quisesse, de maneira preocupante. — Caso contrário, é apenas perseguição. Você *está pedindo*, então? E eu não vou te chutar para fora da minha vida, independentemente do que acontecer! — acrescentei, embora não soubesse o que fazer se ele de fato me pedisse. — Eu te chutei para *longe*, lá embaixo, porque tive a estranha noção de que você preferiria ter sua vida salva; aliás, eu gostaria de destacar, para que fique registrado, que dessa vez fui eu que te salvei.

— Tenho quase certeza de que já te salvei umas treze vezes, então você ainda tem um longo caminho a percorrer — disse ele, cruzando os braços sobre o peito, mas sem conseguir o efeito desejado: ele pareceu aliviado demais.

— Não precisamos discutir sobre números — falei, altivamente.

— Ah, eu acho que nós precisamos *sim* — disse ele; então, bem quando eu estava prestes a ficar relaxada, achando que havia conseguido conduzir a conversa de volta a águas mais seguras, ele deixou os braços caírem novamente e seu rosto se abriu, um pouco empalidecido, mas destacando um tom rosado nas maçãs do rosto. — El, eu... eu gostaria de pedir. Mas não aqui. Depois que nós... se nós...

— Nem perca seu tempo. Eu não vou me *comprometer* a sair com você — falei rudemente, empurrando-o antes que ele conseguisse nos arrastar de volta para águas mais profundas. — Se você não vai me pedir isso agora, já chega por hoje! Se conseguirmos sair daqui vivos e você atravessar o Atlântico para vir me pedir, eu decido o que fazer; até lá, você pode manter suas fantasias de filme da Disney — seu *male de estimação secreto*, meu cérebro acrescentou, inutilmente — para você mesmo.

— Tá bom, tá bom! — respondeu ele, em um tom um décimo irritado e nove décimos aliviado, enquanto eu desviava os olhos tentando impedir que minha boca se contorcesse na risada que, mais uma vez, eu me esforçava para conter: valeu mesmo, Aadhya. Na verdade, a mãe dela era um gênio. — Posso te convidar para *jantar* em uma hora?

— Não, seu abobado — respondi, como se eu mesma não tivesse me esquecido. — Hoje é a admissão. Vamos ter meia hora, no máximo — ele pareceu imediatamente envergonhado, embora aquele fosse, sem sombra de dúvida, o dia de graduação mais estranho de todos os tempos. Fiz uma careta e olhei para mim mesma. — Preciso tomar um banho. E colocar minha blusa um pouco menos suja.

— Você quer outra? — perguntou ele, um pouco hesitante. — Eu tenho algumas sobrando.

Nossa conversa deixou bem claro que ele não precisava de nenhum tipo de incentivo, mas a prudência entrou em conflito com meu justificado desejo por outra camiseta; mesmo naquele vislumbre rápido que tive de seu quarto, pude perceber com segurança que ele dispunha de mais do que o necessário.

— Sim, pode ser — respondi, suspirando internamente. De qualquer forma, a escola inteira já se convencera de que estávamos namorando.

E EU ESTAVA COBERTA DE RAZÃO sobre Orion não precisar de incentivos: a camisa que ele me trouxe tinha o horizonte de Manhattan estampado em purpurina prateada, e um único ponto, marcado aproximadamente na metade da ilha, com um vigoroso e brilhante redemoinho colorido; presumivelmente, a localização do enclave: nada que transparecesse algum significado ou evidenciasse autoexaltação, imagine. Eu o teria sufocado com aquela blusa, mas ela estava limpa e até cheirava levemente a sabão em pó: provavelmente estivera embrulhada em alguma gaveta, esperando pelo último ano. Ao menos me deu a possibilidade de poder abandoná-lo no mesmo instante para ir ao banheiro feminino vesti-la; uma blusa limpa sobre uma pele recém-banhada: alegria de viver.

Ele me esperou do lado de fora, e fomos buscar Aadhya e Liu no quarto. Eu dei uma olhada no tanque grande onde ela mantinha os ratinhos. O que Aadhya escolhera já estava marcado com um pontinho brilhante rosa de marca-texto.

— Você pode escolher o seu hoje à noite — disse Liu.

As escadarias pareceram estranhas quando começamos a subir por elas, porque já não estavam mais se movendo: era como sair de um navio depois de passar muito tempo na água. Todas as engrenagens haviam voltado para seus respectivos lugares, e ouviam-se apenas leves tique-taques de mecanismos menores, que mais ou menos marcavam o tempo até o final do próximo ano. A turma toda subia em conjunto as escadas como um grande fluxo de maré, então não demorou muito para alcançarmos o refeitório e nos juntarmos à multidão que aguardava.

A fila da comida ainda não estava aberta, e cerca de metade das mesas fora posta contra as paredes para deixar um grande espaço aberto no meio, com corredores consideravelmente largos conduzindo até ele desde cada um dos patamares da escada. Lá em cima estava o novo corredor residencial, semelhante ao antigo — de forma mais ou menos literal —, apenas esperando os novos calouros amedrontados serem largados ali dentro.

Nós chegamos em cima da hora. A admissão começou momentos depois: podíamos sentir leves estalos nos ouvidos, que correspondiam aos muitos corpos deslocando o ar, um após o outro; em seguida, ouvimos barulhos estridentes de portas sendo abertas no dormitório dos calouros no andar de cima. A menos que você seja um daqueles poucos absurdamente azarados, como Luisa, deve ter sido orientado a respeito do que fazer no segundo em que chegasse aqui, não importa o quão enjoado ou em choque estivesse: você sai do seu quarto e corre diretamente para o refeitório. Os calouros fluíam pelas quatro portas, alguns deles segurando sacos de papel em que vomitavam, mesmo enquanto continuavam cambaleando. A admissão é tão divertida quanto um puxador, e ainda por cima leva mais tempo.

Em cerca de dez minutos, todos eles estavam amontoados no meio do refeitório, tremendo. Eles pareciam tão pequenos. Eu não era uma das mais altas quando nós chegamos, mas não conseguia me lembrar de alguma vez ter sido tão baixa assim. Reunimo-nos ao redor deles, sempre de olho nos ralos e no teto, e fomos servindo copos com água cuidadosamente. Mesmo as piores pessoas aparecem para proteger os recém-chegados; se não por outro motivo, por puro egoísmo. Assim que os calouros se acalmaram e beberam um pouco de água, começaram a gritar nossos nomes: eram eles que traziam as cartas do outro lado, principalmente se fossem alunos de enclave.

Eu sabia que não haveria uma com meu nome. Não éramos próximas de nenhuma outra família com filhos bruxos: as duas vezes em que mamãe tentou convidar alguém para brincarmos juntos quando eu era pequena não renderam frutos muito bons. E ela não teria sido capaz de pagar a alguém para desistir de parte de sua cota para me trazer uma carta. A única coisa que ela teria para permutar, e que valeria um grama no peso permitido a qualquer bruxo, teria sido sua cura, e ela não cobrava por isso. Ela me disse que não tinha certeza de que conseguiria me mandar alguma coisa enquanto eu estivesse aqui, e eu disse que estava tudo bem.

Mesmo sabendo disso, eu teria estado lá de qualquer maneira, e desta vez até pude desfrutar indiretamente da situação. Aadhya recebeu uma carta de uma garota negra cujos cabelos estavam envoltos por um milhão de tranças, cada uma com uma pequena conta de proteção encantada na ponta, uma ideia excelente. Liu trouxe seus primos e os apresentou, dois meninos que eram a fotocópia um do outro, com cortes de cabelo em cuia e que fizeram uma reverência, curvando-se educadamente como se eu fosse um adulto, o que devia ser uma verdade, pelo menos para eles: eram uma cabeça e meia mais baixos do que eu e tinham rostos suaves, com bochechas rechonchudas. Seus pais provavelmente os vinham alimentando à força como preparação, feito gansos.

Então um menino, cuja voz ainda passava pela mutação da puberdade, chamou, um tanto incerto.

— Trouxe uma carta de Gwen Higgins... — eu não ouvi da primeira vez, mas houve uma calmaria depois que os outros ouviram, e ele repetiu.

Aadhya havia se aproximado, trazendo sua carta e a garota das tranças, que era de Newark e se chamava Pamyla. Aliás, uma das razões pelas quais os pais fazem seus filhos gastarem uma pequena parcela de seu precioso peso em uma carta é saberem que eles quase certamente obterão, de imediato, um amigo mais velho em troca.

— Você acha que é *aquela* Gwen Higgins? Ela tem filhos aqui? — prguntou Pamyla para Aadhya, parecendo esperançosa.

Aadhya apenas deu de ombros. Liu balançou a cabeça e disse:

— Se ela tiver, essas pessoas não vão falar nada; todos cairiam em cima delas atrás de magias de cura, imagino.

Então, o menino disse:

— Para sua filha Galadriel?

As duas, e mais um punhado de outras pessoas em volta que também estavam prestando atenção, me olharam duas vezes, e Aadhya deu um tapa no meu ombro, indignada. Várias outras pessoas estavam dando uma olhadela furtiva ao redor do refeitório, como se achassem que talvez pudesse haver *outra* garota chamada Galadriel. Eu cerrei os dentes e fui até lá. O próprio garoto me olhou, em dúvida.

— Eu sou a Galadriel — falei brevemente e estendi a mão: ele colocou uma coisinha tão minúscula quanto uma avelã com casca na minha palma, que provavelmente pesava menos de um grama. — Qual é o seu nome?

— Eu sou o Aaron? — disse ele, como se não tivesse tanta certeza. — De Manchester?

— Bem, vamos lá — falei e apontei com a cabeça, conduzindo-o por entre vários rostos me encarando. Não havia como fugir deles: até Aadhya e Liu estavam me observando, Aadhya com um olhar severo que sugeria que teríamos outra longa conversa assim que ficássemos sozinhas novamente. Apresentei Aaron com uma certa má vontade, e ele começou a conversar com os outros três calouros; os primos de Liu falavam inglês sem nenhum sotaque e tão fluentemente quanto ele ou Pamyla. Havia uma pequena lâmina de uma folha de ouro encantada na carta que Aadhya recebera, que ela mostrou alegremente para nós.

— Vou colocar isso no alaúde, em volta das cravelhas de dente de argonete.

Liu ganhou uma lata, quase do tamanho de um selo postal, cheia de um bálsamo aromático, e permitiu a cada uma de nós usar um pouco, passando as pontas dos mindinhos nele e em seguida esfregando-as na borda do nosso lábio inferior.

— É o detector de veneno da minha avó — disse ela. — Dura cerca de um mês, se você tomar cuidado para não tirar quando for escovar os dentes. Se você sentir o lábio formigar quando colocar algo na boca, não engula.

Era isso que a admissão significava para todos. Uma minúscula infusão de esperança, amor e cuidado; um lembrete de que há algo do outro lado: um mundo inteiro onde os seus amigos compartilham tudo o que aconteceu com eles, e você compartilha de volta. Só que a admissão nunca foi assim para mim antes. Era a primeira vez que eu estava participando daquilo por dentro e meus olhos formigavam. Tive de me esforçar para não colocar a língua para fora e lamber o bálsamo inteiro.

Orion se juntou a nós com sua própria correspondência em mãos, um envelope gordo e uma bolsa pequena, e sussurrou para mim, cantarolando alegremente "Te peguei" e passando o braço em volta do meu pescoço, todo sorridente. Fiz uma careta para ele, mas não pude deixar de sorrir um pouco enquanto desenrolava cuidadosamente minha própria carta, escrita em um único pedaço de casca de cebola, tão fina que chegava a ser translúcida, e que tinha sido enrolada em uma conta não muito maior do que as que Pamyla tinha nas pontas do cabelo. Algumas linhas sutis de dobra eram perceptíveis ao longo do comprimento, cerca de uma a cada centímetro: marcas para rasgar a folha em vários pequenos pedaços comestíveis. Quando a segurei perto da boca e inspirei, pude sentir o cheiro de mel e flor de sabugueiro: o feitiço de mamãe para refrescar o espírito. Aquela simples inspiração já me fez muito bem; engoli um jorro de alegria que aquecia minha barriga enquanto abaixava a casca novamente e franzia os olhos para poder ler o que continha. As letras escritas eram tão pequenas e esmaecidas que demorei um pouco para decifrar aquela única linha.

Minha querida filha, eu amo você, seja corajosa — escreveu minha mãe — *e fique longe de Orion Lake.*

✦ Dormitório da Galadriel ✦

✦ Dormitório da Chloe ✦

Agradecimentos

Tenho dívidas infinitas para com Sally McGrath e Francesca Coppa: minhas aliadas no salão de graduação.

Agradeço também aos muitos outros leitores beta que me apoiaram, especialmente Monica Barraclough, Seah Levy, Merry Lynne e Margie Gillis, que também me fizeram passar pela provação do processo frenético que é a reta final da escrita. Katherine Arden escreveu ao meu lado e me permitiu apreciar seu próprio trabalho quando, volta e meia, precisava sair da Scholomance.

Meus agradecimentos à minha agente incansável, Cynthia Manson, e à minha editora, Anne Groell, por me revelarem para quem este livro se dirigia (P.S.: Anne, eu ainda não acredito que eles estejam na casa dos trinta), a seu editor associado, Alex Larned, e a toda a maravilhosa equipe da Del Rey Books, os melhores parceiros que um autor pode almejar ter, incluindo, em particular, David Moench, Mary Moates, Julie Leung e Ashleigh Heaton, e agradecimentos especiais, pelos tantos anos de entusiasmo e apoio, a Scott Shannon, Keith Clayton e Tricia Narwani.

Também sou muito grata à equipe de direitos do PRH, especialmente Rachel Kind, Donna Duverglas e Denise Cronin, e aos muitos editores brilhantes no exterior com quem tive a sorte de trabalhar graças aos seus esforços, em particular Ben Brusey e Sam Bradbury, da Penguin Random House, no Reino Unido.

A Scholomance apresentou alguns desafios visuais únicos para a imaginação, e eu tive muita sorte em contar com a ajuda de David

324 ✦ Agradecimentos

Stevenson, da Del Rey, para poder perceber e discernir os detalhes deste universo, além do trabalho de vários artistas brilhantes, incluindo Elwira Pawlikowska, minha própria assistente Van Hong, e Miranda Meeks, bem como o trabalho incrível de Sally McGrath no site da Scholomance.

Por fim, acima de tudo e sempre, a Charles e Evidence: obrigada por me amarem, por terem orgulho de mim, por me abraçarem e por me fortalecerem.

Sobre a Autora

Naomi Novik é a aclamada autora da série Temeraire e dos premiados romances *Enraizados* e *Spinning Silver*. Ela é a fundadora da *Organization for Transformative Works* e do *Archive of Our Own*. Vive na cidade de Nova York com sua família e seis computadores.

Contato:

naominovik.com

Facebook.com/naominovik

Twitter: @naominovik

Instagram: @naominovik

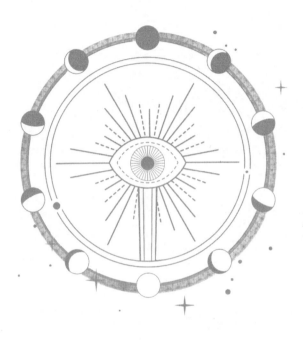

✦ ✦ ✦

A AVENTURA CONTINUA NO SEGUNDO LIVRO DA TRILOGIA SCHOLOMANCE

✦ ✦ ✦

ROTAPLAN
GRÁFICA E EDITORA LTDA

Rua Álvaro Seixas, 165
Engenho Novo - Rio de Janeiro
Tels.: (21) 2201-2089 / 8898
E-mail: rotaplanrio@gmail.com